ANNE FREYTAG

DEN MUND VOLL UNGESAGTER DINGE

ANNE FREYTAG

DEN MUND VOLL UNGESAGTER DINGE

Roman

heyne>fliegt

1. Auflage

Redaktion: Martina Vogl
Umschlaggestaltung: Eisele Grafik.Design, München,
unter Verwendung einer Illustration von © Isabel Klett
Gestaltung Vorsatz, Playlist und Innenillustrationen: Das Illustrat, München
Satz: Uhl + Massopust, Aalen
Druck und Bindung: CPI books GmbH, Leck
Printed in Germany

ISBN: 978-3-453-27103-6

www.heyne-fliegt.de

Dieser Roman ist für alle mit Ecken und Kanten
auf dieser runden Welt

Und vor mir das Nichts

Es schüttet. Wasser fällt in Strömen aus dem Himmel, und die harten Tropfen treffen wie Nadeln auf mein Gesicht. Ich renne. Ich renne, so schnell ich kann. Der Regen läuft über meine Arme und Beine und die Wimperntusche in meine Augen. Vor einer Stunde war es noch eine Nacht mit Sternen und Sichelmond. Ich renne schneller, als ich kann. Mein T-Shirt und die Hotpants kleben an mir wie die Schuld. *Dieser Blick.* Ich habe Seitenstechen. Kann kaum atmen, ringe nach Luft. Und alles, was ich sehe, sind seegrüne Augen getränkt in Enttäuschung. Ich stolpere, fange mich, werde langsamer. Und jeder Schritt ist eine schmerzhafte Erinnerung an die letzte halbe Stunde meines Lebens. Mein Magen zieht sich abrupt zusammen. Ich stütze mich mit den Händen auf meinen nackten kalten Schenkeln ab, muss würgen, übergebe mich aber nicht. Ein paar Sekunden starre ich auf den durchnässten Stoff meiner weißen Chucks und die unruhige Oberfläche der Pfütze, in der ich stehe. Mein Herz rast. Mir ist schwindlig. Ich richte mich langsam auf, rühre mich aber nicht. Der Donner grollt in den Wolken wie die Wut in meinem Kopf. Ich presse mir die Handballen gegen die Stirn, will schreien, tue es aber nicht. Mein Brustkorb ist eng. Meine Unterlippe zittert, aber ich spüre keine Kälte. Blätter fliegen wild umher, auf der Straße liegen kleine Äste, die der Wind von den Bäumen gerissen hat, und ich stehe ratlos im Regen und halte mir die Seite, als wäre es eine klaffende

Wunde. Ich starre ins Nichts und frage mich, was ich jetzt tun soll. Und wie ich das tun konnte. Dieses Mal habe ich nicht einfach nur einen Fehler gemacht.

Ich habe uns kaputt gemacht.

MÄRZ

Stille Nacht, einsame Nacht

Ich sollte schlafen, aber ich kann nicht. Es ist fast vier Uhr morgens, und ich bin hellwach. Der Mond scheint kühl und ziemlich voll durchs Fenster. Das Haus ist komplett still. Papa schläft. Es ist mir ein Rätsel, wie er schlafen kann. Als wäre morgen ein Tag wie jeder andere auch.

Ich gehe barfuß, begleitet vom vertrauten Knarzen des Holzbodens, durchs Treppenhaus und weiter in unser möbelloses Wohnzimmer. Dort setze ich mich auf eine der Umzugskisten und schaue mich um. Dieser Raum war einmal die Seele des Hauses. Jetzt ist er leer. Mit jedem Bild, das wir abgenommen und verpackt haben, haben wir ein Stück von uns ausradiert. Alles, was übrig bleibt, sind nackte Wände mit Linien, die verraten, wo einmal Rahmen hingen und jetzt nichts mehr hängt. Papa hat fast alles verkauft. Sogar das Sofa. Wir nehmen nur ein paar persönliche Gegenstände mit, der Rest wurde verscherbelt, entsorgt oder verschenkt. Es ist wie mit einem Körper, den man beerdigt, wenn man gestorben ist. Man braucht ihn nicht mehr.

Meine Füße sind kalt. Genauso wie das Mondlicht, das durch die Fenster scheint. Und wie die Stimmung in diesem Haus. Es fühlt sich ein bisschen so an, als wäre es beleidigt. So, als hätten wir es verraten. Vielleicht komme aber auch nur ich mir verraten vor.

Ich schleiche in mein Zimmer zurück und lege mich in ein Bett, das ich morgen zurücklassen werde, weil Lena genug

Betten für uns hat. Ich hätte meins gerne mitgenommen – etwas, das Papa gar nicht verstehen kann: *Es ist schließlich nur ein Bett.* Für mich ist es viel mehr als das. Ich habe es, so lange ich denken kann. Ich glaube, ich war noch im Kindergarten. In diesem Bett haben Lukas und ich als Fünfjährige zusammen gespielt, wir haben aus Decken Höhlen gebaut, und an den Wochenenden hat er bei mir übernachtet. Vor allem in der Zeit, als seine Eltern so viel gestritten haben. Da waren wir beide zwölf. Sein Kopf lag auf meinem Schoß und sein Leben in Scherben. In diesem Bett haben wir Filme und Serien geschaut und uns dann stundenlang darüber unterhalten. Hier hat Lukas mir von seinem ersten Mal erzählt. Und drei Monate später ich ihm von meinem. Er war nach seinem aufgekratzt, ich nach meinem aufgelöst. Lukas ist Familie. So etwas wie mein Bruder. Und das war perfekt. Bis er sich beim letzten Schüleraustausch in Vianne verliebt und nach ihrer Abreise beschlossen hat, ihretwegen nach Paris zu ziehen und sein Abitur dort zu machen. Das ist knapp sechs Monate her.

Ich drehe mich auf die Seite und betrachte die langen Schatten der Äste an den Wänden. Das Gewirr aus unterschiedlich dicken Linien. Ich bin froh, dass Lukas glücklich ist. Das bin ich wirklich. Er lebt sein eigenes Leben, und das ist gut so. Das ändert aber nichts daran, wie sehr er mir fehlt. Wie ein Körperteil. Seit er weg ist, leide ich still und heimlich an den Phantomschmerzen, die an seine Stelle getreten sind. Seit er weg ist, bin ich allein. Davor war ich einfach nur seltsam.

Ende schlecht, alles schlecht?

Die Osterferien sind vorbei. Und mit ihnen unser Leben in Hamburg. Ich sitze auf dem Beifahrersitz und versuche, nicht daran zu denken, dass das hier das Ende ist. Zumindest *ein* Ende. Eben war dieses alte Backsteinhaus noch mein Zuhause. Jetzt ist es das nicht mehr. Meine Augen brennen, aber ich werde nicht weinen. Nicht wegen so etwas.

Mein Vater öffnet die Fahrertür und lässt sich neben mir auf den Sitz fallen, dann atmet er tief ein, so als wären wir im Schwimmbad und er würde jeden Augenblick untertauchen. »Also gut, Motte«, sagt er und stößt langsam die Luft aus, »dann wollen wir mal.«

Ich will nicht. Ich will meine drei Kisten wieder auspacken und hierbleiben. Aber es geht nicht um das, was ich will. Wenn man siebzehn ist, tut es das eigentlich nie.

»Hast du alles?«

Ich antworte mit einem langsamen Nicken, weil er sonst in meiner Stimme hören würde, was ich ihm zuliebe für mich behalte. Ich weiß, dass er einen Neuanfang braucht. Für meinen Vater war dieser Schritt lange überfällig. Wütend macht es mich trotzdem.

Papa startet den Motor. Er wirft noch einen letzten, flüchtigen Blick auf das Haus, in dem ich Laufen gelernt habe, dann legt er den Rückwärtsgang ein und manövriert den vollbepackten Kombi aus der Einfahrt. Wir fahren die schmale Allee hinunter. Ihre nackten Linden stehen Spalier wie hölzerne Skelette, die sich regungslos von uns verabschieden. Sie werden uns nicht vermissen. Aber ich werde sie vermissen. Ihren Duft und das Rascheln ihrer Blätter im Wind. Wenn man von den Wintermonaten absieht, bin ich die vergangenen sechzehn Jahre zu diesem Geräusch eingeschlafen.

»Sophie, ist alles okay?«

Ich schaue zu ihm rüber. »Klar«, sage ich, »alles gut.« Meine Stimme verrät, dass nichts gut ist. Papa weicht meinem Blick aus und schweigt. Es ist ein lautes Schweigen. Wir holpern über das Kopfsteinpflaster, vorbei an den viktorianischen Häusern mit ihren bunten Türen und den teuren Autos in den Auffahrten. Das Leben, wie ich es kannte, ist vorbei. Es endet genau jetzt. In diesem Moment. Und jeder Meter, der uns von unserem alten Haus trennt, vertieft den sauberen Schnitt, den mein Vater für uns entschieden hat. Es ist ein Schnitt, der meine Kindheit und Jugend aus meinem Gesamtbild herausschneidet. Ich will schreien, aber ich verziehe keine Miene. Ich schaue nur reglos aus dem Fenster.

Etwas über eine Stunde später halten wir an einer Tankstelle, kaufen ein paar Getränke und belegte Brote, die so aussehen, als wären sie aus dem letzten Jahrhundert. Labbriger Toast und gräuliche Salami. Igitt.

»Geh du ruhig schon mal ins Auto, ich bezahle derweil«, sagt Papa und hält mir den Schlüssel entgegen.

Die elektrische Schiebetür öffnet sich, und ich trete durch einen Schwall abgestandener Klimaluft nach draußen in die nasskalte Realität. Die meisten Menschen sind gleichgültig bis schlecht gelaunt, und es stinkt nach Benzin. Mein Atem schwebt als kleine Wolke vor mir her, als wollte er mir den Weg weisen. Ich schließe den Wagen auf und verkrieche mich in seiner wohligen Wärme, dann werfe ich die Tür zu und schnalle mich an wie ein artiges Kind, das sich auf den Wochenendausflug freut. Ich schaue zum Tankstellenshop hinüber. Papa steht an der Kasse und lächelt die Mitarbeiterin in ihrem hellblauen Hemd freundlich an. Ich ertrage diesen Anblick nicht. Ihn so glücklich zu sehen zeigt mir, dass er es all die Jahre, die wir nur zu zweit waren, eigentlich nicht war.

Ich ziehe die Schuhe aus und die Beine hoch und krame die Kopfhörer aus meiner Handtasche. Als ich die Knoten aus dem Kabel löse, fällt mein Blick auf das Auto an der nächsten Zapfsäule. Eine Frau steigt ein und verstaut etwas auf der Rückbank. Die Fenster sind schmutzig. Im milchigen Licht der Mittagssonne erkenne ich die Abdrücke von Kleinkinderhänden an den verschmierten Scheiben. Irgendwie macht mich dieser Anblick traurig. Vielleicht, weil ich meine Mutter nie persönlich kennengelernt habe – einmal abgesehen von meiner Geburt, da waren wir beide anwesend, aber das zählt irgendwie nicht.

Als plötzlich die Fahrertür neben mir aufgeht, zucke ich kurz zusammen und folge dem Geräusch. Mein Vater steigt ein und streckt mir zwei Packungen TUC-Kekse entgegen. »Hier, für dich, Motte.«

Ich muss lächeln. »Danke.«

»Das war noch nicht alles.« Auf seiner großen Handfläche liegen drei Butterstückchen in goldglänzendem Papier. In der anderen hält er ein weißes Plastikmesser. »Was wäre so eine lange Reise ohne dein Lieblingsessen?« Ich presse kurz die Lippen aufeinander, dann greife ich danach. »So, jetzt müssen wir aber.« Er zwinkert mir zu, dann schnallt er sich an. »Ich habe Lena eben angerufen. Sie freut sich schon sehr auf uns.«

»O ja, ich wette, sie freut sich besonders auf mich.«

»Komm schon, Sophie, gib ihr bitte eine Chance.«

Als ob ich eine andere Wahl hätte.

»Ich liebe Lena.«

»Ich weiß«, sage ich und reiße die erste TUC-Packung auf. Plötzlich fühlt sie sich nicht mehr an wie eine schöne Geste, sondern wie Bestechung.

»Du wirst sie mögen, wenn du sie erst einmal besser kennst.« Ich frage mich kurz, wen er gerade überzeugen will – sich oder mich, sage aber nichts. »Und München ist eine wirklich schöne Stadt. Ganz ähnlich wie Hamburg, nur etwas kleiner.«

»Ja, und in Bayern.«

»Motte, das wird toll, du wirst schon sehen«, übergeht er meinen Kommentar. »Ich kann immer noch nicht glauben, wie super alles hingehauen hat.«

»Was alles?«, frage ich nüchtern.

»Na ja, ich meine, mein neuer Job beginnt erst in zwei Wochen, der Resturlaub hat genau gereicht, um alles zu organisieren und den Umzug über die Bühne zu bringen, und die Schulferien liegen dieses Jahr einfach perfekt!« Er schaut kurz zu mir rüber. »Immerhin musstest du so nur zwei Wochen mit Entrümpeln verschwenden. Und jetzt hast du immer noch deine gesamten Osterferien vor dir.« Er strahlt die Windschutzscheibe an, und ich unterdrücke den Drang, ihm zu sagen, dass das bedeutet, dass ich mich vierzehn Tage langweilen werde. »Wir haben zwei Wochen Zeit, uns alles in Ruhe anzuschauen und uns einzugewöhnen. Wir könnten ins Gebirge fahren oder nach Italien.« Denkt er, dass er mich damit ködern kann? Italien und ein paar Berge? »Was meinst du, Motte?« Er sieht zu mir rüber. »Wäre das nicht toll? Ich meine, Italien! Da wolltest du doch immer hin.« Sein Blick fleht mich an, Ja zu sagen. *Ja, das ist toll. Ja, das freut mich. Ja, da wollte ich immer hin.* Hauptsache Ja.

Eigentlich will ich antworten, dass mich weder Italien noch die Berge noch seine blöde Freundin auch nur im Geringsten interessieren, aber ich bringe es nicht über mich, ihm so wehzutun. Lena ist die erste, die ihm seit der Frau, die mich geworfen, aber nicht gewollt hat, etwas bedeutet. Und ich weiß, dass er sich nichts sehnlicher wünscht, als dass diese Patchwork-Nummer funktioniert. Also atme ich tief ein und entscheide mich für Variante drei: »Ja, du hast recht, das wollte ich.« Das ist nicht mal gelogen.

Der erleichterte Ausdruck in seinem Gesicht zeigt, wie unglaublich angespannt er eigentlich ist. Er weiß, dass ich nicht umziehen wollte. Und genauso wenig eine Stieffamilie haben. Oder einen Hund. Ich wollte einfach so weitermachen wie bisher. Mit den falschen Jungs schlafen, irgendwann bald mein Abi machen und weiterhin keine Ahnung haben, was ich mit meinem Leben anfangen soll. Als Papa mir vor drei Monaten gesagt hat, dass es mit Lena und ihm *ernst wird*, bin ich zwar hellhörig geworden, aber ich hätte nie gedacht, dass *ernst* so ernst ist. Als er eine Woche später dann die Karten auf den Tisch gelegt hat, bin ich filmreif ausgerastet. Ich habe mich aufgeführt wie eine Diva im Hormonrausch, weil ich gehofft habe, dass er es sich dann noch einmal anders überlegt. Aber das hat er nicht.

Ich bin wohl eingeschlafen, denn als ich die Augen wieder öffne, ist es bereits dunkel. Zwischen dem Beifahrerfenster und meinem Kopf klemmt mein kleines Kissen. Das muss Papa da hingetan haben. Ich richte mich auf, trinke einen Schluck lauwarmes Mineralwasser, das vor knapp vierhundert Kilometern noch spritzig war, und schaue nach draußen in ein Meer aus Dunkelblau und Schwarz, gesprenkelt mit vielen roten, kleinen

Lichtern. Es ist ziemlich dichter Verkehr, aber immerhin hat es aufgehört zu regnen.

»Na, gut geschlafen, Motte?«, fragt Papa über das sanfte Geräusch des Motors hinweg.

Ich brumme ihm ein heiseres Ja entgegen.

»Hast du Hunger?« Er schaut kurz in meine Richtung. »Es gibt noch belegte Brote.«

Ich denke kurz an die gammlige Salami. »Nein, danke. Die sehen irgendwie eklig aus.«

Er wirft einen Blick in den Rückspiegel und setzt den Blinker. »Ist sowieso besser. In einer Stunde sind wir da.« Papa wechselt die Spur. »Und dann gibt es sicher was Leckeres zu essen. Lena wäre nicht Lena, wenn sie nicht irgendwas vorbereitet hätte. Sie kocht richtig gut.«

Das war zu erwarten. Die Frau geht mir jetzt schon auf die Nerven. Wahrscheinlich kommen wir an und es gibt einen riesigen Schweinebraten mit Klößen – ach nein, halt, mit *Knödeln* – als bayerischen Willkommensgruß. Vor meinem inneren Auge mutiert Lenas sonst so stilsicherer Jil-Sander-Look zu einem geblümten Dirndl mit roter Schürze, und anstatt ihrer blonden, glatten Haare, die immer aussehen, als wären sie gerade frisch geföhnt worden, hat sie in meiner Fantasie eine Timoschenko-Zopf-Frisur. Ich muss unfreiwillig lachen.

»Was ist? Was ist so lustig?«

»Ach nichts«, sage ich und schüttle schnell den Kopf. »Ich musste nur an etwas denken, was Lukas neulich geschrieben hat.«

»Ah, wie geht es ihm denn? Er ist doch noch in Frankreich, oder?«

»Jep.« Leider. Und das wüsstest du auch, wenn du dich für mich interessieren würdest.

Die mechanisch-weibliche Stimme des Navigationssystems weist uns auf ein Autobahnkreuz in einem Kilometer hin, dann schweigt sie wieder.

»Ach ja, Lena und die Jungs haben letztes Wochenende dein Zimmer hergerichtet.«

Die Jungs? Mein Zimmer?

Am liebsten würde ich ihm entgegenschreien, wie beschissen ich es finde, dass sie einfach ohne mich entschieden haben, in welchem Zimmer ich von nun an wohnen soll, zwinge mich aber dazu, es nicht zu tun, weil ich genau weiß, dass ich mir dann einen endlosen Vortrag darüber anhören könnte, wie oft er mich in den vergangenen Monaten gebeten hat, einmal mit ihm nach München zu fahren, damit ich endlich Lena und ihre Söhne kennenlerne. Er hat es eine *Annäherung* genannt, ein *Kennenlernen*, einen *ersten Schritt*. Ich wollte nichts davon wissen. Er hat gesagt, dass er mir das Haus zeigen will, dass ich mir ein Zimmer aussuchen soll, aber ich wollte kein verdammtes Zimmer. Ich wollte mein altes Zimmer und mein altes Leben. Ich habe alles getan, um es so schwer wie möglich für ihn zu machen. Anfangs hat er noch versucht, mit mir darüber zu reden, mich zu überzeugen, aber irgendwann hat er aufgegeben. Ich glaube, das war am schlimmsten. Dass er einfach ohne mich gefahren ist. Manchmal wäre es schön gewesen, wenn er auch mal ein Wochenende zu Hause geblieben wäre.

Papa räuspert sich.

»Du bekommst das größte Zimmer.« Er macht eine Pause und sieht zu mir rüber. »Und es hat einen eigenen Balkon.«

Ich schaue stur aus dem Beifahrerfenster. Es strengt mich richtig an, wie sehr er sich bemüht. Wie sehr er versucht, mir dieses Haus und dieses neues Leben zu verkaufen. Wie ein verdammter Immobilienmakler. Gleich schwärmt er mir noch von der Aussicht vor oder davon, dass der Balkon eine Südwest-Ausrichtung hat. Ich wette, Lenas blödes Haus ist genauso wie sie. Wie eine beschissene Homestory aus dem *AD Magazin*. Mit Hartholzböden und auserwählten farblichen Akzenten.

»Motte, ich gebe mir hier wirklich Mühe.« Er seufzt. »Ich weiß ja, dass das alles nicht einfach für dich ist.« Untertreibung des Jahrhunderts. »Und ich verstehe auch, dass es seltsam für dich sein muss, dass es nach so vielen Jahren eine Frau in meinem Leben gibt. Aber falls du Angst hast, dass Lena versuchen wird, deine Mutter zu ersetzen …«

»Das hat nichts mit *ihr* zu tun!«, fahre ich ihn an, und bevor er noch etwas sagen kann, setze ich meine Kopfhörer auf, drücke *Play* und verschränke die Arme vor der Brust. Es war so klar, dass er mit ihr kommen würde. Weil alles mit ihr zu tun hat. Sie ist seit siebzehn Jahren weg und immer noch ein Thema. Ich versuche, mich auf die Musik zu konzentrieren und meine Gedanken hinter mir zu lassen, aber natürlich schalte ich genau bei der Textstelle ein, wo der Sänger von Seafret davon singt, dass es sich so anfühlt, als würden sie Ozeane voneinander trennen. Genauso fühlt es sich für mich auch an. Ich bin mutterseelenallein. Umgeben von Wasser.

Mein Vater hat sie wirklich geliebt. Meine Mutter, meine ich. Sie war für ihn die Eine. Jetzt gibt es eine andere. Dazwischen gab es nur ihn und mich. Und irgendwo da draußen eine Frau, von der ich nichts weiß und die nichts von mir wissen will, mit der ich verwandt bin. Sie atmet und sie lebt, doch es ist ein Leben, in dem ich nicht vorkomme. Sie hat mich ausgeklammert, aber eine ständige Erinnerung an sich zurückgelassen. Wenn ich mein Gesicht anschaue, sehe ich sie. Ich erinnere mich daran, wie ich früher stundenlang mit einem Foto von ihr vor dem Spiegel stand und die Ähnlichkeit zwischen uns beiden gesucht habe – nur um sie dann zu widerlegen. Weil es beschissen ist, jemandem so ähnlich zu sehen, den man hasst. Oder hassen sollte. Jemandem, den man eigentlich nicht kennt und trotzdem vermisst. Jemandem, der etwas ganz tief in einem drin kaputt gemacht hat und von dem man sich dennoch wünscht, dass er eines Tages zurückkommt und einem sagt, dass er einen lieb hat. Menschen gehen. Manchmal körperlich – Lukas –, manchmal emotional – Papa – und manchmal beides – meine Mutter. Ich träume noch immer diesen naiven Traum, in dem sie mir sagt, dass sie keine andere Wahl hatte. Dass sie gehen musste. Dass sie schwerkrank war. Dass es ihr leidtut. Dass ich ihr jede Stunde eines jeden Tages gefehlt habe. Aber ich weiß, dass dieser Traum sich nie erfüllen wird. Der Traum ist naiv – nicht ich. Wenn mich jemand nach ihr fragt, erzähle ich, dass sie kurz nach meiner Geburt gestorben ist. Papa findet das zwar nicht richtig, aber er sagt nichts deswegen. Ich weiß, dass sie nicht wirklich tot ist, aber für mich ist sie es. Also läuft es aufs Gleiche hinaus. Zumindest tue ich so. Und ich bin gut darin, so zu tun als ob. Andere sehen nur das, was sie sehen wollen. In Wahrheit ist meine Mutter wie ein Albtraum, der immer wieder kommt. Sie fehlt mir. Und das, obwohl ich sie nicht mal kenne. Manchmal male ich mir Gespräche aus, die wir nie geführt haben, und erschaffe Erinnerungen, die es so nie gab. Ich habe sie mir so oft vorgestellt, dass sie in meiner Welt echt sind. Papa sagt, dass er hofft, dass ich ihr eines Tages verzeihen kann, weil es mir dann besser gehen wird. Aber wie soll man jemandem verzeihen, der einen nie um Verzeihung gebeten hat? Wie lässt man jemanden los, den man nie hatte?

Ich betrachte meine Reflexion in der Fensterscheibe. Gott, ich sehe ihr so verdammt ähnlich. Nur die helle Haut und die dunklen Haare habe ich von meinem Vater. Und das Grübchen in meiner rechten Wange, wenn ich lächle. Der Rest ist von ihr. Vor allem die Augen. Die Form und die Farbe. Wie karibisch-blaue Mandeln. Das Haar meiner Mutter ist blond, meines schwarz. Als würde ich Trauer tragen. Ein struppiges Kopftuch um ein blasses Gesicht. Meine Nase ist klein, aber weniger stupsig als die meiner Mutter. Und mit breiterem Rücken. Eigentlich ist ihre Nase viel zu niedlich für das Gesicht einer erwachsenen Frau. Fast schon absurd niedlich. Aber sie ist auch das perfekte Gegengewicht zu ihren Lippen. Sie hat das Näschen eines Kindes und den Mund einer Hure. Ich glaube, das passt ganz gut zu ihr. Und vielleicht auch zu mir.

Vor ungefähr einem Jahr hatte ich eine Phase, in der ich immer roten Lippenstift getragen habe. Als Lukas mich das erste Mal so gesehen hat, meinte er, dass ich mit den roten Lippen wie eine moderne Version von Schneewittchen aussehe. Er meinte, ich hätte ein Puppengesicht mit wütendem Blick und einem Mund, der für eine Märchenprinzessin viel zu obszön wäre. So kam er auf Schneeflittchen. Irgendwann hat er das »Schnee« einfach weggelassen und mich nur noch *das Flittchen* genannt. Das tut er bis heute. Lukas darf das, weil er Lukas ist. Mein bester Freund. Er darf das, weil er weiß, wie es in mir aussieht und wer ich wirklich bin. Manchmal denke ich, er weiß es sogar besser als ich.

Sie haben Ihr Ziel erreicht

Ich bin müde, aber gleichzeitig total aufgekratzt. Als hätte ich jeden Moment eine mündliche Prüfung, die ich unbedingt bestehen muss. Mein Körper will schlafen, aber mein Kopf denkt nicht daran. Die Navigationsfrau sagt, dass wir unser Ziel in sechs Minuten erreichen werden. Ich will nicht ankommen, aber gleichzeitig bin ich froh, dass wir bald da sind, weil ich langsam nicht mehr sitzen kann. Ich habe jede Position so lange wie möglich ausgehalten, und jetzt habe ich sie alle durch. Meine Beine kribbeln, und ich wippe nervös mit den Füßen, was Papa zu nerven scheint, aber offensichtlich nicht genug, um mich zu bitten, damit aufzuhören. Noch vier Minuten. Ich frage mich kurz, warum Papa das Navi nicht schon längst ausgeschaltet hat – immerhin kennt er den Weg –, aber vielleicht lässt er es meinetwegen an. Damit ich mich seelisch auf unser neues Leben vorbereiten kann.

Er setzt den Blinker und biegt rechts ab, und obwohl es so dunkel ist, sieht man sofort, dass wir uns in einer wohlhabenden Wohngegend befinden. Es gibt echt nichts Schlimmeres als getarnte Bonzen. Die, die sich in abgelegene Straßen verziehen, weil sie schließlich viel zu viel Klasse haben, ihren Reichtum öffentlich zur Schau zu stellen. Alter Baumbestand, riesige Grundstücke, teure Autos. Ich erhasche einen Blick auf eine moderne Festung mit gigantischen Fensterfronten und penibel gestutzten Grünflächen, die aussehen wie ein dichter Teppich aus Grashalmen. Sie stehen kerzengerade nebeneinander wie winzige Soldaten zum Morgenappell. In der Auffahrt ein Audi S3 in Schwarz und ein Q7 in Silber. Ich wette, es ist ein Diesel. Reiche Leute sind nämlich grundsätzlich umweltbewusst. Oder sie reden es sich nur ein. Ich wette, Lena hat einen Mini Cooper S in Beige. Und eine meterdicke Spießerhecke, die wie ein ökologischer, perfekt getrimmter Wall um ihr Protzhaus liegt. Schützende Arme aus Buchs, die sie und ihre Jungs vor neugierigen Blicken schützen. Noch eine Minute.

»Gleich haben wir es geschafft, Motte«, sagt Papa. »Das da vorne ist es.«

Ich recke meinen Hals, aber ich erkenne nichts. Papa wird langsamer, dann biegt er in eine breite Kieseinfahrt. Und da steht er. Ein Mini Cooper S. Er ist dunkelgrün, nicht beige. Das wäre meine zweite Wahl gewesen. Das Haus liegt verborgen hinter einer scheinbar unüberwindbaren Mauer aus Geäst. Kein Buchs, aber ein Meer aus Büschen. Papa parkt und zieht den Schlüssel ab.

»So. Da wären wir.«

Wir steigen aus, und die Steine knirschen unter unseren Schuhsohlen. Der Kiesweg führt zu einem lächerlich großen Haus. Es ist tatsächlich noch größer als in meiner Vorstellung. Weiß mit dunkelgrünen Fensterläden. Auf der rechten Seite wuchert der Efeu bis unters Dach. Der Vorgarten ist gepflegt, aber nicht zu gepflegt. Wildromantisch mit einem großen Fischteich umringt von Büschen, Blumenbeeten und hohen Laubbäumen. Das hier wäre die perfekte Kulisse für einen englischen Kostümfilm. Es fehlt eigentlich nur noch eine Kutsche.

»Toll, oder?«, fragt Papa und legt den Arm um mich. »Und innen ist es tatsächlich noch schöner.«

Er klingt wieder wie ein Makler, aber ich muss ihm recht geben. Es ist wunderschön. Hassen tue ich es trotzdem.

»Komm schon«, sagt er und schiebt mich zum Eingang. »Lass uns reingehen.« Ich will da nicht rein. Ich will einfach ein paar Monate vorspulen. Zu dem Tag, wenn ich ausziehe. Ich will den Teil dazwischen überspringen. Das Sich-vorstellen und Lächeln, dieses So-tun-als-wäre-man-aus-demselben-Holz-geschnitzt. Wir gehen die letzten Meter auf die Haustür zu.

»Hast du einen Schlüssel zu unserem neuen Zuhause oder müssen wir klingeln?«, frage ich trotzig.

»Natürlich habe ich einen, aber ich möchte Lena und die Jungs nicht erschrecken.« Er nickt in Richtung Klingel, und ich strecke widerwillig die Hand aus. Aus dem Haus dringen Stimmen und das Geklapper von Geschirr. Meine Fingerkuppe schwebt über dem Klingelknopf, bleibt aber auf Abstand, so als würden sie sich gegenseitig abstoßen. Als wären sie beide negativ geladen. Ich will nicht hier sein, und die Klingel weiß das.

»Jetzt komm schon, Sophie«, sagt Papa ungeduldig. Als ich mich nicht bewege, drängt er mich ein Stück zur Seite und drückt selbst auf den Klingelknopf. Er kann es kaum erwarten, in dieses blöde Haus zu kommen, und ich kann es kaum erwarten, schlafen zu gehen, weil das einer Bewusstlosigkeit am nächsten kommt.

Die Tür geht auf. Und da steht sie: Lena in all ihrer Perfektion. Papa starrt sie an. Ein bisschen so, als hätte ihr Anblick ihm einen Schlag versetzt. In ihrem Gesicht breitet sich ein Lächeln aus, und ihre Zähne erinnern mich an Zahnpastawerbung. Lena lacht, Papa strahlt. Er leuchtet wie eine Laterne. Das kann ja was werden. Die beiden sind wie zwei verliebte Teenager, die zusammenziehen. Ich warte darauf, dass Lena mich begrüßt, aber sie bemerkt mich nicht. Ihr blondes Haar glänzt im warmen Licht des Flurs goldgelb, und ihre Augen funkeln. Sie sieht glücklich aus. Und Papa sieht glücklich aus. Nur ich sehe nicht glücklich aus. Ich möchte mich für sie freuen. Ich möchte ihnen ihr Glück gönnen. Aber ich schaffe es nicht. Er sieht sie an, als wäre sie das Beste, was ihm je passiert ist, und als hätte er Angst, jeden Moment in seinem alten Leben in Hamburg aufzuwachen. Nur mit mir.

»Können wir dann mal reingehen?«, frage ich gereizt.

Lena und Papa schauen mich an, als wäre ich ein böser Geist, der ohne Erlaubnis ihren Augenblick betritt, doch dann macht Lena einen Schritt auf mich zu. Sie lächelt mich warm an. Irgendwie erinnert sie mich an die weibliche Hauptrolle aus dem Film *Wie ein einziger Tag*. Rachel Soundso. Sie hat dieselben fröhlichen Augen und ein ebenso fröhliches Lachen. Lena ist vielleicht keine Schauspielerin, aber sie spielt definitiv eine Hauptrolle. Und zwar die im Leben meines Vaters.

»Hallo, Sophie«, sagt sie und legt zaghaft die Arme um mich, als wäre ich ein unberechenbares Tier, das jeden Augenblick nach ihr schnappen könnte. »Schön, dass du da bist.« Ich will ihr nicht glauben, aber es klingt nicht nach einer Lüge. Es klingt tatsächlich aufrichtig. Lena lässt mich los und zeigt ins Innere des Hauses. »Bitte, kommt doch rein. Das Essen ist gleich fertig.«

Zwei Jungs laufen auf uns zu und springen an meinem Vater hoch. »Christian! Christian!«, rufen sie begeistert. Sie könnten Zwillinge sein, wenn da nicht der Größenunterschied wäre. Ich schätze sie auf sechs und zehn. Vielleicht ist der Ältere auch schon elf. Er ist in dem Alter, wo er noch spielt wie ein Kind. Aber bald schon wird ihm alles peinlich sein. Die beiden tragen dunkle Jeans und dunkelblaue Pullover. Ihre Haare sind ordentlich frisiert und ihre Wangen rosig. Sie sehen aus, als kämen sie gerade von einem Fotoshooting für überteuerte Kindermode.

»Jetzt lasst Christian und Sophie doch erst mal richtig ankommen, ihr zwei«, sagt Lena lachend. Aber sie denken gar nicht daran. Sie hängen an Papa wie kleine Äffchen. Ich finde sie jetzt schon anstrengend. Als dann auch noch ein Hund angerannt kommt, schüttle ich nur den Kopf. Stimmt. Da war was. Ich wusste, dass es einen gibt, aber in meiner Vorstellung war es ein Golden Retriever und kein puscheliger Mischlingsköter. Sein Fell hat die Farbe von schwarzen Jeans, die nicht richtig gewaschen wurden, aber sein Gesicht ist überraschend niedlich. Er schnuppert an meinem Knie, setzt sich vor mich hin und schaut mich aus dunklen Augen an. Immerhin einer, der mich wahrnimmt. Wir mustern einander. Wenn ich ein Hund wäre, würde ich aussehen wie er.

»Valentin, Leon«, sagt Papa und setzt die beiden Jungs ab, »darf ich vorstellen, das ist meine Tochter Sophie.« Sie strecken mir artig die Hände entgegen.

»Dann bist du also unsere neue Schwester«, stellt der kleinere fest und strahlt mich an. Als ob es so einfach wäre. Ich will gerade widersprechen und ihm sagen, dass ich *niemals* seine Schwester sein werde, aber seine großen Kinderaugen und dieser Blick lassen mich schweigen. »Mama, darf ich Sophie mein Zimmer zeigen?«

»Klar darfst du das, aber zeig ihr doch erst einmal, wo sie ihre Jacke aufhängen kann, ja?«

»Okay.« Leon greift nach meiner Hand, als wäre das das Selbstverständlichste der Welt, dann sagt er »Komm mit« und zieht mich hinter sich her. »Das da ist dein Haken.« Er deutet auf die Garderobe. »Und das ist deine Schublade.«

»Meine Schublade?« Er nickt. »Wofür brauche ich denn eine Schublade?«, frage ich verständnislos.

»Für deine Schals und Mützen«, antwortet er, als wäre das eine total bescheuerte Frage gewesen. Leon hält noch immer meine Hand. Seine ist klein und warm und weich.

»Hast du denn auch eine?«

»Ja«, sagt er und nickt. »Meine ist die ganz unten, weil ich am kleinsten bin.«

»Verstehe.«

Leon zeigt auf die oberste Schublade. »Das war mal die von meinem Papa, aber jetzt gehört sie Christian.« In diesem Moment wird mir klar, dass ich nicht die Einzige bin, für die sich alles ändert. Leon und Valentin haben zwar noch ihr Zuhause und sie sind nicht allein, aber ihre Familie ist genauso kaputt wie meine. Nur eben anders.

Leon zieht mich zu den Stufen. »Komm, ich zeig dir mein Zimmer.« Er lächelt mich von unten an, dann flüstert er: »Ich hab eine Höhle, aber das darfst du keinem sagen, okay, Sophie?«

Mit seinen blauen Augen und der kleinen Nase könnte er echt mein Bruder sein.

»Ich sage kein Wort. Das ist unser Geheimnis.«

Er bleibt stehen und schaut mich an, als wollte er sichergehen, dass ich wirklich die Wahrheit sage. Dann lächelt er zurückhaltend. Und einfach so mag ich ihn. Und das, obwohl er nicht mein Bruder ist.

Ein Haus voller Geschichten

Knapp dreißig Minuten später kenne ich jeden Quadratzentimeter des Hauses. Leon und Valentin – der als älterer Bruder natürlich mitgekommen ist – haben mir sogar die Abstellkammer und den Heizraum gezeigt, weil man sich dort besonders gut verstecken kann. Wir haben die Führung im Keller begonnen und uns nach und nach hochgearbeitet. Jetzt kenne ich jedes Zimmer. Bis auf Lenas und meins. Leon hat gesagt, dass ich mich gedulden muss, weil er sich schließlich auch gedulden musste. Immerhin wollte er mir als erstes sein Zimmer zeigen, aber das hat laut Valentin überhaupt keinen Sinn ergeben. Er hat die Arme verschränkt und in diesem »Ich bin der größere und deswegen habe ich auch recht«-Tonfall gesagt: *Wir gehen doch nicht erst hoch, dann wieder runter und dann wieder hoch? Das ist doch Quatsch! Wir fangen unten an.* Und genau so haben wir es gemacht. Leon und ich haben uns geduldet, und wir haben unten angefangen. Doch als wir dann endlich in der ersten Etage angekommen sind, gab es kein Halten mehr. Leon hat an meinem Arm gezogen, als wäre er ein übermütiger Welpe und mein Arm die Leine, die ihn davor beschützt, Dummheiten zu machen. Ich habe mir sein Bett ganz genau angesehen und ihm versichert, dass ich gut verstehe, dass es ihm so gut gefällt. Ich dachte, ich hätte lange genug Interesse dafür gezeigt, und wollte schon wieder gehen, aber Leon hat darauf bestanden, dass ich mich reinlege – was ich eigentlich nicht wollte, aber letztlich trotzdem getan habe. Er hat sich neben mich gelegt und mir zugeflüstert, dass das winzige Zimmer, in dem sein Bett steht, eigentlich ein Schrank ist, worauf ich auch ohne seine Hilfe gekommen wäre, aber ich habe nichts gesagt. Leon hat erzählt, dass es seine Zauberhöhle ist und dass er sein Bett erst nicht in den Schrank tun durfte, weil sein Papa gesagt hat, dass ein Schrank nicht zum Schlafen da ist. Und dann hat er noch gesagt, dass man in einer Badewanne ja auch nicht schläft, sondern badet. Leon hat gekichert und mir zugeflüstert, dass er ja gar nicht in der Badewanne schlafen wollte und dass sein Papa das irgendwie falsch verstanden hat. Ich musste lachen. Ich glaube zum ersten Mal heute.

Valentins Zimmer ist das eines älteren Jungen. Weil er ja auch älter ist, hat er gesagt, und ich habe genickt. Er hat eine Nische mit Hochbett und darunter einen Schreibtisch. Und sogar einen Computer. Den alten von seinem Papa. Leon und Valentin teilen sich ein Bad, das erstaunlich sauber ist, weil ihre Mama will, dass sie lernen, Ordnung zu halten. Als ich gesagt habe, dass mir der Boden gefällt, haben sie mir erzählt, dass vor zwei Jahren ein Mann da war, der alle Böden abgeschliffen hat und dass danach überall Staub war. Ü-BER-ALL. Sie haben ihre Ausführungen mit energischem Nicken und großen Augen unterstrichen, so wie bloß Kinder es können. Ich gebe es ja nur sehr ungern zu, aber das Haus ist wirklich schön. Liebevoll und gemütlich. Das Haus einer Mutter. Holzfußböden und riesige Fenster mit langen Vorhängen aus seidig-leichtem Stoff. Leon hat gesagt, dass er sie atmen lassen kann. Als ich nicht verstanden habe, wovon er spricht, hat er die Tür zum Flur einen Spalt weit geöffnet, ein Fenster aufgemacht und den Vorhang zugezogen. Der kalte Wind hat sie aufgebläht, als wären es weiße Lungen. In den Fluren stehen Pflanzen in riesigen Töpfen, und an den Wänden hängen große gerahmte Bilder. Abstrakte Kunstwerke. Kunstgeschmack hat sie auch noch.

»Jungs?«, ruft Lena von unten zu uns hoch.

»Ja?«, rufen sie zurück.

»Habt ihr Sophie schon ihr Zimmer gezeigt?«

»Nein, aber das wollten wir gerade.«

Die alten Treppendielen knarzen, als Papa und Lena die Stufen hinaufsteigen. Dann stehen sie Hand in Hand vor uns.

»Ich hätte dir das Haus gerne selbst gezeigt«, sagt sie und lächelt entschuldigend, »aber ich musste mich noch ums Essen kümmern.«

»Kein Problem«, antworte ich, weil ich ehrlich gesagt ganz froh bin, dass sie bei der großen Führung nicht dabei war. »Valentin und Leon haben mir bis auf dein und mein Zimmer alles gezeigt.«

»Sogar den Keller«, sagt Valentin.

»Und die Abstellkammer«, fügt Leon hinzu und nimmt wieder meine Hand. »Mensch, Valentin! Wir haben den Dachboden vergessen!«, ruft er aufgebracht. »Mama, dürfen wir den Sophie nachher noch zeigen?«

»Wenn es dann noch nicht zu spät ist und Sophie Lust dazu hat, ja, ansonsten irgendwann in den nächsten Tagen.«

»Bitte, bitte, heute, Mama!«

»Mal sehen, Leon. Christian und Sophie haben eine lange Fahrt hinter sich.«

Papa legt den Arm um Lena, und ich schaue schnell weg. »Lena und ich haben schon mal ein paar Kisten reingetragen«, sagt er. »Ich dachte, dass du sicher dein kleines Kissen, das Malzeug und ein paar andere Sachen haben möchtest. Deinen Laptop habe ich ans Ladekabel gehängt, falls du später noch Lukas anrufen willst.«

Leon schaut mich von unten an. »Wer ist Lukas?«

»Sei nicht so neugierig, Leon«, sagt Lena, dann wendet sie sich mir zu. »Nach dem Essen suche ich die Zugangsdaten fürs Internet raus, und wenn du willst, können wir die Kisten dann zusammen hochtragen.«

Ich weiß nicht, was ich antworten soll. Vermutlich wäre ein *Danke* angebracht, aber ich nicke nur und sage: »Okay, ist gut.«

»Darf ich Sophie jetzt ihr Zimmer zeigen?«, fragt Leon und springt unruhig auf und ab.

»Ja, das darfst du.«

Mein Zimmer ist riesig. Mindestens vier Mal so groß wie mein altes. Es ist die Art von Raum, in dem Ohrensessel und kleine Holztische mit schweren Kristall-Aschenbechern stehen sollten. Oder Regale mit Unmengen von Büchern. Das bin nicht ich. Vor allem nicht im Moment. Alle starren mich an und warten auf meine Reaktion. Sie warten auf den Freudenschrei. Aber ich schreie nicht. Ich stehe nur da und fühle mich verloren.

»Na, was sagst du?«, fragt Papa. »Ist das Zimmer nicht der Wahnsinn?« Er nimmt mich mit den Händen bei den Schultern und schiebt mich zur Balkontür, dann macht er sie auf. »Schau dir nur mal den Balkon an. Der ist doch großartig!« Ich schaue hinaus und zwinge mich zu einem Lächeln. Ich kann kaum atmen. Das ist nicht mein Zuhause. Papa schüttelt den Kopf und seufzt gereizt. »Kannst du vielleicht mal etwas sagen?« Ich fühle mich, als müsste ich jeden Moment kotzen. Mir bricht der Schweiß aus.

»Gefällt es dir nicht?«, fragt Leon.

»Doch, doch … es … Es ist wirklich wunderschön.«

Ich schaue kurz zu Boden. Als ich wieder aufschaue, treffen sich Lenas und meine Blicke.

»Das sind sehr viele Eindrücke auf einmal für Sophie«, sagt sie und lächelt. »Ich glaube, wir sollten jetzt erst mal etwas essen, und dann sehen wir weiter, okay?«

»Kann Sophie neben mir sitzen?«, fragt Leon.

»Das musst du Sophie selbst fragen. Wenn sie das will, dann gerne.«

Ich bin Lena dankbar, aber genau das will ich nicht sein. Ich will sie nicht mögen.

Ich will nichts mit ihr zu tun haben.

Eine Taube auf dem Dach

Papa hatte recht. Lena kocht hervorragend. Und es war kein Schweinebraten. Es war Lasagne. Mein Lieblingsessen. Wenn das mal kein Zufall ist. Das Essen war sehr gut, die Unterhaltungen wirr und die Stimmung in Ordnung. Ich habe hauptsächlich auf Leons viele Fragen geantwortet und ansonsten geschwiegen. Es war ein bisschen so, als hätte ich einen Gastauftritt in einer Fernsehserie und meinen Text noch nicht bekommen. Alle kannten ihre Rolle und ihren Einsatz. Nur ich nicht.

Wenn man es genau nimmt, habe ich mich in fast allem getäuscht. Kein Dirndl, keine Knödel, kein protziges Haus, keine Timoschenko-Zopf-Frisur. Nicht mal ein Golden Retriever. Stattdessen ein schmutzig-schwarzer Hund, der Carlos heißt und der mich aus irgendeinem Grund sofort ins Herz geschlossen hat. Er folgt mir auf Schritt und Tritt. Sogar aufs Klo. Seltsames Tier. Lena und die Jungs haben – bestimmt dreiundzwanzig Mal – betont, dass Carlos eigentlich *niemanden* mag. Vielleicht mag er mich deswegen. Ich mag schließlich auch niemanden.

So sieht also mein neues Leben aus. Ich habe einen Hund, der nicht mein Hund ist, ein Zimmer, in dem ich problemlos ein Tennis-Doppel spielen oder drei Viertel des Platzes untervermieten könnte, und zwei kleine Brüder, die sich riesig freuen, dass ich da bin, die aber nun mal nicht meine Brüder sind. Ich habe ein eigenes Bad und viele sehr geschmackvolle Möbel, die ich mir nicht ausgesucht habe. Es ist, als wäre ich gestern in meinem alten Leben ins Bett gegangen und heute in einem völlig neuen aufgewacht. So wie in *Freaky Friday*. Nur anders.

Ich will gerade die Tür zu meiner Schlafhalle zumachen, als Leon meinen Namen ruft. Nicht schon wieder. Da habe ich gerade den Hund abgeschüttelt, dann kommt er. Das sind viel zu viele Menschen. Und Stimmen. Und Eindrücke. Ich bin ein Einzelkind ohne Haustiere mit einem Chirurgen als Vater. Mein Leben war tendenziell immer leise bis einsam. Und das war mir ganz recht. Meistens zumindest.

»Sophie?«

Einen Moment bin ich versucht, so zu tun, als hätte ich ihn nicht gehört, doch da spitzt er auch schon durch den Türspalt. Leon weiß ganz genau, wie niedlich er ist und wie er seine Kinderwaffen einsetzen muss.

»Was gibt's denn?«

»Darf ich dir den Dachboden zeigen?«

Auch das noch. Ich glaube, ich habe heute echt genug von diesem Haus gesehen. Außerdem bin ich so voll, dass ich mich kaum noch bewegen kann. Und müde.

»Reicht das nicht morgen?«, frage ich, obwohl ich ihm am liebsten die Tür vor der Nase zumachen will.

»Aber er wird dir gefallen.«

»Kann schon sein«, antworte ich, »aber das wird er morgen auch noch.«

»Bitte, Sophie.« Dieser kleine Mensch mit seinen fiesen großen Augen. »Das dauert auch gar nicht lang. Der Teil vom Speicher, den ich dir zeigen will, ist nämlich nur ganz, ganz klein.«

Ich seufze. »Na gut, zeig mir den Speicher.« Leon strahlt mich an. Als ob er nicht die ganze Zeit gewusst hätte, dass ich ohnehin Ja sagen würde. »Ich hoffe, er ist wirklich klein.«

»Das ist er. Meine Uroma hat gesagt, da hat ganz früher mal ein Diener drin gewohnt.«

»Ach was.«

Ich folge ihm durch den langen Flur, an dessen Ende eine steile Holzleiter steht. Wir bleiben stehen, und Leon zeigt nach oben.

»Siehst du die Klappe da?«

Mein Blick folgt seinem ausgestreckten Zeigefinger.

»Ja, die sehe ich.« Wenn auch nicht gleich, weil sie ebenso wie die Decke und die Wände weiß gestrichen ist.

»Die musst du hochdrücken. Aber du musst vorsichtig sein, die klemmt manchmal und wenn man nicht aufpasst, fällt sie einem auf den Kopf.«

»Aha«, sage ich und mustere ihn prüfend. »Du hast aber nicht rein zufällig vor, mich unauffällig aus dem Weg zu räumen, oder?«

Er schaut mich an. »Was?«

»Vergiss es.«

Ich schaue noch einmal hoch, dann steige ich langsam die alten Sprossen hinauf. Als ich oben angekommen bin, halte ich mich an der obersten fest und stemme mich gegen die quadratische Holztür. Und es passiert gar nichts. Als ich etwas fester drücke, klappt die Luke mit Schwung nach oben und bleibt offen stehen. Der Speicher liegt schwarz wie die Nacht über unseren Köpfen.

»Warte, ich gehe vor!«, ruft Leon, quetscht sich an mir vorbei und schaltet das Licht ein. Ich klettere die letzten Sprossen hoch, dann stehe ich neben ihm in einem Raum der Größe einer geräumigen Abstellkammer. Es ist der gleiche Holzfußboden wie im restlichen Haus, nur dass der hier nicht abgeschliffen wurde. Seine Kerben und Furchen erzählen spannende Geschichten. Alles ist alt. Bis auf das Fenster. Das ist ganz offensichtlich ersetzt worden. Das neue ist ziemlich groß – zu groß für so ein winziges Zimmer. Ich drehe mich um die eigene Achse. Hier ist es klein und gemütlich und so weit oben, dass man in die noch nackten Baumkronen schauen kann. Als wäre man selbst in einem Baum. In luftiger Höhe. Ganz allein und doch geborgen. Wie die Taube auf dem Dach.

»Schön, oder?« Leon setzt sich im Schneidersitz auf den Boden und blickt aus dem Fenster. Ich setze mich neben ihn. Er schaut hoch und grinst mich an. »Das hier magst du lieber als das große Zimmer.«

Ich grinse zurück. »Ja, kann schon sein.«

»Es ist ein bisschen wie meine Höhle.«

»Das ist es.« Die Dunkelheit umhüllt uns wie eine Decke. Eine Weile sitzen wir da und schweigen. Alles ist still. Nur der Wind pfeift ums Dach. Es ist ein heimeliges Geräusch.

»Da hinten«, sagt Leon, steht unvermittelt auf und erwartet offensichtlich, dass ich es auch tue, »da ist das Bad.«

»Im Ernst?« Na ja, eigentlich logisch. Der Diener musste eben auch mal duschen.

»Schau, es ist ganz klein«, sagt Leon in seinem zufriedenen Tonfall. Ich muss lächeln. Das scheint irgendwie die Hauptsache zu sein. Ich stecke meinen Kopf ins Badezimmer, und damit ist es auch schon fast voll. Es besteht aus dem kleinsten Waschbecken, das ich je gesehen habe, einem Klo und einer Dusche für Schlangenmenschen. Es ist einfach perfekt.

Schöne neue Welt

Ich habe geahnt, dass Papa von meiner Idee nicht gerade begeistert sein wird, aber irgendwie dachte ich, er würde mich verstehen. Stattdessen kam nur ein Vortrag, was denn an dem anderen Zimmer nicht passen würde und dass ich endlich einmal genug Platz zum Zeichnen hätte und dass Lena und die Jungs sich so reingehängt haben und dass ich nicht so undankbar sein soll und dass er gar nicht versteht, warum ich mich so anstelle. Das alles hat er mir bei angelehnter Tür in meinem neuen Zimmer wütend entgegengeflüstert. Es sollte schließlich keiner hören, dass wir eine Auseinandersetzung haben, wo wir doch jetzt so eine große glückliche Familie sind.

»Beim Essen vorhin hast du kaum ein Wort gesagt, du bedankst dich nicht für das wunderschöne Zimmer oder dafür, dass alle dir ihre Hilfe anbieten.« Er macht eine Pause. »Warum musst du so sein?«

»Warum *ich* so sein muss?«, flüstere ich schroff zurück. »Das hier war nicht meine Entscheidung. Es war ganz allein deine. Du hast nicht gefragt, ob ich das will!«

»So ist es, Sophie«, antwortet er gereizt. »Es geht ausnahmsweise mal nicht nur um dich!« *Nur um mich?* »Das hier ist seit deiner Geburt die *erste* Entscheidung, die ich für mich getroffen habe, und dafür werde ich mich ganz sicher nicht entschuldigen. Mein gesamtes Leben hat sich *immer* und *ausschließlich* um dich gedreht.«

Ich starre ihn an. So etwas hat er noch nie gesagt. Zum ersten Mal fühle ich mich wie eine Bürde. Wie eine genetische Verpflichtung. Als hätte die Tatsache, dass meine Mutter mir das Leben geschenkt hat, ihm seines weggenommen. Ich will gerade sagen, dass sie mich ja hätten abtreiben lassen können, aber mein Vater ist schneller. »Ich hatte gehofft, du würdest dich einkriegen, aber langsam reicht es!«

»Langsam reicht es?«, frage ich mit bebender Stimme. »Du tust ja gerade so, als wären wir schon mehrere Wochen hier! Aber es sind Stunden. Ein paar Stunden!«

»Nicht so laut«, flüstert Papa wütend.

»Ich musste das Haus verlassen, in dem ich aufgewachsen bin, mein Zimmer und meine Schule und die Stadt, in der ich siebzehn Jahre lang gelebt habe!«

»Ich habe gesagt, *nicht so laut*!«, sagt Papa nun selbst laut.

»Warum? Ist laut sprechen hier verboten?«

»Hör jetzt auf, Sophie.« Er klingt bedrohlich und fremd.

»Womit denn?«, frage ich fast verzweifelt. »Was habe ich denn getan? Ich habe nur etwas gefragt!«

Die Tür geht auf. »Ist bei euch alles okay?« Lena betritt unaufgefordert das Zimmer. Als Papa sie sieht, lächelt er los wie ein abgerichteter Hund. Gott, wie armselig.

»Ja, alles okay«, lügt er.

»Das klang aber nicht so.«

»Es war nur ein Missverständnis. Sophie und ich haben das schon geklärt.« Er schaut mich eindringlich an. »Nicht wahr, Sophie?«

Der Mann, der mir gerade gegenübersteht, sieht aus wie mein Papa, er hat seine Stimme und trägt seine Kleidung. Aber er ist es nicht. Er ist ein völlig anderer Mensch.

»Worum ging es denn?«, fragt Lena.

»Wie gesagt«, sagt mein Vater scheinbar ruhig, »wir haben das geklärt.«

»Aber es scheint Sophie ziemlich mitgenommen zu haben.«

Mein Blick findet ihren. Ich brauche ihre Hilfe nicht. Und ich will sie auch nicht. »Hat eure Auseinandersetzung etwas mit dem Zimmer im Speicher zu tun?«

»Du hast Lena bereits gefragt?«, platzt es aus meinem Vater heraus. »*Bevor* du mit mir gesprochen hast?«

»Nein, Christian, das hat sie nicht«, sagt Lena, ehe ich reagieren kann. Ich kann kaum atmen.

»Sondern?«

»Leon hat mir erzählt, dass er mit Sophie auf dem Dachboden war und dass sie sich dort oben sofort wohlgefühlt hat.«

Mein Vater seufzt und schließt einen Moment die Augen, dann macht er einen Schritt auf Lena zu und nimmt ihre Hand. »Es tut mir leid, dass ich dich eben so angeredet habe«, sagt er reumütig. »Ich bin einfach völlig fertig.«

Es tut ihm leid, dass er sie eben so angeredet hat? Meine Augen brennen verräterisch. Nicht jetzt. Keine Tränen. Nicht vor ihr.

»Sophie, wenn du das Zimmer haben willst, ist das überhaupt kein Problem.«

Wenn sie denkt, dass sie mich mit ihrem lahmen Versuch, sich auf meine Seite zu schlagen, beeindrucken kann, hat sie sich getäuscht. Immerhin ist es ihre Schuld. *Sie* hat alles kaputt gemacht. Und am liebsten würde ich ihr genau das sagen. Dass Papa und ich uns immer gut verstanden haben, dass wir nie Streit hatten. Nie. Dass alles gut war. Bis sie auf der Bildfläche erschienen ist. Vor Lena waren Papa und ich ein Team. Wir haben zusammen Serien geschaut und Doppelkopf gespielt. Manchmal auch Schach.

»Ich wäre nie auf die Idee gekommen, dir das obere Zimmer

zu geben, weil es so unglaublich klein ist. Ich wollte nicht, dass du dich wie Cinderella in ihrem Turmzimmer fühlst.«

Lena lächelt. Ich hasse sie. Aber wenn ich das laut aussprechen würde, würde meine Stimme versagen. Ich würde hysterisch klingen und in Tränen ausbrechen, und Papa würde ausrasten.

»Das Bad ist seit Ewigkeiten nicht geputzt worden, aber das können wir morgen zusammen machen, wenn du willst. Oder besser gesagt, nacheinander – es ist schließlich viel zu klein.« Lena lächelt. »Und dann bringen wir deine Sachen hoch.« Sie macht eine Pause. »Was denkst du?«

Ich will ihr sagen, dass sie sich zum Teufel scheren soll, aber ich will dieses Zimmer. Ich will meinen Turm und meine Ruhe, deswegen räuspere ich mich und antworte: »Das wäre sehr schön. Danke.« Dieser simple Satz kostet mich all die Kraft, die ich in mir habe. Vor allem das letzte Wort.

»Das Bett können wir jetzt gleich hochbringen, dann kannst du schon heute dort schlafen.« Sie lächelt und schaut zu meinem Vater. »Zu dritt haben wir das ganz schnell erledigt. Den Futon-Lattenrost aus dem Gästezimmer kann man zusammenschieben. Der sollte problemlos durch die Luke passen.«

Ich weiß, dass mein Vater dagegen ist. Seine Körperhaltung und seine finstere Miene lassen keinen Zweifel daran. Trotzdem nickt er. Vermutlich will er Lena später noch flachlegen und kann deswegen keinen Streit mit ihr gebrauchen.

»Also gut«, sagt er mit einem kühlen Blick in meine Richtung. »Dann machen wir das eben. Auch wenn ich es vollkommen unnötig finde.«

»Ich finde es kein bisschen unnötig«, erwidert Lena. »Ich möchte, dass Sophie sich hier zu Hause fühlt.« Sie zeigt in Richtung Flur. »Wollen wir?«

Ich will nach Hause. Und ich will weinen. Aber da das nicht geht, nicke ich. Nicht mehr lang und ich kann mit Lukas skypen. Wenn ich sein Gesicht sehe, wird es mir gleich besser gehen. Er ist der Einzige, der mich versteht.

Und Lena natürlich. Verdammte Schleimerin. Sie will, dass ich sie mag. Aber das wird nicht passieren.

Die Verbindung wird gehalten

»Mensch, Flittchen, endlich …«, sagt Lukas, als er meinen Skype-Anruf annimmt. Es tut so gut, sein Gesicht zu sehen, dass ich fast in Tränen ausbreche. Wenigstens etwas Bekanntes in dieser schönen neuen Welt. »Ich dachte schon, du hast mich vergessen.«

»Als ob ich dich vergessen könnte.«

Er grinst. »Wenn das stimmt, wie kann es dann sein, dass ich über eine Stunde lang vor dem Bildschirm herumgesessen bin und auf deinen Anruf gewartet habe?«

Ich seufze. »Wir haben gegessen, und dann hat Lena das blöde WLAN-Passwort nicht gefunden.« Ich mache eine Pause. »Ach ja, und davor mussten wir noch mein japanisches Bett in die Dienerwohnung schleppen.«

Er legt den Kopf schräg. »Dein was in die was?«

Ich muss lachen. »Hier gibt es eine ehemalige Dienstboten-Unterkunft.«

»Aha.« Er zieht die Augenbrauen hoch. »Ist wohl ein großes Haus.«

Ich lehne mich an die Wand. »Das könnte man wohl sagen.«

»Ein schönes Haus?«

»Ja, schon.«

Lukas lächelt.

»Was ist?«, frage ich.

»Ach nichts, ich warte nur darauf, dass du mir erzählst, was dich so beschäftigt.«

»Wie meinst du das?«

»Komm schon, dein leerer Blick hat ja wohl kaum etwas mit dem Passwort oder deinem komischen Bett zu tun.«

Lukas. Mein Lukas.

»Nein, das hat er nicht«, gebe ich zu.

»Also, was ist passiert?«

Ich presse meine Lippen aufeinander. »Papa und ich haben gestritten.«

»Was? Du und dein Vater?«, fragt er erstaunt. »Aber ihr … ihr streitet nie.«

»Jetzt schon.«

Lukas macht sein »Oh-Flittchen-das-tut-mir-so-leid«-Gesicht, und ich muss lächeln. »War es sehr schlimm?«

»Für unsere Verhältnisse schon.«

»Willst du drüber reden?«

»Nicht wirklich, nein.«

»Okay.«

Es entsteht eine Pause, die so laut ist, dass ich sie brechen muss.

»Und bei dir? Ist mit dir und deinem kleinen Croissant alles gut?«

Er grinst. »Ja, alles gut.«

Damit war zu rechnen. Die beiden sind wie ein verdammtes Disney-Märchen.

»Vianne hatte die letzten zwei Wochen wegen dem ganzen Schulstress zwar keine Lust auf Sex, aber seit gestern ist auch das ausgestanden.«

»Das freut mich wirklich sehr für dich, aber ich brauche echt keine Details«, sage ich und rümpfe die Nase.

»Du willst nicht hören, wie ich es ihr gestern nach allen Regeln der Kunst besorgt habe?«

»Halt die Klappe«, sage ich, und er grinst dreckig. »Wir hatten einen Deal, schon vergessen?«

»Natürlich nicht. Fragen über Sex, die Anatomie der Frau und ihre geheimsten Fantasien und Wünsche: Ja. Details zum Akt als solchem: Nein.«

»Gut«, antworte ich lächelnd.

Klar weiß ich, dass Lukas ein Kerl ist, und ich weiß auch, dass er einen Penis hat und dass er den auch benutzt, aber ich habe ihn nie auf diese Art gesehen. Sein Genitalbereich ist wie der von Barbies Ken: nicht vorhanden. Wir kennen uns seit dem Kindergarten. Und auch wenn mir bewusst ist, dass seitdem nicht nur seine Hände und Füße gewachsen sind, will ich an den Rest nicht denken. Lukas ist mein Mensch. Und dafür braucht er keinen Penis. Im Gegenteil. Sein Penis würde unserer Freundschaft nur im Weg stehen.

»Vianne hat die Zusage für die Sorbonne bekommen.«

»Echt?«

»Ja, heute. Schon verrückt, oder? Im Herbst wird sie anfangen, dort zu studieren.«

»Aber sie hat doch noch gar nicht das Abitur.«

»Das nicht, aber sie erfüllt die Kriterien, ganz egal, was sie für Noten im Bac schreibt.«

»Wow«, sage ich und schlucke. »Dann … dann bleibst du also in Paris? Ich meine, nach dem Abitur?«

»Ich …« Er zuckt die Schultern und schüttelt unbestimmt den Kopf. »Keine Ahnung, das ist noch so lange hin.« Das ist eine Lüge. »Jetzt guck nicht so, Flittchen, es steht noch nichts fest.«

»Ja, klar.«

»Ich meine es ernst. Es ist noch nichts entschieden.« Ein paar Sekunden schauen wir einander einfach nur an. So lange, bis ich lächle. »Was ist? Glaubst du mir nicht?«

Ich glaube ihm kein Wort, und ich denke, das weiß er. Sagen tue ich nichts. »Natürlich glaube ich dir. Du würdest mich doch nicht anlügen.« Bei diesem Satz schluckt er. »Ach, Lukas«, sage ich und seufze. »Ich wünschte, du wärst gerade hier und könntest mich in den Arm nehmen … ich …« Und dann passiert es. Ganz plötzlich. Wie ein Niesen, das einen überfällt, das man nicht zurückhalten kann. Mein Brustkorb zieht sich abrupt zusammen, und ich atme schluchzend ein. Tränen laufen über mein Gesicht. Es sind die von heute Mittag. Und die von vorhin. Und die von gestern. Es sind alle, die ich bis jetzt nicht weinen konnte.

»Willst du, dass ich komme, Sophie?« Ich weiche seinem Blick aus. »Du weißt, dass ich das sofort tun würde, oder?« Ich wische mit dem Handrücken über meine Wangen und nicke. »Hey, schau mich an.« Ich schaue ihn an. »Soll ich kommen?« Lukas mustert mich eindringlich. »Wenn du willst, dass ich komme, kaufe ich mir gleich morgen ein Zugticket und bin am Wochenende in München.«

Kurz überlege ich, aber dann schüttle ich den Kopf. »Nein, es ist okay.«

»Bist du dir sicher?«

»Ja, bin ich.« Dieses Mal lüge ich. Ich würde gerade alles dafür tun, ihn bei mir zu haben.

»Warum lügst du mich an?«

»Weil du in Paris bist und ich in München. Und weil …« Ich breche ab.

»Weil?«

»Muss ich es wirklich aussprechen?«

»Sieht so aus.«

Ich schniefe. »Weil du eine Freundin hast, die mich nicht ausstehen kann.«

»Also, erstens stimmt das nicht, und zweitens spielt das keine Rolle.«

»Klar stimmt das. Und es spielt sehr wohl eine Rolle.« Ich sehe ihm an, dass er protestieren will, aber es hat keinen Sinn, es zu leugnen. »Darf ich dich an ihre drei Millionen Terroranrufe erinnern, als du mich das letzte Mal in Hamburg besucht hast? Das war ein kompletter Witz.«

»Okay, ja, sie ist eifersüchtig, aber das heißt nicht, dass sie dich nicht mag. Ich glaube, genau das ist ihr Problem.«

»Dass sie mich mag?«, frage ich und muss plötzlich lachen.

»Ja, natürlich …«

»Das ergibt überhaupt keinen Sinn.«

»Doch tut es. Es ergibt sogar verdammt viel Sinn. Vianne ist überzeugt davon, dass zwischen uns beiden mal was war.«

»Wie bitte?«

»Sie glaubt, dass wir miteinander im Bett waren.«

Ich runzle die Stirn. »Igitt. Wie kommt sie denn auf die Idee?«

»Du, frag mich nicht. Sie hat diese Theorie, dass ich insgeheim irgendwie auf dich stehe und dass ich das selbst noch nicht so ganz überrissen habe.«

»Ach, was … Na, das nenne ich mal eine blühende Fantasie.«

»Ja, oder?« Lukas lacht. »Jetzt aber noch mal zurück zum eigentlichen Thema.« Plötzlich klingt er ernst. »Ich habe dir versprochen, dass ich da sein werde, wenn es dir nicht gut geht. Und das habe ich auch so gemeint.«

»Aber Luke, das bist du doch.« Ich lege eine Hand auf mein Herz und die andere auf den Bildschirm. »Du bist immer da.« Lukas lächelt matt und drückt eine Handfläche auf seine Brust. Die andere legt er auf meine.

Er seufzt. »Ich meinte nicht in Pixeln.«

»Das weiß ich.«

Wir nehmen die Hände runter und schauen einander an. Es entsteht eine kurze Pause, dann sagt er: »Du musst mir was versprechen, Flittchen.«

Ich lächle. »Okay, und was?«

»Wenn du mich brauchst … ich meine *wirklich* brauchst«, er schaut mir tief in die Augen, »wenn du willst, dass ich komme und dich in den Arm nehme, dann sagst du es mir und ich komme.«

Ich nicke. »Okay.«

»Versprochen?«

»Ja, versprochen.«

»Und jetzt geh schlafen. Du siehst müde aus. Träum schön.«

In der Sekunde, als er das Telefonat beenden will, halte ich ihn auf. »Lukas, warte.«

»Hm?«

»Du fehlst mir.«

»Du mir auch, Flittchen.«

Auferstanden

Es ist Donnerstag. Tag dreizehn in München. Und es regnet. Es regnet unausgesetzt. Ich glaube, es hat, seit wir angekommen sind, nicht damit aufgehört. Die Wassermassen fallen endlos aus den Wolken, die Erde ist weich und die Grashalme schwimmen im Schlamm. Eigentlich bin ich ganz froh um das ständige Prasseln, weil es die beinahe geisterhafte Stille übertönt, die die Abwesenheit meiner Nicht-Brüder hinterlassen hat. Leon und Valentin sind seit eineinhalb Wochen auf einem Bauernhof zur Ferienfreizeit und ich allein unter Eltern. Lena, Papa und ich spielen Stiefmutter-Vater-Kind und versagen kläglich dabei. Lena ist bemüht, Papa verliebt und ich für ihn wie Luft. Je mehr sie versucht, Pluspunkte bei mir zu sammeln, desto weniger kann ich sie ausstehen.

Die meiste Zeit bin ich hier oben und gehe mir selbst auf die Nerven. In den wenigen Ausnahmen esse ich oder hole Tee, aber die meiste Zeit verstecke ich mich vor Lena und meinem Vater. Tagsüber ist das nicht weiter schwierig, da sind sie in der Klinik – soviel zu den zwei Wochen, in denen wir *München kennenlernen oder nach Italien fahren* können. Papa hat seine Stelle einige Tage früher angetreten, weil er sich, wie er sagte, noch beweisen muss.

Wenn sie abends zusammen nach Hause kommen, höre ich sie. Wie sie lachen und sich unterhalten. Und dann stelle ich mir dieses Haus im Querschnitt vor – wie eines dieser alten

Puppenhäuser. Und alles ist dunkel. Bis auf ein kleines Licht im Dach und eines im Wohnzimmer. Dazwischen liegen Welten. Die erste Etage und die Stufen nach unten bestehen aus scheinbar unüberwindbarer Dunkelheit. Ich weiß nicht, was mich gestern aus meinem Zimmer getrieben hat, der Hunger oder die Einsamkeit, aber als ich den Fernseher gehört habe, habe ich mich irgendwie gefreut, dass ich nicht mehr allein bin. Ich war den ganzen Tag allein. Mit meinen Stiften und Gedanken und dem vermutlich langweiligsten Facebook-Feed, den man als Siebzehnjährige haben kann.

Ich habe nicht viele Freunde. Hatte ich nie. Aber im Gegensatz zu den meisten Menschen habe ich damit kein Problem. Lukas und ich waren eben immer mehr die Realitätsfreunde. Bis er plötzlich weg war. Ich habe mir vorhin seine Urlaubsfotos auf Instagram angesehen. Und die zwei Strand-Videos, die er mir per Mail geschickt hat. Aus diesem winzigen Kaff in Südfrankreich, wo jetzt schon Sommer ist. Viannes Eltern haben dort ein Ferienhaus, umgeben von Bäumen, ein paar Minuten von einem einsamen Strand entfernt. Sie fahren jedes Jahr dorthin. Von nun an wird Lukas mit ihnen fahren.

Nachdem ich beide Filme drei Mal angesehen habe, bin ich runtergegangen. Ich dachte, ich setze mich zu meinem Vater und blende aus, dass *sie* auch da ist. Ich dachte, dass wir vielleicht einen Film zusammen anschauen könnten. So wie früher. Aber als ich ins Wohnzimmer kam, lag sie auf der Couch und er auf ihr drauf, und sie haben sich geküsst. Ich stand nur da, unwichtig und unsichtbar. Also bin ich wieder gegangen. Erst in den Flur, dann raus in den Regen. Mit Carlos und dem großen rot-grün karierten Schirm. Und es war wie in *Pleasantville*. Alles war farblos. Carlos schwarz und ich weiß. Und über meinem Kopf der Schirm, der sich bunt und fröhlich der Nässe in den

Weg stellt. Carlos und ich waren lange draußen. Ich im Schlafanzug und mit traurigen schwarzen Gummistiefeln, die nicht mir gehören – weil mir hier eigentlich nichts gehört –, und einem nachtblauen Regencape mit zu kurzen Ärmeln – das auch nicht mir gehört. Ich tippe auf Valentin. Carlos ist mir gefolgt wie ein Schatten. Ich weiß noch nicht, ob ich ihn nervig oder großartig finden soll, tendiere aber immer mehr zu großartig. Er hört auf mich. Bei allen anderen stellt er sich taub. Bei mir nicht. Als wäre ich die einzige, die er versteht. Als könnte er mit seinen treuen Knopfaugen direkt in meine Seele blicken. Seit knapp einer Woche gehe ich zwei Mal täglich mit ihm raus. Anfangs mit Leine, inzwischen ohne. Wenn der Regen irgendwann einmal so lang aufhört, dass man keinen Schirm braucht, nehme ich ihn mit zum Joggen. Bis dahin spiele ich meinen Part in *Pleasantville* und verstecke mich unter dem Dach meiner Stiefmutter.

Die Luft riecht warm und feucht nach marokkanischer Minze. Ich klettere mit der vollen Teekanne in der einen und einer Tasse in der anderen Hand in meine Dienerwohnung zurück und versuche, mir nicht auszumalen, wie es wäre, wenn ich genau jetzt das Gleichgewicht verlieren, in den Flur unter mir stürzen und von einem Schwall kochendem Tee verbrüht würde. Ich sehe einen reglosen Carlos am Fuße der Leiter und mich, die unter Höllenqualen auf ihm liegt. Ich sehe rohes Fleisch, in Fetzen hängende Haut und mehrere Transplantationen und bin erleichtert, als ich die letzte Sprosse unversehrt erreicht habe. Hätte Papa das eben gesehen, er hätte mich geschimpft. Er hätte die tiefe Falte zwischen den Augen gehabt und gesagt: »Verdammt noch mal, Sophie! Nimm endlich mal den Kopf aus den Wolken! Manchmal hast du wirklich mehr

Glück als Verstand!« Ich stelle die Kanne und die Tasse auf der Sideboard-Konstruktion neben meinem Bett ab und schließe – sehr zu Carlos Leidwesen, was er mit einem weinerlichen Winseln unterstreicht – die Luke hinter mir.

Heute Abend kommen die Jungs wieder. Ich hätte nicht gedacht, dass ich das sagen würde, aber ich freue mich auf sie. Auf Leons Geschichten und seine drei Millionen Fragen. Ich freue mich sogar, dass die Schule am Montag losgeht. Und das, obwohl ich dann die Neue bin und alle mich anstarren werden wie ein seltenes Tier im Zoo. Ich setze mich aufs Bett, was die Stifte wie eine kleine Lawine auf meinen Oberschenkel zurollen lässt. Sie sammeln sich zwischen der Decke und meinem Bein, und ich lege sie auf den Karton neben mir.

Ich brauche wirklich eine Pause von diesem Haus. Und von diesem beklemmenden Gefühl, dass mich außer einem Hund niemand bemerkt. Mein Blick fällt auf den Miniatur-Lukas neben meinem Knie. Er schaut mich vom Papier aus an. Verschmitzt, gut gelaunt. Sein Lächeln ist winzig, aber perfekt getroffen. Ich wünschte, es wäre größer und er hier. Und in exakt der Sekunde, als ich das denke, springt das Skype-Icon im Dock meines offenen Laptops aufgeregt hoch. *Lukas.* Der Kloß in meinem Hals schwillt an, meine Augen brennen und ich strahle.

»Lukas.«

»Guten Abend, Flittchen!«

Er grinst breit und zufrieden. Die Sonne hat sein Haar hellgeküsst und seine Haut gebräunt. Der blonde Flaum lässt sie noch dunkler wirken.

»Du siehst aus wie ein Surfer.«

»Ich *bin* ein Surfer … ein lausiger Surfer, aber ein Surfer.« Er zwinkert mir zu, und ich zwinge mich zu lächeln. Es ist nicht seine Schuld, dass er glücklich ist und ich nicht. Und auch nicht, dass ich die Rolle in meinem Patchwork-Projekt nicht mag. Er kann nichts dafür, dass wir nicht nach Italien gefahren sind, weil eine Unfallchirurgie nun mal keine Rücksicht auf Urlaubspläne nimmt. Und auch nicht, dass ich einen Großteil der vergangenen Woche allein war. Allein in der Sintflut. »Ist bei dir alles okay?«

»Ging schon mal besser«, sage ich unverfänglich.

»Das sehe ich.« Er macht eine Pause. »War Italien nicht schön?«

»Es gab kein Italien.«

»Was?« Er verzieht das Gesicht. »Aber ich dachte …«

»Ja, ich auch«, falle ich ihm ins Wort. »Aber das Krankenhaus schert sich nicht um halbherzig gegebene Versprechen.«

»Und das hat Lena nichts ausgemacht? Oder den beiden Jungs?«

»Pfft«, mache ich abschätzig. »Lena sitzt im selben Boot. Sie ist die Chefärztin, schon vergessen?«

»Richtig.« Er seufzt. »Und ihre Kinder?«

»Die hat sie kurzzeitig in einer Ferienfreizeit untergebracht.« Ich lächle ihn an. »Und wie war dein Urlaub?«

»Wir müssen nicht darüber reden.«

»O doch, das müssen wir.«

»Ich reibe dir doch jetzt nicht meinen Urlaub unter die Nase.«

»Wenn man es genau nimmt, reibst du mir seit Monaten dein ganzes Leben unter die Nase, da verkrafte ich den Urlaub auch noch.«

Er zieht die Augenbrauen hoch. »Ich tue was?«

Ich lehne mich zur Seite, greife nach der Kanne und schenke mir einen großzügigen Schluck Tee ein, dann schaue ich ihn wieder an. Seine Augenbrauen haben sich nicht bewegt. Sie warten mit ihm auf eine Erklärung. »Komm schon, Lukas, du weißt, dass es stimmt.«

»Siehst du das wirklich so?«, fragt er nachdenklich.

»Ein bisschen, ja.« Ich nippe an meinem Tee.

»Wieso hast du mir das nie gesagt?«

»Weil es gut ist, dass wenigstens einer von uns ein Leben hat, das er mag.«

»So schlimm?«

»Was soll ich sagen, du hast eine Freundin, nach der du verrückt bist, ihr habt andauernd Sex und du bist in Paris.« Ich zucke mit den Schultern. »Und ich stecke im tiefsten Bayern. Im Regen.« Er schmunzelt. »Ich bin so blass, dass ich fast durchsichtig wirke. Und ich habe weder einen Freund noch Sex.«

»Es muss auch irgendwas Gutes geben, Flittchen.«

»Das tut es.«

Er grinst. »Jetzt bin ich gespannt.«

»Ich habe einen Hund.«

»Du magst keine Hunde.«

»Das stimmt.« Ich mache eine Pause und füge dann hinzu: »Aber Carlos mag ich.«

»Siehst du, ich habe keinen Hund.«

»Du hast vollkommen recht. Eigentlich habe ich es viel besser getroffen als du. Wer braucht schon eine Beziehung und Sex, wenn er einen Hund hat.«

Wir lachen. Es ist echt und doch traurig. Und es ist schön, dass das mit Lukas geht. Er erzählt mir von seinem Urlaub, von den knapp zehn Sekunden, die er stehend auf einem Surfbrett verbracht hat, und den siebentausend Malen, die er heruntergefallen ist. Lukas spielt mir ein Lied auf der Gitarre vor und singt schief dazu. Er schickt mir ein paar Fotos und die Links zu zwei Klavierstücken von einem französischen Pianisten, den er für uns entdeckt hat. Er heißt Maxence Cyrin und lebt in Paris. »Triangle« hören wir zusammen, »Where Is My Mind« soll ich allein anhören. Ich soll mich ins Bett legen und die Augen schließen und alles um mich herum vergessen. Ich füge beide Lieder zu unserer gemeinsamen Spotify-Liste hinzu, dann zeige ich Lukas mein Zimmer. Und den Blick aus meinem großen Fenster auf das Haus nebenan und die helle Korkwand neben meinem Bett mit den vielen Zeichnungen der vergangenen Tage. Und Lukas verliebt sich auf den ersten Blick in meine Miniatur-Baby-Dorie, die ich vor lauter Vorfreude auf den Kinostart von *Finding Dorie* gezeichnet habe, und ich nehme mir fest vor, sie ihm zu schicken. Lukas erzählt mir von der französischen Küche und dem Duft des Meeres. Von Viannes Eltern und dem noch immer ungewohnten Gefühl, immer eine Fremdsprache zu sprechen. Lukas redet und redet, und ich könnte ihm ewig zuhören. Es sprudelt nur so aus ihm heraus. Alles, was er mir in den vergangenen eineinhalb Wochen sagen wollte und nicht konnte. Alles auf einmal. Er erzählt mir von einem französischen Film, den Vianne und er in einem winzigen, modrigen Kino angesehen haben. Ein Film, in dem es um ein Mädchen geht, das sich mit sechzehn prostituiert. Vianne wollte mitten in der Vorführung aufstehen und gehen, weil die Hauptdarstellerin sie zu sehr an mich erinnert hat. Wir müssen lachen, obwohl es eigentlich nicht lustig ist.

»Wie heißt der Film?«

»*Jeune et jolie.*«

»Ach komm … Im Ernst jetzt? Jung und schön? Wie einfallsreich.«

»Das nicht, aber es bringt es auf den Punkt.«

»Und sehe ich ihr wirklich ähnlich, oder hat Vianne sich das nur eingebildet?«

»Hat sie nicht. Du siehst ihr ähnlich.« Er grinst und rückt etwas näher an den Bildschirm. »Nur, dass du hübscher bist als sie«, flüstert er und zwinkert mir zu. In diesem Moment finde ich es einmal mehr schade, dass wir uns nie ineinander verliebt haben. Eine Millisekunde lang bedauere ich, dass das hier keine Liebesgeschichte ist. Doch dann bin ich wieder unendlich froh darüber. »Aber sag das bloß nicht Vianne... die würde mich umbringen.«

»Ich sage kein Wort. Versprochen.«

»Sehr gut.« Er grinst. »Wo waren wir?«

»Du wolltest gerade etwas wegen Sex am Strand sagen.«

Er verzieht das Gesicht, als hätte er beim bloßen Gedanken daran Schmerzen. »Ich gehe nicht ins Detail, weil du das nicht willst, Flittchen, aber tu das niemals. Niemals. Okay?«

»Ich stelle mir das eigentlich ganz schön vor.«

»Ja, ich hab mir das auch geil vorgestellt... und jetzt habe ich Schürfwunden an Stellen, an denen man unter *keinen Umständen* Schürfwunden haben sollte.« Ich muss lachen. »Das ist nicht witzig.«

»Doch, das ist es.«

Er beschreibt mir – trotz meines anfänglichen Protests – das schmerzhafte Zusammenspiel von Vorhaut, Sand und konstanter Reibung so detailliert und bildhaft, dass ich in die Art von Gelächter ausbreche, die immer leiser wird, bis das letzte bisschen Atem den Ton vollkommen verschluckt.

»Wie kannst du da so lachen?!«, fragt er entrüstet.

Ich versuche zu antworten, aber es geht nicht. Ein paar Sekunden sitze ich nach Luft japsend an meinem Laptop, dann presse ich schließlich ein atemloses »Tut mir leid« hervor. Es ist so leise, dass man es kaum hört, und mein Bauch ist hart wie ein Klumpen Blei.

»Da bist du ja wieder, Flittchen«, sagt Lukas und lächelt sanft, während ich mir die Tränen aus dem Gesicht wische. »Wusste ich doch, dass du da irgendwo drin bist.«

Wenig später legen wir auf, und ich bin eine Mischung aus dankbar und melancholisch. Dankbar, weil Lukas angerufen hat, melancholisch, weil er jetzt wieder weg ist. Ich will mich gerade zurücklehnen und das Klavierstück anhören, das Lukas mir geschickt hat, als die reale Welt in Form von Leon an meine geschlossene Zimmerluke klopft.

Wie ein Licht in dunkler Nachbarschaft

Lena hat ein weiteres Mal ihre Kochkünste unter Beweis gestellt. Dieses Mal Schweinebraten mit Knödeln. Ich habe ihr kein Kompliment gemacht, aber ich glaube, die Art, wie ich darüber hergefallen bin, hat mich verraten. Es war so gut, dass mir jetzt schlecht ist. Wir saßen wie eine große glückliche Familie am Tisch und haben Leons und Valentins siebenundvierzigtausend Anekdoten aus ihrer Ferienfreizeit gelauscht. Sie haben mich damit fast ins Koma gelangweilt, aber ich habe mich so gefreut, dass sie wieder da sind, dass ich nichts gesagt habe. Ich habe nicht einmal die Augen verdreht. Ich habe einfach nur zugehört und an den richtigen Stellen interessiert genickt. Zwei Mal habe ich sogar gelacht. Und bei diesem Anblick hat Papa gerührt zu mir rübergesehen. Wahrscheinlich denkt er, dass ich mich langsam einlebe, während ich in Wirklichkeit vor seinen Augen vereinsame.

Nach dem Essen hat Leon mir ein ziemlich verknittertes Kuvert zugesteckt und mir feucht ins Ohr geflüstert, dass ich es erst aufmachen darf, wenn er schlafen gegangen ist.

Jetzt – eine halbe Stunde später – sitze ich hier unter dem Dach auf meinem Bett und öffne die Papierlasche des Umschlags. Im Inneren finde ich einen kleinen karierten Zettel mit einer gelben Sonne und zwei Strichmännchen. Eines ist größer, hat drei lange schwarzbraune Haare und lächelt zurückhaltend, das andere hat drei kurze schwarzbraune Haare und grinst breit und zufrieden. Ich betrachte Leons Bild mit einem engen Gefühl um die Brust, dann krabble ich zu meiner Korkwand und hänge seine Zeichnung zu meinen, weil sie da irgendwie hingehört. Eine Weile bleibe ich vor der halbvollen Wand sitzen und lasse meinen Blick über die vielen Bilder schweifen. Die meisten habe ich noch in Hamburg gemalt. In meinem alten Zimmer, das mir jetzt so unendlich weit weg vorkommt, als hätte ich es nur geträumt. Als wäre ich durch Raum und Zeit gereist und hier gelandet, aber nicht wirklich angekommen. Ein Blitz erhellt mein Zimmer, dann donnert es. Laut und grollend. Ich stehe auf und gehe zum Fenster. Der Himmel hängt einheitsgrau hinter den Baumskeletten. Wie eine Schwarz-Weiß-Fotografie der Trostlosigkeit. Ich weiß nicht, ob ich es depressiv oder gemütlich finden soll – es ist wohl ein bisschen von beidem. Dicke Tropfen prasseln aufs Dach und laufen in langen Linien die Scheibe hinunter. Der März neigt sich seinem Ende zu. Der April wartet. Vermutlich mit noch mehr Regen.

Ich betrachte das Nachbarhaus hinter den niedrigen nackten Obstbäumen. Es liegt wie ein riesiger Kubus aus Glas und Beton in einem noch riesigeren Garten. Mittendrin ein Schwimmteich mit Schilf und Seerosen und einem kleinen Holzsteg. Wie ein privater kleiner See. Dahinter stehen alte Bäume wie Wächter aus Holz. Lena meinte, die Leute von nebenan wären echt nett. Das hat sie natürlich nicht zu mir gesagt, sondern zu meinem Vater, aber ich saß mit ihnen am Esstisch und habe es mitbekommen. Der Kubus gehört einer Familie Schiller. Herr Schiller ist ein ziemlich hohes Tier bei irgendeiner Bank. Im Vorstand oder so. Ich wette, er scheffelt Millionen. Und ein Teil davon fließt direkt in das jugendliche Aussehen seiner Frau. Oder er hat sie längst abgeschrieben und durch eine Geliebte mit perfektem Hintern ersetzt. Lena sagt, die Schillers sind keine Snobs, aber wenn ich mir dieses monströse Haus so anschaue, fällt es mir schwer, das zu glauben. Abgesehen davon, was sollte sie auch sonst sagen? Ich meine, es sind ihre Nachbarn. Sie grillen zusammen und teilen sich einen Rasenmäher – vermutlich einen von diesen kleinen Benzintraktoren. Und natürlich sind Leon und Valentin mit einem der Schiller-Jungs befreundet. Sie gehen sogar in denselben Schwimmverein. Ich höre noch, wie Lena sagt: *Theo, Nele und die Kinder sind noch im Urlaub, aber wenn sie wiederkommen, werdet ihr sie kennenlernen.* Ich kann es kaum erwarten. *Ihr werdet sie bestimmt mögen. Sie sind so nett.* Ganz ehrlich, die nerven mich jetzt schon. Das fängt bei ihrem gebildeten Nachnamen an und hört bei ihrem saublöden Schwimmteich auf. *Alex geht auch auf deine Schule, Sophie, vielleicht wollt ihr ja zusammen hinfahren,* hat Lena gesagt und zu mir rübergesehen. Am liebsten hätte ich geantwortet, dass es mir scheißegal ist, wo der Nachbarsjunge zur Schule geht, und dass es ja wohl viel eher *seine* Schule ist als meine, weil ich neu bin und er seit Jahren dort ist, aber ich habe Lena nur angesehen und geschwiegen, weil es ohnehin keinen Unterschied gemacht hätte.

Als Lena nach dem Frühstück zu Schillers gegangen ist, um die Post aus dem Briefkasten zu holen und die Pflanzen zu gießen – ich wette, es sind hauptsächlich Orchideen –, habe ich gesehen, dass sie die Hausschlüssel und den Sicherheitscode für die Alarmanlage in der obersten Küchenschublade, ganz hinten unter dem Notizbuch aufbewahrt. Den Code hat sie als Telefonnummer getarnt. Ich bin noch unschlüssig, ob ich das paranoid oder klug finden soll.

Ich starre weiter auf die dunklen Fensterfronten hinter den Obstbäumen. Als ich letzte Nacht nicht schlafen konnte, habe ich mir vorgestellt, wie es wäre, nach nebenan zu schleichen und mich ein bisschen bei den Schillers umzusehen. Aber ich habe es nicht getan, weil ich theoretisch sehr viel mutiger bin als praktisch. Abgesehen davon, was will ich in dem blöden Haus? Mir ihren Steinway-Flügel ansehen? Oder auf dem Induktionsherd ihrer State-of-the-art-Bulthaup-Küche Spiegeleier braten? Ganz sicher nicht.

In dem Moment, als ich das denke, geht im ersten Stock plötzlich das Licht an. Es strahlt wie eine warme Sonne in den kalten Regen. Das Erdgeschoss ist so pechschwarz, dass es aussieht, als würde das erleuchtete Zimmer darüber schweben. Wie eine riesige rechteckige Lampe mit einem Schirm aus Glas. Ich erkenne ein großes, schweres Bettgestell aus dunklem Holz. Die Decken und Kissen stecken in blau-weiß gestreiften Überzügen und liegen zerwühlt auf der Matratze. An der langen Wand dahinter steht ein ausladendes Regal vollgestopft mit Büchern und vor dem Fenster ein großer Schreibtisch, auf dem eine ziemlich vertrocknete Topfpflanze ums Überleben kämpft. Sieht so aus, als hätte die unfehlbare Lena vergessen, sie zu gießen.

Ich bemerke eine Bewegung im Türrahmen. Da ist ein Mädchen mit dem Rücken zum Raum, als würde sie mit jemandem sprechen, der im Flur steht. Ich glaube, sie streiten, aber ohne Ton ist das schwer zu sagen. Dann macht sie plötzlich einen Schritt rückwärts. Der gelbe Koffer, den sie neben sich herrollt, fällt um, als sie plötzlich die Arme in die Höhe schmeißt und unvermittelt die Tür ins Schloss wirft. Sie bückt sich nach dem Koffer, schiebt ihn zum Bett, hievt ihn hoch und öffnet ihn. Sie zieht Klamotten heraus, wirft sie hastig auf den Boden und die Matratze neben sich, hält inne, steht reglos da. Ich würde sagen, sie ist so alt wie ich. Sie hat das Haar zu einem unordentlichen Pferdeschwanz zusammengebunden – es ist lang und hellblond. Ihre Haut ist sommerlich gebräunt, und man sieht ihr sofort an, dass sie vor ein paar Stunden noch im Urlaub war. Sie ist wie ein Zugvogel, der sich hierher verirrt hat – in einen farblosen März mit nicht endendem Regen. Sie trägt eine Jeans-Hotpants, ein schlabbriges schwarzes T-Shirt mit einem abgewetzten Aufdruck auf der Vorderseite und eine schwarze Hornbrille. Als ich das Nackenhörnchen neben ihrem rechten Fuß bemerke, habe ich sofort ein Bild von ihr im Kopf, wie sie mit angezogenen Beinen im Flugzeug sitzt und schläft.

Sie geht auf und ab, legt den Kopf in den Nacken, denkt nach. Dann schnellt ihr Blick zu einer der Hosen auf dem Fußboden. Sie bückt sich danach, greift in die Taschen, wirft sie wieder weg. Sie geht zum Bett zurück, schiebt die Decken beiseite, leert den Inhalt ihrer Handtasche auf die Matratze, wühlt darin herum, macht ein paar Schritte in Richtung Tür, bleibt wieder stehen. Sie ist barfuß und rastlos und erinnert mich an ein aufgeregtes Tier in einem überdimensionalen Terrarium. Und ich bin wie ein faszinierter Forscher, der eine neue Spezies entdeckt. Sie steht da, angespannt, denkt nach. Dann geht plötzlich ein Ruck durch ihren Körper, sie stürmt zur Tür, reißt sie auf und verschwindet im Flur.

Sie ist weg. Nur das Licht ist noch an.

Ich sehe was …

Es ist mucksmäuschenstill. Die Nacht liegt dunkel ums Haus und ich im Bett. Ich rolle mich auf die Seite zu meinen Kopfhörern, und da merke ich, wie dringend ich aufs Klo muss. Aber ich will nicht aufstehen. Das Bett ist zu warm und gemütlich und meine Beine zu schwer. Ich weiß, dass ich gleich gehen sollte, weil ich sonst spätestens in einer Stunde wieder wach werde. Aber ich will noch nicht aufstehen. Ich will einfach nur das Klavierstück anhören und einschlafen. Und nicht aufs Klo müssen.

Ich greife nach meinen Kopfhörern, setze sie auf und wähle »Where Is My Mind« von Maxence Cyrin aus. Ich drücke auf Repeat, dann lege ich mich hin und schließe die Augen. Die Töne plätschern in meine Ohren, treffen auf mein Bewusstsein und sickern immer tiefer. Eine Melodie wie ein Traum, der sich nicht zwischen fröhlich und traurig entscheiden kann. Irgendwie wehmütig mit einem Hoffnungsschimmer. Ich denke an das Mädchen von nebenan und frage mich, wie sie mit der Schiller-Familie verbandelt ist. Vielleicht ist sie die Freundin von dem älteren der beiden Söhne. Wenn es so ist, müssen die zwei schon eine ganze Weile zusammen sein, so heimisch wie sie sich verhalten hat.

Ich frage mich, wie es ist, eine Beziehung zu haben. Eine Beziehung, in der man sich vertraut und alles erzählt. Ich weiß davon nichts. Ich hatte zwar mit ein paar Jungs Sex, aber eigentlich kannte ich keinen von ihnen so richtig. Manchmal kommt es mir so vor, als wäre es leichter, mit jemandem zu schlafen, als offen zu reden. Als wäre das Reden intimer, als sich auszuziehen. Für manche Mädchen ist ihr erstes Mal etwas ganz Besonderes. Sie planen jedes Detail und überlassen nichts dem Zufall. Sie wollen rote Rosenblätter und Kerzenschein und perfekte Musik. Ich kann mich nicht einmal daran erinnern, ob bei meinem ersten Mal überhaupt Musik lief, geschweige denn welche. Was ich aber noch genau weiß: Es hat wehgetan und hat – zum Glück – nicht lang gedauert. Sein Name war Dennis, und passiert ist es auf der Geburtstagsparty von einem Mädchen aus meiner Klasse. In der Sauna im Keller. Ich lag auf einer furchtbar unbequemen Holzbank und Dennis auf mir drauf. Danach haben wir eine Cola getrunken, und ich habe so getan, als hätte es mir total gefallen. Zu Hause habe ich dann geweint. Und Lukas davon erzählt. Manchmal weiß ich selbst nicht, warum ich tue, was ich tue. Ich wusste es damals nicht, und ich weiß es heute nicht. Das Stück beginnt von vorne. Fröhlich und schwer. Vielleicht hätte ich auch gern Rosenblätter gehabt. Und Musik. Vielleicht hätte ich warten sollen. Vielleicht war ich zu ungeduldig. Sex hat mich schon früh fasziniert. Die Vorstellung davon hat mich angemacht. Sie tut es noch. Aber wenn ich dann Sex habe, weiß ich nicht mehr warum. Ich denke an Tobi und mich in Mellis Bett. Es war eine einmalige Angelegenheit ein paar Tage, bevor wir umgezogen sind, und ich wünschte, es wäre nicht passiert. Ich schüttle den Kopf, als könnte ich so die Erinnerungen loswerden, aber sie sind wie lästige Fliegen, die sich nicht vertreiben lassen. Sie kommen immer wieder, fast so, als würde es sie amüsieren, mich zu quälen. Ich will die fünfzehn Minuten mit Tobi vergessen. Aus meinem Gedächtnis streichen. Aber ich denke daran. Daran, wie falsch es sich angefühlt hat. Der Ort, der Mensch, der Zeitpunkt. Es war kurz und nicht besonders schön, und ich war froh, als es vorbei war.

Als das Lied von Neuem beginnt, drehe ich mich auf die Seite. Meine Blase ist inzwischen so voll, dass sie richtig wehtut. *Okay, dann gehe ich eben.* Ich drücke *Pause*, lege die Kopfhörer weg und rapple mich widerwillig auf. Eigentlich sollte ich die paar Schritte auch im Dunkeln schaffen, aber ich traue es mir zu, auf den drei Metern zu stolpern und mit dem Kopf voraus ins Bad zu stürzen. Ich sehe mich in Zeitlupe fallen, sehe, wie ich mit der Schläfe gegen das winzige Waschbecken pralle, wie das Blut heiß und rot aus meinem Schädel spritzt und ich wenig später auf dem blau gefliesten Boden regungslos liegen bleibe. Und irgendwann tropft mein Blut durch den Spalt der Luke in den Flur. Dann erst finden sie mich.

Ich knipse die kleine Lampe neben dem Bett an und tappe ins Bad hinüber. Das Zimmer ist kühl, und ich schaudere. Meine nackten Fußsohlen kleben am Holzboden fest und lösen sich bei jedem Schritt schmatzend wieder ab. Ich merke, wie müde ich bin, weil meine Gelenke unter meinem Gewicht zittern. Die Fliesen sind kalt. Ich ziehe meine Unterhose runter und setze mich auf die Klobrille, die so eisig ist, dass ich scharf einatme und sofort wieder aufspringe. Die Stellen, wo das Plastik meine Haut berührt hat, kribbeln. *Ganz toll,* denke ich, halte mich mit einer Hand am Waschbecken fest und pinkle im Halbstehen.

Als ich meine Hände gewaschen habe, stelle ich fest, dass es kein Handtuch gibt. Das habe ich heute Morgen zusammen mit meinen schmutzigen Klamotten zum Waschen in den Keller gebracht und kein neues geholt, weil ich nicht nachfragen wollte, wo ich ein frisches finde. Ich wische meine nassen

Hände leise fluchend an meinem Schlaf-T-Shirt ab und gehe zurück in mein Zimmer.

Im Nachbarhaus brennt Licht. Ich schaue in den Garten über die Bäume hinweg zu der gigantischen Fensterfront, hinter der ein kleines Licht brennt. Es ist dasselbe Zimmer wie vorhin, und es leuchtet warm wie eine Kerze in die Nacht. Die Lampe auf dem Beistelltisch ist eingeschaltet. Die anderen Räume ringsherum sind dunkel. Erst denke ich, das Zimmer ist leer, doch dann bemerke ich eine Bewegung.

Und dann sehe ich sie. Nackt auf dem Bett. Ihr vanilleblondes Haar auf den Kissen. Die Bettdecke ist zurückgeschlagen. Ein Typ – vermutlich der ältere Schiller-Sohn, hieß er Alex? – auf ihr. In ihr. Sie hat die Arme um seinen Nacken geschlungen. Er stützt sich mit den Unterarmen neben ihrem Gesicht ab. Sie küssen sich. Zärtlich. Er bewegt sich nur ganz langsam. Und ich mich gar nicht mehr. Ich stehe nur da und sehe ihnen zu, wie sie miteinander schlafen. Bei ihnen sieht es schön aus. So wie in meiner Vorstellung. Bestimmt fühlt es sich auch so an. Ich kann ihr Gesicht nicht sehen, weil es von seinem Hinterkopf verdeckt wird, aber ich wette, sie hat die Augen zu. Mein Herz klopft schnell, und mein Mund ist so trocken, dass ich ins Leere schlucke. Er küsst sie am Hals, und sie drückt den Kopf tiefer in die Kissen. Ich hatte recht. Ihre Augen sind geschlossen. Oder? Ich kneife meine zusammen, versuche, etwas zu erkennen. Schaut sie etwa in meine Richtung? Nein. Oder doch? Der Garten liegt wie ein Burggraben zwischen uns. Es sind nur ein paar Sekundenbruchteile, dann ändern sich die Bewegungen. Er hält inne, sie stützt sich auf den Ellenbogen ab, schaut in meine Richtung. Er dreht sich um. Scheiße! Ich mache einen schnellen Schritt zur Seite und erstarre, stehe mit dem Rücken zur Wand, atme flach. Vielleicht haben sie mich gar nicht gesehen. Vielleicht sah es nur so aus. Sie haben mich garantiert gesehen. Sie müssen mich gesehen haben. Ich stand wie ein Vollidiot im Lichtkegel und habe sie angestarrt. Das Licht! Ich hechte zu meiner Nachttischlampe und schalte sie aus. Als ob das jetzt noch einen Unterschied machen würde. Aber irgendwie macht es einen. Die Dunkelheit fühlt sich besser an. Wie ein Umhang, der mich verschwinden lässt.

Ein paar Sekunden lang bleibe ich getränkt in Adrenalin auf dem Bett liegen. Das Blut rauscht dumpf in meinen Ohren. Ich sollte mich einfach zudecken und schlafen. So tun, als wäre nichts von alldem passiert. Aber das Fenster zieht mich magisch an. Als wäre es mein Gegenpol. Einen Moment lang wehre ich mich ziemlich halbherzig gegen die Neugierde, dann rapple ich mich auf und schleiche auf Zehenspitzen über den Holzboden – so als hätte ich Angst, dass sie mich hören. Als ich wieder zu ihnen rüberschaue, ist alles dunkel.

APRIL

Der Lauf der Dinge

Meine Schuhsohlen treffen auf den Asphalt wie ein Herzschlag. Regelmäßig und ruhig. Mein Atem steigt in feuchten Schwaden vor mir auf, Schweißperlen laufen über meinen Rücken und Carlos neben mir her. Die Straße ist mehr Pfütze als trocken und die Luft schwer und kühl, als wäre sie gefangen zwischen Winter und Frühling. Aber es regnet nicht.

Das Haus ist bereits in Sichtweite, da bleibt Carlos plötzlich stehen. Das gibt es doch nicht. Ich nehme die Ohrstöpsel raus.

»Echt jetzt? Noch mal?«

Carlos ignoriert meinen Kommentar und nimmt seine Ich-muss-kacken-Haltung ein. Wie kann ein so kleiner Hund nur so viel scheißen? Ich meine, wie passt das alles überhaupt in ihn rein? Ich wende mich ab und schaue in die Baumkronen, als wäre es unhöflich von mir, ihm dabei zuzusehen. Das Holz der Äste ist so dunkel, dass es beinahe schwarz wirkt. Bald kommen die Blätter. Die ersten grünen Spitzen sind schon zu sehen.

Carlos bellt ein Mal kurz und zurückhaltend, als würde er »Fertig!« sagen. Ich schaue ihn an, und er schaut mich an, so als würde er darauf warten, dass ich ihn für seine Leistung lobe. Ich finde ja, er sollte mich loben, weil ich seine Scheiße wegräume. Mit gerümpfter Nase ziehe ich eine Kacktüte unter meinem Hosenbund hervor, gehe in die Hocke und konzentriere mich darauf, meinen Würgereflex in Schach zu halten, dann packe ich den noch warmen Haufen in die Tüte und mache einen schnellen geschickten Knoten. Inzwischen bin ich richtig gut darin.

Als ich wieder hochkomme, blicke ich in tiefe grüne Augen, die mich forschend ansehen, und zucke zusammen.

»Hi.«

Es ist nur ein einsilbiges Wort, aber sie schafft es, es so zu sagen, dass ich nicht weiß, wie ich es einordnen soll. Es ist zu gleichen Teilen freundlich und unfreundlich. »Du bist das Mädchen von nebenan«, stellt sie fest und mustert mich. Ihre Stimme ist ein bisschen kratzig und ein bisschen zu tief und ganz anders als alle Stimmen, die ich kenne. »Kannst du nicht sprechen?«

Ich ziehe eine Augenbraue hoch. »Stell dir vor, ich könnte wirklich nicht sprechen, dann wäre dir das jetzt furchtbar peinlich.«

Sie grinst. »Du meinst so wie ›Leute-beim-Sex-beobachten-und-erwischt-werden‹-peinlich?«

Mist. »Vielleicht solltet ihr die Vorhänge zuziehen. Oder euch zudecken«, sage ich gespielt gleichgültig. »Ist nur so ein Gedanke.«

»Ich werde es mir merken«, sagt sie. Und dann: »Ich bin Alex. Alex Schiller.«

»Du bist Alex?«, frage ich erstaunt.

»Ähm, ja …«

»Ich dachte, du wärst ein Junge«, sage ich, bevor ich Zeit habe, darüber nachzudenken.

»Und du dachtest das, weil?« Sie wartet kurz, dann beantwortet sie die Frage selbst. »Lena. Richtig? Sie hat dir von uns erzählt.«

»Ja.«

»War anzunehmen … hat sie sonst noch was gesagt?«

»Wie was?«

»Keine Ahnung.« Sie mustert mich. »Und hat sie?«

»Nein, eigentlich nicht.«

»Also, entweder hat sie etwas gesagt oder sie hat nichts gesagt… Sie kann nicht *eigentlich* nichts gesagt haben.«

Da hat sie recht. »Na ja, sie hat erwähnt, wie ihr heißt, dass wir an dieselbe Schule gehen werden, dass ihr im Urlaub seid… Solche Sachen eben.«

»Mehr nicht?« Ihre Augen schimmern kühl wie zwei Bergseen.

»Nein. Wieso? Was hätte sie denn sagen sollen?«

»Nichts«, antwortet Alex ausweichend und fügt dann, bevor ich noch etwas entgegnen kann, hinzu: »Du hast mir noch gar nicht gesagt, wie du heißt.« Pause. »Halt mich für altmodisch, aber ich würde mich um einiges wohler fühlen, wenn ich wüsste, wer mich da beim Sex beobachtet.«

Ich grinse gegen meinen Willen. »Ich heiße Sophie.«

Unser leises Heim

Der restliche Tag zieht sich hin wie eine Grippe. Er ist träge, wolkenverhangen und nass. Das einzig Gute war die kurze Unterhaltung mit Alex. Okay, das ist gelogen, das Frühstück war auch gut. Ziemlich gut sogar. Als ich vom Joggen zurückkam, hat das ganze Haus nach Butter und Wärme gerochen. Heimelig und gemütlich wie ein Bed and Breakfast irgendwo an der englischen Küste. Die Croissants waren heiß und fluffig und bröselig. Und natürlich *selbst gemacht*. Ich habe der Butter dabei zugesehen, wie sie langsam im heißen Blätterteig ertrinkt. Dazu gab es Kaffee – gerade frisch gekocht – und Erdbeermarmelade – nur selbst gekauft. Dafür war sie selbstverständlich bio und regional und großartig. Das war sie wirklich. Großartig, meine ich. Mit großen Fruchtstücken und in diesem perfekten Farbton aus Rot und Pink. Vielleicht finde ich ja eines Tages jemanden, den ich genauso gut finde wie dieses Croissant mit Marmelade. Immerhin hat Lukas seins auch gefunden. Ich habe schweigend am Tisch gegessen und über Lukas und Vianne nachgedacht und über Alex und ihren Freund, und alles war gut, bis Lena lachend meinte: *Na, die schmecken dir aber!* – und mich Papa daraufhin rügend ermahnte: *Mach mal langsam, Sophie, vielleicht will jemand anderes auch noch eins.* Dieser Satz war für mich das Kommando, in mein Zimmer zu gehen. Und da saß ich dann. Ich habe sinnlos vor mich hin gezeichnet – ein Bild von einem blonden Mädchen in einem gelben Regenmantel, ein Croissant mit Erdbeermarmelade – und mich immer wieder dabei erwischt, wie ich einen Blick nach nebenan werfe. Aber Alex war nicht da. Das Zimmer war groß und leer wie eine Leinwand mit einem Standbild. Nach dem Abendessen habe ich Leon in seiner Höhle ein Buch vorgelesen. Er lag in seinem gestreiften Pyjama zusammengerollt unter der Bettdecke, und ich neben ihm. Nach ein paar Seiten hat er mich angelächelt und gesagt, dass ich schön vorlese, und das hat mich gefreut. Irgendwann hat Valentin sich dazugelegt. Und dann sind sie beide eingeschlafen. Sie haben hinter den Lidern ihren Träumen nachgeschaut, und ich habe mich gefragt, warum es mit ihnen so viel einfacher ist. Und dann ist mir klargeworden, dass es daran liegt, dass ich es ihnen leichter mache. Ganz im Gegensatz zu Lena. Die macht nämlich nichts falsch, und genau das treibt mich zur Weißglut. Sie kauft die richtigen Joghurts, backt großartige Croissants und fragt mich bei allem nach meiner Meinung. Ihre Lasagne ist um Längen besser als die, die Papa und ich immer gemacht haben. Und sie achtet peinlich genau darauf, ihre Jungs niemals zu bevorzugen. Lena gibt mir keinerlei Grund, sie nicht zu mögen. Aber ich mag sie nicht – Papa mag sie genug für uns beide.

Als ich die Stufen hinunterkomme, sitzt Carlos bereits an der Eingangstür und wartet auf mich. Das Knarzen des alten Holzes lässt ihn hochschauen. Er entdeckt mich, springt auf, läuft auf mich zu. Seine Krallen treffen auf den Dielenboden und machen dieses Geräusch, das ich so mag. Er wedelt mit dem Schwanz, macht viele kleine aufgeregte Schritte. Er freut sich so, mich zu sehen, dass ich lachen muss. »Ja, wir gehen jetzt raus«, sage ich in dieser komischen Stimmlage, in die man nur mit kleinen Hunden und Babys verfällt. »Ja, ich freue mich auch, dich zu sehen«, flüstere ich, gehe in die Hocke und zerwuschle sein Fell. »Du hast recht, es ist halb neun, und wir gehen immer um halb neun noch mal raus.« Carlos schmiegt seinen kleinen Kopf an meine Hand, dann stehe ich auf, schlüpfe in meine Schuhe und nehme die Jacke vom Haken.

»Sophie?«

Lena. Ich drehe mich um und blicke in freundliche Augen.

»Hm?«

»Du musst nicht mit ihm rausgehen, das weißt du, oder?«

»Ich gehe gern mit ihm raus.«

»Okay.« Sie nickt und lächelt. »Ich wollte nur sichergehen, dass du dich nicht dazu verpflichtet fühlst oder so.«

»Tu ich nicht. Ich mag ihn.« *Ganz im Gegensatz zu dir.* Carlos springt an meinem Bein hoch.

Lena schüttelt den Kopf und lacht auf. »Ich habe ihn so noch nie erlebt.«

»Was meinst du mit *so*?«

»Seit du hier bist, ist er wie ausgewechselt.«

Ich schaue kurz zu Carlos hinunter, dann sehe ich wieder zu Lena. Leon und Valentin haben ihre Augen. »Wie war er denn vorher?«

»Ich weiß nicht«, sagt sie unbestimmt und zuckt mit den Schultern. »Viel weniger fröhlich. Irgendwie einfach nur da.«

Sie geht in die Hocke und streichelt seine Ohren. »Wir haben ihn aus dem Tierheim.«

Das war so klar. Lena, die heilige Samariterin. »Verstehe, dann hast du ihn gerettet.«

Sie steht auf und zieht die Augenbrauen hoch. »Ich? Nein. Ich hatte damit nichts zu tun.«

»Dann hast du ihn nicht gerettet?« Meine Stimme trieft vor Sarkasmus, mein Blick ist freundlich.

»Nein.« Sie seufzt. »Das war mein Exmann.« Sie versucht, das Wort *Exmann* neutral zu sagen, aber da ist ein Unterton. Er ist subtil und doch unüberhörbar. »Ich wollte keinen Hund. Die Kinder wollten einen. Unbedingt. Sie haben gebettelt und geweint und noch mehr gebettelt.« Lena atmet tief ein und dann langsam wieder aus. »Und eines Abends hat Volker ihnen den Wunsch erfüllt. Er hat einen verdammten Welpen mit nach Hause gebracht.«

»Ohne mit dir zu reden?«, frage ich erstaunt.

»Ohne mit mir zu reden.« Lena schüttelt kurz den Kopf. »Ich war fassungslos. Ich wollte, dass er ihn zurückbringt.« Lena macht ein abschätziges Geräusch. »Und dann hat er mir gesagt, dass er ihn aus dem *Tierheim* hat.« Sie hält inne. »Berechnendes Arschloch.«

»Was?«, frage ich reflexartig.

»Tut mir leid«, antwortet sie und zuckt erneut mit den Schultern. »Ich weiß, ich sollte so etwas nicht sagen, aber Volker wusste genau, dass ich es niemals übers Herz bringen würde, Carlos in ein Tierheim zurückzubringen. Also haben wir ihn behalten.« Lena schaut zu Carlos hinunter und lächelt. »Weißt du, im Nachhinein denke ich, dass Volker insgeheim einfach selbst einen Hund wollte und genau wusste, dass ich Nein gesagt hätte.«

»Warum hättest du Nein gesagt?«

»Weil völlig klar war, dass es am Ende *mein* Hund wäre. Mein Hund und meine Aufgabe, mit ihm bei Wind und Wetter rauszugehen, seine Kacke in Tüten zu packen, ihn zu waschen und sein Fell zu pflegen und mit ihm zum Tierarzt zu gehen.« Sie sucht meinen Blick. »Ich glaube, Volker mochte die *Vorstellung* davon, einen Hund zu haben. Er mochte die Idee von sich und den Kindern, wie sie draußen Stöckchen werfen und Carlos, der sie ihnen zurückbringt – nur dass sich niemand je die Zeit genommen hat, ihm das beizubringen.« Sie seufzt. »Weißt du, die ersten zwei Wochen waren alle noch Feuer und Flamme. Richtig im Hunderausch. Ich wünschte wirklich, ich hätte mich getäuscht, aber je größer Carlos wurde, desto kleiner das Interesse an ihm. Die Jungs waren von einem so unerzogenen und traurigen Hund total überfordert. Und Volker …« Sie schüttelt den Kopf. »Der wollte einen Welpen. Einen niedlichen Welpen, der brav Stöckchen holt und niemals scheißt.« Ich muss unfreiwillig lachen. »Vermutlich dachte er wirklich, dass das mit dem Hund eine gute Idee wäre. Er dachte ja auch, dass das mit uns klappt.« Sie macht eine nachdenkliche Pause, dann sagt sie: »Wie auch immer. Ich wollte nur sichergehen, dass du nicht den Eindruck bekommst, dass du dich irgendwie um Carlos kümmern musst.« Sie sieht mich eindringlich an. »Denn das musst du nicht.« Pause. »Okay?«

»Okay.«

Und wieder macht sie alles richtig. Blöde Kuh.

Alexandra die Große

Carlos und ich gehen die Auffahrt hinunter. Der Regen liegt noch feucht in der Luft, und die Straße ist eine riesige Pfütze. Als ich höre, wie ein Motor angelassen wird, blicke ich auf und sehe Alex. Sie steht neben einem dunkelblauen Golf und steckt den Kopf in das offene Seitenfenster. Ich sehe durch die Heckscheibe, wie sie einen Jungen küsst – vermutlich den Jungen von letzter Nacht, aber ich kann ihn nicht erkennen. Sie tritt einen Schritt zurück, und eine Sekunde später setzt sich der Wagen fast lautlos in Bewegung. Sie winkt ihm nach. Und der Fahrer winkt zurück. Dann biegt er ab. Ich will mich gerade wegdrehen, da entdeckt sie mich, legt den Kopf schräg und lächelt. Sie trägt eine zu große Jogginghose – vermutlich seine –, die sie unten in ihre Gummistiefel gestopft hat, damit sie nicht nass wird, und eine hellgraue Strickjacke mit großem Zopfmuster, die falsch zugeknöpft ist.

»Du bist überall«, sagt sie, während sie näher kommt.

»Eigentlich bin ich nur hier«, antworte ich nüchtern.

Sie grinst mich breit an, und da bemerke ich die kleine Lücke zwischen ihren oberen Schneidezähnen. Sie ist gerade groß genug, um sie wahrzunehmen. »Ich geh dann mal«, sage ich und deute hinter mich.

»Kann ich mitkommen?«

»Ähm, klar«, antworte ich irritiert, »wenn du willst.«

Wir gehen langsam die Straße hinunter, Carlos läuft voraus.

Eine Weile sprechen wir nicht, schlendern einfach nur nebeneinander her. Ich tue so, als würde ich die Häuser ansehen, beobachte sie aber heimlich aus dem Augenwinkel. Den unordentlichen Dutt auf ihrem Kopf, der aussieht wie ein wuscheliger Donut aus hellem Teig, ihre kleine kurze Nase und die geschwungenen Brauen, die im Vergleich zu ihrem Haar viel zu dunkel sind. Sie ist einen halben Kopf größer als ich. Und sie ist hübsch, aber auf eine menschliche, intelligente Art. Bis auf ihre dunklen Brauen ist sie einfarbig, sogar kontrastlos, aber das macht sie nicht weniger schön. Alex ist unkonventionell und kühl, und gleichzeitig total lebendig. Plötzlich bleibt sie stehen, und ich schaue in die Richtung, in die sie schaut.

»Was ist?«

»Ich wohne jetzt seit knapp zwölf Jahren in dieser Straße, aber dieses Haus da habe ich noch nie gesehen.«

In der hohen Hecke vor uns ist ein klaffendes Loch, das den Blick auf ein riesiges Anwesen freigibt. Dahinter ragt ein Haus in den nachtgrauen Himmel. Weiß, mit großen Fenstern und einer modernen Außenbeleuchtung. Bestimmt Bewegungsmelder.

»Schau dir nur den Teich an«, sagt Alex abschätzig und deutet kopfschüttelnd in den Vorgarten.

»Was sind denn das für große Fische?«

»Also, Sophie, das sind nicht einfach nur Fische, das sind Kois«, sagt sie gespielt hochnäsig. »Die haben sie bestimmt vergangenes Jahr in Japan gekauft.«

Ich muss lachen. »Habt ihr nicht auch so einen Teich?«

Im grauschwarzen Licht des Abends sehen ihre Augen silbern aus. »Was wir haben, ist ein getarnter Pool«, sagt sie, als wäre das das Offensichtlichste der Welt. »Mein Bruder und ich schwimmen.«

»Richtig, Lena hat sowas erwähnt.« Alex sieht mich von der Seite an. »Warum habt ihr dann nicht einfach einen Pool?«, frage ich.

»Weil unsere Mutter Swimmingpools furchtbar findet. Sie sagt, das ist bonzig und passt nicht in ihren Garten.« Alex zuckt mit den Schultern. »Der Schwimmteich war ein Kompromiss. Anton und ich haben Wasser, sie eine schönere Gartengestaltung.«

»Verstehe.«

»Schwimmst du?«

»Nein«, sage ich und füge dann hinzu: »Also, ich kann schon schwimmen, aber ich tue es nicht oft.«

»Warum nicht?«, fragt sie.

»Warum spielst du denn nicht Golf?«, frage ich zurück.

»Hm«, macht sie. »Weil ich kein alter Mann bin?«

Ich lache kurz auf. »Und warum schwimmen?«

Sie schaut in die Ferne. »Keine Ahnung. Ich mag die Stille. Und dieses kalte Gefühl auf der Haut. Wasser ist so …« Sie macht eine kurze Pause. »Ich weiß nicht. So voller Widersprüche. Ich meine, es trägt dich und du fühlst dich schwerelos, aber gleichzeitig ist jede Bewegung viel anstrengender.« Sie sieht mich an. »Verstehst du?«

»Ich denke schon.«

»Ach, man kann nicht erklären, warum man etwas liebt. Man tut es einfach.« Mit diesem Satz wendet sie sich ab und geht weiter. Ich folge ihr. »Vielleicht willst du ja mal mitkommen.«

»Zum Schwimmen?«, frage ich erstaunt.

»Ja. Ich gehe normalerweise vier Mal pro Woche. Solange es noch so kalt ist, natürlich ins Schwimmbad.«

»Du gehst vier Mal pro Woche schwimmen?«

»Ja, einmal davon am Wochenende. Nur dieses nicht, da fahren wir zu meiner Oma.« Sie guckt zu mir rüber. »Aber am Montag wieder. Du kannst es dir ja überlegen.«

Endlich (nicht mehr) Wochenende?

Der Samstag war lang und dunkelgrau. Der heutige Sonntag etwas besser. Das Nachbarhaus war leer, Papa arbeiten und der Himmel voller Wolken, die ununterbrochen Schnee spucken. Aber keine von diesen fluffigen, weichen Flocken, sondern kleine, harte, grieselige Kristalle, die gerade nicht mehr Regen sind.

Es ist Sonntagabend. Der Tag vor Tag X. In ein paar Stunden gehe ich ins Bett, und ein paar Stunden später betrete ich zum ersten Mal meine neue Schule. Es fühlt sich ein bisschen an, als wäre ich ein Häftling, der kurz vor seiner Entlassung noch einmal verlegt wird. Ich bin seltsam gelaunt, und ich weiß nicht warum. Das hasse ich am meisten. Wenn ich keinen Grund habe. Lukas und ich haben vorhin geskyped, und er hat versucht, mich aufzuheitern. Aber ich glaube, das Gift war schon zu tief in meine Stimmung vorgedrungen. Jede Hilfe kam zu spät. Bei dem Stichwort *spät* fällt mein Blick auf die Uhr. 20.26 Uhr. Ich greife nach meinem warmen Pullover, krabble zur verschlossenen Speicherluke und ziehe sie an der Schlaufe nach oben. Als ich in den Flur unter mir blicke, entdecke ich Carlos, der wie eine zerzauste Sphinx neben der Leiter liegt und auf mich wartet.

Es schneit. Die Luft ist eisig und feucht. Sie schlüpft in jede Öffnung, die sie finden kann, als wollte sie sich an mir aufwärmen. In meine Jacke, meine Ärmel, die Hosenbeine. Carlos und ich gehen die Straße hinunter an den nackten Bäumen vorbei, die aussehen, als würden sie frieren, so wie ihre Äste im Wind zittern. Als wir an der Hecke mit dem Loch vorbeikommen, denke ich an Alex. Es ist nur zwei Tage her, dass wir zusammen hier standen, und doch fühlt es sich so an, als wäre es eine weitere Erinnerung, die ich mir erfunden habe. Noch etwas, das nur in meinem Kopf passiert ist. So wie die vielen Male, in denen meine Mutter mir abends Geschichten vorgelesen hat.

Ich gehe weiter, vielleicht, weil ich hoffe, dass dann auch meine Gedanken die Richtung ändern. Nach ein paar Schritten macht Carlos plötzlich ein leises Geräusch. Wie ein Hunde-Räuspern, als wollte er subtil auf sich aufmerksam machen. Ich schaue ihm in die schwarzen Augen. Sein Blick sagt »sei nicht traurig«, und ich danke ihm mit einem Lächeln. Es ist komisch, wie sehr er spürt, wie es mir geht. Als hätte er einen Sophie-Instinkt, der den Menschen in meinem Umfeld fehlt. Carlos und ich verstehen uns einfach. Ganz ohne Worte. Bis auf die Sache mit dem Stöckchen-Holen. Da sprechen wir eindeutig ganz verschiedene Sprachen. Leon und ich haben das heute Nachmittag zum ersten Mal versucht, aber es gab keine nennenswerten Fortschritte. Valentin hatte keine Lust, mit uns rauszugehen. Er hat aus dem Fenster geschaut, die Nase gerümpft und weiter Computer gespielt. Leon und mich konnte der Graupel nicht abschrecken. Wir hatten eine Mission – die wir eineinhalb Stunden später durchgefroren und ernüchtert abgebrochen haben. Die Vorstellung, wie Leon und ich in Regencapes wie zwei Vollidioten im Garten stehen und versuchen, Carlos dazu zu bewegen, das blöde Stöckchen zu holen, bringt mich auch jetzt noch zum Lachen. Ich glaube ja, Carlos hat eigentlich sofort begriffen, was er tun soll, nur dass es ihm viel zu viel Spaß gemacht hat, uns dabei zuzusehen, wie wir uns zum Affen machen. Als wir wieder reingegangen sind, hat Valentin gefragt, ob wir Lust haben, *Findet Nemo* anzuschauen – etwas, das man mich nicht zwei Mal fragen muss. Leon und ich sind in unsere Zimmer gerannt, beziehungsweise geklettert, haben uns schnell etwas Trockenes angezogen und uns dann zu Valentin auf das riesige Sofa gesetzt. Den restlichen Nachmittag haben wir zu dritt auf der Couch unter einer Decke verbracht und dem ekligen Wetter die kalte Schulter gezeigt. Bei der Stelle, als Nemo die Fische aus dem Aquarium kennenlernt, kam Lena ins Zimmer und hat wortlos lächelnd drei Tassen heiße Schokolade und eine Schale Kekse vor uns auf den Tisch gestellt. Als wären wir ihre drei Kinder und sie die Mutter. Man könnte sagen, es war ein typischer Sonntag, nur dass ich noch nie so einen Sonntag erlebt habe.

Ich biege links ab in eine kleine verschlungene Straße, die im Sonnenschein bestimmt schön aussieht. Jetzt ist sie eine düstere Mischung aus Grautönen. Der Asphalt schimmert nass, es ist dunkel und ein bisschen unheimlich. Und bis auf meine Schritte und das Geräusch des Schneeregens, der knisternd auf meine Schultern fällt, ist es still. Als wäre der Tag zu Ende und die Welt eingeschlafen.

Als Lukas mich vorhin gefragt hat, wie es mir geht, habe ich gelogen. Ich habe gesagt »alles okay«. Obwohl das gar nicht stimmt. Eigentlich *müsste* es mir gut gehen. Ich hatte einen guten Tag. Aber warum fühle ich mich dann nicht so?

Ich atme ein und wieder aus, und die Luft verlässt wie Nebel meine Lungen – doch der in meinem Gehirn bleibt. Manchmal glaube ich, dass die Monster, die früher unter meinem

Bett gewohnt haben, irgendwann unbemerkt in meinen Kopf gezogen sind. Und da bleiben sie jetzt, weil da oben immer was los ist.

Montag-Grauen

Der Beginn meines Tages war wie eine Fortsetzung des gestrigen Abends. Erst hat mein Lieblings-BH versucht, mich zu erstechen – es war unmittelbar nach dem Aufstehen, und er wollte mit der Spitze des linken Bügels mitten in mein Herz –, dann gab es keine Milch mehr für mein Müsli, weil meine werten Nicht-Brüder mir keine übrig gelassen haben – wofür Lena sie so geschimpft hat, dass ich fast schon wieder Mitleid mit ihnen hatte –, und zu guter Letzt habe ich gehört, wie Papa im Flüsterton zu Lena gesagt hat, dass er sie vermisst und dass er wünschte, sie hätten mehr Zeit zu zweit. Dann ist er gegangen. Und weil er bereits viel zu spät dran war, konnte er mich leider nicht mehr an der Schule absetzen. Obwohl er mir das versprochen hat.

Jetzt – dreiundzwanzig Minuten später – stehe ich mit Kopfhörern und ohne BH in einer Horde Fünftklässler an der Bushaltestelle und warte auf einen Fluchtwagen, der nicht kommen wird. Die Jungs sind in diesem anstrengenden Alter, wo sie sich gegenseitig dauernd schubsen und die Mädchen in den Regen drängen. Mir gehen sie auf die Nerven. Es ist echt ein Witz. Viele in meinem Alter haben einen Führerschein und ein Auto, und ich habe noch nicht mal ein Fahrrad. Das, das ich hatte, hat Papa bei einem Garagenflohmarkt vor dreieinhalb Wochen verkauft, weil es, wie er sagte, ohnehin zu klein für mich wäre. Das stimmt. Es war zu klein. Aber das war es in Hamburg auch schon, und da fand Papa es auch nicht weiter schlimm, dass ich damit zur Schule fahre. Die Rahmengröße war also nicht der Grund für den Verkauf. Er wollte einfach keinen Anhänger für den Umzug mieten, das ist alles. Deshalb musste auch mein Bett weg. Manchmal glaube ich, er hätte mich am liebsten auch in Hamburg gelassen – bei meinem Bett und meinem Fahrrad. Aber das konnte er leider nicht. Papa hat versprochen, dass wir in München ein neues Rad kaufen. Aber als ich ihn gestern darauf angesprochen habe, meinte er nur: *Ach ja, das Fahrrad. Das machen wir bald, Motte. Versprochen.* In dem Moment, als er das gesagt hat, habe ich das Rad gedanklich abgehakt. Nicht nur weil ich glaube, dass es sich mit diesem *bald* genauso wie mit der Italienidee verhält, sondern weil sich bei meinem Vater zwei Versprechen gegenseitig aufheben. So wie aus zwei Mal Minus ein Plus wird. Entweder er tut es nach dem ersten Mal oder er tut es nie. Ich weiß, dass er es nicht böse meint. Mein Papa meint die wenigsten Dinge böse. Er ist einfach zu beschäftigt. Oder nicht hier. Und wenn er es dann doch mal ist, ist er mit den Gedanken woanders. Bei Lena oder bei seinen Patienten oder sonst wo. Wenn man es genau nimmt, macht es keinen wirklichen Unterschied, ob er da ist. Für mich ist er es ohnehin nicht.

Papa hat immer viel gearbeitet. Und ich war immer viel allein. Aber wenn er abends nach Hause kam, hat er sich gefreut, mich zu sehen. Seit wir hier sind, sieht er mich gar nicht mehr. Als wäre ich ein Hologramm, das man nur bei einem bestimmten Lichteinfall wahrnimmt.

Einer der Zwergenjungen neben mir rempelt mich an, und ich muss mich zusammenreißen, ihn nicht zu schubsen. Ich schaue mit einem »Pass gefälligst besser auf«-Blick in seine Richtung, aber entweder bemerkt er es nicht, oder es ist ihm einfach egal. Er sagt etwas zu seinen kleinen Freunden, und ich bin froh, dass ich nicht verstehen kann was. Ich schließe die Augen und konzentriere mich auf die Musik – ein weiterer Fehler, denn der Text von »You Wouldn't Like Me« von Tegan and Sara wirft in meinem Kopf Fragen auf, die ich gerade wirklich nicht brauchen kann. Fragen, die ich mir nicht stellen möchte, weil ich darauf keine Antworten habe. Aber jetzt sind sie da – und genauso, wie man es nicht hinbekommt, etwas zu vergessen, wenn man es erst einmal weiß, werde ich sie nicht los. Mein Verstand ist wie eine dieser Ballserviermaschinen beim Tennis. Nur, dass es bei mir keine Bälle sind, sondern meine eigenen Unsicherheiten. Würde ich mich mögen, wenn ich mich selbst kennenlernen würde? Was ist, wenn mich an der neuen Schule niemand leiden kann? Wenn alle schlecht über mich reden? Über mich lachen? Ich denke an Alex und die Tatsache, dass sie mich gefragt hat, ob ich mal zum Schwimmen mitgehen will. Aber das macht uns nicht zu Freunden. Das macht sie zu einer gut erzogenen Nachbarstochter. Vermutlich war es reine Höflichkeit. Wie ein dahin gefragtes *Wie geht's* oder ein *Ich ruf dich an* nach einem schlechten One-Night-Stand in einem Film. Wahrscheinlich hat Alex zehntausend Freunde, und sie wollte einfach nur nett sein.

Vermutlich ist es das Beste, wenn ich mich darauf gefasst mache, die kommenden Monate mutterseelenallein durch lange graue Schulflure zu schleichen. Und dabei so zu tun, als wäre mir das total egal. Es sind nur etwas über zehn Wochen. Das ist nicht lang. Zehn Wochen. Dann mache ich meinen Abschluss, und dann haue ich ab.

Papa wollte mit dem Umzug warten, bis ich mit dem Abi fertig bin. Noch so ein Versprechen, das er nicht halten konnte. Der Anruf von der Klinik kam überraschend. Es war ein Montag und wir beim Abendessen. Es gab verkochte Penne mit Tomatensoße. Ich saß am Tisch und habe gewartet. Erst auf meinen Vater und dann auf seine Entschuldigungen. Die vom Krankenhaus meinten, der Posten wäre seiner, wenn er sich schnell entscheidet. Das hat er. Papa hat ihnen zugesagt und es mir dann erklärt. Natürlich habe ich es verstanden. Das bedeutet aber nicht, dass ich einverstanden war.

Ich hatte an meiner alten Schule nicht wirklich viele Freunde. Eigentlich hatte ich nur Lukas, und als der weg war, niemanden mehr. Aber dort konnte ich mühelos in der Masse verschwinden. Ich denke an meine neuen Mitschüler, die sich alle kennen und die mich alle anstarren werden, als wäre ich eine Sehstörung. Ich denke an die blöden Fragen, die sie stellen werden, und das beklemmende Gefühl, allein zu sein. Niemanden zu haben, der hinter mir steht. Oder neben mir. Gott, am liebsten würde ich blaumachen. Aber ich kann nicht blaumachen. Nicht am ersten Tag. Außerdem würde es nichts ändern. Dann wäre eben morgen der erste Tag. Besser ich bringe es einfach hinter mich. Mein Magen ist plötzlich so flau, dass ich fast froh darüber bin, dass Valentin und Leon mir keine Milch übrig gelassen haben. Sonst müsste ich jetzt kotzen. Ich sehe Leons kleines Gesicht vor mir, und da fällt mir wieder ein, was er gestern zu mir gesagt hat, nachdem ich ihm eine Gute-Nacht-Geschichte vorgelesen habe.

Er: Bist du nervös wegen morgen?

Ich: Du meinst wegen der neuen Schule?

Er: Ja.

Ich: Keine Ahnung. Ein bisschen.

Er: Das musst du nicht.

Ich: Ach nein?

Er: Nein.

Ich: Okay, und warum nicht?

Er (als wäre das das Selbstverständlichste der Welt): Weil sie dich alle mögen werden.

Ich lächle in den Regen. Er prasselt immer stärker auf das Metalldach des Bushäuschens, und die Fünftklässler rücken noch enger zusammen. Ihre Schulranzen sind halb so groß wie sie, und ich befürchte fast, sie würden umfallen, wenn sie sich nicht gegenseitig aufrecht halten würden. Ich sehe über ihre Köpfe hinweg in die graue Welt und denke an Lukas und daran, dass es mir an seiner Seite immer völlig egal war, was andere von mir denken. Und sie haben nichts Nettes von mir gedacht, das weiß ich. Ich glaube, wenn man die Leute an meiner alten Schule bitten würde, mich in einem Wort zu beschreiben, würden die meisten von ihnen vermutlich *Schlampe* sagen. Natürlich nicht ins Gesicht. Sie haben grundsätzlich lieber über mich geredet als mit mir. Und ich bin keine Schlampe. Aber ich bin eben auch nicht die perfekte Jungfrau – was übrigens die meisten von diesen Tussen auch nicht waren. Die haben immer nur so getan. So unschuldig und brav.

In meinem Leben gab es einfach nie diesen *einen* Jungen. Stattdessen gab es andere. Und die hatten nur zwei Dinge gemeinsam: mich und dass sie nicht wirklich an mir interessiert waren. Sie wollten mich flachlegen. Die einen, weil ich schön, und die anderen, weil ich unnahbar bin. Erst war ich die Eisprinzessin, dann leicht zu haben. So oder so ging es ihnen nicht um mich. Um fair zu sein, mir auch nicht um sie. Ich brauchte keinen Jungen in meinem Leben, weil ich Lukas hatte. Meinen besten Freund. Seine Stimme hallt in meinem Kopf. *Lass sie einfach reden, Flittchen. Ohne Menschen wie uns hätten sie keinen Gesprächsstoff.* Ich wünschte, er wäre gerade hier und würde mir genau *das* sagen. Aber das ist er nicht. Nur ich bin hier. Im Regen. Allein.

Ich suche »California Stars« von Billy Bragg & Wilco heraus, drücke auf *Play* und warte auf die Schmerzlinderung. Und sie kommt sofort. Noch in derselben Sekunde, als die Gitarren einsetzen. Der Sänger fängt an zu singen, und ich fange an zu lächeln. Als hätten wir es einstudiert. Wenn ich seine Stimme höre, geht es mir gut – und wenn nicht gut, dann zumindest besser. Weil es mehr ist als nur ein Lied. Es ist *mein* Lied. Der perfekte Song für ein Happy End. Für Momente in Zeitlupe und Lebensausschnitte, an die man sich für immer erinnern will. Ich schließe die Augen und sehe glückliche Menschen im Meer tanzen. Ich sehe, wie die Sonne hinter dem Horizont verschwindet und wie Wellen brechen. Und bei diesem Anblick und obwohl ich nie dort war und obwohl es keine echte Erinnerung ist, fühle ich mich unendlich frei. Ich bin nicht mehr im Regen. Ich bin weit weg von allem. Bis mich plötzlich jemand am Arm berührt, ich die Augen öffne und in das runde Gesicht eines Mädchen blicke, das mich schüchtern von unten ansieht. Ich ziehe einen Ohrstöpsel heraus, und die Musik mischt sich mit dem Regen.

»Ich … ich glaube, da will wer was von dir«, sagt das Mädchen und zeigt auf einen dunkelblauen Golf, der an der nächsten Straßenecke parkt und aus dessen Beifahrerfenster ein Arm so panisch winkt, als würde sein Eigentümer gerade ertrinken. Oder entführt.

Da ist er. Mein Fluchtwagen. Er ist doch gekommen.

Auf Touren

Ich reiße die hintere Autotür auf, rufe ein »Hi« nach vorne, steige ein und ziehe sie schnell wieder zu. Meine Klamotten kleben nass an meinem Körper und einzelne Haarsträhnen auf meiner Stirn.

»Hi zurück«, sagt Alex und wendet sich mir zu. »Ich hab dich knapp verpasst.«

»Verpasst?«, frage ich atemlos, während ich mit den Handflächen das Regenwasser aus meinem Gesicht wische.

»Ja«, antwortet sie und schiebt die Brille ein Stück hoch. »Ich habe vorhin bei dir geklingelt, weil ich dich fragen wollte, ob du mitfahren willst, aber Lena meinte, dass ich dich knapp verpasst habe und wir dich vielleicht noch an der Bushaltestelle erwischen, wenn wir uns beeilen, und siehe da …«

»Ich unterbreche ja wirklich nur sehr ungern«, sagt der Typ am Steuer und schaut zu Alex, »aber sollen wir Niklas jetzt abholen oder nicht?«

»Ja, sollen wir«, sagt sie. »Er bekommt sein Auto erst morgen oder übermorgen wieder.« Sie schaut zu mir. »Auffahrunfall.«

»Ah«, mache ich und taste nach dem Gurt.

»Aber es war nicht seine Schuld.«

»Das … das dachte ich auch nicht«, lüge ich.

In dem Augenblick, als meine Gurtschnalle einrastet, fahren wir los. Der Regen trommelt aufs Dach. Und es ist so viel Wasser, dass die Scheibenwischer nicht damit fertig werden –

und das, obwohl sie auf maximaler Geschwindigkeit laufen. Sie schnellen von links nach rechts, aber eben nicht schnell genug.

Es ist seltsam, dass ich jetzt in diesem Wagen sitze. Ich meine, mit Alex habe ich keine zwölf Sätze gewechselt, mit dem Fahrer keinen einzigen, und von Niklas weiß ich nur, dass er nicht Autofahren kann. Und nicht einmal das weiß ich wirklich. Vielleicht fährt er großartig. Ich rolle das Kabel der Kopfhörer zusammen und stecke sie in die Tasche. Soll ich fragen, wie der Typ am Steuer heißt? Immerhin fahre ich bei ihm mit. In seinem Auto. Glaube ich. Es ist doch keine große Sache. Ich werde mich einfach räuspern und kurz vorstellen. So etwas wie: *Vielen Dank fürs Mitnehmen. Ich bin übrigens Sophie.* Oder doch lieber warten, dass Alex uns einander vorstellt? Es kommt mir total komisch vor, mich jemandem vorzustellen, dessen Hintern ich schon mal gesehen habe – wenn auch nicht aus der Nähe und nur sehr kurz. Als ich aufschaue, treffen sich unsere Blicke im Rückspiegel, und ich gucke schnell weg.

»Süße«, murmelt der Typ in Alex' Richtung.

Sie lässt das Handy sinken. »Hm?«

»Willst du uns nicht mal vorstellen?«

»O Gott, wie unhöflich von mir.« Sie lacht auf und schüttelt den Kopf. »Tut mir leid, ich war so beschäftigt damit, Niklas den Treffpunkt zu schreiben, dass …« Sie unterbricht sich selbst. »Egal, Sophie, das ist mein Freund, Clemens. Schatz, das ist Sophie.« Sie macht eine Pause und schmunzelt. Und für den Bruchteil einer Sekunde befürchte ich, dass sie sagen wird: *du weißt schon, die Spannerin von nebenan.* Aber das tut sie nicht. Stattdessen fügt sie hinzu: »Das Nachbarsmädchen.«

»Freut mich«, sagt er und lächelt. »Schön, dass wir uns jetzt auch mal …« Kurze Pause. »… persönlich kennenlernen.«

Okay, das habe ich verdient. Ich nicke und grinse. »Das hast du wirklich diplomatisch formuliert.«

»Findest du?«

»Clemens, hör auf«, flüstert Alex, wirft ihm einen vorwurfsvollen Blick zu und schaut dann zu mir. »Du darfst ihn nicht zu ernst nehmen, er macht nur Spaß.«

»Ich finde ja, die ganze Sache ist eine ziemlich ernste Angelegenheit.«

»Clemens.« Alex klingt wie eine Mutter, die sich für ihr schlecht erzogenes Kind schämt.

»Sie hat meinen nackten Arsch gesehen. Das sollte dich stören.« Alex schüttelt den Kopf. »Genau genommen solltest du außer dir sein.« Ich kann im Rückspiegel nur einen Ausschnitt seines Gesichtes erkennen, aber seine Augen verraten, dass er grinst. »Ist ja gut«, sagt er, lacht auf und schaut in meine Richtung. »Ich mache wirklich nur Spaß.«

»Dann bin ich ja beruhigt.«

Ich lächle zurückhaltend und ziehe mein Handy aus der Tasche, um beschäftigt auszusehen. Ich scrolle durch alte Posts und warte darauf, dass er seine Aufmerksamkeit wieder der Straße zuwendet. Als ich einen Blick in den Spiegel riskiere, ist er in den Verkehr vertieft. Ich streiche weiter mit dem Finger über den Bildschirm, aber in Wirklichkeit betrachte ich Clemens aus dem Augenwinkel. Er hat breite Schultern und einen breiten Nacken. Nicht eklig breit, trainiert breit. Seine Haarspitzen berühren beinahe den hellen Stoffbezug des Autodachs, was mich annehmen lässt, dass er ziemlich groß ist. Ja, er ist einer von den Typen, auf die Mädchen stehen. Mit markantem Kiefer und langen Wimpern. Sein Haar ist dunkel und so kurz, dass man bis auf seine Kopfhaut sieht. Aber ihm steht das irgendwie. Dieser harte Look lässt ihn älter wirken. Er ist auf eine Art blass, die verrät, dass er auch im Sommer nicht wirklich braun wird, und seine hellblauen Augen stechen zwischen den dunklen Wimpern und den dichten Brauen kühl heraus. Seine Lippen sind weder schmal noch voll. Sie sind auf eine schöne Art normal. Wenn ich ihn in eine Schublade stecken müsste, wäre er eher der Draufgänger als der Intellektuelle. Seine Statur spricht mehr für Gewichte als für Nietzsche. Clemens setzt den Blinker links und schaut kurz in den Rückspiegel. Dabei treffen sich wieder unsere Blicke, und er ertappt mich beim Starren. Er bleibt an der Einfahrt einer Esso-Tankstelle stehen, und noch bevor ich fragen kann, warum wir halten, geht die Autotür links neben mir auf, und ein großer schlaksiger Typ lässt sich auf den Sitz fallen.

»Ihr seid ganz schön spät dran«, sagt er, bemerkt mich, schaut irritiert.

»Tut mir leid, Nik«, sagt Clemens und nickt mit dem Kopf in meine Richtung, »wir mussten Sophie noch von der Bushaltestelle einsammeln.« Clemens fährt los, und wir werden erst vom Regen und dann vom Berufsverkehr verschluckt.

»Verstehe«, sagt Niklas und mustert mich mit einem ernsten grauen Blick. Seine Stimme ist tief, und sein Mund sieht aus, als wäre in seinen Winkeln immer ein kleines Lächeln verborgen. Rein äußerlich betrachtet ist es sehr unwahrscheinlich, dass jemand wie Clemens mit einem Kerl wie Niklas befreundet ist. Bis auf den leichten Bart haben sie nichts gemeinsam. Clemens ist der körperliche Typ, Niklas nachdenklich. Sein Gesicht ist wie eine traurige Fotografie. Melancholisch und schwer. Irgendwie will man ihn trösten. Clemens will man eher ausziehen. Er sieht aus, wie jemand, der weiß, wie man ein Mädchen küssen muss. Jemand, der nicht nur mit seiner Zunge in einem Mund herumrührt und hofft, es richtig zu machen. Er ist selbstsicher und vielleicht ein bisschen zu sehr von sich eingenommen. Ein bisschen prollig, aber aus gutem Hause. Clemens hat etwas von einem Boxer. Ein Schlag, und sein Gegenüber bliebe blutend auf dem Boden liegen. Niklas wäre das Gegenüber. Er sieht aus wie jemand, der ganz plötzlich in die Höhe geschossen ist. Mit dem schmalen Gesicht, den hohen Wangenknochen und den schmächtigen Armen. Wie jemand, der von seiner eigenen Männlichkeit überrumpelt wurde und noch nicht so recht weiß, was er damit anfangen soll. Wären die beiden eine Person, wären sie ziemlich perfekt. Clemens wäre der Beschützer, Niklas der für die langen Gespräche.

Wobei. Wenn ich mir seine Hände so ansehe und diese weichen sinnlichen Lippen, ist Niklas vielleicht viel körperlicher, als man auf den ersten Blick meinen würde. Niklas mustert mich, und etwas an der Art, wie er das tut, trocknet meinen Mund aus. Alles an diesem Jungen ist intensiv. Stille Wasser sind tief, schießt es mir durch den Kopf, und je länger ich ihn ansehe, desto sicherer bin ich mir, dass er bei Mädchen genauso gut ankommt wie Clemens. Vielleicht sogar noch besser. Seine symmetrischen Züge, sein leicht zerzaustes braunes Haar und die grauen Augen, die eintausend Dinge auf einmal sagen, aber nichts, was ich verstehe. Niklas sieht mich nicht nur an. Er fordert mich mit seinem Blick heraus, nur dass ich nicht weiß wozu. Kann man in dieses Gesicht sehen, ohne den Jungen dahinter retten zu wollen?

»Ich bin Niklas«, sagt er dunkel.

»Sophie«, antworte ich und schlucke. »Freut mich.«

Alex dreht sich zu uns um und umarmt die Kopfstütze. »Sophie ist …«

»Das Mädchen von nebenan«, beendet Niklas ihren Satz, bleibt aber mit den Augen bei mir. »Richtig?«, fragt er leise, und ich nicke. »Dachte ich mir. Clemens hat von dir erzählt.«

»Ach ja?« Wieso nur wundert mich das nicht? »Und was hat er gesagt?«

Niklas blinzelt und grinst. »Es hatte irgendwas mit Vorhängen zu tun.«

Meine erste Stunde hat geschlagen

Es dauert knapp fünfzig Minuten, bis ich meinen bürokratischen Marathon hinter mir habe. Die gewissenhafte und sehr langsame Sekretärin hat mir alles bis ins kleinste Detail erklärt und mich damit so schläfrig gemacht, dass ich danach wie in Trance durch das Schulgebäude geirrt bin. Wie ein Schlafwandler bewaffnet mit vier Kilo Papier – von dem ich eigentlich nur meinen Kursplan wirklich brauche. Irgendwann habe ich das blöde Klassenzimmer dann endlich gefunden. Die Hälfte der zweiten Unterrichtsstunde war bereits vorbei, aber da mich ohnehin alle angestarrt hätten, egal, wann ich erscheine, habe ich die Schultern gestrafft, an die Tür geklopft und bin eingetreten. So war es wenigstens ein Auftritt. Alle Blicke wie kleine Scheinwerfer auf mich gerichtet, als wäre ich ein Rockstar und der Bereich vor den Schulbänken meine Bühne. Der Englischlehrer ist mir sofort sympathisch, was komisch ist, so grimmig wie er schaut. Er heißt Herr Heidenbrink, hat einen quadratischen Kopf, schütteres weißes Haar und eine Brille, die mich mit ihrem großen, eckigen Gestell aus dunkelbraunem Plastik sofort an zwei in der Mitte verbundene Miniatur-Röhrenfernseher denken lässt. Er erinnert mich an jemanden. Oder an etwas. Aber ich komme nicht darauf, an was.

Herr Heidenbrink stellt mich kurz vor – natürlich auf Englisch – und dirigiert mich dann zum einzigen freien Platz der

Klasse, neben einen Jungen, der so klein ist, dass ich einen Moment lang denke, er hätte sich im Raum geirrt. Ich gehe, begleitet von leisem Pfeifen und Gemurmel, zu der Schulbank in der ersten Reihe am Fenster und setze mich hin. Ich höre, wie ein Junge extra laut flüstert: »Wenn alle Mädchen in Hamburg so aussehen, bin ich in der falschen Stadt«, und ein anderer antwortet: »Jetzt weiß ich endlich, wo ich zum Studieren hingehe.« Gelächter. Ich reagiere nicht, lege meine Sachen ab und meine Handflächen auf den Tisch. Ich saß noch nie in der ersten Reihe. Ich war immer der Hinten-in-der-Ecke-Schüler, weil man da weniger oft aufgerufen wird.

Ich warte darauf, dass Herr Heidenbrink mich dazu *ermuntert*, ein paar Worte zu mir zu sagen – natürlich auch auf Englisch –, was er jedoch nicht tut. Er erspart mir die Peinlichkeit, und ich danke es ihm mit einem langen erleichterten Blick. Dann wendet er sich der Tafel zu und setzt seinen Unterricht fort, als hätte es die Störung nie gegeben. Das ist der Moment, in dem mein neuer Sitznachbar sich mir zuwendet und mich mit den wichtigsten Fakten zu seiner Person versorgt – Fabian, fünfzehn Jahre alt, zwei Klassen übersprungen – und mir im Anschluss sehr knapp und effizient erläutert, dass der Kurs in der letzten Stunde vor den Ferien mit der Lektüre von *The Catcher In The Rye* begonnen hat.

»Hast du es schon gelesen?«, flüstert Fabian und schaut mich aus jungenhaften Augen an.

»Nein«, flüstere ich zurück. »Du?«

»Ja«, sagt er knapp. »Ich glaube, du wirst es mögen.«

Mit diesem Satz wendet er sich wie ein Roboter von mir ab und der Tafel zu. Er ist irgendwie nett. Ein bisschen klein, aber nett. Ich glaube, neben ihm zu sitzen ist nicht verkehrt.

Ich konzentriere mich auf die Stichpunkte, die Herr Heidenbrink an die Tafel schreibt, und notiere sie mir auf der Rückseite meines Kursplans, damit ich etwas zu tun habe. Ich schaue stur auf mein Blatt und nach vorne und ignoriere die achtzehn bis zwanzig Augenpaare, die sich wie Speere in meinen Rücken und meinen Hinterkopf bohren. Sie tuscheln, zwei Mal höre ich sogar meinen Namen. Doch ich stelle mich taub und widerstehe der Versuchung, mich umzudrehen.

Als zehn Minuten später endlich der Gong ertönt, nehme ich schnell meine Tasche und meine dreitausend Ausdrucke und haste in Richtung Tür, als plötzlich Niklas vor mir steht.

»Du hast es ja ganz schön eilig«, sagt er, und ein Lächeln kräuselt sich um seine Mundwinkel.

»Ich, nein …«, antworte ich unbestimmt, als ein Mädchen neben ihm stehen bleibt und sich bei ihm unterhakt. Sie hat ein schmales Gesicht und schmale Lippen, mit denen sie steif lächelt. Sie trägt die hellbraunen Locken offen und zu dunkles Make-up, das wie eine Maske an ihrem Kinn endet. Es ist ein unglücklicher Versuch, die leichte Akne zu verstecken. Ihre Haut ist gebräunt, an ihrem Hals entdecke ich Sommersprossen.

»Dann bist du also Sophie«, stellt sie in einem neutralen Tonfall fest, doch ihr Blick und ihre Geste sagen: *Finger weg, der gehört mir.* »Ich bin Jasmin. Niks Freundin.«

Was soll ich dazu bitte sagen? Herzlichen Glückwunsch? Du hast den Hauptgewinn gemacht? Ich entscheide mich für ein unverfängliches »Freut mich« und schiebe ein »Ja, ich bin Sophie« hinterher, dann gehen mir die Ideen aus.

»Wir treffen uns jetzt gleich mit Alex und Clemens«, sagt Niklas und grinst mich frech an. »Willst du nicht mitkommen?«

Jasmin gibt einen schwer definierbaren Laut von sich – etwas zwischen *das wäre ja noch schöner* und einem Lachen. »Denkst du nicht, dass sie sich zwischen zwei Pärchen fühlen wird wie das fünfte Rad am Wagen?« Sie schaut zu mir. »Ist nicht böse gemeint.«

Ist es doch.

»Hab ich auch nicht so verstanden.« Ich schenke ihr mein schönstes »Fick dich«-Lächeln, deute zur die Tür und sage: »Darf ich? Ihr blockiert den Ausgang.«

Alles im Lot

Der Regen hat aufgehört. Einfach so, als hätte er keine Lust mehr gehabt. Wie ein Kind, das ein Spiel plötzlich langweilig findet und sich etwas anderem widmet. Einzelne dicke Tropfen fallen aus den Baumkronen, der Boden spiegelt die Welt. Ich stehe abseits auf einem der Pausenhöfe und versuche, nicht aufzufallen. Aber ich falle auf, als würde ich im Sonnenlicht glitzern. Alle, die an mir vorbeikommen, schauen. Und ich schaue weg.

»Was machst du ganz allein hier draußen?« Ich erkenne ihre Stimme sofort und schaue hoch, direkt in diese grünen Augen mit dem präzisen dunkelgrauen Rand. Alex lehnt sich neben mich an die Mauer.

»Du musst dich nicht um mich kümmern, nur weil wir Nachbarn sind«, sage ich schroff. »Das weißt du, oder?«

Sie zieht die Brauen hoch. »Ist etwas passiert?«

»Nein.«

»Du siehst aber so aus, als wäre etwas passiert.«

»Ist es aber nicht.«

»War jemand gemein zu dir?«

Ich schweige.

»War es Jassi?« Alex legt ihre Hand auf meine Schulter, und ich schaue sie an. »Es war Jassi, oder?«

»Wenn *Jassi* Niks Freundin ist, dann ja. Aber darum geht es nicht.«

»Sondern?«

Clemens klopft an die Fensterscheibe neben dem Eingang zum Schulgebäude, und Alex schaut in seine Richtung. Er wirft ihr einen fragenden »Wo bleibst du denn?«-Blick zu und sie ihm einen gereizten »Ich komme gleich!«-Blick zurück.

»Du solltest besser gehen. Deine Freunde warten.«

»Wenn es echte Freunde sind, warten sie auch noch etwas länger.«

Eine Weile sehe ich sie nur an, dann frage ich: »Warum tust du das alles? Ich meine, warum bist du so nett zu mir?«

Sie zuckt mit den Schultern und lächelt. »Keine Ahnung. Vielleicht mag ich dich einfach?«

»Wie könntest du mich mögen, du kennst mich doch gar nicht.«

Sie stößt sich von der Mauer ab und verschränkt die Arme vor der Brust. »Und du tust alles dafür, dass es so bleibt.«

Alex sieht mich herausfordernd an, dann klemmt sie sich in einer automatisierten Geste das hellblonde Haar hinter die Ohren. Es ist seidig und fein, und als es über den gelben Regenmantel streift, lädt es sich elektrisch auf.

»Ich versuche nur zu verstehen, warum es dich interessiert, ob ich hier alleine stehe oder nicht.«

Sie kommt näher. »Das ist eine total abgefahrene Sache«, flüstert sie, und ihr Atem riecht nach Zitrone. »Wenn ich es dir verrate, darfst du es niemandem sagen.« Sie kommt noch näher, schaut sich gespielt um, dann haucht sie: »Es nennt sich Freundlichkeit… aber psssst.« Ich muss lachen. Es ist plötzlich da, so wie der Regen vorhin einfach weg war. Alex ist anders als alle anderen Menschen, die ich bisher getroffen habe. Alles an ihr ist leicht. Ihr Haar, die Art, wie sie mich in diesem Moment anlächelt. Sogar wie sie sich bewegt. Wie eine Feder, die von einem Luftzug getragen wird. Sie macht einen Schritt rückwärts und nickt mit dem Kopf in Richtung Schulgebäude. »Können wir dann?«

Wir sitzen zu fünft in der Cafeteria und essen belegte Brötchen. Ich habe mich für die Option *labberiges Salatblatt, zwei Scheiben Salami und ein Stück Käse* entschieden. Oh, und nicht zu vergessen, eine Tomate. Sie ist matschig und schmeckt nach fast gar nichts, aber sie macht das Sandwich etwas nasser und erleichtert damit das Schlucken. Ich freue mich jetzt schon auf die kleine Tüte Chips. An meiner alten Schule gab es keine Salt'n'Vinegar-Chips, genau genommen gab es gar keine. Es lebe die Privatschule! Das letzte Stück von meinem Brot hat den Rest Spucke aus meinem Mund aufgesaugt und klebt in einem zähen Klumpen an meinem Gaumen. Ich spüle ihn mit einem großen Schluck Cola hinunter und greife nach der Chips-Packung. Sie knistert verheißungsvoll. Ich reiße sie auf und reiche sie herum, aber mein Bestechungsversuch – oder wie Alex sagen würde, *meine Freundlichkeit* – zeigt keine Wirkung. Nur Niklas greift in die Tüte, die anderen lehnen ab. Clemens ist satt, Jasmin isst kein so ungesundes Zeug, und Alex hat noch ein zweites Sandwich. Dafür, dass mich die Hälfte der hier Anwesenden gar nicht dabeihaben will, ist es eigentlich ganz nett. Sogar Jasmin gibt sich Mühe. Sie erzählt etwas von ihren Ferien auf Mallorca. Ihre Eltern haben wohl ein großes Haus mit Pool und altem Obstbaumbestand. Sie erzählt so begeistert davon, dass ich mich kurz frage, ob die Früchte ihre einzige Nahrungsquelle waren. So dürr, wie sie ist, wäre es möglich. Clemens und Niklas waren zwei Wochen Surfen. Sie haben den Namen der Insel erwähnt, aber ich habe ihn nicht verstanden und wollte nicht noch einmal nachfragen. Anscheinend kennen sich die beiden schon ihr ganzes Leben lang. Sie sind Nachbarn, waren im selben Kindergarten, dann zusammen an der Grundschule und nun hier. Das erklärt die Unwahrscheinlichkeit ihrer Freundschaft. Ich versuche, mir Niklas auf einem Surfbrett vorzustellen, und sehe einen hageren großen Jungen, so dünn wie das Brett, auf dem er zu stehen versucht. Hm. Clemens passt ganz gut auf ein Surfbrett, Niklas eher auf einen Klavierhocker. Andererseits ist Clemens zu blass für den Klischee-Surfer. Gerade als ich mich frage, wie man es schaffen kann, zwei Wochen lang am Strand zu sein, ohne auch nur das kleinste bisschen braun zu werden, sagt Jasmin mit einem blöden Lachen: »Man sieht dir gar nicht an, dass du im Urlaub warst.«

»Vielen Dank«, sagt Clemens in einem Tonfall, von dem ich annehme, dass er nur gespielt beleidigt klingen soll, der dafür aber etwas zu beleidigt klingt.

»Mensch, das war doch nicht böse gemeint«, antwortet Jasmin in einem »Jetzt krieg dich wieder ein«-Tonfall.

»Was soll der Scheiß?«, fragt Niklas gereizt. »Du weißt genau, warum er Sunblocker benutzt.«

Bis auf die Gespräche an den Nachbartischen und das Geraschel meiner Chips-Tüte ist es plötzlich auffällig still. Ich raschle noch lauter.

»Hier drin ist es wie in einem Treibhaus«, sagt Alex, legt ihr Sandwich weg und öffnet den Reißverschluss ihrer Regenjacke. Sie kämpft sich aus den Ärmeln, streift sie ab und hängt sie über die Stuhllehne. Niklas guckt noch immer finster, und Jasmin schaut so gebannt auf ihr Handydisplay, als würde sie am liebsten mit ihrem Facebook-Verlauf verschmelzen. Ich könnte die Stimmung genau jetzt völlig zum Erliegen bringen, indem ich frage, ob jemand in Clemens Familie Hautkrebs hat. Aber ich tue es nicht. Ich bin bestimmt nicht immer freundlich, aber ich bin sicher nicht taktlos. »Bei diesem Scheißwetter, weiß man nie, was man anziehen soll«, sagt Alex und fächelt sich Luft zu. »Entweder man friert oder man schwitzt.«

»Oder beides«, antworte ich, und sie lächelt dankbar.

Alex bindet sich das Haar zu einem hohen Dutt zusammen, und Clemens legt ihr die Hand in den Nacken, was ich als ein geschwiegenes *Danke* deute. Er zieht Alex an sich und küsst sie sanft auf die Schläfe. Ich schaue weg. Mein Blick fällt auf das hellgraue dünne Sweatshirt, das sie trägt. Auf den großflächigen Aufdruck auf der Vorderseite. Arielle die Meerjungfrau wirft mir einen verführerischen Augenaufschlag von Alex' Brust zu, und ich muss lächeln. Über die Tatsache, dass sie meine Lieblings-Disneyfigur offensichtlich auch mag, und über das empfindliche Gleichgewicht, das Alex eben wieder hergestellt hat. Als wäre sie eine emotionale Waage, die alles ins Lot bringt. Ich wette, diese Rolle hat sie in ihrer Familie auch. Und ich wette, manchmal hasst sie sie.

Lichtzeichen

Mein Magen knurrt. Seit dem Sandwich und den Chips in der Schulcafeteria habe ich nichts mehr gegessen. Und das ist ewig her. Lena hat den Jungs vorhin eine Brotzeit gemacht – bei ihr war der Salat knackig, der Käse aus Heumilch und das Brot glutenfrei und aus Vollkorn. Aber das war um halb sieben, und da hatte ich noch keinen Hunger. Lena hat nach meinem ersten Tag gefragt, aber sie war die falsche Person. Papa hätte mich fragen müssen. Doch der war noch in der Klinik und hat sich bewiesen. Also habe ich Lena halbherzig davon erzählt, Leon und Valentin eine Geschichte vorgelesen und mich dann in mein Zimmer verzogen. Die Vorstellung von Lena und mir und Smalltalk auf dem Sofa war einfach zu viel. Jetzt liege ich auf dem Bett, höre »I Want You To Want Me« von Gary Jules und zeichne Arielle die Meerjungfrau in Miniatur. Nur dass meine Version eigentlich viel mehr aussieht wie Alex mit roten Haaren und einer Fischflosse. Ich will das Blatt Papier gerade zusammenknüllen und wegwerfen, als das Skype-Icon im Dock meines Laptops plötzlich zu hüpfen beginnt. Ich springe auf, lege den Zeichenblock zur Seite und mache die Musik leiser, dann nehme ich den Anruf an.

»Lukas.« Ich grinse.

»Flittchen.« Er grinst auch.

Ich erzähle ihm von der Schule. Und dann von Alex.

»Es gibt einen Jungen?« Er zieht die Augenbrauen hoch. »Das ist sogar für deine Verhältnisse schnell.«

»Du liegst total daneben«, sage ich triumphal. »Alex ist ein Mädchen.« Er schaut mich so schockiert an, dass ich in schallendes Gelächter ausbreche. Ich weine vor Lachen.

»Aber du warst nie mit einem Mädchen befreundet«, stellt Lukas nüchtern fest. »Bist du krank?«

»Bin ich nicht«, antworte ich und schüttle den Kopf, als wollte ich sagen: Ich verstehe auch nicht, wie das passieren konnte.

»Ihr seid also Freundinnen?«

»Na ja, ich kenne sie eigentlich gar nicht.«

»Aber du magst sie.«

Ich lächle. »Ja, ich mag sie.«

Lukas nickt. »Okay, wenn du sie magst, mag ich sie auch.« So war es im Kindergarten auch schon. Damals hat er gefragt: *Mögen wir sie?* Und wenn Ja, dann mochten wir sie. Wen auch immer. Oder eben nicht. Lukas macht eine Pause, und seine Augen funkeln. »Und jetzt erzähl mir schon von den Jungs. Ich weiß genau, dass es welche gibt.«

Ich beginne bei meinem Fluchtwagen, fahre fort mit Fabian und der Englischstunde und beende die Geschichte mit den belegten Broten und der seltsamen Stimmung. Passend dazu zeige ich ihm Fotos auf meinem Handy. Jasmins Facebook-Profil ist natürlich fremdensicher, aber Niklas, Clemens und Alex haben es mit den Privatsphäre-Einstellungen nicht ganz so genau genommen. Oder es war ihnen einfach egal. Lukas mustert Alex mit männlichen Augen, dann nickt er anerkennend und murmelt »nicht schlecht«, unmittelbar gefolgt von einem: »Aber lass das bloß Vianne nicht hören.« Es muss anstrengend sein, wenn man mit jemandem zusammen ist, der einem einfach nicht vertraut, denke ich, behalte es aber für mich, weil es nichts ändern würde. Sie wäre noch immer eifersüchtig, und er würde sie verteidigen. Ich weiß nicht, ob Liebe blind macht, aber sie macht auf jeden Fall parteiisch.

Es ist dunkel geworden. Der Himmel ist schwarz, und ich schalte meine Nachttischlampe ein. Mein Zimmer sieht aus wie eine Höhle, die nur von einem schwachen Lagerfeuer erhellt wird. Das würde Leon gefallen. Lukas und ich telefonieren bereits über Stunde lang, als auf einmal ein kreisrundes Licht auf meiner Zimmerwand erscheint. Ich stocke mitten im Satz.

»Flittchen?« Lukas zieht die Stirn kraus. »Was ist? Alles okay?«

»Da ist ein Licht«, sage ich und klinge ein bisschen gestört.

»Was denn für ein Licht?«

Ich drehe den Laptop so, dass er es sehen kann. Es geht an und aus und wieder an und wieder aus.

»Alex«, sage ich geistesabwesend und rapple mich auf.

»Sie schickt dir Lichtzeichen?«

»Keine Ahnung.« Ich schaue aus dem Fenster. Da steht sie. Hinter der riesigen Glasfront.

»Und?«, fragt Lukas. »Ist sie das Licht?«

»Ja, ist sie.«

In der einen Hand hält sie eine Taschenlampe, in der anderen ein T-Shirt. Nein. Es ist kein T-Shirt. Es ist ein Badeanzug. Alex wirft die Taschenlampe aufs Bett und greift nach etwas.

»Was macht sie?«

»Ich weiß nicht. Sie holt etwas.«

»Und was?«

»Ich kann es nicht erkennen.« Ich zögere. »Warte mal … ich glaube, es ist ein Kunstblock.«

»Warum schreibt sie dir nicht einfach eine Nachricht?«

»Weil sie meine Nummer nicht hat.«

Alex kritzelt etwas auf die erste Seite des Blocks, dann hält sie ihn hoch. Da steht nur ein Wort in Großbuchstaben: SCHWIMMEN

Ich muss lächeln.

»Flittchen?« Mein Blick fällt auf Lukas. Er grinst breit. »Dir ist aber schon klar, dass ich das alles nicht sehen kann, oder?«

»Tja, dann weißt du jetzt endlich mal, wie es für mich ist, wenn du nur *ganz kurz* mit Vianne redest und ich dann eine gefühlte Ewigkeit auf diese hässliche geblümte Tapete schaue.«

Er macht ein ernstes Gesicht. »Na gut, das hab ich verdient.« Dann entsteht eine Pause, die er mit: »Also, was hat sie geschrieben?« bricht.

»Ob ich schwimmen gehen will.«

»Jetzt?«, fragt er erstaunt.

Alex schwenkt den Block über ihrem Kopf hin und her, als wäre sie ein Cheerleader. Ich muss lachen. Mein Blick fällt auf die Uhr und dann auf Lukas. Kurz vor halb neun. Eigentlich würde ich jetzt mit Carlos rausgehen. Na, dann muss das eben heute mal jemand anders machen. Dafür gehen wir morgen die lange Runde.

»Du brauchst gar nichts mehr zu sagen, Flittchen, ich erkenne ein Ja, wenn ich es sehe.« Er zwinkert mir zu, rückt näher an den Bildschirm und drückt einen Kuss auf die Linse – die im Anschluss nur noch ein völlig verschmiertes Bild zeigt. »Sehen wir uns dann morgen?«

»Ich verstehe die Frage nicht«, sage ich, küsse ihn zurück und klappe den Laptop zu.

Zwischen den Welten

Lena rührt in einem großen Topf herum, mein Vater lehnt an der Kochinsel, die Küche und Esszimmer voneinander trennt und in dem ich neben dem langen Tisch stehe. Zwischen uns liegen nur ein paar Meter, aber sie fühlen sich an wie Welten. Die Luft ist feucht und riecht nach Tomatensauce, Knoblauch und Kräutern.

»Kommt überhaupt nicht in Frage«, sagt mein Vater in seinem »Widersprich mir nicht«-Tonfall.

»Ach, und warum nicht?«, widerspreche ich.

»Erstens, weil es zu spät ist, und zweitens, weil wir drei jetzt zusammen essen.«

»Es ist nicht mal neun.« Ich umklammere eine der Stuhllehnen. »Und außerdem habe ich keinen Hunger.« Das ist gelogen.

»Dann isst du eben nur eine Kleinigkeit.«

»Ich will nichts essen.« Vor allem nicht mit euch.

»Aber das wirst du.«

»Sagt wer?«

»Ich«, sagt er.

»Es ist dir doch sowieso viel lieber, mit Lena allein zu essen.«

»Was?« Er legt die Stirn in Falten. »Warum führst du dich so auf?«

»Keine Ahnung! Vielleicht wegen dem Italien-Urlaub, den wir nicht gemacht haben. Oder wegen dem neuen Fahrrad, das wir gleich in München kaufen wollten, weißt du noch? Vielleicht liegt es aber auch daran, dass du mir heute Morgen nicht mal einen guten Start an der neuen Schule gewünscht hast!«

»Ich …«, er bricht ab. »Ich musste los. Ich war spät dran.«

»Du hast versprochen, dass du mich an meinem ersten Tag fährst.«

»Hätte ich deine Hand halten sollen, oder was?« Er schüttelt den Kopf. »Du bist siebzehn Jahre alt, Sophie, du bist kein Kleinkind mehr.«

Stille. Wir stehen wie ein schräges Dreieck zwischen Küche und Esszimmer. Lena hat aufgehört, in ihrem Topf zu rühren. Ich werde nicht weinen. Auch wenn der Kloß in meinem Hals das von mir will. Ich behalte meine Maske auf und schlucke ihn hinunter zu all den anderen Gefühlen, die in mir eingesperrt sind, dann sage ich: »Du hast recht.« Meine Stimme klingt klar und ruhig, da ist keine Spur von Tränen. »Dann brauche ich dich wegen dem Schwimmen ja nicht zu fragen.«

Mein Vater schnappt nach Luft, aber Lena kommt ihm zuvor. »Komm schon, Christian, lass sie gehen.«

Ich schlüpfe in meine Schuhe. Alles in mir zittert, aber meine Hülle bleibt davon unberührt. Äußerlich bin ich ein Fels, innerlich ein Wrack. Ich habe Hunger und eigentlich gar keine Lust mehr, schwimmen zu gehen. Ich will Alex nicht erklären, warum ich schlecht gelaunt bin, und ich will nicht so tun, als wäre ich es nicht. Eigentlich will ich allein sein. Vermutlich weil ich weiß, wie das geht. Ein paar Sekunden stehe ich reglos im Eingang, dann gehe ich noch einmal in Richtung Küche. Ich weiß nicht, warum ich es tue. Weil ich nicht streiten will? Weil ich meinen Papa vermisse? Weil es mir leidtut?

Ich betrachte Lena und meinen Vater, wie sie Stirn an Stirn in einer tröstenden Umarmung stehen, und kapiere nicht, warum *er* getröstet werden muss. Dann schaut er auf und seufzt, doch er sieht mich nicht. Genauso wie er mich die letzten Wochen auch schon nicht gesehen hat. Ich stehe unsichtbar im Türrahmen, und mein Mund füllt sich mit Worten. Wie eine Badewanne, die irgendwann überläuft.

Doch bevor das passieren kann, drehe ich mich um und gehe.

In ihrem Element

Das Schwimmbad ist fast leer. Nur Alex und ich und eine junge Frau. Aber eigentlich sind weder sie noch Alex wirklich da. Sie sind vertieft in ihre Bahnen. Als wäre es ein Ort, zu dem ich keinen Zutritt habe. Aber es stört mich nicht. Ich bin auf eine angenehme Art allein. Und es ist friedlich, so wie nur leere Schwimmbäder friedlich sein können. Wasser, das einen kühl wiegt, sanftes Plätschern. Mein Körper ist schwerelos, ich halte mich mit den Fingerspitzen am Keramiküberlauf fest und schaue an die Decke, über die sich Reflexionen ziehen wie rastlose Risse. Sie funkeln und glitzern wie die Sehstörungen, die ich manchmal habe. Ich hebe den Kopf aus dem Wasser, und plötzlich ist er unendlich schwer. Ich setze mich auf, halte still, warte, bis sich die Oberfläche wieder beruhigt hat. Sie leuchtet blau wie das Meer. Ein paar Meter von mir entfernt macht Alex eine Rolle unter Wasser und stößt sich kraftvoll vom Beckenrand ab. Sie schießt wie ein menschlicher Pfeil von mir weg, und das Wasser schwappt gluckernd in die Mulde hinter mir. Es macht ein Geräusch, als würde sie sich daran verschlucken.

Ich schaue mich um. Es ist ein schöner Bau. Voller Ecken und Kanten. Dreißigerjahre. Monumental, scheinbar symmetrisch, mit glatten, hellen Flächen. Eben genau so, wie Hitler es mochte. Der Typ war ein blöder Wichser, aber manche der Bauwerke, die unter ihm entstanden sind, beeindrucken mich. Gradlinig und pur. Ohne Pomp, aber imposant. So wie dieses Bad mit den schmalen deckenhohen Fenstern auf der einen und einer steinernen Tribüne auf der anderen Seite der Halle. Breite Liegeflächen, die wie die Stufen einer riesigen Treppe angelegt sind.

Als etwas ein paar Meter von mir entfernt die Wasseroberfläche durchbricht, zucke ich zusammen. Der Gummirand der Schwimmbrille hat sich tief in das Gesicht der jungen Frau geschnitten. Sie nickt mir zu, dann steigt sie aus dem Wasser und lässt sanft schaukelnde Wellen zurück. Ich blicke ihr nach.

»Geht's dir besser?« Ich schaue neben mich und direkt in Alex' Augen.

»Ich habe dich gar nicht gehört«, sage ich, und meine Stimme klingt abgestanden.

Sie grinst. »Weil ich mich bewege wie ein Fisch.«

»Das tust du.« Ich lächle.

»Du hast meine Frage nicht beantwortet.«

»Wie kommst du darauf, dass es mir schlecht ging? Ich habe gar nichts gesagt.«

»Das musstest du auch nicht«, antwortet sie leise, »deine Augen haben dich verraten.«

»Es geht mir besser.«

Wasserlinien spiegeln sich in ihrem Gesicht. »Willst du mir erzählen, was passiert ist?«

Willst du mir erzählen, was passiert ist. Wieso hat sie das so formuliert? Sie hätte fragen können, ob ich darüber reden will, dann hätte ich Nein sagen und das Thema wechseln können, aber das hat sie nicht. Sie hat sich in die Frage mit reingebracht. Wenn ich jetzt Nein sage, sage ich nicht nur, dass ich nicht darüber reden will, ich sage, dass ich nicht mit *ihr* darüber reden will.

»Es war nichts weiter«, antworte ich vage. »Nur Streit mit meinem Vater.«

»Kenne ich«, sagt sie genauso vage und schaut mich so direkt an, dass ich wegsehen muss.

»Du bist ziemlich ernst für dein Alter, weißt du das?«

Ich schaue auf. »Ich wusste gar nicht, dass Ernst-Sein etwas mit dem Alter zu tun hat. Ich dachte eher, es wäre ein Charakterzug.«

»Okay. Dann bist du wohl ein ernster Charakter.«

Ich seufze innerlich. »Kann sein«, sage ich nüchtern.

Alex ist nicht ernst. An ihr scheint alles fröhlich. Die Augen. Der Blick. Das breite Lächeln. Die kleine Zahnlücke zwischen den Schneidezähnen. Die kaum sichtbaren Grübchen, wenn sie grinst. Bei unserem ersten Zusammentreffen hatte ich das Gefühl, für den Bruchteil einer Sekunde etwas anderes in ihrem Gesicht aufflackern zu sehen. Als sie unbedingt wissen wollte, was Lena über ihre Familie gesagt hat. Aber es war so schnell wieder weg, dass ich nicht sagen kann, ob es wirklich da war oder ob sich nur mein Blick in ihrem gespiegelt hat. Ich starre ins Wasser, als wäre auf dem Boden des Beckens etwas, das da gar nicht ist.

Sie greift nach meinem Kinn, und diese plötzliche Berührung überrumpelt mich. »Deine Augen haben dieselbe Farbe wie das Wasser.« Ich sollte etwas sagen, weiß aber nicht was. »So dunkle Haare und so blaue Augen«, murmelt sie. »Die Jungs müssen ganz verrückt nach dir sein.« Ein Schauer läuft meine Wirbelsäule hinunter und weiter über meine Arme. Alex lässt mein Kinn los. »Wo wir gerade dabei sind, ich sollte dich vor Niklas warnen.«

»Wie bitte?«

»Es würde mich nicht wundern, wenn er versucht, bei dir zu landen.«

»Wieso? Ich dachte, er ist mit Jasmin zusammen.«

»Ist er. Aber ich glaube, er will was von dir.«

Ich muss lachen. »Wie kommst du denn darauf?«

»Du bist sehr viel hübscher als Jassi. Und Nik steht auf schöne Dinge.«

»Auf schöne *Dinge?*«, frage ich und ziehe die Augenbrauen hoch.

Sie nickt. Das Wasser hat ihre Wimpern zusammengeklebt, ihre Augen schimmern dunkel. »Nik ist ein netter Kerl. Ich mag ihn wirklich gern.« Ihr *Aber* schwebt zwischen uns in der Luft. »Aber er ist ...«

Ich lege den Kopf schräg. »Er ist was?«

»Schnell gelangweilt.«

Pause.

»Danke für die Warnung.«

»Keine Ursache.« Eine Weile schweben wir wortlos nebeneinander im Wasser, dann fragt sie: »Hast du in Hamburg einen Freund?« Woher weiß sie überhaupt, dass ich aus Hamburg komme? »Ich stand dabei, als Lena meiner Mutter von ihrem Freund erzählt hat«, sagt Alex, als hätte sie meine Gedanken gelesen. »Sie hat gesagt, dass er aus Hamburg kommt und dass es ihr ernst mit ihm ist und dass er und seine Tochter bald bei ihr einziehen werden. Ich nehme an, das seid ihr.«

Ich grinse. »So ist es.«

Noch eine Pause.

»Und? Hast du?«

»Hab ich was?«

»Na, einen Freund?«

»Ach so. Nein.«

»Wieso nicht?«

Ich zucke mit den Schultern. »Die meisten wollen doch ohnehin nur mit einem ins Bett.«

»Hast du was gegen Sex?«

Ich starre sie an. »Ich … nein. Hab ich nicht.«

»Aber?«

»Keine Ahnung. Ich rede nur nicht besonders oft darüber.«

Untertreibung des Jahrhunderts. Ich rede *nie* darüber. Nicht mal mit Lukas. Okay, ab und zu mit Lukas, aber nicht gern. Und wenn, dann nur, weil er dringend weibliches Insiderwissen braucht. Woran man merkt, dass ein Orgasmus echt ist oder vorgespielt, wie man ein Mädchen richtig fingert. Ich bin seine beste Freundin, natürlich sage ich ihm solche Dinge. Im Gegenzug tut er dasselbe für mich. Aber tue ich es gern? Nein.

»Hm«, macht sie nachdenklich. »Ich auch nicht.«

»Clemens und du redet nicht über Sex?«

»Nein, nicht wirklich. Wir haben ihn nur.« Sie grinst. »Aber das weißt du ja.« Alex beobachtet die Spiegelungen an der Decke, dann schaut sie mich an und fragt: »Warum ist es so schwer, über Sex zu reden? Ich meine, wir alle tun es, aber keiner spricht darüber.« Sie mustert mich. »Warum denkst du, ist das so?«

Ich überlege kurz, dann antworte ich: »Vielleicht, weil es keine guten Wörter gibt?«

»Keine guten Wörter?« Sie schmunzelt. Einen schrecklichen Moment denke ich, dass sie mich auslacht, aber sie tut es nicht. Stattdessen wartet sie auf eine Erklärung.

»Na ja, die meisten Begriffe, die mit Sex zu tun haben, klingen entweder wie beim Arzt oder wie aus einem Porno. Wenn du mich fragst, klingt weder Vagina noch Fotze besonders schön.«

Habe ich das eben echt gesagt?

Sie sieht mich nachdenklich an. »Du hast recht. Es ist wie

eine Sprache, die wir nicht beherrschen.« Als sie sich bewegt, kräuselt sich die Wasseroberfläche. »Wieso nur hat uns das niemand beigebracht?« Sie grinst, und ich zucke mit den Schultern. »Mir ist kalt. Lass uns duschen gehen.«

Viele erste Male

Ich habe noch nie mit einem Mädchen alleine geduscht. Ich meine, ich war oft im Hallenbad und da habe ich auch geduscht, aber für gewöhnlich war das entweder nach dem Schwimmunterricht in der Schule – wo alle Mädchen aus meiner Klasse anwesend waren und wir unsere Badesachen grundsätzlich anbehalten haben – oder ich war mit Lukas unterwegs, und der war dann nebenan in der Herrendusche. Ich war also immer nur nackt unter Fremden. Viele Frauen und viele Mädchen und viele Körper. Und viele heimliche Blicke, die okay waren, weil man sich nicht kennt. Und weil man danach nicht die Arme um einen dieser Körper schlingt, wenn man mit dem Roller nach Hause fährt.

Ich fand es schon immer seltsam, mit fremden Frauen zu duschen. So viel Haut, die nur von Wasser und Dampf bedeckt wird. Aber das gerade ist noch viel seltsamer. Weil Alex mir nicht fremd ist, ich sie aber auch nicht wirklich kenne. Weil wir eben noch über Sex gesprochen haben. Weil wir völlig allein sind. In einem großen Raum mit vielen Duschen, von denen nur zwei benutzt werden. Es sind nur Alex und ich. Nackt.

Ich wollte den Badeanzug anlassen, aber als Alex ihren völlig selbstverständlich abgestreift hat, kam es mir irgendwie albern vor, ihn anzubehalten. Als wäre ich eine prüde Kuh, die sich für ihren Körper schämt. Ich konzentriere mich mit jeder Faser meines Gehirns darauf, mir die Haare zu waschen. Ich schaue nicht nach links, obwohl ich das irgendwie will.

»Brauchst du auch Duschgel?«

Ich sehe zu ihr rüber. In ihr Gesicht, auf ihre Brüste, in ihr Gesicht. Dann nehme ich die Plastikflasche, die sie mir entgegenstreckt, und stottere ein Danke, das im Rauschen des Wassers verloren geht. Ich starre auf die gekachelte Wand vor mir und spüre ihre Blicke auf meiner Haut. Ich frage mich, ob ich mir das nur einbilde, wage es aber nicht, noch einmal hinüberzusehen. Die Brause der Dusche ist laut, heißer Dampf schwebt über den Boden. Ich reibe über meine Arme – frage mich, ob Alex noch immer hersieht, ob sie überhaupt hersieht –, über meine Brüste, weiter zu meinem Bauch. Mein Herz schlägt schnell, und ich weiß nicht warum. Das Duschgel duftet nach Vanille. Eigentlich mag ich Vanille nicht. Aber das Duschgel riecht gut. Ich stelle es auf die kleine Ablage zwischen uns und wasche mir das Shampoo aus den Haaren. Schaum fließt an mir hinunter, über meine Beine auf meine Füße. Ich drehe das Wasser ab. Und plötzlich ist es vollkommen still. Alex muss es im selben Moment abgestellt haben wie ich. Ein paar Sekunden stehen wir nur da, dann greifen wir gleichzeitig nach unseren Badetüchern und wickeln uns in sie ein. Wir sammeln wortlos unsere Sachen zusammen und verlassen die Duschen.

Alex föhnt sich nach vorne übergebeugt die Haare. Ich creme mich ein, riskiere einen Blick, schaue wieder weg. Ich stehe leicht von ihr abgewandt, weil mein Lieblings-BH kaputt ist und ich vergessen habe, einen anderen einzupacken. Alex trägt Unterwäsche mit Spitzenbesatz im selben Farbton wie ihre Haut. Ein bisschen wie Pfirsichbuttermilch. Ich bemerke ein kleines Muttermal an ihrem Oberschenkel, sonst ist da keins.

Der Föhn geht aus. Alex wirft die Haare in den Nacken und bindet sie hoch, während ich versuche, in meine Jeans zu kommen – was die blöde Hautcreme mit aller Macht zu verhindern versucht. Auf einmal fühle ich mich noch nackter als eben unter der Dusche, vermutlich, weil Alex mehr anhat als ich. Also greife ich in den Spind, ziehe mein rot-weiß gestreiftes Shirt heraus und schlüpfe hinein. Besser. Jetzt, wo der Föhn aus und meine Brüste bedeckt sind, bemerke ich, wie lange wir schon nicht mehr miteinander reden. Erschöpftes Schweigen liegt auf uns wie eine Schneedecke im Winter auf der Welt. Alex und ich sind gerade zu zweit allein. Kann man das überhaupt? Die Minuten vergehen wortlos. Ich ziehe die Jeans hoch und die Socken an, Alex schnürt ihre Schuhe zu. Als wir vor etwas über eineinhalb Stunden hier angekommen sind, war ich wütend. Und verletzt. Jetzt bin ich auf eine erfüllte Art leer. Als wäre meine Wut abgelaufen.

Alex schiebt die schwere Tür auf, und kühle Luft schlägt uns entgegen. Wir gehen auf den Roller zu, den sie direkt vor dem Eingang geparkt hat. Der Asphalt glänzt schwarz, und mein Blick schweift über die Hausfassaden einer fremden Stadt.

»Mit dir kann man gut schweigen«, sagt Alex plötzlich, und ich schaue sie an.

»Mit dir auch.«

Sie zieht einen Schlüssel aus der Tasche, grinst und sagt: »Man kann auch gut mit mir reden.«

Ich sitze hinter ihr, meine Brust an ihren Rücken gedrückt. Wir fahren lautlos über ausgestorbene Straßen. Wäre Deutschland nicht so nass, wäre ein Elektroroller perfekt. Wir gleiten dahin, um uns nur die Nacht, und ich denke mal wieder mehr, als ich will. *Man kann auch gut mit mir reden.* Sollte das heißen, dass ich ihr vertrauen kann? Oder dass ich mehr reden soll? Und wie könnte ich ihr vertrauen, ich meine, ich kenne sie doch gar nicht? Ich weiß nichts von ihr. Ein Bild von ihrem nackten Körper schießt mir durch den Kopf. Das ist der Moment, in dem mir klar wird, dass ich sozial völlig inkompetent bin. Ich habe keine Ahnung, wie man jemanden kennenlernt. Weil ich es nie wollte. Weil ich es nie musste. Weil ich Lukas hatte. Und weil mich sonst keiner interessiert hat. Ja, ich habe mit Jungs geschlafen, aber ich hatte doch keine Ahnung, wer die wirklich sind. Wenn ich ehrlich bin, glaube ich, sie wussten es selbst nicht so genau. Genauso wenig wie ich es weiß. *Wie lernt man jemanden kennen?* Sollte man das in meinem Alter nicht wissen? Bestimmt sollte man das. Aber ich weiß es nicht. Ich kann Alex ja schlecht einen Fragebogen zum Ausfüllen geben.

Da ist eine plötzliche Unebenheit in der Straße, mein Helm schlägt gegen ihren, und mein Griff um ihre Taille wird fester. Sie legt eine Hand auf meine, als wollte sie sagen, *alles ist okay*, dann nimmt sie sie wieder weg. Ich will noch nicht nach Hause. Vor allem, weil es nicht mein Zuhause ist. Es ist nur ein Haus, für das ich zufällig einen Schlüssel habe. Auf einmal bereue ich das Schweigen. Ich hatte in den vergangenen Stunden so viele Möglichkeiten, Alex besser kennenzulernen, aber ich habe sie verstreichen lassen. Und jetzt, hier unter dem blöden Helm, wird mir klar, dass ich mich noch nicht verabschieden will. Dass ich ihr zeigen will, dass man auch mit *mir* gut reden kann. Obwohl ich mir gar nicht so sicher bin, dass das stimmt. Ich kann mit Lukas reden. Aber Lukas ist wie ein Teil von mir, und damit ist es eher wie ein Selbstgespräch. Ich bin gut, wenn es um schlagfertige Antworten geht. Ich gewinne fast jeden Streit. Aber wenn es darum geht zu zeigen, wer ich bin, sträubt sich alles in mir, weil ich die Antwort darauf selbst nicht kenne. Ich war immer irgendwo in dieser undefinierbaren Grauzone zwischen Außenseiter und Rebell – zu angepasst für das eine und zu aufmüpfig für das andere. Wir halten an einer roten Ampel. Mein Magen knurrt. *Komm schon, sag, du willst etwas essen.* Bevor meine Angst mich stoppen kann, klappe ich das Visier hoch und rufe: »Wollen wir noch was essen?«

Meine eigene Stimme dringt wie durch Watte zu mir. Mein Magen knurrt noch einmal. Alex zeigt mir einen erhobenen Daumen und setzt den Blinker. Wenig später strahlt uns ein goldenes M in der Dunkelheit entgegen. Wie ein Leuchtturm für Hungrige. Wir rumpeln auf den Gehweg und steigen ab. *Okay, Sophie, wenn du mehr über Alex wissen willst, wirst du ihr auch mehr von dir zeigen müssen.*

I'm loving it

Meine Gedanken schwirren wie Motten ums Licht. Es sind so viele, dass ich völlig überfordert bin. Alex sitzt mir gegenüber und isst ihren Burger, und ich starre auf meine Pommes frites. Ich kann sie doch jetzt nicht einfach nach ihrer Lieblingsfarbe fragen. Oder nach ihrem Lieblingsbuch. Das wäre total albern. Sie würde denken, ich bin gestört – aber wenn ich noch länger nur hier sitze und auf meine Pommes frites starre, wird sie das auch.

»Sophie«, sagt Alex mit vollem Mund und legt ihren Burger weg.

Ich schaue sie an. »Ja?«

Sie schluckt. »Weißt du, wenn zwei Leute an einem Tisch sitzen, bietet es sich an, den einen oder anderen Gedanken laut auszusprechen.« Sie trinkt einen Schluck Fanta. »Das wird dann manchmal zu einer richtigen Unterhaltung. Du weißt schon, diese Situation, wo einer etwas sagt und der andere antwortet dann darauf. Und das geht dann hin und her. Mit der richtigen Person kann das richtig Spaß machen.«

Ich atme tief ein und stoße frustriert die Luft aus. »Es tut mir leid, dass ich so bin.«

»Wieso, wie bist du denn?«

»Ich weiß auch nicht.« Gott, ich bin so genervt von mir selbst. »Langweilig?«, schlage ich vor.

»Du bist vielleicht ein bisschen seltsam, aber du bist ganz bestimmt nicht langweilig.«

Etwas tief in mir zieht sich schmerzhaft zusammen. »Du findest mich seltsam?«

Sie nimmt zwei von meinen Pommes frites, taucht sie in die Mayonnaise und schiebt sie sich in den Mund. Sie kaut, dann schluckt sie und sagt: »Vielleicht ist seltsam das falsche Wort.«

»Nein, vermutlich ist es das richtige«, antworte ich und nippe an meinem Wasser.

»Kann schon sein«, sagt sie. »Immerhin bist du der einzige Mensch, den ich kenne, der bei McDonalds *Wasser* bestellt.« Sie grinst. »Allein das macht dich schon ein bisschen seltsam.«

Ich muss lachen. Mein Herz klopft schnell, als wäre ich in einer mündlichen Prüfung. Wenn ich nicht bald mal ein Stück aus meinem Schneckenhaus herauskomme, wird sie nichts mehr mit mir zu tun haben wollen. Aber ich will, dass sie etwas mit mir zu tun haben will, weil ich etwas mit ihr zu tun haben will, und ich weiß noch nicht einmal warum. Ihre Augen flackern, als wollten sie sagen: Komm schon, trau dich.

»Kennst du *The Catcher In The Rye?*«

Das war eindeutig meine Stimme, aber wo kam diese Frage her?

»Es ist eines meiner Lieblingsbücher.«

»Im Ernst?«, frage ich erleichtert. Sie nickt. »Und warum?«

Sie zuckt mit den Schultern. »Ich schätze, weil Holden Caulfield so ist, wie er ist.«

»Okay, und wie ist er?«

Sie trinkt noch einen Schluck Fanta, dann sagt sie: »Er ist seltsam.«

Wir reden und reden, und ich liebe jede Sekunde davon. Es ist spät, und unsere Burger sind inzwischen kalt geworden. Wir haben sie während der Unterhaltung einfach vergessen. Jetzt weiß ich, dass Alex wegen *Arielle die Meerjungfrau* mit dem Schwimmen angefangen hat. Weil sie als Kind dachte, dass sie, wenn sie nur lange genug schwimmt, irgendwann diese blöde Flosse bekommt. Ich weiß, dass sie Listen liebt. Jede Art von Liste. Manchmal notiert sie erledigte Punkte sogar erst im Nachhinein, nur um sie dann streichen zu können. Sie mag Chips lieber als Schokolade und hat eine Schwäche für die Kombination von frischen heißen Pommes und McSunday-Eisbecher mit Schokosoße. Als ich bei der Vorstellung angewidert geschaut habe, ist sie aufgestanden, hat beides bestellt und mich dazu gezwungen, es zu probieren – wofür ich ihr im Nachhinein erstaunlicherweise dankbar bin. Ich habe ihr von Lukas erzählt und sie mir davon, wie sie mit Clemens zusammengekommen ist – auf einer Grillparty im Schrebergarten einer Klassenkameradin.

»Aber wieso nennt er dich *Flittchen*?«

Ich lache. »Er findet, ich sehe aus wie eine moderne Version von Schneewittchen mit einem zu obszönen Mund.«

Alex kneift die Augen zusammen. »Aber dein Mund ist nicht obszön.«

»Es hatte etwas mit dem roten Lippenstift zu tun. Eine Weile habe ich den dauernd getragen.« Ihr Blick verrät, dass sie sich in diesem Moment versucht vorzustellen, wie ich mit rot geschminkten Lippen aussehe.

»Was den Schneewittchenpart angeht, gebe ich ihm recht. Was deinen Mund betrifft, nicht.« Sie schaut auf die Uhr, und ich kann nicht fassen, dass es schon halb eins ist. Die letzte Stunde hat in meiner Welt keine zehn Minuten gedauert. Papa wird ausrasten. Außer er schläft schon. Dann plötzlich der Gedanke, dass es ihm vielleicht nicht mal aufgefallen ist, dass ich noch nicht zurück bin. »Bevor wir gehen, noch eine letzte

Frage.« Alex stützt sich mit den Ellenbogen auf der Tischplatte ab. Ich zögere, dann nicke ich. »Was war mit deinem Vater? Ich meine, warum habt ihr gestritten?«

Ich klemme mir eine noch immer feuchte Haarsträhne hinters Ohr. »Das hatte nicht nur einen Grund«, antworte ich vage. Sie wartet. »Ich wollte nicht umziehen. Ich wollte nicht hierher. Ich wollte keine neue Familie, keine neue Schule … ich …« Ich kaue auf der Innenseite meiner Unterlippe herum. Sie schmeckt salzig. »Ich wollte das *alles* nicht.« Stille. »Papa und ich haben uns früher nie gestritten«, sage ich abwesend und schüttle den Kopf. »Jetzt kommt es mir fast so vor, als wäre es die einzige Möglichkeit, seine Aufmerksamkeit zu bekommen.« Meine Augen brennen, aber ich lasse sie nicht weinen. »Weißt du, alles ist perfekt. Wäre da nicht ich.«

Sie legt ihre Hand auf meine, und ich schaue hoch, direkt in ihre Augen. In dieses klare Grün, das wässrig glänzt wie die Oberfläche eines Sees. »Aber wie könnte es ohne dich perfekt sein?«

Bitte nicht stören

Mir ist nicht aufgefallen, wie kalt es ist. Alex' Körper war wie ein Schutzschild, das plötzlich fehlt. Wir stehen auf der Straße zwischen unseren Einfahrten und tauschen Handynummern. Ich schlinge die Arme um meinen Körper, fröstle. Vielleicht hätte ich mir doch die Haare föhnen sollen. Es ist still und dunkel, und Alex' Gesicht liegt halb im Schatten. Die sichtbare Hälfte lächelt mich an.

»Clemens holt mich morgen um zwanzig vor acht ab. Magst du mitfahren?«

»Ich glaube, es wäre ihm lieber, mit dir allein zu fahren.«

»Das kann schon sein«, sagt sie leise. »Nur, dass ich gerade nicht ihn gefragt habe, ob er lieber mit mir allein fahren will, sondern dich, ob du mitfahren möchtest.«

Ich lächle. »Ja, das wäre schön.«

»Gut, dann sehen wir uns in ein paar Stunden wieder hier.« Sie macht ein paar Schritte rückwärts in Richtung Haus und flüstert: »Schlaf schön, Sophie«, dann ist sie verschwunden.

Ich gehe über knirschenden Kies, und meine Gedanken sind so tief versunken in den Abend mit Alex, dass ich nicht bemerke, dass die Eingangstür bereits offen steht. Ich begreife es erst, als ich kurz davor bin, den Hausschlüssel in den Bauch meines Vaters zu stecken. Ich zucke zusammen. Innerlich mehr als äußerlich. So muss es sein, wenn man traumwandelt und währenddessen geweckt wird. Ich mustere meinen Vater, als wäre er eine erschreckend echte Halluzination. Die Zornfalte steht wie eine Warnung zwischen seinen Brauen.

»Hast du eine Ahnung, wie spät es ist?«, fragt er in einem wütenden Flüstern.

»Spät«, antworte ich.

»Ja, spät.«

Er geht einen Schritt zur Seite und deutet ins Haus. Sein Gesicht ist ungewohnt grau, und mit seinem blauen Frottee-Bademantel sieht er ein bisschen aus wie der Insasse einer Anstalt.

Er schließt die Tür lautlos hinter uns ab, dann dreht er sich zu mir um und verschränkt die Arme.

»Wo warst du so lange?«

Seine dunkelbraunen Augen bohren sich in meine.

»Das weißt du«, sage ich wie ein Unterhändler. »Schwimmen.«

Die Falten schneiden sich noch tiefer in seine Stirn. »Alle Schwimmbäder schließen um 23 Uhr. Ich habe nachgesehen.« Pause. »Wo warst du danach?«

»Bei McDonalds.«

»Bei McDonalds«, wiederholt er kopfschüttelnd. »Ich sitze hier und mache mir Sorgen, und du bist bei McDonalds?«

»Du hast dir Sorgen gemacht?«

Er sieht mich an, als wäre ich geisteskrank. »Machst du Witze? Natürlich habe ich mir Sorgen gemacht.« Er atmet tief ein, wieder aus, massiert sich den Nasenrücken. »Wenn du bei McDonalds warst, wieso war dann die ganze Zeit bei dir am Handy besetzt?«

»Was? Es kann nicht besetzt gewesen sein. Ich habe nicht telefoniert.«

»Verdammt noch mal, Sophie, ich habe alle fünf Minuten bei dir angerufen, und es war jedes Mal besetzt!«

»Seltsam«, sage ich sarkastisch. »Das Handy lag die ganze Zeit vor mir auf dem Tisch, und es hat nicht ein einziges Mal geklingelt.« Jetzt verschränke ich die Arme. »Bist du sicher, dass du bei *mir* angerufen hast?«

»Bin ich.«

Wir stehen einander gegenüber wie bei einem Duell, kurz davor, die Waffen zu ziehen, um uns nur der dunkle Flur und die friedliche Stille eines Hauses, in dem Menschen schlafen.

Und dann kapiere ich es.

»Scheiße«, sage ich und schlage die Hände vors Gesicht.

»Was ist?«

Ich nestle am Saum meines Oberteils, dann antworte ich: »Mein Handy ist auf *nicht stören* eingestellt.«

»Auf was?«, fragt er in einer Stimmlage, die sich zwischen Verständnislosigkeit und Wut noch nicht ganz entschieden hat.

»Wenn mich jemand zwischen 22 und 6 Uhr morgens anruft, klingelt es nicht.« Ich spiele mit meinen Fingern.

»Was soll das heißen, es klingelt nicht?« Seine Stimme hat sich für Wut entschieden.

»Der Anrufer bekommt ein Besetztzeichen, obwohl man nicht telefoniert.« Kurze Pause. »Außer, er ruft sofort noch mal an. Dann geht der Anruf durch.«

»Das glaub ich ja jetzt nicht.« Ich frage mich, ob mein Vater mich je mit größeren Augen angesehen hat. Er geht auf und ab, bleibt abrupt stehen, schaut mich an. »Was ist denn das bitte für eine saublöde Erfindung! Und woher zum Teufel soll man das wissen? Ich meine, was, wenn es wirklich wichtig ist?« Sein Blick ist eine Mischung aus fragend, zornig und verzweifelt.

»Dann ruft man schneller hintereinander an. Und kommt durch.« Noch eine Pause. »Das mit der *Nicht-stören*-Funktion wissen nur die wenigsten«, sage ich kleinlaut. »Sonst hätte sie ja auch keinen Sinn.«

»Ja, da gebe ich dir recht«, schnaubt er und schüttelt den Kopf. »Aber hat man nicht genau dafür ein Handy? *Um erreichbar* zu sein?«

»Na ja.« Ich schlucke. »Eben nicht immer.«

»Eben nicht immer? *Eben nicht immer?*« Seine Stimme überschlägt sich. Er macht einen Schritt auf mich zu und packt mich an den Armen. »Du, junge Dame, bist von nun an *immer* erreichbar! IMMER!« Das zweite »Immer« bebt durch mich hindurch, als wäre ich ein Blitzableiter. »Hast du mich verstanden?« Mein Herz klopft schnell, und ich nicke. Dann lässt er mich los. Sein Gesicht ist nicht mehr grau, sondern rot-weiß gefleckt. Ich kann mich nicht bewegen. Wir stehen im Flur wie ein Standbild, atmen nur in die Dunkelheit. Dann schluckt mein Vater und sagt erschöpft: »Du wirst dieses *nicht stören* deaktivieren.«

»Ja.« Meine Antwort ist so leise, dass man sie kaum hört.

»Und jetzt geh ins Bett. Es ist spät.«

Er wirft mir einen undefinierbaren Blick zu, dann geht er die Stufen hinauf in den ersten Stock, und ich bin allein.

41,8

Bzzzzzzt. Bzzzzzzt. Ich komme zu mir, drifte schwerfällig von meinem Unterbewusstsein an die Oberfläche. Dem Licht entgegen. Es ist zu hell. Lange Sonnenstrahlen dringen wie Nadeln durch meine Augenlider. Ich will mich wegdrehen, bleibe aber regungslos liegen. In einem besiegten Körper mit gelähmten Muskeln und Kopfschmerzen, die sich anfühlen, als wollte mein Gehirn meinen Schädel sprengen. Mein Rachen ist staubig. Und eng. Und er kratzt. Und ich weiß, wenn ich gleich schlucke, wird es wehtun, aber ich muss schlucken, weil es ein verdammter Reflex ist, also schlucke ich und ertrage den trockenen Schmerz. Als ich einatme, rasselt es in meiner Brust, und ich muss husten, aber ich habe nicht die Kraft dazu. Ich liege wie ein manövrierunfähiges Frachtschiff in einem Meer aus vollgeschwitzter Bettwäsche. Mein Handy vibriert. Es zuckt nervös über das Holzbrett neben der Matratze. Bzzzzzzt. Bzzzzzzt. Mein Blick folgt dem Geräusch. Alles pulsiert. Tränen laufen heiß über meine Schläfen. Das Licht strahlt durch die Vorhänge. Hell und warm und schmerzhaft. Wieso scheint überhaupt die Sonne? Das tut sie doch sonst nicht. Meine Augen entdecken das Handy. Jemand hat die benutzten Taschentücher weggeräumt. Und eine Flasche Wasser gebracht. Bei diesem Anblick schlucke ich, und wieder tut es weh. Ich verdurste.

»Sophie?«

Die Stimme ist leise und sanft, und kurz denke ich, ich

bilde sie mir ein. Doch dann sehe ich Lena. Sie kniet sich auf die Matratze und kriecht neben mich, und in meinem Kopf flackert der Gedanke auf, dass sie bei mir bleiben soll. Lena lächelt und streicht mir das Haar aus dem Gesicht, und es ist mir unangenehm, weil ich so schwitze. Ich hebe meinen Arm ein paar Zentimeter, doch dann wird er mir zu schwer. Auf einmal berührt etwas Eiskaltes meine Stirn. Ich atme ein, huste, schlucke, würde am liebsten fluchen, muss aber zu sehr husten.

Lena nimmt mich in die Arme und hält mich fest. Meine Nase ist verstopft, aber ich rieche die Geborgenheit. Meine Augen tränen, aber ich weiß nicht warum. Ich friere. Aber ich fühle mich sicher.

Als ich das nächste Mal die Augen öffne, bin ich nicht in meinem Zimmer. Die Dachschräge fehlt. Alles ist grau. Ich erkenne das Mobiliar nur schemenhaft. Schwaches Licht dringt durch fest zugezogene Vorhänge. Es ist dieselbe Art von Vorhang, die Leon hat atmen lassen, aber es ist ein anderer Raum. Ich sehe mich blinzelnd um, und dann weiß ich, wo ich bin. Ich liege in dem großen Zimmer mit dem Balkon und habe keine Ahnung, wie ich hierhergekommen bin. Die Bruchstücke ergeben keine ganze Erinnerung. Ich trage ein Nachthemd – ich trage nie Nachthemden. Und das ist frische Bettwäsche. Ich rapple mich auf. Aber es ist mein kleines Kissen, mit einem sauberen Bezug. Daneben liegt ein Waschlappen. Als ich mich zur Seite drehe, warte ich darauf, dass mir die Haare ins Gesicht fallen, aber sie tun es nicht. Sie sind zu einem losen Zopf geflochten.

Wir müssen dich aus dem verschwitzten Schlafanzug rausholen und das Bett frisch beziehen, flüstert Lenas Stimme in meinem Kopf.

Jemand hat mich runtergetragen. Ich stand nackt im Bad.

War ich mit Lena im Bad? Ich habe geduscht. Ich wurde geduscht. War ich allein? Nein, ich war nicht allein. Mein Magen knurrt. Unter der Decke ist es wahnsinnig heiß. Ich schlage sie zurück. Mein Blick fällt auf das Nachthemd. Weiß mit roten Blümchen. Es hat einen Kragen und lange Ärmel und ist mir viel zu groß. Ich streiche mit den Händen darüber. Dünner Stoff. Vielleicht Leinen?

Die Tür wird einen Spalt weit geöffnet, und ein schattiges Gesicht schaut in meine Richtung. »Du bist ja wach?«, sagt Lena leise, und aus dem schmalen Lichtkegel wird ein immer breiterer, bis er schließlich den gesamten Boden füllt. Lena kommt auf mich zu. Lautlos wie eine Katze. Dann setzt sie sich auf die Bettkante und schaltet das Licht auf dem Nachtkästchen ein. Ich kneife kurz die Augen zusammen. »Du siehst so viel besser aus.« Besser als wann? »Gott, ich habe mir solche Sorgen gemacht.«

»Warum?«, frage ich heiser.

Sie mustert mich. »Du hattest ziemlich hohes Fieber. 41,8.«

»41,8?« Ich bin so geschockt, dass meine Stimme versagt.

»Du … du warst völlig weggetreten.« Offensichtlich. »Ich habe jede Stunde deine Temperatur gemessen. Und dann ging es dir ganz plötzlich ganz schlecht.« Sie war stündlich bei mir? »Erinnerst du dich daran, dass wir dich runtergetragen haben? Dein Vater und ich?« Ich schüttle den Kopf. »Du warst total nassgeschwitzt und fiebrig. Hast im Schlaf gesprochen, so als würdest du jemanden sehen, der nicht da war.« Sie schüttelt den Kopf. »Ich habe dich abgeduscht und umgezogen.« Bilder schießen mir durch den Kopf. Von mir. Nackt. Frierend. In ihren Armen. Einen Moment ist mir der Gedanke unangenehm, dass sie mich so gesehen hat, doch dann nicht mehr. »Wir wollten dich erst wieder nach oben bringen, aber du hast so gezittert, dass wir uns dann dagegen entschieden haben.« Sie zeigt auf mein kleines Kissen. »Das hat Leon dir noch geholt.« Sie lacht leise auf. »Er hat gesagt: ›Aber sie braucht doch ihr Kissen.‹«, imitiert sie seine Stimme. »Er hat die letzten Tage alle drei Minuten gefragt, ob es dir besser geht.«

Leon, denke ich, und es entsteht eine Pause, die immer länger wird. Ich schaue in meinen Schoß auf die kleinen roten Blümchen.

»Was ist das für ein Nachthemd?«, frage ich, und mir wird klar, dass ich mich erst hätte bedanken sollen, dass sie sich so um mich gekümmert hat. Und auch für das Kissen. Und für alles.

»Es gehörte meiner Oma.« Ich rümpfe die Nase. Doch Lena lacht nur. »Keine Angst, es war frisch gewaschen. Mehrfach.« Sie betrachtet mich mit einem seltsamen Blick. »Es ist mein Lieblingsnachthemd.« Tränen schimmern in ihren Augen. Der Ausdruck hinter ihrem Lächeln ist schwer, und ich weiß genau, wie er sich anfühlt. Ich will gerade fragen, ob alles okay ist, da steht sie plötzlich auf. »Na ja«, sagt sie und macht einen Schritt in Richtung Tür. »Ich lass dich dann mal allein.«

»Lena?«

Sie bleibt stehen. »Ja?«

»Ich …« Der innere Widerstand lässt mich stocken. *Sag es. Los, jetzt sag es schon.* »Danke.«

Pause.

»Das ist doch selbstverständlich.«

Nein, ist es nicht, denke ich. Und ich weiß, ich sollte es sagen, aber ich kann es nicht sagen. Die Worte stecken zu tief in meinem Hals.

»In einer Stunde können wir essen«, sagt sie. »Denkst du, du schaffst es nach unten?«

Ich nicke. Und dann schließt sie die Tür.

Während ich schlief

Ich lag vier Tage im Bett. Über einhundert Stunden lang. Die meiste Zeit davon bewusstlos. Ich weiß noch, wie am Dienstagmorgen der Wecker geklingelt hat. Nach einer viel zu kurzen Nacht mit viel zu wenig Schlaf. Ich erinnere mich daran, wie schwer und ausgetrocknet mein Körper war. Aufgestanden bin ich trotzdem. Ich habe mich angezogen, bin auf wackeligen Knien die Leiter hinuntergeklettert – was eine ziemliche Herausforderung war – und habe mit pochenden Kopfschmerzen und kratzendem Hals gefrühstückt. Ich weiß noch, dass die Milch von meinem Müsli einen schleimigen und ziemlich hartnäckigen Film in meinem Rachen hinterlassen hat, den ich einfach nicht runterschlucken konnte. Papa hat nicht mit mir gesprochen, aber sein Blick hat gesagt: *Tja, das kommt davon, wenn man bei dem Wetter schwimmen geht.* Lena hat mich mit ärztlichen Augen untersucht und dann gesagt, dass sie mich bei der Schule entschuldigen wird. Ich wollte dagegenreden, aber mein geschwollener Hals hat mich von innen erwürgt. Lena meinte: *Was du jetzt brauchst, ist Schlaf*, woraufhin Papa sich mit einem wütenden Laut hinter seiner Zeitung verschanzt hat. Er konnte ihr nicht recht geben, aber er musste ihr recht geben, deswegen das seltsame Geräusch. Ich habe krächzend geantwortet, dass es mir gut geht und dass ich nicht ins Bett, sondern in die Schule muss. Dieser Satz hat mich so viel Energie gekostet, dass ich mich nicht mehr wehren konnte, als Lena mir einen

Moment später eines von diesen fiesen Eine-Sekunde-Fieberthermometern ins Ohr gesteckt und meine Temperatur gemessen hat. Ich wollte gerade anfangen zu reagieren, da hat sie mir bereits triumphierend das Ergebnis unter die Nase gehalten: 39,8.

Ich weiß noch, dass ich Alex eine Nachricht geschrieben habe. Drei Worte. *Ich bin krank.* Dicht gefolgt von einem Smiley mit hängenden Brauen, roten Wangen und Thermometer im Mundwinkel – weil es keinen mit Thermometer im Ohr gab. Wenig später bin ich ins Bett gegangen und habe das Bewusstsein verloren.

Jetzt, knapp 106 Stunden später komme ich langsam wieder zur mir, dafür ist mein Handy tot. Lena muss es mit nach unten genommen haben. Anders kann ich mir nicht erklären, wie es hierhergekommen ist. Oder aber es war Leon, weil er der Ansicht war, dass ich nicht nur mein Kissen dringend brauche. Wie auch immer. Jetzt stehe ich jedenfalls im Flur vor der schwierigen Frage, ob ich kurz das Ladekabel holen oder doch lieber erst etwas essen soll – eine Frage, die mein schwacher Kreislauf für mich beantwortet. Beim bloßen Gedanken daran, die steile Leiter hochzuklettern, wird mir schwindlig, und ich muss mich an der Wand des langen Flurs festhalten. Essen. Ich sollte essen. Ich setze einen Fuß vor den anderen, als wären es meine ersten Schritte. Als ich bei den Stufen ankomme, bemerke ich aus dem Augenwinkel eine Bewegung. Da bin ich. Eine blasse Spiegelung in der großen Glasscheibe des Bilderrahmens. Scheiße. Ich sehe aus wie ein Gespenst mit Zopf. Ich rücke näher heran. Mein Gesicht ist fahl, meine Lippen blass, und die Schatten unter meinen Augen haben in etwa denselben Farbton wie die abstrakten Pinselstriche des Gemäldes hinter dem Glas. Ich trete einen Schritt zurück, und bei meinem

Anblick muss ich lachen. Eigentlich fehlt nur noch, dass ich laut *Wooohoooo* rufe. Mein Magen knurrt. Es ist fast, als hätte er das Essen vor mir gerochen. Jetzt rieche ich es auch. Irgendwas Überbackenes. Der Duft lockt mich runter in die Küche, und ich folge ihm wie ein abgerichteter Hund. Am Ende der Stufen wartet Carlos. Er erkennt mich nicht sofort, was an meinem Outfit liegen dürfte, aber als er es dann tut, läuft er aufgeregt auf mich zu. Er wedelt mit dem Schwanz und springt auf und ab, und ich bin ihm dankbar, dass er nicht bellt, weil meine Nerven das nicht aushalten würden – ganz egal, wie lieb er es meint.

»Motte«, sagt Papa, und ich schaue auf. Sein Lächeln ist warm und irgendwie erleichtert. Als hätte die Tatsache, dass ich krank war, ihn daran erinnert, dass er mich doch lieb hat. Er kommt auf mich zu und nimmt mich in die Arme. Ganz fest. Und so bleiben wir eine Weile stehen. Auf demselben Stück Fußboden, auf dem wir noch vor ein paar Tagen gestritten haben. Papa streicht mir sanft über den Kopf und wiegt mich hin und her, als wäre ich ein kleines Kind. »Ich bin froh, dass es dir besser geht«, murmelt er in mein Haar. »Ich hab mir Sorgen gemacht.« Dann küsst er mich auf die Schläfe und sagt: »Lass uns essen. Es gibt Nudelauflauf.«

Auferstanden?

Mein Handy summt so oft, dass ich mich einen Moment ernsthaft frage, ob es wirklich meins ist oder ob ich nicht aus Versehen Lenas mit nach oben genommen habe. Sie bekommt dauernd E-Mails und SMS. Außerdem haben wir dasselbe Modell. Aber es ist meins.

Ich sitze in der Dienerwohnung auf meinem Bett und scrolle ungläubig durch meine Nachrichten. Sie sind der eindeutige Beweis dafür, dass das Leben auch ohne mich weitergeht. Aber sie sind auch der Beweis dafür, dass mindestens siebenundzwanzig Mal jemand an mich gedacht hat. Ich habe sogar eine Nachricht bei Facebook bekommen – da schreibt mir sonst kein Mensch. Auf Platz eins ist Lukas (vierzehn Mal geschrieben), dicht gefolgt von Alex (zehn Mal), und auf dem dritten Rang ist eine Nummer, die ich nicht kenne.

Anfangs klang Lukas noch fröhlich – *Na? Wie war das Nacktbaden? Ich will Einzelheiten* –, dann besorgt – *Ist bei dir alles okay?* –, dann verärgert – *Hallooooohoo? Dir ist aber schon klar, dass ich jeden Abend hier sitze und auf deinen Anruf warte, oder?* –, und am dritten Tag richtig wütend – *Das ist echt ne Scheißaktion, Sophie. Jetzt, wo du neue Freunde hast, hast du mich wohl vergessen, was?* –, und dann gestern wieder total besorgt – *Scheiße, Flittchen, irgendwas stimmt da doch nicht… Wenn du dieses Mal wieder nicht antwortest, rufe ich deinen Vater an. Also, schreib mir. Hörst du? Ich mach mir echt Sorgen.*

Die letzte Nachricht ist von heute.

Lukas Labanz:
Mensch, Flittchen, was machst du nur für Sachen? Fast 42 Fieber? Das gibt's doch nicht. Du bist doch eigentlich nie krank. ☹ Es tut mir leid, was ich geschrieben habe. Ich wünschte, ich könnte es löschen. Bitte hass mich nicht. Und ruf mich an. Auch wenn ich es eigentlich nicht verdient habe.

Ich muss schmunzeln und tippe meine Antwort.

Sophie Richter:
Schneeflittchen ist endlich aus seinem Dornröschenschlaf erwacht. Ganz ohne Prinz. ☺ Und du musst dich nicht entschuldigen, Lukas. Du hast dir Sorgen gemacht. Und davon bekommt man Falten … Und die bleiben ein Leben lang. Ich denke, das ist Strafe genug. ☺ xxx

WhatsApp zeigt an, dass er etwas schreibt, und ein paar Sekunden später macht es *Bling,* und seine Worte erscheinen in einer neuen hellgrau hinterlegten Sprechblase.

Lukas Labenz:
Oh, Flittchen, mein Flittchen, da bist du ja endlich. Die letzten Tage kamen mir wirklich vor wie 100 Jahre. Darf ich dich anrufen?

Sophie Richter:
Das darfst du immer, Lukas.

Kaum habe ich auf *Senden* gedrückt, springt auch schon das Skype-Icon auf meinem Laptop auf und ab.

»Du wusstest wohl, dass ich dir verzeihen werde«, begrüße ich ihn krächzend.

»Mein Gott, Flittchen, wie siehst du denn aus?« Er schaut mich so erschüttert an, dass ich lachen muss. Erst lachen und dann husten. Und dann noch mehr husten. Ich huste so sehr, dass es sich anfühlt, als würde der Druck meine Augen jeden Moment aus ihren Höhlen und gegen den Bildschirm katapultieren.

»Scheiße, geht's?«

Lukas Stimme klingt dumpf und weit weg. Ich versuche, Luft zu holen, spüre Tränen über meine Wangen laufen, mein Brustkorb zieht sich immer weiter zusammen. Ein verschwommener Lukas steht aufgebracht vor seinem Laptop und umklammert den Bildschirm mit den Händen. Er sagt etwas, aber ich verstehe kein Wort. Ich huste noch eine Weile, dann hört es auf, und ich schwitze und zittere nur noch.

Eine Weile sitzen Lukas und ich einander virtuell gegenüber und schweigen, dann sagt er matt: »Geht's wieder?«

»Ging mir schon besser«, antworte ich trocken, dann grinse ich und füge hinzu: »Aber ich lebe noch.« Kurzes Räuspern. »Also, was hab ich verpasst?«

Unbequeme Wahrheiten

Eine Stunde später sind wir kurz vor dem neuesten Stand. Er weiß alles über den Abend mit Alex, inklusive der Duschszene – zu der Lukas natürlich alle Einzelheiten wollte. Ich habe sie ihm, wenn auch widerwillig, erzählt, und seine Augen haben dabei geleuchtet, als hätte ich ihm einen feuchten Traum gebeichtet. Als ich ihm den Rest gesagt habe – McDonalds, Gespräch, Streit mit Papa –, hat sich sein Blick verändert. Lukas hat es nicht laut ausgesprochen, aber ich glaube, es macht ihm zu schaffen, dass es jetzt noch einen Menschen in meinem Leben gibt, dem ich mich anvertrauen würde. Das war bisher immer nur er. Ich kann ihn verstehen, weil ich weiß, wie sich das anfühlt. Als Vianne in Lukas' Leben aufgetaucht ist, musste ich plötzlich den einen Menschen teilen, den ich davor ganz für mich allein hatte. Den Menschen, den ich nicht teilen wollte. Am Anfang hatte ich ganz schön daran zu beißen. Manchmal habe ich das noch.

Lukas hat viele aufbauende Dinge gesagt, gefragt, ob Papa und ich uns wieder vertragen haben, und mir dann von seinem Streit mit Vianne erzählt. Der war vor drei Tagen. Und genauso lange haben sie jetzt schon nicht mehr miteinander gesprochen. Das ist ein neuer Rekord. Grund dafür war, dass er sich auf einer Party zu lange mit einer ihrer Freundinnen unterhalten hat.

»Und du hast dich wirklich nur mit ihr unterhalten?«

»Natürlich habe ich mich nur mit ihr unterhalten. Was denkst du denn?«

»Gar nichts.«

Lukas mustert mich. »Glaubst du mir etwa nicht?«

»Doch, das tue ich«, sage ich schnell.

»Aber?«

»Na, du flirtest eben gern.« Ich schüttle mein Bein aus, weil es eingeschlafen ist.

»Was?«

»Komm schon, Lukas, ich sage ja nicht, dass du fremdgehst, aber du warst schon immer der Charmeur.«

»Du denkst, dass ich ihre Freundin *angemacht* habe?«

»Das nicht, aber…« Ich mache ein Pause. »Na ja, ein bisschen vielleicht.«

Er starrt mich an. »Das… das hab ich nicht.«

»Ich unterstelle dir ja nicht, dass du das absichtlich machst. Du bist einfach so.«

»Willst du damit sagen, dass ich keine Kontrolle darüber habe, ob ich mit jemandem flirte oder nicht?«

»Es ist eben ein Teil von dir. So wie deine Haarfarbe.«

»Wie meine Haarfarbe?« Er schaut mich wütend an. »Das brauche ich mir echt nicht anhören. Immerhin bin ich nur wegen Vianne nach Paris gezogen.«

»Ich weiß«, sage ich an der Schwelle zu gelangweilt, »und du wirst auch nicht müde, sie daran zu erinnern.« Ich rutsche an die Wand, lehne mich an und platziere den Laptop auf meinen Oberschenkeln. »Das ist dein Trumpf.«

»Ich habe keine Ahnung, wovon du sprichst.«

»Klar hast du die.« Wir schauen einander tief in die Augen, und die Stimmung ist kurz davor zu kippen. »Du willst dir die Wahrheit nur nicht eingestehen, weil das an deinem Perfekten-Freund-Image kratzen würde.« Er holt Luft, um mich zu unterbrechen, aber ich rede unbeirrt weiter. »Und bevor du mir jetzt gleich um die Ohren wirfst, dass ich keine Beziehung habe und daher auch keine Ahnung, wovon ich rede – das weiß ich alles. Ja, ich habe keine Beziehung, aber das ändert nichts daran, dass du Vianne immer, wenn sie etwas an dir oder deinem Verhalten auszusetzen hat, daran erinnerst, dass du *nur ihretwegen* nach Paris gegangen bist. Sie darf nichts stören. Deswegen Trumpf.«

»Das stimmt doch gar nicht.«

»Doch, das tut es. Und wenn du mich fragst, ist das emotionale Erpressung.«

Lukas starrt mich an. »Emotionale Erpressung?«

»Ja.«

Pause.

»Hast du das schon immer so gesehen?«

»Es fällt mir immer mehr auf.«

»Ach, und warum hast du mir das nicht gesagt?«

»Das weißt du genau.«

Er schaut betreten auf die Tischplatte.

»Lukas, du bist nicht *nur ihretwegen* nach Paris gegangen.« Sein Blick findet meinen und fragt: *Ach, und warum dann?* »Du bist nach Paris gegangen, weil du sie liebst.« Ich lächle. »Und das ist eine große Sache, aber es ist kein Freifahrtschein.«

Eine Weile ist es bis auf das Rauschen des Computers und das nervige Pfeifgeräusch, das meine Nase beim Atmen macht, still. Ich warte darauf, dass er es einsieht. Ich warte darauf, dass er sagt, dass er Vianne anrufen muss. Und dann schaut Lukas auf und sagt: »Danke, Sophie.«

Ich muss lachen. »Wofür denn?«

»Für die unbequeme Wahrheit.«

Schlachtplan

Ich stelle den Laptop weg, greife nach meinem Handy und öffne Alex' Nachrichten. Dann scrolle ich bis zur ältesten und fange an zu lesen.

Nachricht eins, Dienstag, 5. April, 7:42
Scheiße, du bist krank und ich bin schuld. Tut mir so leid, Sophie. Hoffe, es ist nicht zu schlimm?

Nachricht zwei, Dienstag, 5. April, 17:14
Geht es dir schon ein bisschen besser? Bei dir ist das Licht aus. Vermutlich schläfst du. Was gut ist, denn wir wissen ja: Schlafen ist die beste Medizin.

Nachricht drei, Mittwoch, 6. April, 10:32
Ich habe es dir doch gesagt: Ärger im Paradies. Jassi und Nik haben sich gezofft. Und keine halbe Stunde später fragt mich der Mistkerl doch tatsächlich nach deiner Nummer. Was für ein Timing.
PS: Ich habe sie ihm natürlich nicht gegeben.

Nachricht vier, Mittwoch, 6. April, 12:44
Nik hat deine Nummer. Mein blöder Freund hat sie ihm in der Pause von meinem Handy aus geschickt. Clemens kennt meine PIN und fand es wohl unheimlich witzig, in meinen

Kontakten herumzuschnüffeln. Blödmann. Ich wollte nur, dass du weißt, dass Nik deine Nummer nicht von mir hat – ich hätte sie ihm ohne deine Erlaubnis nicht gegeben.

Nachricht fünf, Mittwoch, 6. April, 19:26

Bei dir ist es immer noch dunkel. Dich hat es wohl richtig erwischt. Ich gehe jetzt ins Schwimmtraining und denke an dich. Gute Besserung. xxx

Nachricht sechs, Mittwoch, 6. April, 23:31

Ich hatte einen riesigen Streit mit Clemens, weil er einfach nicht kapiert, dass es NICHT okay ist, dass er mein Handy aus meiner Tasche holt und deine Nummer weitergibt. Jetzt denkt er natürlich, dass ich Geheimnisse vor ihm habe. Was totaler Quatsch ist. Wenn ich welche hätte, hätte ich ihm ja wohl kaum meine PIN verraten, oder? Idiot. Außerdem geht es darum doch gar nicht. Es geht nicht um mich. Es geht um ihn. Am Ende war trotzdem ICH die Böse – und das, obwohl ER ohne zu fragen in MEINEM Handy rumgeschnüffelt hat. Das ist doch ein Witz! Ich wette, Nik hat dir inzwischen geschrieben. Wahrscheinlich nicht nur ein Mal. Okay, ich bin jetzt still. Gute Nacht.

Nachricht sieben, Donnerstag, 7. April, 11:12

Ich habe heute Morgen meine Ausgabe von *The Catcher In The Rye* bei dir in den Briefkasten geworfen. Da du es ohnehin lesen musst, dachte ich, wäre vielleicht jetzt ein guter Zeitpunkt? Ich meine, vielleicht hast du ja Lust darauf, wenn es dir ein bisschen besser geht. Ich hoffe, das ist bald. xxx, Alex

Nachricht acht, Donnerstag, 7. April, 19:33
Was für ein blöder Tag. Zwischen Nik und Jassi ist Schluss. Ich erspare dir die Details. Nur soviel: Sie hat unentwegt geheult, er hat sich vor ihr versteckt, und Clemens hat so getan, als wäre nichts passiert. Weder zwischen ihm und mir noch zwischen den beiden. Er hat allen Ernstes gefragt, ob wir heute Abend nicht alle zusammen ins Kino gehen wollen. In welcher Parallelwelt lebt der? Wärst du nicht krank, würde ich dich jetzt fragen, ob du Lust auf Kino hast. Und Popcorn. Du dürftest sogar den Film aussuchen. Ich melde mich morgen wieder. An einem neuen, (hoffentlich) besseren Tag. PS: Wie viele Nachrichten machen einen eigentlich zum Stalker? ☺

Nachricht neun, Freitag, 8. April, 14:56
Ich war nach der Schule kurz bei dir, und da hat Leon gesagt, dass du im großen Zimmer bist – was auch immer das bedeutet? – und dass es dir richtig, richtig schlecht geht. Er hat gesagt, dass Lena dich kalt abduschen musste, weil dein Fieber so hoch war. Ich mache mir Sorgen. Meld dich, okay?
xxx

Nachricht zehn, Samstag, 9. April, 17:49
Für den unwahrscheinlichen Fall, dass meine Nachrichten dich irgendwo auf einer ganz tiefen, unterbewussten Ebene erreichen: Auf dich wartet ein Kanister Schokoladeneis im Gefrierschrank. Leon hat es entgegengenommen, und ich habe es mit ihm zusammen eingeräumt, um sicherzugehen, dass er es nicht aufisst. Ich weiß, es geht dir nicht gut, aber dieses Eis ist das Aufwachen wert. Und ich habe es extra in Schwabing geholt. Nur für dich. Mir ist klar, dass dir das

nichts sagt, aber das ist ein ganz schönes Stück. Ich musste mit dem Roller hinfahren. Durch den Regen. Und es war kalt. Abgesehen davon habe ich mal gehört, dass Eis bei einem entzündeten Rachen hilft. Und falls du gar keinen entzündeten Rachen hast, schmeckt es wenigstens. Du sieht also: Meine Überraschung ist so oder so ziemlich genial. Und abgesehen davon ist es mein Lieblingseis. Ich hoffe, du magst es auch. xxx

Ich fange gerade an, meine Antwort zu tippen, als eine neue von Alex eintrifft.

Alex Schiller:
Bei dir brennt Licht! Bist du wach?

Sophie Richter:
Ich wollte dir gerade schreiben. Und ja, bin ich. Zumindest wieder bei Bewusstsein.

Alex Schiller:
Sehr gut. Wie war das Eis?

Sophie Schiller:
Ich habe es noch nicht probiert. Das mache ich aber jetzt. Soll ich dir was aufheben?

Alex Schiller:
Das musst du nicht. Gehört alles dir. Aber ich könnte dir beim Eisessen Gesellschaft leisten? Wir könnten einen Film schauen. Oder lästern.

Sophie Richter:

Die selbstsüchtige Stimme in meinem Kopf sagt JA – zu deiner Gesellschaft, dem Film und zum Lästern –, aber ich will dich echt nicht anstecken. Ich lebe zwar noch (oder wieder?), aber ich fühle mich immer noch ziemlich beschissen.

Alex Schiller:

Schade. Aber okay. Abgesehen davon: Lästern können wir trotzdem. Was hat Nik denn geschrieben? Oder geht mich das nichts an? (Er hat doch geschrieben, oder?)

Sophie Richter:

Ich glaube, ja. Ich habe ein paar Nachrichten von einer Nummer, die ich nicht kenne – habe sie aber noch nicht gelesen.

Alex Schiller:

Warum? Bist du nicht neugierig???

Sophie Richter:

Schon … aber ich traue mich irgendwie nicht.

Ich merke, wie ich nervös mit dem Fuß wippe, und halte ihn still.

Alex Schiller:

Okay. Ein Vorschlag: Du holst das Eis, ich installiere Skype, und dann lesen wir sie zusammen. Was denkst du? PS: War doch Skype, oder? Das Programm, das du mit Lukas benutzt?

Meine Eingeweide ziehen sich krampfartig zusammen, so wie sie es eigentlich immer nur vor Prüfungen tun, und ich weiß nicht, was mich nervöser macht: Niks Nachrichten zu lesen, sie *mit Alex* zu lesen oder mit ihr zu skypen.

Alex Schiller:
Sophie? Bist du noch da?

Sophie Richter:
Ja, bin da.

Alex Schiller:
Und?

Sophie Richter:
Okay. Ich hole das Eis.

Alex Schiller:
Perfekt! Und lass dir ruhig Zeit, ich brauche hier bestimmt ein bisschen …

Sophie Richter:
Bei meinem lausigen Lungenvolumen komme ich vermutlich erst morgen wieder. ☺ Bis gleich.

Wenn der Laptop zwei Mal klingelt

»Funktioniert es?«, fragt Alex und rückt näher an den Bildschirm, der sich grünblau in ihren Brillengläsern spiegelt. »Kannst du mich sehen?«

»Klar und deutlich.«

Sie sagt nichts dazu, wie ich aussehe, stattdessen strahlt sie mich nur an und zeigt auf die Schüssel mit dem Berg Schokoladeneis in meiner Hand. »Und? Gut?«

»Viel mehr als gut.« Ich grinse und schiebe mir einen weiteren großen Löffel voll Eis in den Mund.

»Meine Mama holt mir immer dieses Eis, wenn ich Halsweh habe. Das ist so eine Art Tradition.« Als sie das Wort Tradition sagt, malt sie mit den Fingern Anführungszeichen in die Luft, und ich spüre einen schmerzhaften Stich, weil meine Mutter und ich keine haben. Wir haben nur erfundene Erinnerungen, von denen sie nichts weiß. »Meine Mutter sagt, wenn man schon krank ist«, fährt Alex dort, »dann braucht man wenigstens etwas, worauf man sich freut.« Sie macht eine Pause und fügt leise hinzu: »Es ist mysteriös, wie sehr ich seitdem zu Halsschmerzen neige.« Sie grinst. Als ich nicht zurückgrinse, wird ihr Blick ernst. »Was ist?«

»Nur ein bisschen Kopfweh«, lüge ich und zwinge mich zu einem Lächeln.

»Okay, du lehnst dich jetzt erst mal zurück und isst dein Eis, und ich erzähle dir das ganze Drama.«

Und genau das tut sie. Alex macht es sich in einem Meer aus Kissen gemütlich, dann bekomme ich einen emotional vorgetragenen Bericht von Jasmins Fast-Nervenzusammenbruch, der filmreifen Szene, die sie Nik in der Cafeteria gemacht hat, und seinem total desinteressierten Abgang. Alex schließt mit dem Satz: »Sie war heute nicht in der Schule, ich glaube, es geht ihr ziemlich schlecht.«

»Weiß sie, dass Nik nach meiner Nummer gefragt hat?«, frage ich vorsichtig.

»Wo denkst du hin?« Alex schüttelt vehement den Kopf. »Wenn sie davon wüsste, hätte sie schon längst deine Tür eingetreten und dich im Schlaf erwürgt.«

»Aber ich hab doch überhaupt nichts gemacht.«

»Ich weiß das, aber wenn es um Nik geht, ist Jassi nicht rational. Sie steht seit Jahren auf ihn.«

»Toll.« Pause. »Wie lange waren die beiden denn zusammen?«

»Knapp ein Jahr.«

»Was?«, frage ich entgeistert. »Hast du nicht gesagt, er wäre *schnell gelangweilt.*«

»Das ist er auch.«

»Ein Jahr ist ja wohl kaum *schnell.*«

Alex zögert kurz, dann sagt sie: »Er … äh, er war nicht treu.«

»Wirklich?«, frage ich erstaunt. »Er sieht gar nicht aus wie ein Bad Boy.«

Sie zuckt mit den Schultern. »Das vielleicht nicht, dafür hat er diese ›Ich bin ein nachdenklicher und verletzlicher Typ‹-Nummer wirklich voll drauf. Die Mädchen stehen auf so was.«

»Kann ich mir vorstellen.«

»Abgesehen davon sieht er gut aus.« Sie macht eine Pause. »Du kannst mir nicht erzählen, dass du nicht findest, dass er gut aussieht.« Ich sehe sein Gesicht vor mir. Mit diesem tiefen grauen Blick, der mir sagt, dass er ganz anders ist als all die anderen Jungs.

»Okay, ja, das tut er«, gebe ich schließlich zu.

»Siehst du!«

»Ja, aber auf eine erschreckend unspektakuläre Art und Weise.« Ich schaue sie an, und sie schaut verzweifelt zurück. »Was ist?«

»Können wir jetzt vielleicht *endlich* seine Nachrichten lesen?«, fragt sie ungeduldig. »Ich verstehe gar nicht, wie du das aushältst. Bist du denn gar nicht neugierig?«

»Klar, bin ich neugierig.«

»Aber?«

»Aber offensichtlich nicht so neugierig wie du.«

Sie wirft ein Stofftier gegen den Bildschirm und sagt: »Komm schon, lass sie uns lesen.« Alex schiebt sich die Brille ein Stück hoch. »Oder erklär mir wenigstens, warum du sie nicht lesen willst.«

Ich kratze klappernd und grinsend die letzten Reste von meinem Eis aus der Schüssel, dann stelle ich sie weg und schlecke mir über die Lippen. »Okay, solange ich seine Nachrichten nicht gelesen habe, habe ich kein Problem. Ich muss nicht entscheiden, ob ich ihm antworte oder nicht antworte, ob ich seine Nachrichten löschen oder behalten soll. Sie sind einfach nur da, und solange ich sie ignoriere, kann ich nichts falsch machen.«

»Falsch machen? Was solltest du bitte falsch machen?«

»Hm, lass mich überlegen«, sage ich sarkastisch. »Wenn ich ihm nicht antworte, bin ich eine Zicke, weil ich mich für was Besseres halte, und wenn ich ihm antworte, bin ich ein herzloses Miststück, weil ich weiß, dass Jasmin total verrückt nach ihm ist.« Ich ziehe die Augenbrauen hoch und schüttle den Kopf. »Wenn ich ihm schreibe, ist es ein Eingeständnis, dass ich ihn toll finde, aber wenn ich es nicht tue, wird am Ende keiner von euch mehr mit mir reden.«

»Wieso sollte keiner mehr mit dir reden?«

»Nik ist Clemens' bester Freund, Clemens ist dein Freund. Ihr seid alle mit Jasmin befreundet.« Ich blase die Backen auf und puste die Luft heraus. »Es ist völlig egal, wie ich mich verhalte, irgendjemand wird sauer sein. Oder verletzt.«

»Wenn das wirklich stimmt, kannst du aufhören, dir Gedanken zu machen, und die Nachrichten einfach lesen.«

»Das ist alles, was du dazu zu sagen hast?«

Sie lacht. »Nein.«

»Sondern?«

»Ich würde noch mit dir reden, ganz egal, ob du ihm antwortest oder nicht.«

»Was ist mit Jasmin? Ist sie nicht deine Freundin?«

»Wie man es nimmt.« Pause. »Ich kenne Jassi schon sehr lange, aber in erster Linie ist sie Niks Freundin, nicht meine.« Noch eine Pause. »Ich meine *war*. Sie *war* Niks Freundin.« Ich nestle mit der Bettdecke herum. »Dir ist schon klar, dass er dich nicht einfach so vom Haken lassen wird, oder?«

Ich schüttle den Kopf. »Wie meinst du das?«

»Ein Typ wie Nik lässt sich nicht einfach ignorieren. Und zurückweisen schon gar nicht.«

»Scheiße.«

»Abgesehen davon *willst* du seine Nachrichten lesen.«

»Will ich das?«, murmle ich. »Am liebsten würde ich mein Handy gerade in euren Schwimmteich werfen.«

Sie lacht. »Du machst dir viel zu viele Gedanken. Erstens weißt du noch gar nicht, was er geschrieben hat, zweitens sind es bis zum Abi nur noch ein paar Wochen, also egal, was passiert, es hat keine wirklich weitreichenden Konsequenzen.«

»Und drittens?«

»Drittens…« Sie zögert. »Fällt mir grad nichts ein. Aber du musst zugeben, die beiden anderen Punkte sind ziemlich gut.«

Es entsteht noch eine Pause.

»Okay«, sage ich schließlich.

»Yes!« Alex wirft triumphierend die Arme in die Luft.

Ich tippe meine PIN ein und öffne die Nachrichten-App. Bevor ich seine auswähle, schaue ich noch einmal hoch.

»Gott, warum musste der Blödmann mir überhaupt schreiben?«

»Ach, Sophie, du hast ja keine Ahnung, wie viele Mädchen an unserer Schule gerade gerne in deiner Haut stecken würden.«

»Echt?«, frage ich seufzend. »Also, ich wäre gerade lieber in einer anderen.«

In ihrer Haut

»Er …«, ich kann nicht weitersprechen. »Er … o mein Gott.«

»Was ist? Was schreibt er?«

Ich schaue hoch. »Dass er mich besucht, wenn ich das will.«

Alex' Augenbrauen berühren fast ihren Haaransatz. »Wie bitte?«

Nik hat drei Nachrichten geschrieben, wovon die ersten beiden eigentlich eher nichtssagend waren. *Du wunderst dich bestimmt, wer dir hier schreibt* und *Ich wünsche dir eine gute Besserung* und *Ich freue mich schon, wenn wir uns dann in der Schule wieder sehen.* Sie waren nett, aber auf eine Art, die man mit genug gutem Willen auch rein freundschaftlich hätte interpretieren können. Nachrichten von einem netten Kerl, der sich nach dem Befinden einer neuen Mitschülerin erkundigt, mit der er eine Autofahrt, eine halbe Schulstunde und zwei Pausen verbracht hat. Doch dann habe ich seine letzte Nachricht gelesen, und die war leider nicht so unverfänglich freundschaftlich wie ihre beiden Vorgänger.

»Er hat wirklich vorgeschlagen, dich zu besuchen?«, fragt Alex so fassungslos, dass ich beinahe lachen muss.

»Na ja, nicht in dem Wortlaut, aber ja.«

»Was genau hat er geschrieben?«

»Das.« Ich drehe das Handy um und halte das Display vor die Linse der Kamera.

Die helle Spiegelung in ihren Brillengläsern versteckt ihre

Augen, aber ich höre, wie sie murmelt: »Blablabla, *dir scheint es ja echt schlecht zu gehen* ... blabla ... ah, hier ... O mein Gott.«

»Sag ich doch.«

Pause.

»*Wenn dir langweilig wird oder du irgendetwas brauchst, lass es mich wissen. Ich habe mein Auto wieder, und es wäre kein Problem, zu dir zu fahren. Falls du also Gesellschaft zum Filmschauen brauchst, oder jemanden, der dir etwas bei der Apotheke holt, meld dich einfach. Ich weiß ja, wo du wohnst.*« Als sie fertig gelesen hat, nehme ich das Handy runter. »Ich weiß ja, wo du wohnst?«, sagt Alex und schaut mich irritiert an. »Was ist denn das bitte für ein blöder Spruch? Und dann noch so ein doofer lächelnder Smiley. Wie peinlich ist das denn?« Sie schüttelt den Kopf. »Findest du nicht, dass das peinlich ist?«

»Doch«, antworte ich, »aber ehrlich gesagt ist mir das egal. Viel wichtiger ist die Frage, was ich ihm zurückschreiben soll.«

Die nächste halbe Stunde tüfteln wir unter mehreren Lachkrämpfen, von denen die meisten bei mir direkt in Hustenanfälle münden, an einer Antwort. Wir stellen Sätze um, nur um sie dann wenig später unter Tränen wieder komplett zu streichen. Am Ende schicke ich ihm eine zweizeilige Nachricht, die eigentlich gar nichts sagt. Außer vielleicht *Danke*.

Ich hatte noch nie eine beste Freundin, und ich habe auch keine vermisst, aber nach diesem Abend mit Alex – zwanzig Meter Luftlinie voneinander entfernt, lachend jede in ihrem eigenen Bett – weiß ich, dass ich in ihr jemanden gefunden habe, den ich behalten will. Ich bin nach wie vor das mutterlose Mädchen, das vor Kurzem in die Dienerwohnung der eigentlich gar nicht so bösen Stiefmutter gezogen ist. Das Mädchen, das tief in seinem Inneren Angst davor hat, dass Verlassenwerden der rote Faden seines Lebens sein könnte. Ich bin auch jetzt noch das unzufriedene Flittchen mit den nicht enden wollenden Gedanken. Aber wenn mir jemand in diesem Augenblick ein Schlupfloch in mein altes Leben anbieten würde, wüsste ich nicht, ob ich zurück wollte. Vor ein paar Tagen hätte ich nicht eine Sekunde gezögert. Doch jetzt? Jetzt bin ich mir nicht mehr sicher.

Irgendwas ist anders. Vielleicht ich. Vielleicht das Leben. Was es auch ist, ich fühle mich weniger allein. Als wäre da jemand, der mich versteht. Mal mit Worten und mal ohne. Ich kenne Alex noch nicht besonders lange, aber jeden Tag, den ich sie kenne, mag ich sie noch ein bisschen mehr. Weil ich mit ihr lachen kann. Und reden. Und schweigen. Ich mag sie, weil ihr Herz genauso klug ist wie ihr Verstand. Und weil sie keine Angst davor hat, sie selbst zu sein – etwas, wovor ich mich seit jeher zu Tode fürchte. Bei Alex sieht es so einfach aus. So, als wäre ihre Haut das einzige Zuhause, das sie braucht. Und genau das finde ich toll an ihr. Neben ein paar anderen Dingen.

How I met Holden Caulfield

Vier Tage sind vergangen. Vier Tage, die ich größtenteils mit Holden Caulfield im Bett verbracht habe. Ein Mal waren wir sogar zusammen in der Wanne. Ganz nüchtern betrachtet war ich noch nie einem Jungen emotional näher. Einmal abgesehen von Lukas, meine ich. Eigentlich traurig, wenn man es sich mal genauer überlegt.

Als ich Alex von meinen Schäferstündchen mit Holden erzählt habe, meinte sie: *Ihr wart tagelang miteinander im Bett und habt zusammen gebadet und da ist nichts gelaufen? Amateur.* Und ich habe geantwortet: *Hey, sprich nicht so über ihn. Er ist eben ein Gentleman.*

Ich weiß nicht, worüber wir mehr gelacht haben: über die Tatsache, dass ich mich in einen Buch-Charakter verknallt habe oder dass ich wünschte, die Nachrichten, die ich in den vergangenen Tagen bekommen habe, wären von ihm und nicht von Nik. Ja, Nik hat mir wieder geschrieben. Mehrfach. Und nein, ich bin nicht auf seine ziemlich offensiven Flirtversuche eingegangen. Ich habe die »ich bin so krank, mein Herz ist rein«-Karte gespielt und ihn überwiegend ignoriert – was irgendwie dazu führte, dass er noch öfter geschrieben hat. Hartnäckig ist er, das muss man ihm lassen. Irgendwann bin ich eingeknickt und habe ihm geantwortet. Mit Nik zu chatten war eigentlich ganz nett, aber meine Zeit mit Holden war netter.

Ich habe zwei Mal mit Alex geskypt. Wir wollten nur kurz

quatschen, daraus wurden dann jeweils drei Stunden. Papa hat gefragt, wie man mit jemandem so lange telefonieren kann, wenn beide eigentlich gar nichts erleben – Alex muss lernen, und ich lese –, und ich habe ihm geantwortet, dass einem mit den richten Menschen nie die Themen ausgehen. Lena hat gelächelt, und Leon hat gefragt, ob er auch ein richtiger Mensch ist, worüber ich sehr lachen musste. Valentin war sehr still. Aber das ist er ja eigentlich immer. Bei dem Stichwort *still* denke ich kurz an Lukas und die Tatsache, dass wir seit der *unangenehmen Wahrheit* nicht mehr miteinander gesprochen haben. Er hat mir vorgestern eine Nachricht geschrieben, aber telefoniert haben wir nicht. Ich nehme an, er hat sehr viel Qualitätszeit mit Vianne verbracht – wahrscheinlich auch größtenteils im Bett, nur mit dem Unterschied, dass die beiden vermutlich nackt waren, während Holden sich eher bedeckt gehalten hat.

Als ich dann heute – Donnerstag – wieder in die Schule gegangen bin, war Herr Heidenbrink sehr beeindruckt, wie ich den Englischunterricht mit meinen Beträgen *bereichert* habe. Seine Worte, nicht meine. Sogar Fabian hat anerkennend genickt. Ich glaube ja, dass er sich insgeheim schon darauf eingestellt hat, den Part meiner männlichen Souffleuse einzunehmen. Aber das war nicht nötig. Abgesehen davon wäre Fabian die mit Abstand unmännlichste männliche Souffleuse, die man sich vorstellen kann.

Am Ende der Stunde hat Herr Heidenbrink mich zu sich gebeten und gefragt, woher ich so gut Englisch könnte, und ich habe geantwortet, dass ich das meiner Ungeduld und all den Filmen und Serien verdanke, die ich seit jeher im Original anschaue, weil ich nicht warten will, bis sie auf Deutsch erscheinen. Er hat gelacht. Und in dem Moment wurde mir schlagartig klar, an wen er mich erinnert. An Carl Fredricksen aus dem Pixar-Film *Up!*. Er sieht genauso aus wie er. Nur eben mit kleinerem Kopf und realistischen Proportionen. Unsere Unterhaltung zog sich hin, was mir entgegenkam, weil ich darauf gehofft hatte, Nik würde dann endlich gehen, aber das tat er nicht. Er hat sich an die Wand neben dem Ausgang gelehnt und auf mich gewartet, was Grund genug für Jasmin war, erst ihm und dann mir einen vernichtenden Blick zuzuwerfen – was Nik entweder wirklich nicht bemerkt oder aber hervorragend ignoriert hat. Den restlichen Schultag ist er nicht von meiner Seite gewichen. Als wäre ich königlicher Besuch und er von ganz oben für meine Sicherheit abgestellt worden. Erst fand ich es lästig, aber dann irgendwann haben wir angefangen, uns zu unterhalten, und das war weniger anstrengend, als ich befürchtet hatte. Er hat mir von seinem Basketballteam erzählt und vom Surfen und davon, dass sein kleiner Bruder ihn in den Wahnsinn treibt. Nik will nach dem Abi reisen – Australien und Neuseeland –, das Geld hat er bereits zusammen. Es war nicht uninteressant, aber ich wollte trotzdem nicht mit ihm allein sein. Die Vorstellung, wie Jasmin uns zusammen in trauter Zweisamkeit durch die Gänge schlendern sieht, schien mir taktlos. Also habe ich versucht, das Richtige zu tun. Erst wollte ich in die Cafeteria fliehen, wohin er kurzerhand einfach mitgegangen ist, dann habe ich gesagt, dass ich auf die Toilette müsse, vor der er gerne auf mich gewartet hat. Zu guter Letzt habe ich gefragt, wo denn eigentlich Clemens wäre – der aber leider mitten in einer Deutschklausur saß. Später hat sich herausgestellt, dass Alex die Pause mit Jasmin auf eben jenem Mädchenklo verbracht hat, in das ich vor Nik geflohen bin. Ich hatte hinter einer der verschlossenen Türen erstickte Laute gehört, die man im Nachhinein betrachtet eindeutig als Weinen hätte erkennen können, aber ich war gedanklich viel zu sehr mit dem Problem vor meiner Tür beschäftigt und richtig erleichtert, als die Pause endlich vorüber war und ich in den Unterricht gehen konnte. Grundkurs Mathe. Meine letzte Stunde.

Kaum ertönt der Gong, laufe ich im Stechschritt in Richtung Ausgang. Dabei schaue ich mir andauernd über die Schulter, als würde ich verfolgt. Doch das werde ich nicht. Stattdessen renne ich Nik beinahe über den Haufen.

»Vorsicht«, sagt er grinsend und hält mich an den Schultern fest. »Alles okay?«

»Ja«, sage ich, und mein Mund verzieht sich zu einem missglückten Lächeln.

»Suchst du jemanden?«

Nein, ich *fliehe* vor jemandem, denke ich, schüttle aber nur den Kopf.

»Willst du mitfahren?«

Ich? Mit ihm? Allein in einem Auto? Nein.

»Das ist echt total nett«, sage ich zwischen höflich und genervt. »Aber Alex nimmt mich mit.«

»Alex hat heute länger.«

»Ich weiß. Ich warte auf sie.«

Er verschränkt die Arme vor der Brust. »Du willst also lieber eine Stunde lang hier warten, als dich von mir nach Hause bringen zu lassen?«

Ich zögere kurz, dann entgegne ich: »Erstens sind es nur fünfundvierzig Minuten, und zweitens habe ich es schon mit Alex ausgemacht.«

Er mustert mich. »Du könntest ihr absagen.«

»Das stimmt.« Niks Blick ist durchdringend, aber ich halte ihm stand. »Oder ich tue einfach das, was ich mit ihr ausgemacht habe, und warte auf sie.« Er grinst, und ich gehe zu einer der Bänke, die an der endlos langen Wand in der riesigen Aula stehen, und setze mich hin.

»Okay«, sagt er, folgt mir und lässt sich neben mich fallen. »Dann warte ich eben mit dir.« Rhetorischer Seitenblick zu mir. »Natürlich nur, wenn es dir recht ist?«

Als ob ich dazu Nein sagen könnte. Da die Wahrheit unhöflich wäre und ich nicht unhöflich sein will, sage ich: »Sicher, gern«, aber meine Stimme verrät die Lüge. Jedoch nur, wenn man genau hinhört. Und ich weiß nicht, ob Nik das tut. Ich schätze ihn eher so ein, dass er bloß das hört, was er hören will. Vielleicht hätte man die Lüge aber auch nur bemerken können, wenn man mich gut genug kennt.

Nik lehnt sich zurück, und sein Knie berührt meines. Ich warte darauf, dass er es wegzieht, aber er bewegt sich nicht. Also tue ich so, als bräuchte ich dringend etwas aus meiner Tasche, wende mich ab und tupfe mir etwas Lipbalm auf die Lippen. Wobei er mir aufmerksam zusieht.

»Morgen ist eine ziemlich coole Party«, sagt er plötzlich. »Es wäre schön, wenn du mitkommst.« Ich blicke erstaunt auf und werde von seinem »Ich bringe mich um, wenn du Nein sagst«-Gesichtsausdruck überrascht.

Nik hat den Hinterkopf an die Wand gelehnt, die Lider halb geschlossen. Er sieht aus wie ein sterbender James Dean.

»Aber ich … ich kenne da doch niemanden.«

Er zieht die Brauen hoch. »Wieso? Du kennst mich.«

»Na ja, einmal abgesehen von dir.« Ich lächle ihn an, und er lächelt zurück. Seines ist zweideutiger. Warum zum Teufel konnte er nicht einfach mit Jasmin zusammenbleiben? »Was ist mit Alex und Clemens? Kommen die auch?«

Nik legt den Kopf schräg, dann nickt er. »Ich gehe davon aus, ja«, sagt er und fährt abwesend mit den Fingern den Saum seiner Jeans nach. »Philip ist ein guter Freund von uns. Wir spielen zusammen Basketball.«

»Okay.« Ich hadere kurz, dann frage ich es doch. »Was ist mit Jasmin?«

Nik sieht mir in die Augen. »Du hast also davon gehört …«

»Ich glaube, jeder hat davon gehört«, antworte ich.

Er grinst. »In der Schule, ja, aber ich wusste nicht, dass die Nachricht sogar dein Krankenbett erreicht hat.« Nik schaut mich eindringlich an. »Wobei ich es mir eigentlich hätte denken können.«

»Also«, sage ich und weiche seinem Blick aus. »Wird Jasmin nun da sein?«

»Keine Ahnung«, entgegnet er desinteressiert und zuckt mit den Schultern. »Kann schon sein.«

Danach entsteht eine Pause, die ich am liebsten mit Smalltalk füllen würde, nur dass mir leider kein Thema einfällt, das wir nicht schon ausgiebig abgehandelt hätten. Die Schule, unsere Kurse, Sport, die Pläne nach dem Abi, Hobbys.

»Und? Kommst du?«

»Ich«, fange ich an, weiß aber nicht, wie der Satz enden soll. Die Wahrheit ist nämlich, dass ich fast immer Scheiße baue, wenn ich auf eine Party gehe. Ich nehme mir vor, nichts zu trinken, trinke dann aber doch jedes Mal, weil ich die meisten Menschen nüchtern nicht ertrage. Aus einem Bier werden drei, und auf einmal knutsche ich mit irgendeinem dahergelaufenen Typen, ohne zu wissen, wie das passieren konnte. Wir machen rum, und irgendwann verziehen wir uns in irgendein Schlafzimmer, weil es da *ruhiger* ist. Und dann schlafe ich mit ihm. Nein, eigentlich stimmt das nicht. Eigentlich liege ich nur mit gespreizten Beinen auf dem Rücken, starre an die Decke und warte, bis der jeweilige Typ fertig ist.

Wenn er sich dann wieder aus mir zurückzieht, wende ich mich von ihm ab und frage mich, warum ich es getan habe – und warum ich denselben Fehler immer und immer wieder mache. Die Antwort ist erschreckend simpel: In meiner Fantasie ist es jedes Mal viel schöner. Wenn ich mir vorstelle, mit einem Kerl zu schlafen, ist es großartig. Ich liege unter ihm und spüre ihn, und dann komme ich. Ein Mal, zwei Mal. Immer wieder. Die Sophie in meiner Vorstellung hat die beste Zeit ihres Lebens. Und irgendwann kommt der Punkt, wo ich nicht mehr zwischen ihr und mir unterscheiden kann. Ich bin sie. Oder zumindest will ich sie sein. Die Realität vermischt sich mit dem Film, und die Linie zwischen dem, was wahr ist, und dem, was sein könnte, wird immer fließender, bis ich keinen Unterschied mehr erkenne. Ich will das, was die Sophie in meinem Kopf hat. Ich will mich vergessen. Und ein paar Mal kommen. Und als wäre da ein Schalter in meinem Gehirn, der auf der Kippe steht und plötzlich umschlägt, will ich Sex. Ich will mich fallen lassen. Will kommen – nur, dass das nie passiert, weil die Realität und die Vorstellung nichts miteinander zu tun haben. Die einzige Übereinstimmung bin ich.

Danach fühle ich mich jedes Mal betäubt. Als würde ich aus einer Narkose aufwachen. Ich würde gerne so tun, als wäre es nicht meine Schuld, aber es ist meine Schuld. Ich habe mich benutzen lassen. Niemand hat mich je zu irgendwas gezwungen. Ich habe es immer freiwillig getan. Ich wollte es. Zumindest bis zu dem Moment, in dem der jeweilige Typ in mich eingedrungen ist. Und da war es bereits zu spät. Klar, hätte ich Nein sagen können – man kann immer und zu jedem Zeitpunkt Nein sagen, zumindest theoretisch –, aber dazu hat mir der Mut gefehlt. Ich habe lieber an etwas anderes gedacht und versucht, mich zu entspannen. Meistens war es kurz und mechanisch und völlig bedeutungslos, trotzdem habe ich mich danach tagelang beschissen gefühlt. Gefangen in einer ekelhaften Mischung aus Selbsthass, paranoiden Schwangerschaftsängsten und Vorwürfen. Und ich tue es immer wieder. Ich lerne nicht aus meinen Fehlern. Ich bin einer von diesen Idioten, die sich immer gleich verhalten und dann wundern, dass sich nie etwas ändert.

»Sophie?«

Ich schaue hoch. »Was?«

»Wolltest du nicht gerade etwas sagen?«, fragt Nik mit diesem gekräuselten Lächeln in den Mundwinkeln.

Ich weiß genau, was ich sagen *sollte*, nämlich, dass ich auf keinen Fall auf diese blöde Party gehe, weil ich sonst am Ende noch mit ihm schlafe, obwohl ich das gar nicht will.

»Sophie?« Seine Stimme klingt dunkel und sanft, und sein Gesicht ist meinem viel zu nah.

»Ich rede mal mit Alex, und dann schreibe ich dir noch mal.«

Ich sehe Nik an, dass er ein freudestrahlendes *Natürlich komme ich mit* hören wollte, aber ich bin nicht freudestrahlend. Und ich bin auch nicht das, was man erwartet. Meistens bin ich das genaue Gegenteil.

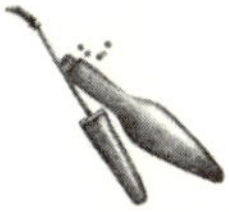

Mein begehbarer Badschrank

Es ist Freitagnachmittag, und ich stehe halbnackt im großen Bad und probiere mein inzwischen viertes Outfit. Im Nachhinein betrachtet hatte Lena recht. Natürlich hatte sie das. Das hat sie schließlich immer.

Ich wollte meine Klamotten ursprünglich oben in der Dienerwohnung haben. Weil sie schließlich mir gehören und *das* mein Zimmer ist. Aber Lena meinte, dass die *Dachkammer* – für mich klang ja allein das Wort schon wie eine persönliche Beleidigung – schlichtweg zu klein wäre für einen Schrank. Und das stimmt. Aber ich wollte trotzdem all meine Sachen bei mir haben. Wie eine von diesen alten schrulligen Frauen, die ihr Leben in Schachteln und Kartons horten und nichts wegschmeißen, weil sie Angst haben, dass sonst nichts von ihnen übrigbleibt und dass sich niemand an sie erinnern wird. Irgendwann wurde mein Vater wütend. Er hat gesagt, dass ich mich aufführe wie eine hysterische Mutter, der man nach der Geburt ihr Neugeborenes entreißen will, und dass es doch nur Klamotten sind, und ich habe etwas Irrationales darauf entgegnet, wie: *Es sind meine Klamotten, und es war auch mein Bett!* Er hat mich nur mit diesem »Wann kommt sie nur endlich aus der Pubertät wieder raus«-Blick angeschaut und ist gegangen. Ich hasse diesen Blick. Er macht mich aggressiv.

Wie auch immer. Letzten Endes musste ich mich beiden geschlagen geben: Lena und dem Platzmangel. Ich frage mich ernsthaft, wo der Diener damals seine Kleidung hingetan hat. Wahrscheinlich hatte er oder sie nur eine Montur, und die hing auf einem Bügel in dem winzigen Duschbad. Ich wollte mich vor allem Lena nicht geschlagen geben, aber ihr Argument, dass man entweder ein Schlangenmensch sein oder auf Schmerzen abfahren muss, wenn man sich da oben umziehen möchte, setzte mich leider schachmatt. Lena hat ihren Triumph nicht mal raushängen lassen, sondern einfach nur vorgeschlagen, dass ich meine Klamotten in den Schrank des Balkonzimmers – ja, so nennt sie das wirklich – einräumen und mich dort umziehen soll. *Und das Bad gehört auch dir. Es ist so schön groß und hat sogar Fußbodenheizung… Es wäre jammerschade, wenn es niemand benutzt. Abgesehen davon holst du dir auf Dauer eine Wirbelsäulenkrümmung, wenn du in dieser lächerlich kleinen Dusche duschst.*

So kam es also, dass das Balkonzimmer zu meinem begehbaren Wandschrank wurde – sehr zu Papas Ärger: *Warum kann sie denn nicht einfach gleich in diesem Zimmer wohnen?* – und ich in der Kammer schlafe. Und ja, mir ist durchaus bewusst, dass das viel über mich aussagt, aber ich fühle mich in meinem Nest unter dem Dach nun mal wohler.

Ich betrachte mich im Spiegel und schüttle den Kopf. Dieses Outfit sagt: *Es freut mich wirklich sehr, dass Sie mich zu diesem Vorstellungsgespräch eingeladen haben. Mein Name ist Sophie Richter, und ich verfüge weder über Erfahrung noch Fachkompetenz, dafür habe ich diese wunderschöne Bluse, die mir mein Vater vergangenes Jahr aus dem Ausverkauf mitgebracht hat.* Ich seufze, knöpfe sie auf und werfe sie auf den Boden zu den dreihundert anderen Klamotten, die alle *zu irgendwas* waren. Zu viel Ausschnitt, zu eng, zu kurz, zu geblümt, zu pink, zu tussig, zu langweilig. In diesem Moment ärgert es mich, dass ich nicht eines von diesen Mädchen bin, das nur drei Mal zielsicher in den Schrank greifen muss, um etwas total Cooles zusammenzustellen. Was ich brauche, ist eine schwarze Röhrenjeans, ein schwarzes Top und irgendein Hingucker-Teil. Aber da fängt das Problem schon an. Meine schwarze Jeans ist inzwischen so ausgewaschen, dass sie eher aussieht wie Carlos, mein Liebling-Shirt habe ich mit Schokoshake vollgekleckert – Lena hat uns vorhin einen Kokosmilch-Erdnussbutter-Bananen-Schokoladen-Smoothie gemacht –, und wenn es um Hingucker-Teile geht, fällt meine Sammlung leider eher bescheiden aus. Ich besitze genau eine Halskette, die ich grundsätzlich nicht trage, zwei Handtaschen, die ich beide nicht mag, und Chucks, die so ausgelatscht sind, dass sie nicht mehr als Hingucker durchgehen. Wenn also jemand hinguckt, dann sicher nicht, weil sie so schön sind, sondern weil er oder sie Mitleid mit mir hat. Ich schätze, das ist der Nachteil, wenn man unter Männern aufwächst. Ich zähle Lukas jetzt einfach mal dazu, obwohl er einen Großteil unserer Freundschaft noch keiner war.

Ja, ich mag es unkompliziert. Ich mag Hosen und T-Shirts und Frisuren, die man auch müde hinbekommt. Ich weiß nicht, ob mir das Mädchen-Gen fehlt oder ob es daran liegt, dass mir einfach nie irgendjemand Zöpfchen geflochten oder irgendwelche Frisuren gemacht hat. Ich hatte keine Kleidchen, sondern Hosen. Meistens Jeans, weil man die heiß waschen kann. Ich bin nicht ohne Grund so geworden, wie ich jetzt bin. Und das mit dem Schminken war eher so etwas wie eine Nachahmungstat. Alle haben es gemacht. Und zu alle gehöre ich nun mal dazu, ganz egal, wie sehr mich das stört. Als die Komplimente kamen, habe ich weitergemacht. Trotzdem ist aus mir nie ein Könner geworden. Ich tusche meine Wimpern – die bei mir von Natur aus lang und dicht sind, also ist das keine wirkliche

Herausforderung – und decke Hautunreinheiten ab, wenn ich mal welche habe. Früher habe ich oft roten Lippenstift getragen. Aber das war nur eine Phase. Jetzt kommt es nur noch selten vor. Damit enden meine Make-up-Künste. Würde man mich bitten, mir Smokey Eyes zu schminken oder mein Gesicht *zu konturieren*, wäre ich verloren. Am Ende würde ich eher aussehen wie eine misshandelte Indianer-Squaw.

Ich gehe nach nebenan und werfe einen letzten verzweifelten Blick in meinen Schrank. Als wäre dort in der Zwischenzeit bestimmt ein wunderbares Outfit gewachsen. Aber da ist leider nichts, was nicht vorher auch schon da gewesen wäre. *Wo ist bitte die gute Fee, wenn man sie mal braucht?* Lukas würde jetzt sagen: Falsches Märchen, Flittchen, und ich würde lachen. Aber im Moment ist mir gar nicht zum Lachen zumute. Ich setze mich in meiner carlosgrauen Jeans und meinem Nicht-Lieblings-BH auf die Bettkante und schaue ratlos vor mich hin, als plötzlich die Tür aufgeht und Lena den Kopf ins Zimmer streckt. In einem Impuls will ich nach dem Kopfkissen greifen und es wie ein Schutzschild vor mich halten, doch dann fällt mir wieder ein, dass sie mich nicht nur nackt gesehen, sondern sogar abgeduscht hat, und mir wird klar, dass der Zug für falsche Scham bereits vor langer Zeit abgefahren ist.

»Du bist heute zum Abendessen schon noch da, oder?«, fragt sie, dann bemerkt sie meine hängenden Schultern und stutzt. »Sophie, ist alles okay?« Ich antworte mit einem lauten Schnaufen. »War das ein Nein?« Ich höre ein Lächeln in ihrer Stimme.

»Ich habe nichts zum Anziehen.« Lena kommt näher, und ihr Blick wandert über die Hosen, Shirts und Pullover auf dem Fußboden. »Und ja, mir ist klar, wie absurd das klingt, wenn man das alles hier sieht.« Ich zeige auf die Berge von Klamotten. »Aber die Sachen sind alle« – ich zögere, suche nach dem richtigen Wort, finde aber keins – »scheiße. Und außerdem will ich nicht auf diese blöde Party gehen.«

»Verstehe«, sagt Lena und zeigt auf das Bett. »Darf ich?« Ich nicke. Sie schiebt ein T-Shirt zur Seite und setzt sich neben mich. »Warum gehst du dann hin?«

»Alex hat mich überredet.« Ich schaue auf meine Oberschenkel.

»Vielleicht wird es mit ihr ja ganz schön?«, sagt Lena mit diesem ewigen Optimismus in der Stimme.

»Hm«, brumme ich. »Kann sein.«

Viel wahrscheinlicher ist allerdings, dass ich zu viel trinke, weil ich hoffe, dass der Alkohol meine inneren Verletzungen desinfiziert.

»Okay, was ist das Schlimmste, was passieren kann?«, fragt Lena, und ich schaue sie an.

»Dass Alex den ganzen Abend mit Clemens zusammenhängt und ich gelangweilt alleine in der Ecke sitze«, sage ich und denke: oder dass ich in mein typisches Muster verfalle und mit Nik rummache.

»Hast du denn mit Alex darüber gesprochen?«

»Nein. Und das habe ich auch nicht vor.«

»Verstehe.« Pause. »Ich hätte da einen Vorschlag. Willst du ihn hören?« Ich seufze und nicke. »Wenn es wirklich so laufen sollte, wie du befürchtest, dann rufst du mich an, und ich hole dich ab.«

»Im Ernst?«

»Ja.«

Ich ziehe ungläubig die Augenbrauen hoch. »Egal, wie spät es ist?«

»Egal, wie spät es ist«, wiederholt sie und streckt mir die Hand entgegen. »Deal?«

»Deal.«

»Okay. Und jetzt zurück zu deinem Klamottenproblem«, sagt Lena. »Ich sehe da drei Möglichkeiten.«

»Und die wären?«

»Erstens: Wir schauen bei meinen Sachen, vielleicht ist ja da etwas dabei, das dir gefällt. Zweitens: Wir fahren zusammen auf eine Stunde in die Stadt und suchen dir ein Outfit, oder drittens: Du stellst dich stur und entscheidest dich gegen Möglichkeiten eins und zwei, was letzten Endes bedeutet, du ziehst etwas an, das du nicht magst.«

Ihr Blick ist freundlich, ihr Tonfall ruhig und ich sprachlos. »Mein Schrank ist zwar nicht gerade der von der Vogue, aber ein paar schlichte schwarze Teile dürften wir schon finden. Ich habe sogar eine ungetragene Jeans, die dir passen dürfte. Mir ist sie zu klein.« Ich bekomme keinen Ton raus, und ich kann nicht sagen, was meine Zunge nachhaltiger lähmt: die Tatsache, dass sie mir ihre Klamotten anbietet, freiwillig Zeit mit mir verbringen würde oder dass sie mich mit meiner störrischen Art konfrontiert hat. »Die Jeans sind wirklich gut. Warte mal, ich hole sie schnell.« Mit diesem Satz steht Lena auf und verschwindet im Flur. Ich bleibe reglos sitzen und schaue ungläubig auf den Rücken der Tür, so als hätte ich das gerade geträumt.

Daydream

Ich habe ein Outfit. Es ist nicht neu, und ich werde damit garantiert auch nicht die Königin der Nacht, aber immerhin muss ich nicht nackt auf die Party gehen, und Papas gut gemeinte Wühltisch-Bluse kann wieder in den Untiefen des Schranks verschwinden – wenn es nach mir geht für immer. Die schwarze Jeans, die Lena zu klein ist, passt mir wie ein Handschuh. Sie liegt wie eine zweite Haut auf meiner, und ich glaube, ich möchte lieber gar nicht wissen, was sie gekostet hat. Aus dem Schlussverkauf war sie jedenfalls bestimmt nicht.

Es war ein seltsames Gefühl, in Lenas Schlafzimmer zu sein. Oder sollte ich sagen, in ihrem und dem meines Vaters. Ich stand wie versteinert neben dem Bett, in dem sie miteinander schlafen, und habe versucht, an alles zu denken, nur nicht daran. Aber die Bilder waren wie Sekundenkleber, und ich kam mir vor wie ein Spanner, obwohl es nichts zu sehen gab. Einmal abgesehen von perfekt aufgeschüttelten Daunendecken. Trotzdem habe ich mich gefühlt wie ein Gast, der sich in der Tür geirrt hat und eigentlich wieder gehen sollte, der aber lieber ein bisschen mit den Augen herumschnüffelt. Das Schlafzimmer ist geräumig und hell und geschmackvoll eingerichtet. Das dunkle Mobiliar und die schweren Stoffe erinnern an eine luxuriöse Hotelsuite, aber auf den zweiten Blick habe ich die persönlichen Details entdeckt: Fotos von Valentin und Leon in silbernen Bilderrahmen auf einem langen Sideboard, daneben eines von Lena und meinem Papa, auf dem sie sich anlächeln, als wüssten sie etwas, das außer ihnen sonst keiner weiß. Dazwischen stand auch ein Bild von mir. Papa hat es vor knapp zwei Jahren auf Rügen gemacht. An einem Abend, an dem wir bis spät in die Nacht Karten gespielt haben. Es war schön, mich dort zu sehen. Als wäre ich ein Teil von etwas Gutem, ohne davon zu wissen. Auf der Kommode neben dem Schrank habe ich noch ein paar andere Fotografien bemerkt. Von einer Gruppe älterer Leute, die in Schwarz-Weiß zusammen lachen. Wie eingefrorene Erinnerungen aus einem anderen Leben. Kurz habe ich mit dem Gedanken gespielt, Lena zu fragen, wer diese Leute sind, wollte aber nicht zu neugierig sein, also habe ich es gelassen. Außerdem steckte sie kopfüber in ihrem Kleiderschrank, um mein Outfit-Problem zu lösen. Das mit der Jeans war einfach, das mit dem Oberteil nicht. Einige waren schön, aber eben leider nicht ich. Zu erwachsen und seriös. Zu sehr erfolgreiche Chirurgin. Nach einer halben Stunde Naserümpfen fiel Lenas Blick auf die Uhr. Ich konnte an ihrem Gesichtsausdruck ablesen, dass sie überlegt hat, ob wir es vor dem Abendessen noch in die Stadt schaffen würden, aber es wäre zu knapp geworden. Abgesehen davon bezweifle ich, dass sie wirklich mit mir in die Stadt hätte fahren wollen. Und auf eine »Lena kümmert sich um die verlorene Tochter«-Mitleids-Aktion hatte ich überhaupt keine Lust. Also haben wir den Schokoshake-Fleck aus meinem Lieblings-Shirt geschrubbt und die betroffene Stelle im Anschluss trockengeföhnt und gebügelt. Und während ich mich geschminkt habe, hat Lena in ihren Sachen einen schwarzen Rundhalspullover gefunden, den sie mir mit dem Satz »Den habe ich ja seit Jahren nicht mehr gesehen!« in die Hand gedrückt hat. Er ist schmal geschnitten und schlicht und steht mir. Und er riecht nach Lena. Schwer und blumig und teuer.

Einen Hingucker haben wir zwar keinen gefunden, aber dafür hat Lena irgendwas mit meinen Haaren gemacht, das überraschenderweise wirklich gut aussieht. Die Sophie im Spiegel hatte einen erstaunten Gesichtsausdruck und eine von diesen superlässigen Frisuren, die ich mit meinen beiden linken Händen nicht mal mit einem Schritt-für-Schritt Youtube-Tutorial hinbekommen hätte.

Als Lena dann auch noch im Keller zwischen gefühlten drei Millionen High Heels einen Schuhkarton mit einem Paar ungetragener schwarzer Laufschuhe herausgekramt hat, das sie vor ein paar Monaten in einem Anfall von »ich sollte wirklich mehr Sport machen« bestellt, aber nie ausgepackt hat, weil sie einfach nicht zum Laufen kommt, war mein Abend gerettet.

Jetzt – eine Stunde später – stehe ich im Jogginganzug neben Lena in der Küche, schneide Zwiebeln und blinzle die Tränen weg, bevor sie meine getuschten Wimpern ruinieren können, während mein Outfit ein Stockwerk höher im Balkonzimmer hinter einer fest verschlossenen Tür auf mich wartet. »Das kannst du auf keinen Fall zum Kochen anziehen«, hat Lena gesagt und natürlich recht damit gehabt.

Sie hat mich gefragt, ob ich Musik anmachen kann, und ich habe mein Handy an die Anlage angeschlossen und eine meiner Lieblings-Playlists ausgewählt. Gerade läuft »Modern Guilt« von Beck, und wir wippen im Takt der Musik. Es ist wie einer dieser Filmmomente, die einen schon beim Anschauen glücklich machen. Wie bei diesem einen mit Winona Ryder und Cher, wo sie am Ende mit der kleinen Schwester um den Küchentisch tanzen. Ich habe vergessen, wie er heißt, und auch an das Lied erinnere ich mich nicht mehr, aber ich weiß noch genau, wie sich sie Szene angefühlt hat. Eigentlich sollte ich den Titel kennen. Immerhin hat Lukas Mama den Film immer und immer wieder angeschaut. Aber ich komme einfach nicht mehr darauf.

Lena tanzt zum Kühlschrank und nimmt zwei Flaschen Mineralwasser heraus, ich hole Salatbesteck aus der Schublade und mische die Zwiebeln unter die geschnittenen Tomaten. In eineinhalb Stunden kommt Alex. Papa ist auf dem Heimweg, das Essen fast fertig und ich fröhlich. Carlos liegt dösend unter dem langen Esstisch, den Valentin gerade deckt und an dessen anderem Ende Leon Stoffservietten faltet. Es ist ein Gedeck zu viel, und Leons Servietten sehen eigentlich ziemlich hässlich aus, aber die beiden sind so zufrieden mit ihrem Werk, dass ich beschließe, einfach nichts zu sagen.

Ich höre, wie die Haustür ins Schloss fällt und Schritte, die langsam näher kommen. Ich freue mich auf das Essen. Und auf diesen Abend.

Da sind Stimmen. Es sind zwei. Die meines Vaters und noch eine. Ich erstarre und schaue in Richtung Flur. Unmöglich. Das kann nicht sein. Das muss ich mir eingebildet haben. Papa kommt in die Küche. Dicht gefolgt von Lukas.

»Hey, Flittchen.«

Das Geräusch, das ich ausstoße, ist eine Mischung aus hysterischem Lachen und Kreischen und erschreckt Carlos zu Tode. Mein Vater lacht, ich laufe auf Lukas zu, springe an ihm hoch, höre wie aus einer anderen Welt, dass Leon fragt, was ein Flittchen ist, und wie Lena versucht, es ihm zu erklären. Lukas vergräbt sein Gesicht tief in meiner Halskuhle und erdrückt mich fast mit seiner Umarmung. Im Hintergrund startet »Daydream« von The Lovin' Spoonful.

Manchmal hat das Leben das perfekte Timing. Manchmal stimmt einfach alles. Gerade ist so ein Moment.

Get the Party started

Lukas und ich hopsen aufgekratzt wie Kleinkinder auf dem Rücksitz von Lenas Mini herum und grölen aus Lebenskräften den Liedtext von »Four Years Of Chances« von Margo Price mit, was in Lukas' Stimmlage so unglaublich komisch klingt, dass ich alle paar Sekunden in neue Lachkrämpfe verfalle. Der Gurt weiß nicht, was er mit meiner Hopserei anfangen soll, also strafft er sich und lässt wieder locker und fängt wieder von vorne an. Der Bass vibriert durch die Polster in meinen Rücken und weiter in meinen Kopf, und meine Bauchmuskeln sind inzwischen hart wie steinerne Klumpen. Das Abendessen schwappt in meinem Magen hin und her, und der Knopf von Lenas Jeans steht unter Hochspannung.

Wir haben lang und viel gegessen, laut gelacht und wild durcheinander geredet. Irgendwann hat Alex geschrieben, dass Clemens und sie sich auf den Weg machen würden und mich mitnehmen könnten, wenn ich will. Ich habe ihr eine Sprachnachricht geschickt – für die ich vier Anläufe gebraucht habe –, in der ich ihr von Lukas' Überraschungsbesuch erzählt und versprochen habe nachzukommen, wenn es okay ist, dass Lukas mich begleitet. Sie hat geantwortet, dass das kein Problem wäre und mir die Adresse geschickt. Keine fünf Minuten später hat Nik angerufen und gefragt, ob er *mich und meinen Freund* abholen soll, und es geschafft, diese paar Worte so vorwurfsvoll klingen zu lassen, dass ich noch mehr lachen musste. Mein

»Nein, danke« war ganz offensichtlich nicht die Antwort, die er haben wollte, und seine Reaktion dementsprechend unterkühlt, aber das war mir egal.

Es wurde später und später, bis es irgendwann so spät war, dass es sich fast nicht mehr gelohnt hat, auf die Party zu gehen. Ich hatte schon mit dem Gedanken gespielt, Alex abzusagen, als Lena angeboten hat, uns schnell hinzufahren, weil es »ja nicht weit ist und Christian ohnehin noch auf einen Anruf aus den Staaten wartet«, der in derselben Sekunde kam.

Papa hat sich entschuldigt und ist zum Telefonieren nach nebenan verschwunden. Lukas und ich haben mit Lena und den Jungs den Tisch abgeräumt, dann bin ich nach oben gerannt. Während ich meine verklumpten Wimpern gerettet und mich ächzend umgezogen habe – nach dem Essen war die Jeans dann plötzlich doch recht eng –, haben Leon und Valentin Lukas das Haus gezeigt. Lukas hat mir später gesagt, dass Leon meinte, dass es gegen meine *private Fähre* verstößt, wenn er ihm mein Zimmer zeigen würde, und dass er das deswegen leider nicht machen könne. Nach dieser Geschichte hätte ich den Kleinen am liebsten gefressen.

Jetzt sind wir hier, wippend und kichernd auf Lenas Rücksitz, auf dem Weg zu einer Party, auf die ich eigentlich gar nicht mehr will. In dem Moment, als ich das denke, setzt Lena den Blinker und bleibt vor einem Haus im viktorianischen Stil stehen. Es ist taubenblau gestrichen, hat große Fenster mit weißen Rahmen und ein ausgebautes Dach mit Erker. Um den ordentlichen Vorgarten liegt ein Zaun aus dünnen schwarzen Metallstreben, und rechts und links neben der Eingangstür leuchten zwei Lampen, die mich an milchige Kristallkugeln erinnern. Lena dreht die Musik leiser.

»Da wären wir.«

Wir klingeln, und jemand macht auf. Ich frage ihn, ob er Philip ist, aber der Typ lacht nur blöd und verschwindet in der Dunkelheit des Flurs. Als die Tür hinter uns ins Schloss fällt, schaue ich mich ein letztes Mal um, so als wüsste ich, dass es ein Fehler ist, hier zu sein, dann verschlucken uns die Musik und die Menschenmenge, die sich im Takt dazu bewegt. »Sleep alone« von Micar fließt wie Strom durch unsere Körper, während Lukas mich in eine riesige moderne Küche mit weißen Fronten dirigiert, die durch einen länglichen Raum, in dem der größte Kühlschrank steht, den ich je gesehen habe, mit einem stattlichen Wohn-Essbereich verbunden ist. Das Fischgrätparkett ist übersät mit Chipskrümeln, die unter jedem meiner Schritte knirschen, und die Arbeitsflächen und der lange Esstisch sind vollgestellt mit halbleeren und leeren Bier- und Schnapsflaschen. Auf zwei Beistelltischen mit großen Orchideen türmen sich benutzte Gläser, die als Aschenbecher verwendet wurden. Lukas zieht mich schnell zu sich, bevor ein betrunkener Kerl auf mich fallen kann, dann zwinkert er mir zu und grinst. Ich lächle, weil ich nicht will, dass er merkt, wie unwohl ich mich fühle – was natürlich nicht klappt. Lukas durchschaut mich sofort, das verrät die Falte zwischen seinen Brauen. Ich mache eine abwinkende Handbewegung und wende mich ab. Vor nicht einmal zehn Minuten habe ich noch gelacht und im Sitzen getanzt und jetzt? Jetzt bin ich wie ein anderer Mensch. Als hätte ich die gut gelaunte, lockere Sophie bei Lena im Auto vergessen. Das Problem ist, dass ich nicht hier sein will.

Lukas legt von hinten die Arme um mich und flüstert mir ein »Ist alles okay, Flittchen?« ins Ohr, auf das ich mit einem viel zu energischen Nicken antworte. Er dreht mich wieder zu sich und schaut mir tief in die Augen. »Willst du lieber gehen? Wenn du das nämlich willst, ist es kein Problem.« Ich kaue auf der Innenseite meiner Wange herum und schüttle den Kopf. Aber Lukas weiß, dass ich lüge. Er weiß, dass ich, seit er nach Paris gezogen ist, auf genau zwei Partys war und dass sie beide mit mir auf dem Rücken und einem Jungen in mir geendet haben.

»Ja, aber da warst du auch total besoffen und allein«, sagt er, als hätte er meine Gedanken mitgehört. »Und das bist du jetzt nicht.«

Ich halte Lukas am Arm fest. »Lass mich unter keinen Umständen zu viel trinken«, sage ich und fixiere ihn mit einem ernsten Blick. »Okay?«

»Geht klar.«

»Und lass mich bloß nicht mit Nik allein.«

Lukas nimmt mein Gesicht zwischen seine Hände. »Entspann dich, Flittchen. Ich bin bei dir.«

Seifenoper

Etwas über eine Stunde später lehne ich leicht angetrunken an Lukas' Schulter. Wir stehen in der Küche neben der Spüle, und ich klammere mich an mein Wasserglas, als würde mein Leben davon abhängen. Nik sitzt mit seinem Bier auf der Kochinsel und schaut mit mahlendem Kiefer zu uns rüber, während Jasmin ihn vom Sofa her aus geröteten Augen beobachtet. Der Einzige, der offensichtlich seinen Spaß hat, ist Lukas. Er streichelt grinsend mit dem Daumen über meinen Oberarm, was meine Haut taub werden lässt und Nik mit jeder Sekunde wütender zu machen scheint, denn seine Augen werden schmaler, und sein Blick sagt ziemlich deutlich, dass er Lukas die Fresse poliert, wenn der nicht gleich seine Hände von mir nimmt. Ich trinke einen großen Schluck Wasser und versuche, nicht zu Alex und Clemens zu schauen, die eng verschlungen im Türrahmen stehen und so heftig rumknutschen, dass ich mich wie ein Spanner fühle.

»Ich muss mal aufs Klo«, sagt Lukas leise und küsst mich sanft auf die Schläfe. »Willst du mitkommen oder lieber hier warten?«

Was für eine Frage. Ich gehe natürlich mit.

Lukas pinkelt, und ich stehe mit geschlossenen Augen und mit dem Rücken zur Tür. Die Musik dröhnt durch mich hindurch, und ich frage mich, wie lang es noch dauert, bis die Bonzen-

Nachbarn sich wegen des Lärms beschweren. Ich höre einen Reißverschluss, dann die Spülung.

»Das ist echt die reinste Seifenoper«, sagt Lukas mehr zu sich selbst als zu mir. »Dieser Nik ist kurz davor auszurasten.« Er klingt beschwingt und amüsiert. Das Wasser geht an, und ich rieche eine cremige Seife.

»Du provozierst ihn ja auch.«

»Soll ich es lassen?«

Meine Lider sind schwer, aber ich öffne sie trotzdem.

»Nein.«

Lukas macht sein »Dachte ich mir«-Gesicht. »Der Typ kann einem fast leidtun.«

»Mir tut er nicht leid.«

»Mir schon.« Lukas trocknet sich die Hände ab. »Der steht total auf dich.«

»Er kennt mich doch gar nicht.«

»Ach, Sophie …«

»Was?«

Lukas schüttelt den Kopf. »Schau dich doch nur mal an.«

Ich schaue lieber zu Boden.

»Du bist fast schon *absurd* schön.«

»So ein Quatsch.«

»Doch, das bist du. Und das weißt du genau.« Er zeigt auf die Wand. »Es gibt nicht einen Typen da draußen, den du nicht haben könntest.«

Ich schüttle ungläubig den Kopf. »Die wollen mich flachlegen, Lukas.«

Er lächelt. »Das bestimmt auch«, gibt er zu. »Aber ich habe irgendwo mal gelesen, dass Schönheit Macht ist.« Er streicht mir über die Wange, und ich schaue auf Lenas Laufschuhe. »Und wenn das stimmt, Flittchen, dann bist du ziemlich mächtig.«

Es klopft an der Tür. »Sophie?« Das kann doch nicht wahr sein.

»Ist das etwa« – Lukas bricht ab und versucht, nicht zu lachen – »Nik?«

»Pssst, sei still«, sage ich und halte Lukas den Mund zu, aber er schiebt mich weg und legt den Zeigefinger auf seine Lippen.

»Was hast du vor?«, hauche ich.

»Wirst du gleich sehen …«

Er wuschelt mir durchs Haar, schiebt den Pullover über meine Schulter und öffnet seinen Reißverschluss.

»Scheiße, Lukas, nicht«, sage ich, aber da ist die Tür bereits entriegelt und eine Sekunde später offen.

»Oh, hey Nik«, sagt Lukas gespielt überrascht. »Was gibt's?«

Nik schaut von meiner Frisur über meine entblößte Schulter weiter zu Lukas Grinsen, das unmissverständlich sagt: »Boah, war das eben gut«. Ich richte meinen Pullover, Nik schluckt hart, und Lukas macht seinen Reißverschluss zu. Dann tritt er zur Seite. »Sorry, das Klo ist jetzt wieder frei.« Lukas klopft Nik freundschaftlich auf die Schulter, dann nimmt er meine Hand, und wir verschwinden im Flur.

Wahrheit oder Pflicht

»Hast du sein Gesicht gesehen?«, prustet Lukas. »Dieser Blick!«

Wir sitzen auf einem kleinen Balkon, den bisher entweder noch niemand entdeckt hat oder auf dem irgendetwas Widerliches passiert ist, von dem wir als einzige nichts wissen. Ich starre in einen sternlosen schwarzen Himmel, die Füße auf dem Geländer, und warte, bis Lukas sich beruhigt hat, dann schaue ich ihn an und sage: »Wir müssen damit aufhören.«

Er wischt sich Tränen aus den Augenwinkeln. »Womit?«

»Du weißt genau womit.«

»Aber warum?« Er klingt wie ein enttäuschtes Kind.

»Weil ich keinen Schlampenruf haben will.«

»Es sind doch eh nur noch ein paar Wochen.«

»Kann schon sein«, entgegne ich ernst. »Trotzdem.«

Er seufzt und nickt. »Ist gut. Ich reiße mich zusammen.«

Hinter uns geht die Tür auf, und Alex tritt zu uns auf den Balkon. Ihr Gesicht ist knallrot. Nach der Trockensexnummer von vorhin kein Wunder.

»Sophie, da bist du ja. Ich hab dich gesucht.«

»Echt? Das letzte Mal, als ich dich gesehen habe, warst du ziemlich beschäftigt«, sage ich kühl.

Sie mustert mich. »Ist alles okay?«

»Bestens.« Irgendwie bin ich sauer auf sie, weiß aber nicht warum. Sie hat mir nichts getan. Und es ist nicht ihre Aufgabe, sich um mich zu kümmern. Außerdem wusste sie, dass ich nicht allein bin. Warum sollte sie also nicht Zeit mit ihrem Freund verbringen?

»Wir spielen *Wahrheit oder Pflicht*. Wollt ihr mitspielen?«

Lieber würde ich mir eine Gabel in den Handrücken rammen, denke ich, entscheide mich aber für ein unverfängliches: »Nein, danke.«

»Aber das wird bestimmt lustig.«

Lustig? Was soll bitte lustig daran sein, fast Fremden seine Geheimnisse zu erzählen oder irgendjemanden zu küssen, den man gar nicht küssen will? Mein Blick fällt auf Alex' geschwollene Lippen, und mein Magen zieht sich wütend zusammen. »Sophie?« Sie lächelt mich an, und in ihren großen grünen Augen schimmert das weiche Licht der Straßenlaternen. »Komm schon.« Pause. »Bitte.«

»Okay.« Ich hatte nicht vor, das zu sagen. Aber es war meine Stimme, und meine Lippen haben sich bewegt. Ich blicke zu Lukas, der mich fragend ansieht, was mich nicht wirklich wundert, denn wir spielen keine solchen Spiele. Niemals. Mehr noch. Wir verabscheuen sie.

»Was ist mir dir, Lukas?« Pause. »Spielst du mit?« Ich klinge desinteressiert, aber mein Blick schreit: »Bitte, bitte, lass mich nicht im Stich.«

»Ich … klar«, sagt Lukas und steht auf. »Warum nicht?«

Mir fallen drei Millionen gute Gründe ein, warum ich das nicht tun sollte, sage aber nichts. Ich nehme Lukas an der Hand, folge Alex in den Flur und dann weiter in ein kleineres Zimmer in der zweiten Etage, wo Nik, Jasmin, Clemens und vier andere Leute, die ich nicht kenne, bereits im Schneidersitz auf dem Boden hocken und auf uns warten. Nik schaut mich an und ich weg – direkt auf die leere Rotweinflasche.

Und da weiß ich, dass das ein Fehler ist. Ein saublöder, riesengroßer Fehler. Doch anstatt das zu tun, was richtig wäre – nämlich einen Rückzieher –, setze ich mich in den Kreis von fast Fremden und mache Lukas Platz. Alex stellt uns alle einander vor, und Jasmin tötet mich mit Blicken. Die Stimmung ist aufgeladen wie in einem Umspannwerk, und mein Hals so trocken, dass ich kaum schlucken kann.

»Oooookay. Dann wollen wir mal«, sagt Clemens, greift grinsend nach der Flasche und dreht sie. Es war klar, dass er anfangen würde. Die Musik im Erdgeschoss geht kurz aus. Einen Moment hört man nur noch das Glas auf dem glatten Holzboden. Dann startet irgendeine 90s-Playlist, und mein Herzschlag beschleunigt sich. Ich wünschte wirklich, ich hätte mir noch ein Bier geholt. Wir schauen alle wie gebannt auf die Flasche. Sie wird langsamer. Und noch langsamer. Bis sie schließlich ganz stehen bleibt. Der Flaschenhals verfehlt mich und zeigt auf Jasmin. »Na dann, Jassi.« Clemens reibt sich die Hände. »Wahrheit oder Pflicht?«

Loser?

Jasmin kniet sich vor Nik, der Clemens einen mörderischen Blick zuwirft und sie dann an sich zieht. Es ist eine männliche Bewegung, die mich kurz anmacht, was ich aber niemals zugeben würde. Ihre Lippen treffen aufeinander, Jasmin atmet hörbar ein, Clemens lacht. Die Frage, ob Nik gut küsst, schießt mir ungebeten durch den Kopf, und ich schiebe sie so weit weg wie möglich. Ganz hinter zu allem, was ich sonst nicht denken will.

Der Typ neben Alex lacht, doch es klingt mehr wie ein Grunzen, dann sagt er etwas Idiotisches wie »Nehmt euch ein Zimmer«, und ich verdrehe die Augen. Als der Kuss endet, wirkt Nik erleichtert und Jasmin traurig. Sie blinzelt, krabbelt rückwärts auf ihren Platz zurück und dreht die Flasche.

Zwanzig Minuten vergehen, in denen Lukas sich bis auf die Boxershorts ausziehen, Clemens zehn Butterkekse mit scharfem Senf essen und Alex eine geheime Sexfantasie preisgeben muss. Sie antwortet: »Sex im Pool«, und es folgen dumme Sprüche wie »Echt jetzt? Habt ihr das etwa noch nicht gemacht?« und »*Das* ist deine Sexfantasie?«. Weder Alex noch Clemens reagieren darauf, was mich irgendwie wundert. Vor allem bei Clemens. Alex greift wortlos nach der Flasche, dreht sie, schaut mich kurz an, als wollte sie mir etwas sagen, das ich aber nicht verstehe. Julia ist dran, entscheidet sich für Pflicht und wird von Alex in die Küche geschickt, um mehr Bier zu holen.

Und dann zeigt die Flasche auf mich.

Julia fragt: »Wahrheit oder Pflicht, Sophie?«

Mein Herz hämmert gegen meine Rippen. Wenn ich Wahrheit nehme, könnte ich lügen. Aber was, wenn man es mir anmerken würde? Eigentlich bin ich gut im Lügen. Julia räuspert sich. »Pflicht.«

»Okay.« Sie schaut sich in der Runde um. »Du musst…«, überlegt sie grinsend. »Nik küssen.«

Ich erstarre. Wie kann das die Aufgabe sein? Ist Julia nicht Jasmins Freundin? Ich dachte irgendwie, sie wäre es. Aber warum eigentlich? Nur, weil sie im Moment nebeneinander sitzen? Ich sitze auch neben diesem Mädchen mit den komischen kleinen Augen, und wir sind ganz sicher nicht befreundet. Wenn ich ehrlich bin, hab ich mir noch nicht mal ihren Namen gemerkt.

Ich sehe vorsichtig zu Jasmin hinüber. Sie ist blass um die Nase, und an der Art, wie schnell sie blinzelt, sehe ich, dass sie mit den Tränen kämpft. Es kommt mir fast so vor, als würde ich den dumpfen Schmerz hinter ihren Augäpfeln fühlen.

»Also, wenn du nicht willst, ich mach das gern«, sagt das namenlose Mädchen neben mir in einem schrillen Tonfall und erntet einen vernichtenden Blick von Jasmin. Dann sind die beiden wohl auch nicht befreundet. Hat Jasmin überhaupt Freunde?

»Vergiss es, Laura«, sagt Clemens genervt. »Du kennst die Regeln.«

Laura also. Sie schmollt, und Nik sieht mich an. Sein Blick ist dunkelgrau und fordernd, und meine Beine zittern, als ich aufstehe, über die Flasche steige und mich vor ihn knie – auf dasselbe Stückchen Boden wie vorhin Jasmin. Ich schaue auf seine Lippen. Auf das Lächeln in seinem Mundwinkel und das erregte Schimmern in seinen Augen. Er wollte, dass das passiert. Er wollte es die ganze Zeit. Und vielleicht wollte es ein Teil von mir ja auch. Warum sonst würde ich es tun? Aus Neugierde? Oder weil ich nicht die einzige sein will, die kneift? Weil ich neu bin, und diese paar Leute das sind, was Freunden am nächsten kommt? Eine Stimme in meinem Kopf sagt mir, dass ich das nicht tun sollte. Doch ich ignoriere sie, als wäre sie ein Tinnitus. Meine Hände schwitzen, und meine Knie schmerzen. Der Holzboden ist hart. Aber Jasmins Blick ist härter. Ich spüre ihn in der Seite wie einen Speer. Ein Jahr lang war sie seine Freundin. Das Mädchen, das er geküsst und allen anderen vorgezogen hat. Jetzt ignoriert er sie, und sie sieht ihm dabei zu.

Ich höre weit entfernt die Party. Sie klingt, als wäre sie in einem anderen Universum. Das nächste Lied setzt ein: »Loser« von Beck. Ich erkenne es sofort – vermutlich, weil ich es schon dreihunderttausend Mal gehört habe – und frage mich, ob mir das etwas sagen soll.

»Was ist?«, haucht Nik heiser. Sein Atem ist warm und riecht süßlich nach Bier. Vielleicht ist es aber auch meiner.

»Nichts«, lüge ich.

Wir sind uns so nah, dass ich ihn nicht mehr scharf sehen kann, aber ich spüre, dass er grinst. Selbstgefällig oder selbstsicher. Oder beides. Nik zieht mich an sich heran, und ich lasse es geschehen. Sein Mund ist weich, seine Zunge warm und meine Lider schwer. Die Art, wie er mich küsst, ist unerwartet zart, fast liebevoll, und etwas in meinem Bauch zieht sich unvermittelt zusammen, als hätten seine Lippen es geweckt. Jeden Moment wird der Film in meinem Kopf starten. Ich weiche ein Stück zurück – zumindest versuche ich es, aber Nik hält dagegen. Er beißt mir sanft in die Unterlippe, und ich reagiere mit einem leisen Seufzen, das ich nicht mehr zurückhalten kann. Nik lacht warm gegen meinen Mund. Dann ist es vorbei.

Der Text von »Loser« wird lauter, ich höre Pfiffe und sehe, wie Jasmin im Flur verschwindet. Meine Wangen sind rot, mein Gewissen schlecht und mein Bier leer. Ich setze mich neben Lukas, der mir ein Glas Wasser entgegenstreckt.

»Na, durstig?«, fragt er und grinst süffisant.

Ich nehme es, ohne zu antworten, und trinke es aus.

Nachtstund' hat Gold im Mund?

Jasmin ist nicht wiedergekommen. Und das, obwohl Alex zwei Mal bei ihr angerufen und gleich mehrere Nachrichten geschickt hat. Sie ist weder ans Telefon gegangen, noch hat sie zurückgeschrieben, was ich irgendwie verstehen kann. Wahrscheinlich sitzt sie gerade irgendwo in einer dunklen Ecke und weint. Ich würde sie suchen, aber ich bin vermutlich die letzte Person, die sie in diesem Moment sehen will. Oder die sie überhaupt sehen will. Ich weiß, dass ich eigentlich nichts dafür kann – schließlich habe ich nicht um diesen Kuss gebeten, und an Nik rangemacht habe ich mich auch nicht. Abgesehen davon: Wäre es nicht ich, dann wäre es eben eine andere. Aber für Jasmin spielt das alles keine Rolle. Sie hasst mich, und sie hat mein vollstes Verständnis dafür.

Wir sitzen noch immer auf dem Boden, die Flasche zwischen uns, aber da, wo Jasmin eben noch saß, sitzt jetzt ein Junge mit schlechter Haut und Augen, die so groß sind, dass ich kurz dachte, er trägt eine Brille für Weitsichtige, was er aber gar nicht tut. Sein Lächeln ist nett und nervös, und mir fällt auf, dass er sich ständig umschaut, als würde er darauf warten, dass ihn jemand bittet zu gehen. Es ist ziemlich offensichtlich, dass dieser Junge normalerweise nichts mit Clemens, Nik und Alex zu tun hat. Dafür ist er viel zu aufgeregt in ihrer Gegenwart.

Irgendwas hat unsere Runde gesprengt und die Stimmung

gekippt. Ich weiß nicht, ob es nur der Kuss war, aber der hat ganz sicher nicht geholfen. Eben waren wir noch eine scheinbar gesellige Gruppe, jetzt sind wir nur noch Individuen mit vielen Einzeldramen und seltsamer Laune. Nik steht auf und verschwindet kurz aufs Klo, Lukas schreibt Vianne die vierundzwanzigste SMS, und Laura geht in die Küche, um mehr Bier zu holen – vermutlich weil sie denkt, dass nur noch Alkohol die Stimmung retten kann, was ich ehrlich gesagt bezweifle. Julia hat sich zurückgelehnt und schaut besoffen an die Decke, Clemens und Alex diskutieren im Flüsterton, und ich sitze einfach nur schweigsam da und denke nach.

Ich habe ihn echt geküsst. Nik. Den Jungen, den alle Mädchen gut finden. Den schmächtigen James-Dean-Verschnitt mit dem melancholischen Gesichtsausdruck. Es war anders, als ich gedacht hätte. Und es tut mir leid, dass Jasmin das mit ansehen musste. Wobei es ihr, wenn die Rollen vertauscht wären, bestimmt nicht leidtun würde. Also verdränge ich den Gedanken. Was ich aber nicht verdrängen kann, ist der Blick von Alex. Ich kann ihn nicht einordnen. War sie enttäuscht? Erstaunt? Was? Ich weiß es nicht. Irgendwas war in ihren Augen. Egal.

Lukas steckt sein Handy weg, und der Junge mit den Lupen-Augen lehnt sich in unsere Richtung, als hätte er nur darauf gewartet. Er streckt erst mir seine Hand entgegen, dann Lukas, und wir schütteln sie, als wäre das hier sein Kindergeburtstag und wir würden ihm gratulieren.

»Hallo, ich bin Simon.« Er versucht, locker zu wirken, aber er ist das genaue Gegenteil davon. Eine Mischung aus schüchtern und angespannt. Als er seine Hand sinken lässt, sehe ich, wie sie zittert, und dieser Anblick geht mir seltsam nah. »Und?«, fragt er fast zu freundlich. »Wer seid ihr beide?«

»Sophie«, sage ich und lächle.

»Lukas«, sagt Lukas und lächelt ebenfalls.

Simon scheint mit unseren Antworten zufrieden zu sein, denn er nickt und setzt sich wieder auf Jasmins Platz. Lukas' Handy vibriert, und während er sich Viannes Antwort zuwendet, frage ich mich, wieso man eigentlich auf die Frage »Wer bist du?« mit seinem Namen antwortet. Ich meine, ein Name ist doch nicht alles, was man ist. Klar, ich bin Sophie, aber das sind tausend andere auch. Und keine von ihnen ist wie ich. Oder ich wie sie. Und trotzdem geben wir auf die Frage, wer wir sind, alle dieselbe Antwort. Sophie. Als wären wir unser Name. Ich bin Sophie, 17 Jahre alt und mache bald Abitur. Ist das wirklich alles? Bin ich denn nicht mehr als das? Bevor meine Gedanken sich spalten und wie ein Wurzelgeflecht ausbreiten können, kommt Nik zurück und streift wie zufällig mein Bein. Der Duft der cremigen Seife unterbricht meine angetrunkenen pseudo-philosophischen Gedanken, und mein Blick fällt von Nik, der sich wieder mir gegenüber hinsetzt, auf die Uhr. Es ist spät geworden, die Musik ruhiger und ich müde. Eigentlich will ich nicht mehr spielen. Eigentlich will ich nur noch in mein japanisches Bett in der Dienerwohnung.

»Lukas?«, murmle ich leise.

Er schaut mich an. »Ja, Flittchen?«

»Willst du noch lang bleiben?«

Er schüttelt den Kopf. »Wegen mir können wir gehen.«

»So in zehn Minuten?«

»Klar«, sagt er, »am besten, wir nehmen ein Taxi.«

»Okay.« Ich lehne mich an seine Schulter, Nik schaut mich düster an, und ich schließe die Augen, lausche dem Gewirr von Stimmen und Gelächter. Dann beginnt »This Year's Love« von David Gray und verschluckt die Unordnung. Ich konzentriere mich auf seine Stimme und das Klavier und denke an die vielen

Szenen in Filmen und Serien, in denen sich »die Richtigen« bei diesem Song endlich küssen.

»Eine letzte Runde?«, fragt Nik unnötig laut, und spätestens sein leicht gereizter Unterton holt mich in die Realität zurück. Ich öffne die Augen und setze mich richtig hin.

Und auch Alex und Clemens wenden sich wieder der Gruppe zu. Er sauer, sie … genervt. Simon wirkt plötzlich noch nervöser, Laura ist inzwischen richtig betrunken, und Nik dreht die Flasche so schnell, dass sie aussieht, als wäre sie eine dunkelgrüne Scheibe, die knapp über dem Boden schwebt. Als sie langsamer wird und schließlich stehen bleibt, zeigt sie auf Alex.

»Also, Alex«, sagt Nik mit einem Seitenblick zu Clemens. »Wahrheit oder Pflicht?«

»Pflicht«, entgegnet sie, ohne zu zögern.

Er schaut kurz zu Clemens, dann grinst er breit und sagt: »Auf wen auch immer die Flasche als nächstes zeigt, *den* musst du küssen.«

Niks Rache

Die Flasche dreht sich wie in Zeitlupe. Clemens schaut wütend, Nik amüsiert und Alex erstaunlich nüchtern. So, als hätte das alles mit ihr nichts zu tun. Ich starre auf das grüne Glas, das das schwache Licht der Deckenlampe reflektiert, und halte den Atem an. Ein naiver Teil in mir wünscht sich, dass sie am Ende einfach auf Clemens zeigt, aber wirklich daran glauben tue ich nicht. Erwartungsvolle Stille füllt den Raum. Nur David Gray und das Klavier begleiten die Anspannung. Mein Herz schlägt unnötig schnell, und ich weiß nicht wirklich warum. Was soll schon passieren? Alex wird irgendjemanden kurz küssen, und das Thema ist erledigt. In meinem Magen rumort es, während mein Blick über die potenziellen Kandidaten wandert. Da wären Nik, Clemens und Simon, doch die Flasche dreht sich an ihnen vorbei. Sie verfehlt auch Julia und Laura.

Dann habe ich plötzlich nur noch einen einzigen lauten Gedanken – und keine Ahnung, wo er herkommt. *Die Flasche darf unter keinen Umständen auf Lukas zeigen.* Meine Handflächen schwitzen, mein Herz rast. Als die Flasche endlich stehen bleibt, zeigt ihr Hals genau zwischen Lukas und mich.

Nik bricht in schallendes Gelächter aus, und Alex schaut in meine Richtung. Ich will nicht, dass Lukas sie küsst. In diesem Punkt scheinen Clemens und ich uns einig zu sein, denn er steht unvermittelt auf und sagt: »Komm, Süße, wir gehen.«

»Moooment«, schaltet Nik sich ein und steht ebenfalls auf. »Sie muss Lukas erst noch küssen. Dann kann sie gehen.«

Ich atme flach, Lukas schüttelt den Kopf. Kurz frage ich mich, ob er sie küssen würde, wenn es Vianne nicht gäbe. Was heißt hier würde? Wahrscheinlich wird er das gleich. Ich denke einen Moment an seine Reaktion, als ich ihm das Foto von Alex gezeigt. Nein, das wird er nicht tun. Er hat eine Freundin. Eine Freundin, die er liebt. Lukas schaut zu mir rüber. Ratlos. Unschlüssig. Als müsste er nachdenken.

»Das kannst du vergessen«, spuckt Clemens Nik entgegen. Seine Augen funkeln bedrohlich. »Sie wird ihn ganz sicher nicht küssen!«

»Hey, jeder hier hat seine Aufgaben erfüllt«, sagt Nik kühl. »Auch die, die wir nicht machen wollten.« Er zuckt mit den Schultern. »So sind nun mal die Regeln.«

»Fick dich.« Clemens sagt es nicht laut, aber trotzdem hat es jeder gehört.

»Ich weiß gar nicht, was ihr habt«, sagt Laura lallend. »Die blöde Flasche zeigt doch gar nicht auf Lukas.« Alle schauen zu Boden. Sie hat recht. Jetzt zeigt sie eindeutig auf mich.

Kiss me

Alex sieht mich an. Ich fühle mich durchschaut und schaue weg. Die anderen sitzen im Kreis um uns herum und warten darauf, dass wir uns küssen. Die Luft knistert, und ich spüre Alex' Wärme. Ich weiß, dass ich Nein sagen könnte, aber ich sage nichts. Mein Blick berührt ihre Lippen, als sie sie befeuchtet, und ich schlucke. Alle Augen sind auf uns gerichtet, und ich höre sie tuscheln, ob wir das wirklich tun werden oder doch noch einen Rückzieher machen. Vielleicht stimmt das aber auch gar nicht, vielleicht frage ich mich das auch nur selbst. Da sind Hintergrundgeräusche. Und das Klavier. Und mein Atem. Aber alles scheint weiter weg zu sein. Bis auf Alex. Sie ist ganz nah, streckt die Hände nach mir aus, legt sie auf meine Wangen.

Diese zaghafte Berührung wird zu Gänsehaut. Ich kann nicht sagen, ob sie zittert oder ob ich zittere. Vielleicht zittern wir beide. Ich schaue in ihre mandelförmigen grünen Augen. Sie sind von den Kontaktlinsen leicht gerötet und unglaublich schön. Alex und ich tauschen einen langen Blick. Kleine goldene Sprenkel strahlen mir entgegen, und mein Herz hämmert in meiner Brust. Viel schneller als der Takt der Musik. Das Blut rauscht in meinen Ohren, mein Hals ist trocken. Alex blinzelt, kommt noch näher, wird unscharf. Eine blonde Haarsträhne kitzelt mich an der Wange. Ich spüre ihren feuchten Atem auf meinem Mund. Heiß und flach. Ich schlucke. Ihre Nasenspitze berührt meine. Dann die Unterlippe. Sie tut es nur sanft und doch halte ich den Atem an. Dann nehme ich ihr Gesicht zwischen meine Hände. Sie sind eiskalt und ihre Haut unglaublich zart. Ich streiche mit dem Daumen über ihre Wange. Doch nichts davon tue ich bewusst. Ich habe es nicht entschieden. Es passiert einfach. Als hätte ich die Zügel abgegeben. Als würde ich die Kontrolle verlieren. Tue ich das gerade?

Alex neigt den Kopf. Ihr Mund trifft auf meinen. Und dann sterben meine Bedenken. Sie sterben alle auf einmal. Sie küsst mich. Ein Mal. Dann noch ein Mal. Ganz vorsichtig, als würde sie fragen, ob das okay ist. Ob ich es so mag. Ich ziehe sie fester an mich, atme unruhig ein und aus. Meine Hände vergraben sich in Alex' Haar, meine Muskeln spannen sich an, und mein Körper vibriert, als wäre ich eine Saite, die in Schwingung versetzt wurde. Ich halte Alex fest, küsse sie. Dann öffnet sie ihre Lippen. Schüchterne Zungenspitzen, die sich sanft berühren, kreisende Bewegungen, als würden sie miteinander tanzen. Ich spüre ein sehnsüchtiges Ziehen in meinem Bauch, rieche Grapefruit und Vanille.

Und dann ist es plötzlich vorbei. Wir sehen einander an, und die Realität überschwemmt uns mit lautem Grölen und anzüglichen Pfiffen.

Und mit Gefühlen, die ich nicht erklären kann.

Der seltsame Fall der Sophie Richter

Lukas und ich liegen auf meinem Bett. Er auf dem Rücken, ich auf der Seite mit der Wange auf seinem Oberkörper und dem Arm auf seiner Brust. Er hält mich fest, und ich schließe die Augen. Warte darauf, dass er mich mit Fragen löchert. Fragen, auf die ich auch keine Antworten habe. Die auf Endlosschleife in meinem Kopf laufen. Begleitet von einem Pingpong-Match aus Bildern. Wie ich Nik küsse. Und dann Alex. Und dann wieder Nik. *Gott, dieser Kuss mit Alex.* Wenn ich nur daran denke, kribbelt meine Haut, als würde eine Armee von Insekten darüber krabbeln. Jedes Härchen an meinem Körper richtet sich auf, und ein plötzlicher Schauer schüttelt mich.

»Ist dir kalt?«, flüstert Lukas träge und reibt mir über den Arm.

»Nein.« *Mir ist heiß.*

Seit wir die Party verlassen haben, umgibt uns eine Blase aus lautem Schweigen. Wir sind mit Clemens mitgefahren, weil er Alex nach Hause gebracht hat. Erst wollte ich nicht, weil ich dachte, er hätte getrunken. Hat er aber nicht. Tut er wohl nie. Ein naiver Teil in mir hat gehofft, sie steigt aus und er fährt weiter. Aber er hat das Auto in der Einfahrt geparkt, als wäre es seine, und ist zusammen mit ihr reingegangen. Ich kneife die Augen zusammen, als würde das etwas ändern. Aber das tut es nicht. Die Gedanken sind nach wie vor in meinem Kopf und er in Alex' Bett.

Ich atme tief ein, genieße das Gefühl, wie mein Brustkorb gedehnt wird, dann atme ich wieder aus. Okay. Ich habe ein Mädchen geküsst. Und leider auch nicht irgendeins, sondern Alex. Spielt das eine Rolle? Wenn man es genau nimmt, ist es nämlich eigentlich keine große Sache. Ich meine, das tut doch jeder mal. Einfach, um es auszuprobieren. Um zu wissen, wie es ist. So wie Rauchen. Oder Kiffen. Es ist nur ein weiterer Punkt auf einer endlosen Liste von Erfahrungen, den man dann abhaken kann. Außerdem war ich betrunken. Na ja, gut, angetrunken. Und nicht mal das stimmt wirklich. Ich hatte den ganzen Abend über zwei Bier und sonst nur Wasser. So gerne ich auch dem Alkohol das ganze Chaos in meinem Kopf in die Schuhe schieben würde, es hatte nichts mit ihm zu tun. Der Rausch war da, kam aber ausnahmsweise mal von etwas anderem. Ich spüre Alex' Hände auf meinem Gesicht, ihre grazilen Finger, ihren schnellen Atem auf meinem Mund, das Zittern in ihrem Körper. *Scheiße.*

»Flittchen?«, flüstert Lukas gegen meine Schläfe. »Geht's dir gut?«

»Wieso fragst du?«, brumme ich und öffne die Augen.

Er lacht leise. »Keine Ahnung, vielleicht, weil es sich so anfühlt, als würde ich ein Brett umarmen.«

»Was? Ist doch gar nicht wahr.«

»Klar ist es das. Du bist total verkrampft.«

Ich rapple mich auf und schaue ihn an. »Ich bin nicht verkrampft.«

Lukas' Augenbrauen wandern in Richtung Haaransatz. Er grinst. »Willst du drüber reden?«

»Es gibt nichts zu reden.«

»Sicher nicht? Du musst zugeben, das war ein ganz schön …« – nachdenkliche Pause – »… *wilder* Abend. Und sogar für deine Verhältnisse, Flittchen, ich meine …« Er grinst noch breiter. »Ein Typ, ein Mädel innerhalb kürzester Zeit? Ich bin beeindruckt.«

»Halt die Klappe«, sage ich und stoße ihn in die Seite.

»Ich muss es einfach wissen.«

»Was?«, frage ich nach außen hin gleichgültig, während mein Herzschlag sich immer weiter beschleunigt.

»Welcher Kuss war besser? Der mit Nik oder der mit Alex?«

Ich schlucke, dann sage ich: »Ich bitte dich, das war Wahrheit oder Pflicht.«

»Und?«

»Das hat doch nichts zu bedeuten.«

»Hat es nicht?«

»Komm schon, Lukas, was sollte es denn bedeuten? Genau darum geht es doch: Man macht sich lächerlich, erzählt schlüpfrige Geheimnisse und küsst irgendwelche Leute, die man gar nicht küssen will.«

»Es sah gar nicht aus, als wolltest du sie nicht küssen.«

»Verdammt noch mal, Lukas, es ist ein Spiel. Mehr nicht.«

Als ich das ausspreche, zieht sich etwas ganz tief in meiner Brust zusammen, und in der Sekunde muss ich mir eingestehen, dass ich nicht will, dass ich damit recht habe. Dass ich hoffe, mich zu täuschen. Mir wünsche, dass es mehr war. Aber was? Was soll es denn gewesen sein?

»Okay«, sagt Lukas und nickt. Sehr langsam und nicht besonders überzeugt.

»Was?«, frage ich mit großen Augen und schüttle verzweifelt den Kopf. »Es war nichts.«

»Es sah aber nicht aus wie nichts.« Pause. »Vor allem der zweite Kuss.«

Scheiße.

»Du denkst, ich stehe auf Mädchen? Wegen einem Kuss?«

»Keine Ahnung, sag du es mir.«

Ich mache ein abschätziges Geräusch. »Das ist doch lächerlich.«

»Ich weiß nur, was ich gesehen habe, Flittchen.«

»Ach, und das wäre?«

Er befeuchtet sich die Lippen. »Ein verdammt heißer Kuss zwischen zwei verdammt heißen Mädchen.«

Ich muss lachen. »Dass dir das gefallen hat, wundert mich nicht. Ich meine, stehen nicht fast alle Typen auf die Vorstellung von zwei Mädchen, die was miteinander haben?«

»Doch«, gibt er zu. »Das stimmt schon.«

»Aber?«

»Ich habe schon einige Mädchen rumknutschen sehen, und das war jedes Mal« – er grinst – »ziemlich gut.« Pause. »Aber ihr zwei … mein Gott.«

Ich starre ihn an. »Wir zwei *was*?«

»Ich dachte, eure Köpfe würden explodieren.«

Ich muss unvermittelt lachen und versuche, nicht zu laut zu sein, damit ich niemanden wecke. Immerhin ist es kurz nach halb fünf.

»Dass unsere Köpfe explodieren?«, frage ich kichernd.

»Ja. So wie bei Austin Powers, wo er für die Fembots tanzt.«

Wir lachen zusammen, dann fällt erneut Stille über uns. Dieses Mal ist es die Art von Stille, bei der man spürt, dass beide nachdenken. Ich schaue zu ihm rüber.

»Was ist?«, fragt Lukas.

Und ich antworte: »Wo hast du bitte Mädchen rumknutschen sehen?«

»Vianne hat ein Mal ihre Freundin Lorraine geküsst.«

Ich ziehe die Augenbrauen hoch. »Okay. Und wen noch?«

»Na gut, der Rest war im Film.«

»Das dachte ich mir«, sage ich kopfschüttelnd. »Lass uns das Thema wechseln.«

Er lacht. »Warum?«

»Weil ich mir nicht vorstellen will, wie du dir Pornos reinziehst.«

»Wer redet denn hier von Pornos?« Er schüttelt den Kopf. »Was du wieder denkst.«

»Und wovon reden wir dann?«

»In französischen Filmen machen Frauen andauernd rum.«

»Das passt ja«, sage ich.

»Zu wem? Zu mir oder zu den Franzosen?«

»Ich verstehe die Frage nicht«, sage ich grinsend, und mein Blick fällt auf die Uhr. »Wir sollten echt schlafen.«

Lukas nickt. »Das sollten wir.«

Als ich wenig später in Lenas Nachthemd – ja, ich habe es behalten – aus dem Bad zurückkomme, hat Lukas die Nachttischlampe bereits ausgeschaltet. Vermutlich fällt mir deswegen auf, dass bei Alex noch Licht brennt. Wobei ich wahrscheinlich ohnehin geschaut hätte. Ein warmer goldener Schatten liegt auf meiner Zimmerwand. Ich gehe zum Fenster und werfe einen Blick zu ihr rüber. Der Vorhang neben dem Bett ist fest zugezogen. Ihr Zimmer ist wie eine Bühne, auf der das Stück ohne mich weitergeht. Und irgendwie macht mich das wütend. Na ja, vielleicht nicht gerade wütend, sondern, ach, keine Ahnung.

Ich krabble auf der Matratze zu Lukas und lege mich neben ihn. Erst da bemerke ich, wie fest ich die Zähne zusammenbeiße, weil ich abrutsche und sie ein knirschendes Geräusch von sich geben. Lukas regt sich. Im schwachen Licht erkenne ich, dass er mich sanft anlächelt und den Arm ausstreckt. Ich krieche unter meine Bettdecke und kuschle mich an ihn.

»Nacht, Flittchen«, murmelt er müde.

»Gute Nacht«, flüstere ich.

Die Daunendecken rascheln, dann ist es still. Nur in meinem Kopf ist es laut. Meine Gedanken sind wie verfilzte Haare, die ich nicht kämmen kann. Ich starre auf das warme Licht an der Wand und versuche, nicht daran zu denken, was vermutlich in genau diesem Augenblick in Alex' Bett passiert. Das muss nicht sein, sage ich mir, vielleicht schlafen sie schon längst und haben nur vergessen, die Lampe auszuschalten. Oder er schläft, und sie liest noch. Ja, genau. So wird es sein. Ich schüttle den Kopf, und die Daunen knistern. *Hör auf zu denken*, sagt eine genervte Stimme. *Würde ich ja gern*, antworte ich ihr. Dann geht plötzlich das Licht aus, und es ist stockfinster. Ich liege nur da und höre Lukas beim Atmen zu, lasse mich von der Regelmäßigkeit hypnotisieren. Meine Arme werden schwer, meine Lider fallen zu. Ich drifte langsam hinüber zu dem Pingpong-Match in meinem Kopf.

»Sophie?«

»Hm?«, mache ich.

»Du weißt aber schon, dass du mir sagen könntest, wenn du auf Mädchen stehst, oder?«

»Gott, Lukas, halt die Klappe.«

Er lacht. Und dann schlafen wir ein.

Alles hat ein Ende

Es ist Sonntagabend, und Lukas ist weg. Wir hatten zwei viel zu kurze Tage, in denen wir versucht haben, das aufzuholen, was in den Monaten zuvor gefehlt hat. Es war schön, ihn hier zu haben. Zu schön. Jetzt, wo er weg ist, bleibt nur ein Loch, das seinen Platz einnimmt. Jedem seiner Besuche folgt ein harter Freundschaftsentzug. Ein endlos scheinender Kater. Ich weiß, dass wir skypen werden. Und uns Nachrichten schreiben. Und ich weiß, dass das besser ist als nichts. Aber nichts ist besser, als wenn Lukas da ist. Ich sitze auf dem Bett und umarme das Kopfkissen, auf dem er geschlafen hat. Es riecht nach ihm. Nach dem Shampoo, das er schon so lange benutzt, wie ich denken kann. Auf der Ablage neben der Matratze stehen zwei Wassergläser, von denen jetzt nur noch eins gebraucht wird. Das andere werde ich später mit runter nehmen, weil es mich traurig macht. Wie kann einen ein Glas traurig machen? Ich seufze, aber keiner fragt, was los ist. Meine Welt besteht wieder nur aus mir. Und drei Millionen Gedanken, die mich in den Wahnsinn treiben.

Papa und ich haben Lukas vor zwei Stunden zum Bahnhof gefahren. Ich habe heimlich auf eine Weichenstörung oder ein anderes DB-Problem gehofft, aber natürlich hat heute alles reibungslos funktioniert – sogar die Klimaanlage. Der Zug kam pünktlich. Ich fand, er kam zu früh.

Jetzt bin ich wieder hier. In einem Zimmer, das mir ohne

Lukas plötzlich ungemütlich erscheint. Das Schlimme daran, Menschen so sehr zu lieben, ist, wie sehr man sie vermisst, wenn sie nicht da sind. Ich lehne mich zurück und klammere mich an sein Kissen, als wäre es ein Rettungsring und die Daunendecken ein tosender Strudel, der mich in die Tiefe reißen will.

Mein Blick fällt auf die Korkwand neben meinem Bett und die freie Stelle, wo bis vor ein paar Stunden noch Baby-Dorie gehangen hat. Lukas hat sie zu dem Foto von uns beiden in sein Portemonnaie gesteckt und gesagt: *Ach, Flittchen, ich liebe deine Zeichnungen.* Wenn Menschen, die einem wichtig sind, gute Dinge sagen, sind sie gleich noch besser. Wie Mörtel für die Seele. Ich habe Lukas das Bild von Leon gezeigt. Und ihm die Geschichte dazu erzählt. Er musste nicht sagen, was er dachte, ich wusste es auch so. Dass ich mich hier sehr viel wohler fühle, als ich jemals zugeben würde. In dem Moment hat es noch gestimmt. Doch jetzt fühle ich mich wieder auf eine entsetzliche Art allein. Ich fühle mich, als hätte man mich irgendwo vergessen. Hamburg und Lukas sind unendlich weit weg. Genauso wie Alex, obwohl sie vermutlich nebenan ist. Ich habe versucht zu lesen. Aber die Buchstaben wurden vor meinen Augen zu schwarzen tanzenden Linien, die übers Papier schmieren, ohne dass ich ihre Bedeutung aufnehmen konnte. Wenn mir nicht mal Holden helfen kann, ist es echt ernst.

Nik hat mir geschrieben, aber ich habe keine seiner drei Nachrichten beantwortet. Ich ignoriere ihn, und Alex mich. Meine Paranoia ist sich sicher, dass sie nichts mehr mit mir zu tun haben will, weil sie denkt, dass ich auf sie stehe. Was totaler Quatsch ist. Wir haben uns geküsst, ja, aber ich habe schon viele geküsst. Also, Jungs. Was macht das schon für einen Unterschied? Unterm Strich sind es Lippen und Zungen. Und so wie ich das sehe, haben die kein Geschlecht. Ich will nichts von

Alex. Ehrlich nicht. Ich mag sie nur. In dieser Sekunde schießen mir Erinnerungen an den Traum von letzter Nacht durch den Kopf, und ich vergrabe das Gesicht im Kissen. *Hör auf, Kopf. Hör auf damit.*

Doch er hört nicht auf. Die Bilder laufen ab, und ich setze mich ruckartig auf. Als würde ich hoffen, dass meine Gedanken so auf dem Kissen zurückbleiben.

Ich weiß, was ich jetzt mache: ein langes Bad nehmen und währenddessen einen Film auf meinem Laptop schauen. Lukas hat mir ein paar empfohlen, aber im Moment brauche ich etwas Seichtes. Oder etwas, das ich schon kenne. Ich lege Lukas' Kissen liebevoll neben meines, als wäre es ein kleines Tier, das auf meinem Schoß eingeschlafen ist, dann rapple ich mich auf. Das Handy lasse ich hier oben. Wenn Nik schreibt, will ich es nicht sehen. Und wenn Alex nicht schreibt, auch nicht.

Ich, du, er, sie, ES

Seit dem Wochenende mit Lukas sind elf Tage vergangen. Dreizehn seit dem Kuss. Ich hätte ja nicht gedacht, dass ich das einmal sagen würde, aber ich bin wirklich froh um die nahenden Abiturpüfungen. Da sieht selbst mein Es ein, dass ich was tun muss, und zieht sich für einige Stunden am Tag freiwillig zurück. Es ruht sich aus und überlässt meinem Über-Ich und meinem Ich die Zügel. Wenn es wieder wach wird, fällt meine Konzentration natürlich sofort wie ein Kartenhaus in sich zusammen, doch während es schläft, arbeite ich wie eine Maschine.

Übermorgen habe ich meine erste Abiturprüfung. In Mathe. Für viele ein Hassfach. Für mich nicht. Einige Leute finden es seltsam, dass ich Kunst und Mathe mag. So, als wäre das ein gottgegebener Widerspruch, oder ein Beweis für eine Persönlichkeitsstörung. Aber für mich ist es das nicht. Ich finde, man kann sehr unterschiedliche Dinge mögen. Die Mathematik besteht aus Formeln und Regeln. Und wenn man sie befolgt, kommt man ans Ziel. Man muss nur logisch denken, dann erhält man ein eindeutiges Ergebnis. Man lässt Gefühle aus dem Spiel und beschränkt sich nur auf das, was wirklich da ist: die harten Fakten.

In der Kunst tut man das genaue Gegenteil. Wenn es ums Zeichnen geht, scheren mich Regeln nicht, auch wenn es da natürlich welche gibt. Doch die sind weniger starr. Sie wollen gedehnt und manche sogar gebrochen werden. In die Kunst fließt man selbst mit ein, in die Mathematik nicht. Manchmal mag ich das eine, manchmal das andere. Angst habe ich vor keiner der beiden Prüfungen. Und auch vor Englisch fürchte ich mich nicht. Mit ganz viel Glück geht es vielleicht sogar um Holden. Auf das Kolloquium in Ethik habe ich am wenigsten Lust, weil ich dafür am meisten auswendig lernen muss, aber selbst das ist nicht wirklich schlimm. Abgesehen davon ist diese Prüfung erst irgendwann Anfang Juni. War es am dritten oder am vierten? Ich greife nach dem Zettel, der aus meinem Terminplaner hervorlugt, und ziehe ihn heraus.

Informationen und Zeitplan
der Abiturprüfungen 2016

Schülerin: Sophie Richter
geb. 26.06.1998, in Hamburg

Übersicht der schriftlichen Prüfungstermine:

1. *Prüfungstag: Freitag, 29. April 2016*
   Mathematik: 9.00 bis 13.00 Uhr

2. *Prüfungstag: Dienstag, 3. Mai 2016*
   Deutsch: 8.00 bis 13.15 Uhr

3. *Prüfungstag: Freitag, 06. Mai 2016*
   Englisch: 8.15 bis 13.00 Uhr

Kolloquiumsprüfungen

Kunst*:

Dienstag 31.05.2016, 9.00 bis 13.00 Uhr

*Die besondere Fachprüfung im Fach Kunst besteht aus einer kombinierten Aufgabe, die einen schriftlich-theoretischen und einen bildnerisch-praktischen Teil enthält. Dem Prüfling wird eine Aufgabe mit schriftlich-theoretischem, eine Aufgabe mit bildnerisch-praktischem Schwerpunkt und eine Aufgabe mit beiden Bereichen zu gleichen Anteilen vorgelegt, von denen er eine nach seiner Wahl zu bearbeiten hat (300 Minuten Arbeitszeit)

Bei den bildnerisch-praktischen Prüfungsanteilen wird neben der gestalterischen Leistung des Prüflings auch die handwerklich-technische Qualität der Ausführung bewertet.

Ethik:

Montag 06.06.2016, 10.30 bis 13.00 Uhr

Okay, dann also weder am dritten noch am vierten Juni, sondern am sechsten. Wenn ich es mir recht überlege, ist gar nicht Ethik das Problem. Deutsch ist viel schlimmer. Mir erschließt sich einfach nicht, wofür ich jemals eine Gedichtanalyse brauchen könnte. Ganz ehrlich, kein Poet würde wollen, dass man seine perfekt gewählten Worte so lange seziert, bis nichts mehr von ihnen übrig ist und ihr Sinn und ihre Schönheit der Wissenschaft erlegen sind. Es heißt immer, dass man in der Schule fürs

Leben lernt, aber solange mir niemand glaubhaft verständlich machen kann, in welcher Lebenssituation mir ein dreihebiger Daktylus mit Auftakt weiterhelfen kann, bleibe ich skeptisch.

Ich liege auf dem Bauch auf dem Bett und versuche zu lernen, was aber irgendwie nicht mehr funktioniert. Mein Es ist aufgewacht und bombardiert mich mit eintausend verschiedenen Dingen gleichzeitig. Zum Beispiel mit der Tatsache, dass es Leute gibt, die echte Hobbys haben. Die grübeln nicht, sondern gehen reiten oder tauchen. Oder schwimmen. Oder fechten. Oder sie spielen Schach.

Ich schiebe seufzend den Laptop und meine Schulbücher zur Seite, drehe mich auf den Rücken und strecke Arme und Beine aus, als wollte ich einen Schneeengel ohne Schnee machen. Die letzten Tage war ich eine explosive Mischung aus launisch und leicht reizbar. Das sagt zumindest mein Vater. Und so ungern ich es auch zugebe, er hat leider recht. Ich war unausstehlich. Total genervt. Hauptsächlich von mir selbst. Wenn ich so drauf bin, bin ich wie eine Handfeuerwaffe, die nicht durch den TÜV gekommen ist. Falls es überhaupt einen TÜV für Handfeuerwaffen gibt – ich nehme es mal an. Jedenfalls muss man fast nichts tun, um mich aufzuregen. Ein falscher Blick, eine blöde Frage und »POUF«, ich platze. Oder rede jemanden saublöd an. Gestern zum Beispiel hat Lena beim Abendessen irgendwas erzählt, was ich so abgrundtief langweilig fand, dass ich mich gedanklich ausgeklinkt habe. Mein Köper hat die Anwesenheitspflicht übernommen, und unterdessen konnte sich mein Kopf interessanteren Themen zuwenden – an die ich mich jetzt seltsamerweise nicht mal mehr erinnere. Irgendwann muss mich Lena etwas gefragt haben. Und ich habe nicht reagiert. Blöd.

Mein Papa (ziemlich ruppig): Sophie? Hörst du überhaupt zu?

Ich: Ehrlich gesagt nicht. Meine Gedanken waren spannender.

Die darauffolgende Stille hat mir gefallen. Ich mag es, wenn Menschen sprachlos sind. Vor allem, wenn ich der Grund dafür bin. Die Frage jedoch, die mein Vater gestellt hat, sobald er sich wieder gefasst hatte, gefiel mir dafür umso weniger. Es ist die eine Frage, die man niemals stellen darf. Schon gar nicht jemandem in meinem Alter. Und erst recht nicht als Mann. *Hast du deine Tage?* Das fragt man einfach nicht. Niemals. Und erst recht nicht beim Essen. Erstens, weil man nicht gerne über Blut redet, das aus dem eigenen Körper läuft, und zweitens, weil sie einen hinstellt, als wäre man ein geisteskrankes Hormonmonster, das nicht mehr weiß, was es tut. Und ja, ich hatte meine Tage, aber das hatte und hat nichts, aber auch rein gar nichts mit meiner Stimmung zu tun. Die Krämpfe und das Bluten heitern mich zwar nicht gerade auf, aber ohne die blöde Party und den blöden Kuss und die verdammte Verwirrung, die das alles hinterlassen hat, wäre alles okay mit mir. Mehr oder weniger.

Ich schließe die Augen und denke an Alex. Es ist nicht so, dass wir seit dem *Vorfall* nicht mehr miteinander gesprochen hätten. Das haben wir. Sie war nett und lustig und freundlich. Sie war wie immer. Sie war Alex. Wenn launisch gleich »Tage« bedeutet, hat Alex ihre noch nie gehabt, was ganz sicher nicht stimmt, was wiederum eindeutig beweist, dass das eine nichts mit dem anderen zu tun hat. Es gibt einfach fröhliche und unfröhliche Menschen. Lukas hat mir schließlich nicht umsonst aus seinem letzten Urlaub eine Postkarte geschickt, auf der vorne *Miesmuschel* draufsteht. Vielleicht ist das genetisch. Vielleicht kann ich gar nichts dafür. Vielleicht habe ich nicht nur das Gesicht meiner Mutter geerbt, sondern auch ihr biestiges Naturell. In meiner Vorstellung hat sie das. Da ist sie biestig.

Immerhin hat sie mich – all den erfundenen Erinnerungen aus glücklichen Kindertagen zum Trotz – verlassen. Für mich klingt das ziemlich biestig. Kann sein, dass ich da nicht ganz fair bin. Aber wie könnte ich das auch? Ich bin der vermutlich größte Fehler aus ihrem alten Leben. Ich muss nicht fair sein.

Wo war ich? Ach ja, bei fröhlichen und unfröhlichen Menschen. Alex hat mir an dem Sonntag, als Lukas gefahren ist und ich in der Wanne lag, eine ziemlich nichtsagende Nachricht geschrieben. Irgendwas wie: *Ich hoffe, dein Wochenende mit Lukas war noch schön. Clemens und ich gehen jetzt ins Kino. Sollen wir dich morgen früh mitnehmen?* Es war sehr viel »Wir« und sehr viel »Pärchen« und hat mich total genervt. Vermutlich, weil ich kein »Wir« und kein »Pärchen« bin. Obwohl ich das sein könnte. Mit Nik. Wir schreiben uns inzwischen fast jeden Tag. Es ist nichts Tiefsinniges, und ich achte auch peinlich genau darauf, dass er die Freundschaftslinie, die ich so sorgfältig gezogen habe, nicht überschreitet. Aber ich fange an, ihn zu mögen. Fast schon gegen meinen Willen. Besonders mag ich, wie sehr er sich bemüht, mich zum Lachen zu bringen. Nik hat Sinn für Humor. Er würde vielleicht nicht gerade einen Comedy-Preis gewinnen, und er weiß auch nicht, wer Georg Schramm ist, aber ansonsten ist er eigentlich ganz nett. Mehr als ein James-Dean-Verschnitt, der ganz gut küsst. Ich glaube, er wäre bei einem »Wir« sofort dabei. Aber etwas in mir sperrt sich dagegen – wenn auch immer weniger.

Seit dem Flaschendreh-Debakel sind Clemens und Nik ziemlich verschnupft im Umgang miteinander. Ich würde nicht sagen, dass sie direkt streiten, aber sie meiden sich, was zwangsläufig dazu geführt hat, dass Alex ihre Pausen mit Clemens verbringt und Nik seine mit mir. Ich habe mich anfangs dagegen gesträubt, bis mir keine Gründe mehr eingefallen sind warum.

Seit dem Kuss – und damit meine ich den mit Alex – ist etwas anders zwischen uns. Aber nicht anders genug, um es anzusprechen. Ich wüsste noch nicht mal, was ich ansprechen sollte. Dass sie nicht mehr vorgeschlagen hat, dass wir skypen könnten? Dass sie mich nicht ein einziges Mal gefragt hat, ob wir uns vielleicht treffen oder zusammen schwimmen gehen wollen? Das könnte sie mir beides genauso vorwerfen. Mit dem Unterschied, dass ich alleine in meinem Zimmer herumsaß, während sie hinter verschlossenen Vorhängen sonst was getrieben hat. Ja, ich bin wütend auf Alex. Und nein, ich weiß nicht warum. Irgendwas hat sich verschoben. Wenn man es sehen könnte, wäre es mit bloßem Auge vermutlich nicht mal erkennbar. Ich kann nicht sagen, was anders ist, nur, dass es so ist. Wenn wir zu dritt in Clemens' Auto sitzen, fühlt es sich an, als wäre da ein riesiger rosa Elefant mit uns im Wagen, über den wir aber nicht sprechen dürfen. Er sitzt neben mir auf dem Rücksitz und quetscht mich zwischen sich und der Tür ein, und trotzdem tue ich so, als wäre er nicht da. Als wäre nichts passiert.

Und mal im Ernst: Was ist schon groß passiert? Ich meine, es war nur ein flüchtiger und total bedeutungsloser Kuss. Aufgezwungen durch Wahrheit-oder-Pflicht, gefolgt von ein paar verstörenden Träumen, von denen ich so tue, als hätte ich sie nie gehabt.

Ich würde mir so gern glauben. Aber da ist noch etwas anderes. Etwas, das ich mir noch schlechter eingestehen kann als die Träume mit Alex. Etwas, das mich von innen auffrisst, egal, wie sehr ich versuche, es zu ignorieren.

Ich bin eifersüchtig. Ich kenne Eifersucht gut. Ich weiß, wie sie sich anfühlt. Aber ich weiß nicht, warum ich es jetzt bin. Nur, dass ich es nicht sein sollte. Deswegen sage ich mir, dass es bestimmt daran liegt, dass ich einfach auch gern jemanden hätte, der mich liebt. Und den ich liebe. Was auch immer das bedeuten mag. Ich glaube, ich würde es spüren, wenn es passiert. So wie man weiß, dass man Hunger hat. Oder Durst. Oder dass man traurig ist.

Ich wollte mich immer verlieben. Ich wollte das alles fühlen. Alles auf einmal. Ich wollte überschwemmt werden von Emotionen, die ich nicht verstehe. Die ich nicht erklären kann. Ich wollte mich in jemandem verlieren und gleichzeitig in ihm wiederfinden. Ich wollte jemanden, der über mein Gesicht hinaussieht und mich auch dann noch liebt, wenn ich es am wenigsten verdient habe, weil ich es nämlich genau dann am meisten bräuchte. Ich wollte, dass jemand sich Schicht für Schicht bis zu meinem panischen Herzen vorarbeitet, weil ich es ihm nur dann schenken kann. Und ich wollte, dass es jemand ist, der es verdient hat. Jemand, der bleibt. Jemand, der mich so küsst, dass ich aufhöre zu denken. Dass ich nur noch aus Lippen und Händen bestehe. Jemand, mit dem der Film in meinem Kopf und die Realität endlich übereinstimmen. Mit dem ich ausnahmsweise mal wirklich komme und dem ich es nicht nur vorspiele. Jemand, mit dem ich reden kann. Und lachen. Und nackt sein. Einfach jemand, mit dem ich gerne *ich* bin. Wer auch immer das sein mag.

Mein Handy klingelt. Ich schrecke hoch, greife danach und gehe dran, ohne nachzusehen, wer es ist.

»Hallo?« Ich klinge, als hätte man mich aus dem Tiefschlaf gerissen.

»Scheiße, hab ich dich etwa geweckt?« Alex klingt hellwach.

»Nein, nein, ich lerne nur«, lüge ich.

»Oh. Hast du noch viel zu tun?«

»Hm«, mache ich unbestimmt. »Geht so. Wieso?«

»Ich dachte, wir könnten vielleicht schwimmen gehen.«

Das fehlte noch.

»Ich«, fange ich an, breche aber ab, weil ich keine Ahnung habe, wie der Satz enden soll.

»Ja?«

Alex lacht, und irgendwie ärgert mich das.

»Nein, danke. Auf Schwimmen habe ich keine Lust«, sage ich unerwartet schroff.

»Okay.« Kurze Pause. »Ähm, wie wäre es denn dann mit einem Film?«

»Mit einem Film?«

»Ja, ich meine, ich könnte doch zu dir kommen, oder du zu mir, und wir schauen einen Film.« Sie zögert. »Außer du musst noch lernen.«

»Das sollte ich eigentlich, ja.« Was rede ich denn da? »Abgesehen davon habe ich versprochen, beim Kochen mitzuhelfen.« Auch das ist gelogen. Warum lüge ich sie an?

»Na gut, was hältst du davon, wenn ich jetzt schwimmen gehe, und du lernst und kochst, und nach dem Training komme ich zu dir und wir schauen einen Film?« Ich stelle mir Alex und mich auf dem Sofa im Wohnzimmer vor. Und dann hier. Nebeneinander auf meinem Bett. »Du darfst ihn auch aussuchen.«

Ich lege den Kopf in den Nacken und schließe die Augen. *Was ist nur los mit mir?*

»Sophie? Bist du noch dran?«

Ich atme aus. »Lukas hat mir zwei DVDs geschickt«, sage ich endlich. »Die habe ich noch nicht angeschaut.«

»Okay, klingt gut. Dann so um acht?«

Ich schaue auf die Uhr. 17.15 Uhr. »Ja, acht passt.«

Ein Haus voller Geschichte

Es klopft an der Speicherluke. Ich stehe auf und ziehe sie hoch. Lena lächelt mich an. »Ich hoffe, ich störe nicht.«

»Nein«, sage ich.

»Sehr gut«, sagt sie. »Hast du Lust, in die Stadt zu gehen?« Ich schaue sie verdutzt an. »Jetzt?«

»Ja. Ich weiß, es ist spontan. Aber dein Vater und ich sind morgen Abend bei so einer blöden Wohltätigkeitsveranstaltung eingeladen, und ich habe nichts zum Anziehen.« Sie zeigt vage nach unten in den Flur. »Ich habe tausend Klamotten, aber es ist nichts Passendes dabei.« Ich komme mir komisch vor, mich so mit ihr zu unterhalten. Ich stehe an der Kante der Luke, sie auf einer der mittleren Sprossen, unten im Flur liegt Carlos. Es sieht aus, als wäre er unendlich weit weg. Lenas Gesicht ist auf derselben Höhe wie meine nackten Füße, was mir total unangenehm ist, also setze ich mich im Schneidersitz aufs Bett. »Ich dachte, ich schaffe es morgen nach der Arbeit noch, kurz in die Stadt zu gehen«, fährt sie fort, »aber das wird doch zu knapp. Also, was denkst du?«

Eigentlich will ich Nein sagen. Aber gleichzeitig will ich sie nicht vor den Kopf stoßen.

»Alex kommt um acht.«

»Da sind wir längst zurück. Ich muss ja auch noch was kochen und die Jungs ins Bett bringen.«

»Okay«, antworte ich wenig begeistert und schiebe schnell

ein »gern« hinterher, das irgendwie überhaupt nicht nach mir klingt.

»Toll. Ich warte unten auf dich.«

Ich war noch nie mit Lena allein unterwegs. Es gab immer irgendeinen Puffer – Papa, die Jungs, Carlos –, jetzt weiß ich, dass wir keinen brauchen.

Wir sind auf dem Weg nach Hause. Der Fahrtwind wuschelt mir durchs Haar, wie ich es bei Carlos so gerne tue. Ich sitze mit geschlossen Augen neben Lena im Auto und denke nach. Im Radio läuft Lana Del Rays »Shades of Cool«, und ich bin auf eine seltsame Art unruhig. Und das, obwohl die Stimmung in der Stadt wirklich schön war. Wie ein kleiner Vorgeschmack auf den Sommer – noch nicht wirklich warm, dafür bunt, der Himmel zerrissen zwischen Blau und Wolken, und dazwischen blinzelte die Sonne auf unsere Gesichter. Die Blätter der Bäume waren giftig grün, die Beete voller Farbkleckse, die Schatten lang.

Es war angenehm mit Lena, auch wenn wir nicht viel gesprochen haben. Vielleicht war es gerade das.

Wir waren in der Theatinerstraße in einigen Geschäften. Mir hat gefallen, dass die Trambahn sich durch die Fußgängerzone schlängelt. Wie ein riesiger blauer Wurm. In einer Boutique mit deckenhohen, ziemlich leeren Schaufenstern hat Lena schließlich ein entsprechend teures dunkelblaues Kleid gefunden. Es war auf eine pariserische Art schlicht – zeitlos und elegant. Bei diesem Stichwort musste ich natürlich sofort an Lukas denken und an das, was er über französische Filme gesagt hat. Dass sich da andauernd Frauen küssen. Und an diesen einen Satz, der mir seit jener Nacht immer wieder durch den Kopf geht: *Ich habe schon einige Mädchen rumknutschen sehen … Aber ihr zwei … mein Gott.*

Als die Verkäuferin kurz weg war und Lena sich vor der großen Spiegelwand kritisch von allen Seiten betrachtet hat, war ich kurz davor, sie zu fragen, ob sie auch schon mal ein Mädchen geküsst hat. Ich wollte Lena davon erzählen. Als würde ich platzen, wenn ich es niemandem sage. Als müsste ich mit irgendjemandem darüber reden, um nicht wahnsinnig zu werden. Ich hatte bereits Luft geholt, wollte gerade ansetzen, doch genau dann kam die Verkäuferin zurück und der passende Augenblick war vorbei.

In einem anderen Laden haben wir auch noch für mich zwei Paar Jeans entdeckt, in einem weiteren drei Oberteile und ein Paar Schuhe, in das ich mich auf der Stelle verliebt habe. Es sind Vans mit allen Disney-Prinzessinnen drauf. Arielle, Cinderella, Belle und: Schneewittchen. Lena hat gelacht. Und sie mir dann geschenkt. Zu meinem Bald-Abitur, wie sie es nannte. Vor ein paar Wochen hätte ich ihr noch unterstellt, dass sie es tut, um sich bei mir einzuschleimen. Jetzt denke ich, sie hat es einfach getan, um mir eine Freude zu machen. Vielleicht ist es normal, wenn man eine Mutter hat und mit ihr einkaufen geht, dass sie einem etwas schenkt. Dass sie beladen mit immer neuen Kleidungsstücken in die Umkleide kommt und sie einem durch den Vorhangspalt reicht. Dass sie vor der Kabine wartet, bis man rauskommt und sie ihr präsentiert. Wenn es so ist, ist es schade, dass ich bis jetzt warten musste, um es herauszufinden.

Der Fahrtwind bläst noch immer durch die leicht geöffneten Fenster, und das helle Sonnenlicht und die Schatten der Baumkronen wechseln sich ab. Sie huschen über mein Gesicht, und es wird hell und dunkel und hell und wieder dunkel. Ich muss an die Lichtzeichen denken, die Alex mir geschickt hat, und an uns beide unter der Dusche und an das lange Gespräch im McDonalds. Und an den Kuss. Immer wieder an diesen Kuss.

»Das war ein richtig schöner Ausflug«, sagt Lena über die Musik hinweg, und ich öffne die Augen.

»Finde ich auch.« Ich lächle sie an und streiche verunsichert mit den Handflächen über meine neuen Jeans.

»Weißt du«, sagt sie und lacht auf, »ich liebe meine Jungs, aber ich weiß schon, warum ich immer eine Tochter wollte.«

»Warum?«, frage ich.

»Wegen Tagen wie diesem.« Sie zuckt mit den Schultern. »Ich weiß, dass das albern ist.« Pause. »Und wahrscheinlich habe ich auch eine total naive und romantische Vorstellung von dieser perfekten Mutter-Tochter-Beziehung, aber genau so habe ich es mir immer vorgestellt.« Noch eine Pause. Dieses Mal etwas länger. »Na ja«, fährt sie schließlich fort, »woher sollte ich es auch wissen? Immerhin hatte ich nie eine.«

»Eine Tochter?«, frage ich vorsichtig.

»Eine Mutter.«

Ich lege die Stirn in Falten. »Wie meinst du das, du hattest nie eine Mutter?«

Lena blinkt, schaut kurz über die Schulter und biegt ab. »Ich bin bei meinen Großeltern aufgewachsen. Ich dachte, das wüsstest du.«

»Nein, wusste ich nicht.«

Sie guckt kurz zu mir. »Oh. Ich dachte, Christian« – sie unterbricht sich – »also, ich meine, dein Vater hätte es dir erzählt.«

»Mir was erzählt?«

Ein kurzer Blick zu mir, dann wieder auf die Straße. »Dass meine Eltern bei einem Autounfall ums Leben gekommen sind.«

»Was?« Meine Stimme bricht weg.

»Es ist okay, ehrlich«, entgegnet sie und macht eine abwinkende Handbewegung. »Ich war noch sehr klein. Viel zu klein, um mich überhaupt an sie zu erinnern.«

»Wie alt warst du denn?«

»Noch nicht mal ein Jahr.« Sie lächelt. »Aber ich hatte meine Großeltern. Und bei ihnen hatte ich eine wirklich gute Kindheit. Etwas anders vielleicht, aber gut.«

»Inwiefern anders?«

Die Ampel vor uns schaltet auf Rot, und wir halten an.

Sie schaut zu mir rüber. »Ich bin mit einem Haufen alter Leute aufgewachsen: mit meinen Großeltern, meinem Großonkel Carl und seiner Frau Lisbeth und ihrer verwitweten Freundin Annegret, die sich nach dem Tod ihres Mannes strikt dagegen geweigert hat, ins Altenheim zu gehen.«

»Wow«, murmle ich. »Das klingt ein bisschen wie *Der seltsame Fall des Benjamin Button*. Nur ohne Benjamin Button.«

»Ich habe den Film nicht gesehen, aber ja, es war seltsam. Aber auch toll.« Lena schüttelt gedankenverloren den Kopf. Sie hat diesen Blick, den Leute bekommen, die sich in Erinnerungen verlieren. »Sie haben mir alte Werte beigebracht. Und solche Dinge wie Stricken und Marmelade einkochen und Brot backen. Mit Onkel Carl habe ich Modellflugzeuge gebaut und mit Annegret Kreuzworträtsel gelöst. Im Sommer haben wir im Garten übernachtet, und ich war mit meinem Opa angeln.« Lena fährt wieder los. »Das Zimmer, in dem Leon jetzt ist, war damals meins.«

»Moment, das Haus, in dem wir wohnen, war das deiner Großeltern?«

Sie nickt. »Ich habe es renoviert und teilweise umgebaut, aber ja. Das ist das Haus, in dem ich aufgewachsen bin.«

Ich bin ein schrecklicher, schrecklicher Mensch. Ich war mir sicher, Lena hätte dieses Haus einer vorteilhaften Scheidung zu verdanken. Dass es ursprünglich ihrem Exmann gehört hat und er es an sie abtreten musste, weil sie nach der Trennung die arme alleinerziehende Mutter war. Schlimm, was ich für ein Bild von Frauen habe. Danke, Mama.

»Und wo sind die alten Leute jetzt?«, frage ich, um die Stille zu füllen, und denke im selben Moment: *Ja, wo wohl, tot wahrscheinlich.* »Tut mir leid, das war taktlos von mir.«

»Ist schon okay«, antwortet Lena. »Sie sind alle nach und nach gestorben. Als letztes meine Oma vor knapp acht Jahren an Krebs. Aber es ging Gott sei dank sehr schnell, und sie hat nicht leiden müssen.« Die nächste Ampel schaltet auf Rot, als wollte die Fügung, dass wir uns noch ein bisschen länger unterhalten. »Volker und ich haben damals mit Valentin in einer Wohnung in der Stadt gewohnt. Es war eine schöne Wohnung. Ziemlich zentral. Wenn es nach Volker gegangen wäre, wären wir dort geblieben und hätten das Haus verkauft. Aber ich habe es nicht übers Herz gebracht. Dieses Haus ist das einzige, was ich von meiner Familie noch habe.«

»Vermisst du sie?« Blöde Frage.

»Wen? Meine Eltern? Oder meine Großeltern?«

»Na ja, sie alle.«

Ich denke einen Moment an meine Rabenmutter und daran, dass sie hätte bleiben können, aber gegangen ist. Und dass sie mir trotzdem fehlt. Ich frage mich, ob ich genetisch dazu programmiert bin, sie zu lieben. Ob Kinder gar nicht anders können, weil sie wissen wollen, wer sie sind – ihre Eltern und sie selbst. Und wie groß die Übereinstimmung ist.

»Manchmal, ja«, gibt Lena zu. Ich spüre ein *Aber* zwischen uns, doch sie schweigt, und es entsteht eine Pause, die vom Brummen des Motors, der Musik aus den Lautsprechern und unseren unausgesprochenen Gedanken gefüllt wird. Lena atmet ein, dann sagt sie: »Es tut immer weh, sich von jemandem verabschieden zu müssen. Vor allem, wenn es für immer ist. Aber die alten Leute hatten ein sehr langes erfülltes Leben voller Erinnerungen.« Ich schaue sie an. »Meine Eltern hatten nicht so viel Glück.« Sie atmet tief ein und langsam wieder aus. »Weißt du, was mich immer am meisten beschäftigt hat?«

»Nein«, sage ich leise. »Was?«

»Es war nicht die Tatsache, dass sie bei einem Autounfall gestorben sind, sondern eher die Frage, warum ich ihn als einzige überlebt habe.«

Ich starre sie an. »Du warst mit ihnen im Wagen, als es passiert ist?«

Sie nickt. »Mit ihnen und meiner eineinhalb Jahre älteren Schwester Lotti.« Stille. »Sie waren alle drei auf der Stelle tot. Aber ich hatte *nicht einen* Kratzer.« Ihre Worte sickern ganz langsam in meinen Verstand. Als wäre mein Kopf von Watte umhüllt, die mich vor der Wucht dieser Aussage schützen will. Die Ampel schaltet auf Grün, aber wir bleiben stehen. Bis jemand hinter uns wütend hupt. Lena hebt entschuldigend die Hand und fährt los. Ich schweige und fixiere ein unbestimmtes Nichts vor mir. »Jetzt habe ich die Stimmung total verdorben«, sagt sie. »Das wollte ich nicht.« Kurz spüre ich ihren Blick auf mir. »Hätte ich geahnt, dass du nichts davon weißt, hätte ich es nicht erwähnt.« Ich versuche zu begreifen, dass Lena nie eine Mutter hatte. Und auch keinen Vater. Und keine große Schwester. Obwohl sie das alles hätte haben sollen. Und trotzdem ist sie kein bisschen bitter. »Was ich nämlich eigentlich sagen wollte«, bricht ihre Stimme in meine Gedanken, »war, dass ich die Zeit mit dir in der Stadt heute wirklich sehr genossen habe.« Sie schaut wieder in meine Richtung. »Auch wenn ich natürlich weiß, dass ich nicht deine Mutter bin und dass ich es auch nie sein werde.«

Bei diesem Satz brennen plötzlich meine Augen, und ich schaue schnell aus dem Seitenfenster, weil ich nicht will, dass Lena es sieht.

Ein paar Fünkchen Wahrheit

Es ist halb neun, und Alex und ich sitzen verkrampft auf meinem Bett. Vielleicht bin auch nur ich verkrampft. Kann sein. Mein Zimmer wird jedenfalls immer kleiner, und unsere Gespräche sind größtenteils so oberflächlich, dass ich beinahe wünschte, ich hätte Alex aus irgendeinem fadenscheinigen Grund abgesagt. Das Gespräch vorhin mit Lena spukt mir noch im Kopf herum. Vor allem der Satz, dass sie nie meine Mutter sein wird. Ich will nicht mehr daran denken. Eigentlich will ich nur allein sein. Aber ich bin nicht allein. Ich sitze neben Alex und halte kaum aus, wie bemüht wir darum sind, nichts Falsches zu sagen. Als hätten wir vergangene Woche eine charakterliche Generalüberholung gehabt und müssten uns jetzt neu kennenlernen. Ich bin eigentlich nicht zurückhaltend. Still, ja, aber nicht schüchtern. Doch jetzt bin ich es, und ich mag es nicht. Zwischen den leeren Fragen kamen ab und zu ein paar Spitzen, die so gestellt wurden, dass man sie auch als Interesse am Leben der anderen auslegen könnte. Eine von meinen war zum Beispiel: »Clemens klammert zur Zeit ganz schön. Engt er dich immer so ein?« Und eine von ihren war: »Gibt es eigentlich Fortschritte bei dir und Nik?«

Ich habe mich gefragt, was man als Fortschritt werten könnte. Wenn die Tatsache, dass ich ihm inzwischen meistens auf seine Nachrichten antworte, dazu zählt, dann ja. Ich habe etwas Blödsinniges gemurmelt wie: »Fortschritte? Das klingt als wären wir Kleinkinder, die gerade Laufen lernen.«

Irgendwann habe ich ein Lied angemacht, das ich vor Kurzem für mich entdeckt habe – »Like Winter« von Gretchen Lieberum. Ich hatte gehofft, die Musik würde die Stimmung ein wenig auflockern, doch bisher tut sie das nicht. Bisher sind wir immun dagegen.

Alex greift nach meinem kleinen Kissen, legt es sich in den Schoß und knetet darin herum. Bei den meisten Menschen würde mich das massiv stören, aber nicht bei ihr. Sie sieht mich an, dann fragt sie unvermittelt: »Was genau ist das eigentlich zwischen Lukas und dir?«

Nach den ziemlich nichtssagenden Fragen, mit denen wir uns gegenseitig gelangweilt haben, ist das eine neue Wendung. Kurz bin ich überrascht, dann frage ich: »Wie meinst du das?«

»Na ja«, antwortet sie. »Du hast gesagt, ihr seid die besten Freunde.«

»Das sind wir auch.«

»Wenn das stimmt, warum hast du dann mit ihm geschlafen? Oder schläft man seit Neuestem mit seinen besten Freunden?«

Ich weiß nicht, was mich mehr verblüfft, die Direktheit, mit der sie die Frage stellt, oder die Frage selbst.

»Wovon zum Teufel redest du?«

»Davon, dass ihr zusammen in einem Zimmer schlaft. Im selben Bett …«

»Ja, und?« Ich klinge verständnislos.

»Ich weiß auch das mit der Toilette.«

Das mit der Toilette, denke ich, habe aber keine Ahnung, was sie meint. Dann dämmert es mir.

»Hast du das von Nik?«

»Ich weiß Bescheid«, sagt sie und knetet weiter in meinem Kissen herum, als würde sie es massieren. »Er hat mir alles erzählt.«

»Und das hast du ihm geglaubt?«

Ihre Hände erstarren in der Bewegung. »Ich hatte keinen Grund, es nicht zu tun«, sagt sie ruhig. Pause. »Dann stimmt es also gar nicht?« Ich frage mich, ob sie erleichtert klingt, kann es aber nicht sagen.

»Nein«, antworte ich schließlich. »Natürlich nicht. Lukas hat Nik nur verarscht.«

Alex und ich sehen einander an. Direkter und länger, als man das normalerweise tun würde. So lange, bis es knistert.

»Ich frage mich allerdings, warum es dich interessiert, ob ich mit irgendjemandem Sex auf irgendwelchen Toiletten habe«, sage ich.

»Lukas ist ja wohl kaum irgendjemand«, entgegnet sie.

Diese Antwort lässt alles offen, und ich bin zu stolz, um zu fragen, ob das mit einem anderen Typen anders wäre. Stattdessen sage ich: »Lass uns den Film schauen«, und sie nickt.

Blau ist eine warme Farbe

Lukas hat zwei DVDs geschickt. *Jung und schön* und *Blau ist eine warme Farbe.* Da ich mich sehr genau daran erinnere, worum es in dem ersten geht, blieb nur der zweite. Hätte ich jedoch gewusst, worum es in dem zweiten geht, hätte ich mich sofort für den ersten entschieden. Im Nachhinein betrachtet, war die einzeilige Nachricht von Lukas, die er in die DVD-Hülle gesteckt hat, ziemlich eindeutig. Aber im Nachhinein ist das meistens so.

Erst wusste ich also nicht, wo die Handlung hingeht. Wenn ich ehrlich bin, war ich einfach nur froh, dass Alex und ich etwas hatten, wo wir gemeinsam hinschauen können, ohne miteinander reden zu müssen. Ich habe von dem Film nichts erwartet. Immerhin versucht Lukas bereits seit einer ganzen Weile, mich davon zu überzeugen, dass französische Filme besser sind als alles, was die Amerikaner so machen. Aber die Wahrheit ist, ich finde, die Franzosen machen von allem zu viel, auch wenn mich das jetzt vielleicht zu einem Kulturbanausen macht. Sie zeigen eine Art von Leben, das mir fremd ist. Was nicht heißt, dass diese Geschichten mich nicht faszinieren, ich kann sie nur nicht ganz glauben.

Die Hauptfigur in diesem Film ist ein Mädchen namens Adèle mit Rehaugen und einem typisch französischen Mund. Immer leicht geöffnet und schmollend. Am Anfang nerven mich die langen Szenen und dass immer alles zu Ende gezeigt wird. Man sieht ihr bei allem zu. Wie sie zum Bus geht oder durch den Flur in der Schule. Doch irgendwann mag ich genau das. Vielleicht, weil es sich nicht nach einem Film anfühlt, sondern eher so, als würde ich dieses Mädchen wirklich bei jedem Schritt begleiten.

Nach knapp einer Viertelstunde möchte ich zum ersten Mal sterben. Alex und ich sitzen ganz nah nebeneinander – der Laptop auf meinem Schoß und ihr Arm so dicht an meinem, dass sich die Härchen fast berühren – und sehen Adèle dabei zu, wie sie träumt. Ihr Traum ist beinahe wie der, den ich letzte Nacht hatte. Und auch ihre Reaktion darauf ist ähnlich. Sie befriedigt sich selbst, aber in ihrem Traum sind es nicht ihre eigenen Hände, die sie berühren. Ich kann mich nicht bewegen. Die Gedanken und Bilder könnten aus meinem Kopf sein. Sie sind so nah an dem, was in mir vorgeht, dass ich es kaum aushalte. Und am wenigsten halte ich aus, dass Alex neben mir sitzt. Dass ich ihr Duschgel rieche, während ich einem Mädchen, das mit genug Fantasie eine französische Version von mir sein könnte, dabei zusehe, wie es kurz davor ist zu kommen. Ich zwinge mich ruhig zu sitzen, so zu tun, als wäre das eine ganz normale Filmszene und nicht eine der verstörendsten, die ich je gesehen habe. Adèle schreckt hoch aus ihrem Traum und ist schockiert über sich selbst. Über ihre Fantasien. Ich starre auf den Bildschirm, auf diesen unverfälschten Einblick in meine Seele. Dann kommt endlich der Schnitt, und erst da bemerke ich, dass ich die ganze Zeit über den Atem angehalten habe.

Es vergehen keine fünf Minuten, da hat sie Sex mit einem Jungen, der sie wirklich mag. Der sie vielleicht sogar liebt – das weiß man noch nicht. Ich schaue ihnen dabei zu, wie sie miteinander schlafen. Wie er all das macht, was Jungs eben machen. Das immer gleiche Programm. Ein bisschen auf der Brustwarze herumbeißen, Hüfte festhalten, küssen. Im Grunde geht es nur darum, dass er in ihr steckt und sich bewegt. Adèle seufzt auf eine sehr französische Art und Weise. Ich habe mir bisher nie Gedanken dazu gemacht, ob es verschiedene Arten des Stöhnens gibt, aber das ist eindeutig nicht die Art, die einem in englischsprachigen Filmen unterkommt. Bei Adèle ist es rauer und weniger geschönt. Diese Sexszene ist gut gemacht. Überzeugend. Und sehr echt. Wie ein Déjà-vu, das ich nicht wirklich haben wollte. Die da auf dem Rücken könnte ich sein. Und er irgendeiner von den Jungs, mit denen ich geschlafen habe. Das Erschreckende ist, dass *er* mich am wenigsten interessiert. Er ist mir gleichgültig. Ich schiebe den Gedanken weg und greife nach dem Mineralwasser, trinke einen Schluck, will es wieder zuschrauben, aber Alex streckt die Hand danach aus. Ich reiche ihr die Flasche, ohne sie anzusehen. Seit Adèles Traum schaue ich stur geradeaus. Als der Typ gekommen ist, sieht man in ihrem Blick, wie leer sie sich fühlt. Am liebsten würde ich ausschalten.

Ihre Erregung wird gehalten

Ich liebe diesen Film. Und ich hasse ihn. Vielleicht, weil ich zu gut verstehe, was die Blicke bedeuten. Ich wünschte, ich würde es nicht verstehen, aber ich weiß, dass es sich *genau so* anfühlt. Mir ist klar, dass die beiden Mädchen, Adèle und Emma, nicht wir sind. Sie sehen anders aus, leben ein anderes Leben, spielen sehr überzeugend ein sehr gut durchdachtes Drehbuch. Das ändert nichts daran, dass Emmas Mund mich an den von Alex erinnert. Er und die kleine Lücke zwischen ihren Schneidezähnen. Wäre Alex wirklich nur eine Freundin, würde ich nicht so genau wissen, wie ihre Lippen aussehen, weil ich sie nicht verstohlen betrachtet hätte. Aber das habe ich. Öfter als mir bewusst ist. Öfter als ich mir eingestehen will. Ich habe Alex' Mund angesehen wie Emma den von Adèle ansieht. Nur, dass sie es weniger heimlich tut, weil sie sich nicht dafür schämt. Weil sie weiß, wer sie ist. Darum beneide ich sie.

Der Film geht weiter, und mit jeder Minute wächst die Anspannung zwischen Alex und mir, was vermutlich nur von mir ausgeht. Die Luft knistert wie ein Lagerfeuer, aber Alex schaut einfach nur einen Film. Ich sitze neben ihr und versuche, nicht zu sterben. Und nicht an ihren nackten Körper zu denken, oder daran, wie es sich angefühlt hat, sie zu küssen. Als hätte ein Teil ganz tief in mir drin gedacht: *Endlich.*

Als Adèle und Emma nach knapp einer Stunde nebeneinander auf einer Wiese liegen und sich ansehen, ahne ich, was gleich passieren wird. Die Spannung baut sich auf, Blicke, erst in die Augen, dann auf die Lippen. Ein schüchternes Befeuchten, noch ein Blick. Sehnsüchtig. Neugierig. Ich schlucke zu laut und habe Angst, dass Alex das missversteht. Oder vielleicht eher davor, dass sie es richtig versteht. Dann kommt der Schnitt in ein Schlafzimmer, und in mir zieht sich alles zusammen.

Ich habe noch nie mit jemandem zusammen einen Porno angesehen – die paar Male, als ich einen geschaut habe, war ich allein. Immer eine Mischung aus erregt und angewidert. Von dem, was die Leute gemacht haben, und von mir selbst. Das gerade ist meine erotische Hölle. Die Szene geht weiter und weiter. Und sie geht so weit, wie ich es nie bei einem Film für möglich gehalten hätte. Es ist so echt, dass ich mir vorkomme wie ein abartiger Spanner, der sich in der dunklen Ecke eines Zimmers versteckt hat und einem lesbischen Paar beim Sex zusieht. Aber gleichzeitig hat mich noch nie etwas so erregt. Ihre straffen, aber nicht perfekten Körper, ihre Brüste, die angespannten Gesichter. Ich zwinge mich dazu, nach vorne zu schauen und mich nicht zu bewegen. Sie atmen schwer, seufzen, aber es klingt nicht wie in den billigen Filmen, in denen Frauen Männern vorspielen, dass es ihnen gefällt. Es sind unverstellte Laute, die sie nicht zurückhalten können. Sie sind nicht nur sanft – weder Adèle noch Emma. Teilweise sind sie grob. Auf eine Art, die mich schneller atmen lässt. Mein Blick fällt auf Alex' Schenkel. Auf meine Hand, die ihrer so nah ist, dass ich mir einbilde, ein kleines bisschen ihrer Wärme zu spüren. Ich möchte hochschauen, in ihre Augen. Aber ich weiß nicht, was ich tun würde, wenn ich sie ansehe. Das ist gelogen. Ich weiß, was ich tun würde.

Als Adèle kommt, scheint die Luft so dick, als könnte man sie schneiden. In ihrem Blick liegt etwas Berauschtes. Vielleicht ist es auch überrascht. Die beiden sehen einander an, so wie ich Alex ansehen will. Ich ersticke fast an den Dingen, die ich denke. An meinem angehaltenen Atem. An dem Wunsch, Alex anzufassen. Ich sitze völlig starr neben ihr. Wie ein Holzbrett mit feuchten Händen und rasendem Herzschlag. Meine Haut kribbelt, ich zittere. Dann bewege ich zögernd meinen Kopf und schaue zu ihr rüber.

In dem Moment, als sich unsere Blicke treffen, klopft es an der Speicherluke.

Heiß und kalt

Alex und ich sitzen mit meinem Vater, Lena und meinen Nicht-Brüdern an dem langen Esstisch und löffeln selbstgemachtes Kokoseis mit Erdbeeren. Mein Körper ist berauscht, und mein Verstand benebelt, aber immerhin fühlt es sich nicht mehr so an, als würde ich unter Wasser gedrückt. Ich weiß nicht, ob ich Lena dankbar sein oder sie dafür verfluchen soll, dass sie genau in der Sekunde aufgetaucht ist, als ich endlich den Mut gefunden habe, Alex anzusehen. Vermutlich hat sie mich vor einem großen Fehler bewahrt.

Im Hintergrund singt Ed Sheeran samtig »Kiss Me«, und bei dieser Ironie muss ich lachen. Lena lächelt mich an, und kurz überfällt mich die völlig irrationale Angst, dass sie etwas weiß. Aber was sollte sie wissen? Schließlich ist gar nichts passiert. Eine Freundin und ich haben einen Film geschaut. Nichts weiter. Der Moment geht vorbei, und das Gefühl verschwindet.

Valentin erzählt irgendwas, und alle lachen. Ich lache mit, damit niemand merkt, dass ich gerade nicht zugehört habe.

»Was meinst du?«, fragt Alex. »Wollen wir mitspielen?«

Ich nicke, obwohl ich keine Ahnung habe, worum es geht. Obwohl ein Teil von mir viel lieber mit ihr nach oben gehen will.

»Okay«, sagt mein Vater. »Dann erklär uns mal die Regeln.«

Valentin schaut nervös zu Alex, was vermutlich daran liegt, dass sie ein Mädchen ist und er in dem Alter, in dem er sich nicht entscheiden kann, ob das etwas Gutes oder etwas Ekliges ist.

»Es heißt das *Entweder-oder-Spiel*«, sagt er schüchtern.

»Davon habe ich noch nie etwas gehört«, entgegnet Alex und lächelt freundlich.

»Das kannst du auch gar nicht«, sagt Leon. »Das haben Valentin und sein Freund Tobi nämlich erfunden.« Ich erkenne kleinbrüderlichen Stolz in seiner Stimme.

»Das ist ja was«, antwortet Alex beeindruckt. »Und wie geht das Spiel?«

»Also erst mal brauchen wir eine Flasche.«

Alex und ich schauen einander an und dann sofort wieder weg. Lena steht auf und kommt ein paar Sekunden später mit einer leeren Saftflasche zurück. Sie ist weiß.

»Hier, mein Schatz«, sagt sie und gibt sie Valentin.

»Danke.« Er lächelt zwischen verschämt und zufrieden, dann erklärt er uns die Regeln. »Es ist eigentlich ganz einfach. Der, der dran ist, stellt eine Entweder-oder-Frage, so was wie« – er denkt kurz nach – »*Mag ich lieber grün oder blau?*, und dann dreht er die Flasche. Der, auf den sie zeigt, muss raten, was die richtige Antwort ist.«

»Und was ist, wenn man falsch liegt?«, frage ich.

»Dann muss man eine Aufgabe erfüllen.«

Wahrheit oder Pflicht 2.0, denke ich, behalte meine Gedanken aber für mich, weil ich Valentin auf keinen Fall bloßstellen will.

»Sehr gut«, sagt mein Vater. »Darf ich anfangen?« Alle nicken. »Okay. Esse ich lieber Schokolade oder Chips?« *Chips*, denke ich, genau wie Alex. Valentin reicht Papa die Flasche. Er dreht sie, und sie zeigt auf Alex.

»Das ist fies.«

Papa lacht. »Rate einfach.«

Sie schaut ihn prüfend an, als würde die richtige Antwort bestimmt jeden Moment in Neonschrift auf seiner Stirn erscheinen. Schließlich sagt sie: »Chips.«

»Ha!«, ruft Papa aus. »Richtig.«

Eine halbe Stunde später weiß ich, dass Leon lieber ein Äffchen wäre als ein Elefant, dass Lena Ballett liebt und dass Valentin einmal einen Porsche 911 haben will. Es kam heraus, dass Alex gerne schwimmt und dass sie einen Listen-Tick hat – was ich beides bereits vorher wusste. Was ich nicht wusste, ist, dass ihre Lieblingsfarbe Rot ist und dass sie eine Lust-Liste führt, auf die sie alles schreibt, was sie unbedingt einmal machen will.

Wir spielen weiter, doch die Sache mit der Liste geht mir nicht mehr aus dem Kopf. Die Idee dahinter und die Frage, was wohl darauf steht. Ich habe keine Ahnung. Wenn man es genau nimmt, weiß ich eigentlich so gut wie nichts von Alex. Ja gut, ich weiß, dass sie schwimmt. Und das mit den Listen. Und dass sie »The Catcher In The Rye« mag. Und dass sie einmal Sex im Pool haben will. Ich weiß, dass sie tiefgrüne Augen mit vereinzelten goldenen Flecken hat, die im Sonnenlicht wie Lametta glitzern. Und dass sie nach Vanille riecht. Immer nach Vanille. Und nach Grapefruit. Und wie gut sie küsst.

»Motte?«, fragt Papa, und ich räuspere mich. »Ist alles okay?«

»Ich … Entschuldigung, was war noch mal die Frage?« Es fühlt sich an, als wäre ich ohnmächtig gewesen und würde gerade wieder zu mir kommen. Im Hintergrund läuft Gary Jules' »Falling Awake«, die Flasche ist weg und das Spiel ist vorbei.

»Geht es dir gut?« Mein Vater mustert mich.

»Ja, ja«, sage ich schnell. »Nur müde.«

Wir gehen in den Flur, mein Vater trägt Leon nach oben, Valentin folgt ihnen verschlafen, und Lena räumt in der Küche auf. Alex und ich bleiben an der Tür stehen, Carlos kommt angelaufen und schaut interessiert zwischen uns hin und her.

»Ich fahre morgen mit dem Roller in die Schule.« Ihre Augen sehen in der schwachen Beleuchtung aus wie schwarze Löcher. »Soll ich dich mitnehmen?«

»Gern«, sage ich und versuche, nicht daran zu denken, wie nah mein Körper ihrem dann sein wird.

Ich öffne die Haustür, und ein Schwall kühle Luft schwappt zu uns herein. Ich fröstle. Alex geht nach draußen, der Kies knirscht unter ihren Sohlen. Ich will gerade die Tür schließen, da dreht sie sich noch einmal nach mir um. »Sophie?«

»Hm?«

»Schauen wir den Film morgen zu Ende?«

MAI

Die Prüfungen des Lebens?

Mathe lief gut. Ich war fast zwanzig Minuten vor Abgabe fertig und habe es sogar geschafft, dem Drang zu widerstehen, alles nachzurechnen. Genau da mache ich nämlich meistens die Fehler.

Heute ist Sonntag, der erste Mai, Tag der Arbeit. Ich war das ganze Wochenende über faul. Und deprimiert. Ich habe gelernt, gelesen und gebadet. Und nachts von Alex geträumt – was ich nach dem Aufwachen sofort versucht habe zu verdrängen.

Sie hat sich am Donnerstag tatsächlich gemeldet und gefragt, ob sie vorbeikommen soll, um den Film weiter zu gucken, aber ich habe ihr abgesagt und ihn stattdessen am Freitagabend allein angeschaut. Ich lag im Bett, habe die Sexszenen analysiert und hatte eine Erleuchtung. Es ist mir wie Schuppen von den Augen gefallen. Der Grund, warum der Sex in meiner Vorstellung immer so viel besser war als der, den ich dann hatte. Es geht fast immer nur um den Penis. Der steht im wahrsten Sinne des Wortes im Zentrum der Aufmerksamkeit. Als Adèle mit dem Typen schläft, beißt er ihr ein Mal halbherzig in die Brustwarze, knetet kurz ihren Hintern, und dann dringt er in sie ein. Bei Emma und Adèle ist es vollkommen anders. Ihre Lippen und Zungen sind überall. Sie bestehen nur noch aus Händen und Fingern und Haut. Sie küssen sich viel mehr, verlieren sich zusammen in einem Moment, der sich endlos ausdehnt. Ich habe mir diese Szenen immer und immer wieder angesehen, und irgendwann habe ich es nicht mehr ausgehalten und mich dazu selbst befriedigt. Währenddessen war es gut, aber danach habe ich mich schuldig gefühlt. Ich habe mich geschämt. Ich würde jetzt gerne sagen, dass ich nicht weiß warum, aber das wäre gelogen. Ich weiß es genau, ich will es mir nur nicht eingestehen. Die Wahrheit ist, dass es vollkommen okay für mich gewesen wäre, wenn mir die Hetero-Szenen besser gefallen hätten. Wenn ich beim Anblick eines steifen Penis komme, bedeutet das irgendwie, dass ich normal bin. Und ich gebe es ja nur sehr ungern zu, weil es so traurig und langweilig ist, aber irgendwie ist normal zu sein auch beruhigend. Weil man kein einzelner Fisch, sondern Teil eines riesigen Schwarms ist. Weil man Deckung und Schutz in der Masse findet. Weil man weiß, dass man nicht allein ist.

Mir ist bewusst, dass die Vorstellung davon, wie zwei Mädchen rummachen, viele anmacht, aber ich glaube, dass nur die wenigsten sich dabei vorstellen, es wären sie und eine Freundin. In ihren Köpfen ist es etwas Abstraktes: der weibliche Körper, die Brüste, die Rundungen, die glatte weiche Haut. Die Fantasie, einen Körper anzufassen, der dem eigenen so ähnlich ist und dennoch fremd. Ich verstehe das. Bis jetzt wären das auch meine Gründe gewesen. Doch jetzt will ich es mir nicht nur vorstellen. Ich will es wirklich tun. Ich will das kleine Muttermal an Alex' Oberschenkel berühren, ihre Brüste und jeden Zentimeter ihrer Haut. Aber ich will das nicht wollen. Ich will *sie* nicht wollen. Ich möchte mich einfach in Nik verlieben und seinen Penis in den Mittelpunkt stellen können und das richtig gut finden. Ich will normal sein. Zumindest, was meine Vorlieben im Bett angeht. Aber ich kann nicht aufhören, an Alex zu denken. An unseren Kuss. An ihren nackten Körper.

In *Blau ist eine warme Farbe* sagt Adèle etwas, das mich einfach nicht mehr loslässt. Etwas, das mich seitdem bedrückt. Sie sagt: »Es liegt an mir. Mir fehlt was. Ich weiß nicht. Ich tick nicht richtig.« Während sie das sagt, zittert ihre Stimme. Und ihr laufen Tränen übers Gesicht. Ich habe mit ihr geweint. Ich weine so gut wie nie. Aber ich konnte nicht anders. Weil ich so genau weiß, wie sich das anfühlt. Dieses leere, schwere Gefühl und dieser unbändige Wunsch danach, einfach irgendwo dazuzugehören. Ein Gefühl, das einen gleichzeitig abstößt. Ich will kein Mitläufer sein, sondern eine Emma. Aber ich befürchte, ich bin Adèle.

Irgendwann war der Film aus und ich deprimiert. Und dieser Zustand hat bis jetzt angehalten. Zwei ganze Tage lang. Ich habe vorhin mit Lukas telefoniert, ihm aber nichts davon erzählt. Er wollte wissen, ob ich die DVDs bereits angesehen habe, und ich habe Nein gesagt, weil ich nicht hätte erklären können, warum mir das Ende so zugesetzt hat. Also habe ich meinem besten Freund ins Gesicht gelogen und nach dem Telefonat eine halbe Stunde geheult. Meine neue Lieblingsbeschäftigung.

Papa, Lena und die Jungs sind ins Kino gegangen. Sie haben mich gefragt, ob ich mit will, und ich war trotzig und habe Nein gesagt. Vielleicht hätte ich mitgehen sollen. Keine Ahnung. Ich habe ein bisschen gezeichnet und gelesen und mich zu Tode gelangweilt. Und dann bin ich mit Carlos Laufen gegangen. Das tue ich jetzt seit über einer Stunde und warte darauf, dass die Leichtigkeit von Maggie Rogers Song »Alaska« endlich auf mich abfärbt. Meistens klappt das ganz gut – heute irgendwie nicht. Vielleicht, weil ich nicht jogge, sondern renne. Ich bin wie eine Getriebene, die versucht, sich selbst zu entkommen. Manchmal hasse ich Sonntage und ihre verdammte Stille. Kurz spiele ich mit dem Gedanken, noch eine Runde zu laufen, doch dann fällt mein Blick auf den völlig fertigen Carlos neben mir, und ich entscheide mich für den Rückzug.

Wir nähern uns dem Haus, werden langsamer, ich krame nach dem Schlüssel, spüre, wie mir der Schweiß in Bahnen über die Haut läuft. Als ich stehen bleibe und aufschaue, sitzt da Alex zusammengekauert auf der Stufe vor der Eingangstür. Die Knie angezogen, die Arme darauf verschränkt, das Gesicht tief darin vergraben. Sie sieht grau aus. Jogginghose, dünner Pulli, bebende Schultern.

Ich nehme die Ohrstöpsel raus.

»Alex?«

Sie zuckt zusammen. Ihre Augen sind verquollen, die Haut fleckig, ihr läuft Rotz aus der Nase. Dieser Anblick wischt jeden meiner vorherigen Gedanken weg. Auf einmal gibt es nur noch sie und ihre traurigen grünen Augen, in denen ziemlich verloren die Kontaktlinsen schwimmen. Ich will fragen, was passiert ist, zögere aber. Was könnte es sein? Was würde sie so aus der Bahn werfen? Hat Clemens Schluss gemacht? Oder sie mit ihm? *Wunschdenken*. An der Prüfung liegt es nicht. Das ist erstens zu lange her, und zweitens weiß ich, dass es auch bei Alex gut lief. Ist etwas mit ihrer Familie? O Gott, was, wenn jemand einen Unfall hatte?

Carlos streckt zaghaft eine Pfote nach ihr aus. Sein Blick ist schwarz und tröstend.

Ich setze mich neben sie, der Schlüssel klimpert, als ich den Arm um ihre Schultern lege. »Was ist passiert?«, frage ich vorsichtig. Sie will antworten, aber es wird nur ein weiteres Schluchzen. Sie verbirgt das Gesicht in den Händen, weint wie ein Kind, das gegen die Wucht der eigenen Gefühle nicht ankommt. Diese verletzliche, traurige Version von ihr ist herzzerreißend. Mir steigen Tränen in die Augen, und ich blinzle sie weg, drücke ihren Kopf sanft auf meine Schulter, streiche ihr übers Haar, wiege sie hin und her.

Ich weiß nicht, wie lange wir so dasitzen, aber irgendwann spüre ich, dass sie sich beruhigt. Sie atmet noch immer zu abrupt, aber immerhin atmet sie. Sie hat die Arme um mich geschlungen, ihr nasses Gesicht in meiner Halsbeuge. Unsere Position ist furchtbar unbequem. Mein Rücken schmerzt, mein linkes Bein ist eingeschlafen, aber ich bewege mich nicht. Ich halte sie einfach nur fest. So, als hätte ich Angst, dass sie, wenn ich loslasse, in unzählige winzige Splitter zerbricht.

»Wollen wir reingehen?«, flüstere ich. »Es ist kalt.«

Alex Who?

Alex und ich sitzen im milchigen Schein der Nachttischlampe auf meinem Bett und reden. Eigentlich redet nur sie, und ich höre zu. Im Hintergrund läuft »The Answer« von Kodaline, im Vordergrund ihre Stimme. Kratzig und schön. Ich habe vorhin Musik angemacht, weil ich das Gefühl hatte, ihr lautes Schluchzen wäre ihr unangenehm, und ich nicht wollte, dass sie sich darüber Gedanken macht. Ich höre ihr zu. Aufmerksam und interessiert. Und je länger sie erzählt, desto klarer wird mir, dass ich sie eigentlich gar nicht kenne. Dass sie mir und dem Rest der Welt immer nur einen kleinen Teil von sich zeigt. Die fröhliche Alex. Die unkomplizierte Alex. Die hilfsbereite Alex.

Die Alex, die mir in diesem Moment gegenüber sitzt, ist eine Mischung aus traurig, wütend und verletzt. Sie ist nicht ganz so schön, nicht so glatt, aber wahnsinnig echt. Sie redet sich in Rage, gestikuliert, schimpft ungehemmt, flucht auf eine Art, die ich ihr nicht zugetraut hätte. Alles, was sie sonst so feinsäuberlich unter Verschluss gehalten hat, bricht plötzlich aus ihr heraus. Wenn ich Alex vorher toll fand, bin ich jetzt hin und weg von ihr.

Natürlich hat Clemens nicht Schluss gemacht. Leider. Und es hatte Gott sei Dank auch niemand einen Unfall. Aber es ist etwas passiert. Etwas, das seelische Narben hinterlässt und wohl schon eine ganze Weile direkt unter der Oberfläche gelauert hat. Das Problem sind ihre Eltern. Ich wette, Lena weiß davon.

Ich wette, das war der Grund, warum Alex bei unserer ersten Begegnung unbedingt wissen wollte, was genau Lena über ihre Familie erzählt hat.

Es ist schon komisch mit der Wahrheit. Nach außen hin sind die Schillers die perfekte Vorzeigefamilie. Erfolgreicher Vater, eine – ich kenne sie zwar nur aus der Ferne, aber – schöne Mutter, zwei tolle Kinder. Ein Junge *und* ein Mädchen, wenn auch in der falschen Reihenfolge. Sie sind alle blond und groß und schlank und sportlich, wohnen in einem modernen Traumhaus, haben zwei Autos und genug Geld. Doch wenn man dann einen Blick hinter die Kulisse wirft, bröckelt das Bild. Es ist wie bei einem Stück Obst, das von innen bereits völlig verfault ist, aber von außen noch immer saftig und reif aussieht.

Alex' Vater hat seit sieben Jahren eine Beziehung mit einer acht Jahre jüngeren, ebenfalls verheirateten Frau. Sie sehen sich an den Wochenenden – meistens in Hotels –, manchmal auch unter der Woche, wenn er vorgibt, Tennisspielen zu gehen. In den Ferien verreist Alex' Mutter mit den Kindern, er mit seiner Schlampe – Alex' Worte, nicht meine.

Es ist schon lange kein Geheimnis mehr. Alex und ihre Mutter wissen bereits seit einer ganzen Weile Bescheid, nur Anton hatte keine Ahnung. Falls er doch etwas geahnt hat, hat er es für sich behalten. Alex hat heimlich unter der Situation gelitten, sich jedoch damit getröstet, dass ihr Vater bei ihnen geblieben ist, was für sie immer der Beweis dafür war, dass er seine Familie mehr liebt als die Schlampe. Vor knapp drei Stunden hat er ihnen nun gesagt, dass er ausziehen wird, und mit diesem Satz ist das Gerüst aus Lügen, das Alex um ihre heile Welt gebaut hat, in sich zusammengefallen. Niemand hat damit gerechnet. Alle dachten, es würde ewig so weitergehen. Und vermutlich wäre es das auch, wenn nicht der nichtsahnende Ehemann der Schlampe vergangene Woche völlig überraschend an einem Herzinfarkt gestorben wäre. In seinem Büro, an seinem Schreibtisch. Er ist nach vorne übergekippt und war auf der Stelle tot. Einfach so. Ohne jede Vorwarnung. Als Alex' Vater davon erfahren hat, ist er sofort zu ihr gefahren und erst heute wieder zurückgekommen. Und das nur, um seiner Familie zu sagen, dass er zu Yvonne und ihren Kindern ziehen wird – *weil sie ihn jetzt brauchen.*

Alex schnieft, schüttelt den Kopf. »Ich wollte es nicht sehen.«

»Was wolltest du nicht sehen?«, frage ich.

»Das alles. Die vielen Lügen.« Noch mehr Tränen. Ihre Augen sind rot. »Wir tun seit Jahren so, als wären wir eine glückliche Familie.« Ihre Stimme bricht weg. »Jeder hat es geglaubt. Sogar ich.« Sie schaut mich an. »Weißt du, wenn man eine Lüge oft genug wiederholt, glaubt man sie irgendwann.« Die Kontaktlinse verrutscht, Alex blinzelt sie zurück. »Und weißt du, was das Schlimmste ist?«

»Nein. Was?«

»Dass ich nicht weiß, was mich mehr anwidert. Mein Vater, der seit Jahren eine andere hat, oder meine Mutter, die sich das von ihm hat gefallen lassen.« Sie greift nach der Packung Taschentücher neben ihrem Knie, zieht eines heraus und putzt sich die Nase. »Ich meine, wer bleibt bei jemandem, der eigentlich jemand anderen liebt? Wer tut sich so was an?«

»Was sagt Clemens denn dazu?«, frage ich vorsichtig, als sie einen Schluck abgestandenes Mineralwasser trinkt.

»Ach der«, schnaubt sie und schraubt wieder den Deckel auf die Flasche. Ihr abschätziger Tonfall freut mich mehr, als er sollte, aber immerhin schaffe ich es, mir das nicht anmerken zu lassen.

»Wieso? Was war denn?«

»Clemens ist nicht gerade der beste Ansprechpartner, wenn es um familiäre Probleme geht«, sagt sie vage, und ich warte. »Er« – sie räuspert sich – »er hat viel mitmachen müssen.« Alex streicht mit den Fingerkuppen über die genoppte Oberfläche der Glasflasche, und ich versuche, mir nicht auszumalen, wie sich diese Berührung auf meiner Haut anfühlen würde. »Seine Mutter hatte Krebs«, sagt sie schließlich. »Und sein Vater trinkt.«

»Deswegen kein Alkohol«, stelle ich fest.

»Ja«, sagt sie. »Deswegen kein Alkohol.«

»Was ist mit seiner Mutter? Ist sie wieder gesund?«

Alex schüttelt den Kopf. »Sie ist vor sechs Jahren gestorben.«

»Scheiße«, murmle ich und schlucke.

»Weißt du, ich kann ihn schon irgendwie verstehen, aber in seiner Welt ist alles, was keine krebskranke Mutter oder kein trinkender Vater ist, nicht der Rede wert.«

»Weißt du das oder denkst du das nur?«

»Ich habe versucht, mit ihm darüber zu reden.« Ihre Stimme klingt ungewohnt nasal, aber sie weint nicht mehr.

»Und?«

»Und es dann gelassen.«

»Verstehe.« Aus meinem Lautsprecher erklingen die ersten Töne von »Over The Rainbow«. Die Version mit der Ukulele von dem Typen, dessen Namen ich nicht aussprechen kann. Israel Soundso. »Aber dieses Mal ist es doch anders«, sage ich. »Ich meine, immerhin zieht dein Vater aus.«

Alex spielt mit dem Flaschenhals und macht mich damit ganz verrückt. »Das stimmt. In diesem Fall hätte ich bestimmt mit ihm darüber reden können.« Ich warte auf das Aber. »Aber das wollte ich nicht.« Sie hält in der Bewegung inne und schaut mich an. »Ich wollte mit dir darüber reden.«

»Warum?«, frage ich in einem Flüstern.

»Keine Ahnung.«

Es entsteht eine Pause, die wir mit Blicken füllen. Sie dauern länger, als sie sollten. Ich will mich zwingen wegzusehen, tue es aber nicht.

»Kann ich dich etwas fragen?«, fragt sie.

»Sicher«, sage ich.

»Hast du den Film ohne mich zu Ende geschaut?«

Den Mund voll ungesagter Dinge

Als ich schlucke, knackt es in meinen Ohren. Mein Herzschlag beschleunigt sich. Ich nicke.

»Warum?«

Sag irgendwas, Sophie. Alles, nur nicht die Wahrheit. »Mir war nicht nach Gesellschaft.« Das ist immerhin nicht ganz gelogen.

»Nur nicht nach meiner, oder generell?«

Pause.

Ich weiche ihrem Blick aus.

»Generell.«

Eigentlich will ich ihr sagen, dass ich sie am liebsten die ganze Zeit um mich hätte. Dass ich an nichts anderes denken kann, als daran, sie zu küssen. Dass ich nicht weiß, was mit mir los ist. Dass sie so gut riecht. Wie sehr ich die perfekt gezogene Linie ihrer Oberlippe mag. Und die Farbe ihrer Augen. Diese beinahe mystische Mischung aus Moos- und Seegrün. Ich will ihr sagen, dass ich mich so sehr zu ihr hingezogen fühle, dass ich fast wahnsinnig werde.

Aber ich sage es nicht. Nichts davon. Ich schaffe es ja noch nicht mal, sie anzusehen.

»Es kam mir so vor, als hättest du mich gemieden.« Pause. »Du warst irgendwie anders.«

Mein Herz rast, und meine Handflächen schwitzen. Alex ist viel zu nah an der Wahrheit, und ich bin kurz davor, ihr alles zu erzählen. Ich habe den Mund voll ungesagter Dinge. Und ganz gleich, wie oft ich sie runterschlucke, sie kommen jedes Mal zurück. Manchmal wünschte ich, sie würden endlich überlaufen. Aber dann lasse ich es doch nicht zu.

»Sophie?«, flüstert sie heiser. Ich schlucke. »Hatte es etwas mit dem Kuss zu tun?«

Mein Blick schnellt nach oben. Findet ihren. Bleibt dort, reißt nicht ab. Ich kann nicht mehr wegsehen, meine Augen sind wie festgeklebt, der Moment zieht sich endlos in die Länge. Ein lautes Knistern liegt in der Luft. Sie schmeckt nach einer Mischung aus Unsicherheit und Neugierde. Die Art, wie Alex mich ansieht, wird zu Gänsehaut, die sich immer weiter ausbreitet. Ich atme flach. Sie befeuchtet ihre Lippen. Und dann tue ich es. Ich weiß nicht, was in mich fährt. Ich weiß nicht, ob ich wirklich eine Entscheidung treffe, wenn, dann weiß ich es nicht. Ich lehne mich plötzlich zu ihr rüber und küsse sie. Ich denke nicht. Ich kann nicht anders. Als wäre sie ein Magnet und ich ihr zu nah gekommen.

Als mir klar wird, was ich tue, will ich zurückweichen, doch sie hält mich fest. Ich spüre die Wärme ihrer Lippen. Mein Mund berührt ihren ganz leicht. Es ist zu wenig, um es einen Kuss zu nennen, aber genug, um mein Herz zum Rasen zu bringen. Ich rieche Grapefruit und schmecke ihren Atem. Und dann spüre ich ihre Zunge. Warm, fast heiß. Ich atme hörbar ein und ziehe sie an mich. Fester, als ich beabsichtigt habe. Alex klettert umständlich auf meinen Schoß. Aber wir hören nicht auf, uns zu küssen. Erst ist es sanft, dann nicht mehr. Es fühlt sich an wie eine Flutwelle, die uns langsam überschwemmt. Als würde alles, was ich mir seit unserem Kuss vorgestellt und ausgemalt habe, jedes Bild, jede Fantasie in diesem Augenblick über mich hereinbrechen. Ich küsse sie gierig. Vielleicht, weil ich befürchte, dass der Augenblick jeden Moment zu Ende gehen wird. Aber er tut es nicht. Alex' Oberkörper reibt gegen meinen, und mit völlig leerem Verstand berühre ich ihre Brust. Sie atmet flach, bewegt ihre Hüfte. Dann hält sie plötzlich inne. Ich bin mir sicher, dass sie gerade zur Vernunft kommt. Dass sie gleich von mir runtersteigen und die Flucht ergreifen wird. Aber das tut sie nicht. Stattdessen greift sie nach dem Saum meines Oberteils und sieht mich an. Atemlos. Mit einem Blick, der mich völlig fertig macht. Ich hebe die Arme, und sie zieht mir das Shirt aus. Dann ihr eigenes. Ich öffne den Verschluss ihres BHs, streife die Träger über ihre Schultern, lege ihn weg. Ich bekomme nur halb mit, dass sie auch meinen öffnet, weil ich nicht aufhören kann, sie anzusehen. Mit kühlen Fingerspitzen berühre ich sanft ihre Brüste, sehe dabei zu, wie sich die Brustwarzen zusammenziehen, dann beuge ich mich nach vorne, nehme sie in den Mund, sauge daran, umkreise sie mit der Zunge, so wie ich es schon im Traum getan habe, frage mich kurz, ob ich vielleicht wieder nur träume, höre Alex seufzen, spüre ihre Hände auf meiner nackten Haut, ihre Lippen an meinem Hals. Und zum ersten Mal in meinem Leben übertrifft die Realität meine Vorstellung – sie wirft mich völlig aus der Bahn.

Willkommen in der Parallelwelt

Ich komme langsam wieder zu mir. Mein Körper ist eine Mischung aus angespannten Muskeln und weichen Gelenken, und mein Puls ist überall. Ich liege schweißgebadet und schwer atmend auf dem Rücken. Die Bettdecken knistern, als Alex zwischen meinen Beinen auftaucht. Ich habe einen gedankenleeren Verstand und einen Körper, der nutzlos auf der Matratze liegt. Als wäre er in einer Art Schockstarre.

Alex streicht mit den Fingern über die Innenseite meiner Schenkel, und ich höre mich seufzen. Die Musik, die die ganze Zeit im Hintergrund lief, findet zurück in mein Bewusstsein, wird wieder lauter.

Alex schmiegt sich an mich. Ich spüre ihre feuchte Haut auf meiner und drehe den Kopf in ihre Richtung.

»Ist das eben wirklich passiert?«, frage ich schwer atmend.

»Ja«, flüstert sie und lächelt, »ist es.«

Und dann küsst sie mich. Die dünne Haut ihrer Lippen ist gespannt, ihre Augen noch immer geschwollen und der Moment gestohlen. Ich weiß, dass da draußen die reale Welt auf uns wartet und dass wir uns nicht für immer hier oben verstecken können. Aber für ein paar Stunden können wir es noch.

Der Montag danach

Ich bin vor dem Weckerklingeln wach geworden, habe mich aber nicht getraut, die Augen aufzuschlagen. Erst als ich neben mir eine Bewegung gespürt habe und sicher sein konnte, dass es kein Traum war, habe ich sie geöffnet. Im ersten Moment wusste ich nicht so recht, wie ich mich verhalten soll. Es war, als wären die Gedanken und Bedenken, die ich die Stunden zuvor so erfolgreich habe wegschieben können, mit dem Tageslicht alle auf einmal zurückgekommen.

Doch dann hat Alex mich geküsst, und ich habe sie alle wieder vergessen. Wir haben leise gelacht, uns wieder geküsst. Und aus den Küssen wurden Umarmungen, und aus den Umarmungen wurden Zungen auf Haut und irgendwann ein Knoten aus zwei Körpern. Unten im Flur konnte ich hören, wie Lena und mein Vater miteinander redeten. Ihre Stimmen waren weit genug weg, trotzdem habe ich Alex den Mund zugehalten, als sie gekommen ist. Sicher ist sicher. Wir haben uns etwas übergezogen und sind zusammen duschen gegangen. Wäre Alex ein Junge, hätte mein Vater einen Herzinfarkt bekommen. So war es kein Problem. Auch dass sie übernachtet hat, hat niemanden gestört. Es hat also durchaus auch seine Vorteile, sich in ein Mädchen zu verlieben. Doch ich befürchte, die Nachteile überwiegen.

Als wir zwanzig Minuten später das Haus verlassen haben, stand Clemens vor Alex' Haustür. Er wollte sie überraschen. Das ist ihm gelungen. In dem Moment, als sie ihn gesehen hat, hat sie meine Hand losgelassen, als hätte sie sich daran verbrannt.

Clemens schien nicht wirklich begeistert davon zu sein, mich mitzunehmen, aber was hätte er sagen sollen? »Nein, die kann mit dem Bus fahren«? Wohl kaum. Und die Tatsache, dass Alex noch einmal nach oben laufen musste, um ihre Brille zu holen, hat er auch nicht verstanden. Aber wie hätte er das auch verstehen sollen? Er war schließlich nicht dabei, als sie die Kontaktlinsen gestern Nacht irgendwann fluchend rausgenommen und wahllos irgendwohin geworfen hat. Wir waren allein. Und nackt. Und haben uns danach sofort wieder geküsst. Heute Morgen lagen die Linsen verschrumpelt und ausgetrocknet auf dem Fußboden, und wir haben gelacht.

Jetzt sitze ich zusammen mit Clemens, Alex und dem rosa Elefanten im Auto. Er ist noch größer geworden, zerquetscht mich fast. Doch dieses Mal hat Clemens keine Ahnung. Er weiß nicht, dass aus einem »Wahrheit-oder-Pflicht«-Kuss Sex geworden ist. Er denkt, wir sind nur Freundinnen. Von den Vorzügen ahnt er nichts. In seiner Welt gibt es keinen rosa Elefanten. Er kann ihn nicht sehen. Nur wir wissen, dass er da ist. Ich frage mich, ob Alex ihm davon erzählen wird. Ihm alles beichten. Sich dafür entschuldigen. Ihn bitten, dass er ihr verzeiht.

Als Clemens seine Hand auf Alex' Oberschenkel legt, muss ich mich zusammenreißen, nichts zu sagen. Die letzten Stunden waren wie ein viel zu kurzer Aufenthalt in einer Parallelwelt, aus der ich eigentlich nie wieder zurückkommen wollte. In der Realität hat Alex einen Freund. Sie ist mit ihm zusammen.

Was ist, wenn mit einem Mädchen zu schlafen nur irgendein Punkt auf irgendeiner ihrer Listen war? Sie hat mir von ihren Listen erzählt. Was, wenn es überhaupt nicht um mich geht?

Plötzlich fühle ich mich benommen, habe leichte Kopfschmerzen. Anscheinend bekommt man nach jeder Form von Rausch einen Kater.

»Und? Was führt dich heute in die Schule?«, fragt Clemens scheinbar beiläufig, und erst da bemerke ich, dass ich die Augen geschlossen habe. Wahrscheinlich wegen seiner beschissenen Hand auf ihrem Oberschenkel.

Ich blinzle gegen das Sonnenlicht, dann sage ich: »Fabian und ich lernen ein bisschen Englisch.«

»Fabian?« Clemens schaut fragend in den Rückspiegel, Alex stur nach vorne.

»Das ist ein Typ aus meinem Englischkurs.«

In Clemens' Blick flackert etwas wie »Na, du lässt ja nichts anbrennen«, doch ich beschließe, es zu ignorieren. Es interessiert mich nicht, was er denkt. Dafür wüsste ich gern, was gerade in Alex' Kopf vorgeht. Ob sie Schuldgefühle hat. Ob sie es bereut. Ich frage mich, ob es wieder passieren wird. Es muss wieder passieren. Allein die Vorstellung, sie nie wieder zu küssen, ist …

»Wollen wir heute Nachmittag in die Stadt gehen?«, fragt Alex ungewohnt schnell, als wollte sie sichergehen, dass sie es sich nicht auf halbem Weg doch noch anders überlegt. Ihre Stimme klingt fremd, aber ihr Blick gefällt mir.

Ich räuspere mich. »Klar.«

»Ich dachte, *wir* sehen uns heute Nachmittag«, sagt Clemens.

»Wir haben uns die letzten Wochen fast jeden Tag gesehen.« Sie lächelt. »Abgesehen davon glaube ich, es wäre gut, wenn du und Nik euch mal aussprecht.«

»Wir streiten nicht.«

»Aber miteinander reden tut ihr auch nicht.«

Erst wirft er mir einen undurchdringlichen Blick zu, dann schaut er zu Alex und nickt.

Ich glaube, er hasst mich.

(Ersatz)Befriedigung

Eine ganze Weile waren Innenstädte, Ladenzeilen und Einkaufszentren für mich die Kathedralen des Kapitalismus. Keiner hat mehr Zeit, in die Kirche zu gehen, weil wir alle viel zu sehr damit beschäftigt sind, uns Ersatz-zu-befriedigen. Ich war eine von ihnen. Ich rede nicht von Sachen wie Jeans oder Schuhen, die man eben ab und zu wirklich braucht, sondern von dem ganzen Kleinkram, den man sich nur kauft, weil man insgeheim hofft, dass er einen glücklich machen wird. Wenigstens für den Moment. Wenn auch nur einen Wimpernschlag lang. Es waren Dinge, von denen ich gehofft habe, dass sie die Leere füllen, die mich manchmal komplett eingenommen hat. Aber das haben sie nie. Sie sind durch mich hindurchgelaufen, als wäre ich ein Nudelsieb. Oder ein löchriger Damm. Alles, was ich wollte, war etwas, das die Risse kittet. Ich wollte mich einfach nur vollständig fühlen. Aus meiner jetzigen Sicht – wild knutschend mit Alex in einer Umkleidekabine – glaube ich, dass ich deswegen immer wieder mit irgendwelchen Jungs im Bett gelandet bin, weil ich dann für ein paar flüchtige Minuten nicht mehr leer war. Sie haben mich kurzzeitig körperlich ausgefüllt. Als wäre ein steifer Penis wie ein Badewannenstöpsel für meine Gefühle. Aber es hat nicht angehalten. Sobald der Stöpsel gezogen war, war ich wieder leer.

Jetzt ist es anders.

Es gibt keinen Stöpsel. Und ich bin nicht leer. Ich koche fast über. Alex drückt mich gegen den Spiegel. Er ist kalt, und ich ziehe die Luft ein, als er auf meine Haut trifft. Sogar wenn ich es versuchen würde, könnte ich nicht erklären, wie großartig es sich anfühlt, sie zu küssen. Sogar wenn mir alle Sprachen und alle Wörter und alle Superlative zur Verfügung stehen würden, es würde nicht reichen. Wir sehen einander atemlos an. Ihre Augen haben die Farbe meiner Träume, und ich wünschte, meine könnten genau diesen Blick fotografieren. Dann küsse ich sie, berühre wieder ihre Haut.

Als Alex mich vorhin gefragt hat, ob ich auch etwas in der Stadt brauche, habe ich ihr erzählt, dass mein Lieblings-BH versucht hat, mich zu erstechen, und dass ich gern einen neuen hätte. Ich weiß nicht, ob ich es vorgeschlagen habe, weil ich wollte, dass *genau das* passiert, oder weil ich wirklich nichts anderes brauche. Was auch immer der Grund war, bisher habe ich keinen anprobiert. Die BHs hängen weiterhin wartend an den durchsichtigen Plastikbügeln. Schwarze Baumwolle, schwarz mit Spitze und durchsichtig. Den durchsichtigen hat Alex ausgesucht. Sie hat geflüstert: »Ich wette, der sieht toll an dir aus.« Da wollte ich sie küssen. Wegen der Art, wie sie mich angeschaut hat, wegen dem heiseren Kratzen in ihrer Stimme. Wir haben uns noch ein bisschen umgesehen, und es war quälend und schön, sie mir in all der Unterwäsche vorzustellen. In der Sekunde, als wir endlich den Vorhang der Umkleide hinter uns zugezogen hatten, haben wir angefangen, uns zu küssen. So wie die Paare in Filmen, die übereinander herfallen, sobald die Aufzugtüren sich hinter ihnen geschlossen haben.

Alex' Hände sind überall. Auf meiner Haut, in meiner Unterhose. Ich halte den Atem an, damit man mich nicht hört. Zwischen den Staubkörnern tanzen flirrend Kristalle durch die Luft. Meine Muskeln zucken, und mein Arm reibt quietschend über den Spiegel. Ich weiß nicht, was genau das zwischen uns ist. Aber es ist so viel mehr als nur ein Punkt auf irgendeiner Liste.

Das Leben ist schön

Ich kann mich kaum noch an die Englisch-Abiturprüfung erinnern, obwohl sie erst vor ein paar Stunden stattgefunden hat. Ich weiß, dass ich sie geschrieben habe, aber ich weiß nicht, wie es mir ging. Also, in der Prüfung. Ansonsten ging es mir großartig.

In der letzten Woche hat Alex ziemlich oft hier übernachtet. Lena weiß von der Situation der Schillers und meinte, dass Alex so lange bleiben kann, wie sie will. Dementsprechend wenig habe ich geschlafen. Aber ich will mich nicht beschweren. Es waren die besten schlaflosen Nächte meines Lebens.

Während Alex gestern im Schwimmtraining war, habe ich mit Lukas geskypt und wurde gegen Ende so nervös, dass ich alle paar Minuten auf die Uhr geschaut habe. Er hat mich irgendwann gefragt, ob alles okay ist, und ich wusste nicht, was ich sagen soll. »Alles super, danke übrigens für den Film. Der war wirklich sehr inspirierend«? Oder »Ach ja, bevor ich es vergesse, ich bin jetzt übrigens mit Alex zusammen«? Was nicht wahr ist. Wir haben nämlich die Frage nach dem, was wir sind oder nicht sind, bisher noch nicht angesprochen. Vermutlich, weil wir es beide nicht so recht wissen.

Was ich aber weiß, ist, dass ich mag, wie Lukas mich bisher gesehen hat, und dass ich nicht will, dass sich daran etwas ändert. Er hat es zwar nicht gesagt, aber ich fürchte, dass er denkt, dass Alex gerade seinen Platz einnimmt. Was sie gar nicht tut. In unserer Konstellation ist Alex nämlich Vianne, nur dass er keine Ahnung davon hat, weil Alex und ich ein Geheimnis sind.

Lukas ist mein roter Faden. Meine Konstante. Und ich bin seine. Niemand kennt mich so gut wie er, und ich kenne niemanden so gut wie ihn. Trotzdem weiß ich nicht, wie er reagieren würde, wenn ich ihm von Alex und mir erzähle. Ich will nicht, dass er blöde Scherze macht. Oder es ins Lächerliche zieht. Dafür ist es mir zu wichtig, was auch immer da zwischen uns ist. Ich will, dass er es weiß. Aber ich will es ihm nicht sagen. Es nicht aussprechen müssen. Es ist eine Sache, etwas selbst zu wissen, und eine ganz andere, es die ganze Welt wissen zu lassen. Und Lukas ist mehr oder weniger meine ganze Welt.

Vorerst habe ich ihm nichts davon erzählt. Es nicht mal angedeutet. Wahrscheinlich, weil ich weiß, dass mich Lukas mit genau den Fragen konfrontiert hätte, die ich mir heimlich selbst stelle. »Dann ist sie also noch mit Clemens zusammen?« und »Was ist, wenn sie nicht mit ihm Schluss macht? Ich meine, schläfst du dann trotzdem noch mit ihr?« oder »Woher weißt du eigentlich, dass sie dasselbe für dich empfindet? Hast du sie das mal gefragt?«. Natürlich nicht. Ich fürchte mich viel zu sehr vor der Antwort. Also habe ich es einfach gemacht wie ein Kind: mich voll und ganz auf das Jetzt konzentriert und nur im Moment gelebt. Das war vielleicht nicht gerade weitsichtig, aber es war schön. Abgesehen davon mag ich unsere Parallelwelt. Sie ist wie dieses geheimnisvolle Land am Ende eines Regenbogens. Der Ort, den jeder finden will. *Ich* habe ihn gefunden. Und mal im Ernst: Es wäre absolut verrückt, ihn zu verlassen.

Als Alex nach dem Schwimmtraining hier ankam, waren ihre Haare noch nass, und ihre Haut hat nach Chlor gerochen. Wir haben lang und heiß gebadet und sind dann mit hochroten Gesichtern in die Küche gegangen, wo Lena und mein Vater gerade belegte Baguettes gemacht haben. Genau genommen hat nur Lena sie gemacht. Mein Vater hat jeden ihrer Handgriffe unter schweren Lidern beobachtet. Er sah aus wie ein verliebter Student.

Als Lena unsere hungrigen Blicke bemerkt hat, hat sie gelacht und dann ein weiteres Baguette in zwei Teile geschnitten, mit einer cremig-senffarbenen Sauce bestrichen, und mit hauchdünnem Honigschinken, ein paar Stücken Bergkäse, losen Rucolablättern und großen Tomatenscheiben belegt. Sie hat die Baguettes auf einen Panini-Grill gelegt – ja, Lena besitzt so etwas –, und ein paar Minuten später hat der Duft von schmelzendem Käse und gebratenem Schinken die Luft erfüllt.

Ich habe es Lena nicht gesagt, aber es war mit Abstand das beste Sandwich, das ich je gegessen habe. Es waren nicht nur die Zutaten. Es war die Liebe, mit der sie sie gemacht hat. Nach dem Essen haben sich Papa und Lena auf die Couch verzogen und einen Krimi angeschaut, und wir sind mit Carlos rausgegangen. Aber besonders weit gekommen sind wir nicht. Wir standen wie Diebe im Schatten der Bäume und haben uns geküsst, bis unsere Lippen geschwollen waren. Das Laub hat im Wind geraschelt, und über uns hat sich ein mondloser Himmel ausgestreckt wie eine endlose schwarze Decke. Die Nacht war lang und wunderschön. In meinem Zimmer lagen wir dann nackt auf den Decken und haben geredet. Ich habe Alex auf ihre Lust-Liste angesprochen, und sie hat mir davon erzählt, mich gefragt, ob wir auch eine machen wollen. Eine gemeinsame. Mit all den Dingen, die wir zusammen erleben möchten. Und das haben wir. Auf einer leeren Seite meines Zeichenblockes haben wir angefangen, unsere Wünsche zu notieren.

So lange, bis wir uns nicht mehr konzentrieren konnten – wir waren einfach zu nackt. Ich hatte keine Ahnung, wie sensibel Haut ist. Wie empfindsam sie auf die kleinsten Berührungen reagiert. Es war, als hätte ich meinen Körper noch nie wirklich gespürt. Zumindest nicht so.

Seit heute Morgen weiß ich, dass die Wände und der Boden in diesem Haus ziemlich hellhörig sein müssen, denn mein Vater fragte heute beim Frühstück, was für einen Film wir so lange angesehen hätten, und dass er von der Geräuschkulisse entweder auf ein Fitnessvideo oder einen Porno tippen würde. Ich war nicht nur peinlich berührt, ich war peinlich erschlagen. Erst haben wir keinen Ton rausgebracht, aber dann haben wir uns für den lauten »Film« entschuldigt und versprochen, ab jetzt leiser zu sein. Ich wäre am liebsten im Erdboden versunken und nie wieder rausgekommen. Kaum zu glauben, dass das heute Morgen war. Und noch weniger, dass wir nur eine Stunde später komplett übernächtigt und mit einem Haufen Endorphinen im Blut unsere letzte schriftliche Abiturprüfung geschrieben haben.

In zerrissenen Jeans

Inzwischen ist es 16.15 Uhr – noch immer Freitag –, und ich sitze lächelnd mit meinem Vater und Lena am Esstisch. Alex ist zu Hause, weil sie frische Klamotten braucht und weil ihre Mutter sie »auch ganz gern mal wieder sehen würde«.

Ich kann nicht aufhören, an sie zu denken. Sie ist wie ein Ohrwurm, der mir schon seit Tagen nicht aus dem Kopf, aber trotzdem nicht auf die Nerven geht. Ich bin so tief eingetaucht in mein Meer aus Erinnerungen, dass es mich nicht einmal wundert, dass Lena und mein Vater zu Hause sind. Was es bei ihren langen Arbeitszeiten eigentlich sollte.

»Du siehst glücklich aus«, sagt mein Vater unvermittelt, und ich schaue hoch. »Ist ein gutes Gefühl, oder?«

O mein Gott, was weiß er? »Ein … gutes Gefühl?«, frage ich unsicher.

Er wirkt irritiert. »Na, bald hast du das Abitur.«

»Ja!«, sage ich viel zu laut. »Richtig … das … das ist ein sehr gutes Gefühl.«

Papa sieht mich komisch an und nimmt einen Schluck Kaffee. Das ist eine von seinen »Ich weiß nicht, was ich sonst tun soll«-Gesten.

»Mensch, Christian, jetzt erzähl es ihr schon«, drängt Lena, und kurz bin ich sicher, dass mir mein Vater jeden Moment eröffnen wird, dass zu meinen zwei Nicht-Brüdern in ein paar Monaten noch ein Halber dazukommt. Ein weiterer Vorteil, wenn man in ein Mädchen verliebt ist: Niemand wird schwanger.

»Ist ja gut!«, sagt er lachend, stellt die Kaffeetasse ab und wendet sich mir zu. »Mein Forschungsetat ist bewilligt worden.«

»Dein? Wow!«, sage ich erleichtert, was er ganz offensichtlich als Begeisterung deutet, denn er strahlt mich an. »Das ist … das ist großartig, Papa, ehrlich.«

»Es ist total verrückt.« Er schüttelt den Kopf, als könnte er es selbst noch nicht ganz glauben. »Aber das ist noch nicht alles.« Papa grinst auf eine Art, auf die eigentlich nur kleine Jungs grinsen. »Dieses Projekt wird eine transatlantische Kooperation zwischen uns und einer sehr renommierten Klinik in San Francisco.«

»Wow … das ist …«

Er lacht laut auf. »Das ist noch nicht die Neuigkeit, Motte.«

»Oh, okay.« Ich lächle. »Was dann?«

»Dass sie uns nach San Francisco eingeladen haben!« Erwartungsvolle Stille. »San Francisco. Uns alle. Lena, die Jungs, dich und mich. Ist das nicht der Wahnsinn? Morgen in einer Woche fliegen wir.«

»Nein«, sage ich im Affekt.

Schweigen.

»Was?«

»Ich … ich will nicht weg.«

Die Stirn meines Vaters besteht plötzlich nur noch aus Falten. »Was soll das heißen, du willst nicht weg? Hast du mir eben nicht zugehört? Wir reden von *San Francisco*!«

»Doch, hab ich. Trotzdem.«

Noch vor wenigen Tagen wäre diese Antwort ein Beweis dafür gewesen, dass ich einer Gehirnwäsche unterzogen worden bin. Oder für eine plötzliche Persönlichkeitsstörung. Ich liebe

San Francisco. Ich hatte schon immer eine besondere Schwäche für diese Stadt. Eine Schwäche, die ich mir nie erklären konnte. Der Film *The Diary Of A Teenage Girl* hat das Ganze dann noch einmal auf ein ganz anderes Level gehoben. Ich habe ihn letztes Jahr im Kino gesehen und danach wochenlang nicht mehr aufgehört, davon zu reden, dass ich eines Tages nach San Francisco gehen werde. Ich habe meinen Vater zu Tode genervt. Aber er wusste, dass es mir wichtig ist, weil ich sonst nie so viel über irgendetwas gesprochen habe. Ich denke an die Liste mit all den Dingen, die Alex und ich in den kommenden Wochen machen wollen. Ich will nach wie vor nach San Francisco, aber eben nicht jetzt.

»Ich werde einfach nicht schlau aus dir.« Mein Vater steht auf. »Erst liegst du mir ewig in den Ohren, dass ich mein Versprechen gebrochen habe und dass du so gern nach Italien fahren wolltest« – er stützt sich auf der Stuhllehne ab und schaut mich wütend an – »und jetzt, wo ich dir sage, dass wir alle zusammen nach SAN FRANSCICO fliegen, möchtest du lieber hierbleiben?« Er hebt die Augenbrauen und schüttelt den Kopf. »Es geht um Kalifornien. Kalifornien, Sophie! Da wolltest du doch immer hin!«

»Das stimmt«, sage ich tonlos, »das wollte ich.«

»Aber?«

Ich weiß nicht, wie ich es ihm sagen soll. Er hat recht. Ich wollte unbedingt nach San Francisco. Ich wollte im Sonnenuntergang »California Stars« hören, auf die Golden Gate Bridge blicken und mir vorstellen, ich wäre einer der Aussteiger, die mutig genug waren, alles hinter sich zu lassen. So wie im Film. Ich wollte da hingehen, wo schon so viele Menschen vor mir sich gefunden haben. Und ich will es noch. Aber nicht in den nächsten Wochen. Ich habe nur diese paar Tage mit Alex. Ein paar Tage, in denen Clemens und Nik zum Surfen fahren und wir so tun können, als wäre das, was wir tun, in Ordnung. Als hätte es eine Zukunft. Als wäre es echt. Was danach kommt, weiß ich nicht. So weit habe ich noch nicht gedacht. So weit darf ich nicht denken.

»Ich habe dich etwas gefragt«, sagt mein Vater mit einer seltenen Schärfe in der Stimme.

Lena legt beruhigend die Hand auf seinen Arm, dann fragt sie in einem psychologisch geschulten Tonfall: »Warum möchtest du denn nicht mit? Dafür muss es doch einen Grund geben?«

Ich frage mich, ob sie damit sich und die Jungs meint, komme aber nicht dazu zu antworten.

»Es ist mir scheißegal, ob es dafür einen Grund gibt«, sagt mein Vater und nimmt Lenas Hand weg. »Sie kommt mit, ganz einfach.«

Jetzt stehe ich auch auf. »Nein.«

»Doch.«

»Du hast nicht über mich zu bestimmen.«

»Sag mal, hast du jetzt völlig den Verstand verloren?« Seine Stimme überschlägt sich.

»Nein.«

Sein Blick ist fassungslos. »Du willst allen Ernstes ganz alleine hierbleiben?«

»Ja.«

Er schaut kurz zu Lena, als könnte nur jemand mit zwei X-Chromosomen so etwas Idiotisches verstehen, dann wieder zurück zu mir. »Okay, sag mir warum?«

Er klingt nicht mehr wütend. Eher verzweifelt.

»Wir sind erst vor ein paar Wochen hierhergezogen, Papa, und ich fange gerade an, mich wohlzufühlen.«

»Das eine hat doch nichts mit dem anderen zu tun. Ich will

schließlich nicht nach San Francisco ziehen«, sagt er zwischen genervt und verständnislos. »Es sind nicht mal ganz zwei Wochen.«

»Ich weiß«, sage ich. »Aber ich will trotzdem hierbleiben.« Pause. »Und so wie ich das sehe, sollte das kein Problem sein. Es sind noch keine Flüge gebucht, kein Hotel, nichts.«

»Ich verstehe dich nicht. Ich verstehe dich einfach nicht.«

»Das nehme ich dir nicht mal übel«, sage ich, »aber wenn es dir wichtig ist, was ich will, dann lässt du mich in München bleiben.«

Ein paar Sekunden vergehen, in denen wir einander einfach nur über den Tisch hinweg ansehen. »Du musst mir sagen warum«, sagt er. »Und dieser Grund muss mich überzeugen. Sonst kannst du es vergessen.«

Ich atme tief ein. »Alex und ich haben eine Liste gemacht.«

»Eine Liste? Was denn für eine Liste?«

Ich zögere, als wäre es zu privat, ihm davon zu erzählen. »Es ist eine Liste mit Dingen, die wir in den kommenden Wochen machen wollen.«

»Okay, und was sind das für Dinge?«

»Ganz verschiedene Sachen.«

»Zum Beispiel?«, fragt er an der Schwelle zur Ungeduld.

»Alex will mir ihre Lieblingsorte in München zeigen, weil ich immer wieder so Heimweh nach Hamburg habe.« Ja, ich gebe zu, damit zu kommen ist emotionale Erpressung und eigentlich auch gar nicht mehr wahr. Aber es geht immerhin darum, ihn zu überzeugen – da kann ein bisschen schlechtes Gewissen nicht schaden. Und es scheint zu wirken, denn mein Vater setzt sich wieder hin.

»Okay, verstehe.« Er nickt nachdenklich, Lena schenkt uns Kaffee nach, ich sinke auf meinen Stuhl zurück. »Was noch?«

»Wie, was noch?«

»Wenn du hierbleiben willst, wirst du schon mit etwas mehr kommen müssen.«

»Alex wird am 27. Mai achtzehn. Wir wollen zusammen feiern.«

»Und wie, wenn ich fragen darf?«

Dreitausend unpassende Bilder schießen mir durch den Kopf.

»Ich weiß es nicht.«

»Na ja, ich nehme mal an, sie wird eine Party machen?«

»Nein«, sage ich. »Wir feiern zu zweit.«

»Alex wird achtzehn, und das feiert ihr nur zu zweit?«

»Ja.«

»Hast du nicht eben noch gesagt, dass du nicht weißt, wie sie feiern will?«, hakt er skeptisch nach.

»Alex hat gesagt, dass sie keine Lust hat, groß zu feiern.« Mein Vater zieht ungläubig die Augenbrauen hoch.

»Das wundert mich nicht«, sagt Lena und fügt mit einem vielsagenden Seitenblick zu meinem Papa hinzu: »Nach allem, was zur Zeit bei ihr zu Hause los ist …«

Im Gesicht meines Vaters blitzt ein »Stimmt, da war etwas« auf, und er sieht mich an. »Dann hat das alles also nichts mit irgendwelchen Jungs zu tun?«

»Mit was für Jungs?« Ich stelle die Frage, als wäre es das Abwegigste der Welt. Doch aus seiner Perspektive ergibt es durchaus Sinn. Woher sollte er auch wissen, dass er von der Wahrheit kaum weiter entfernt sein könnte? Die meisten Mädchen in meinem Alter würden aus genau zwei Gründen allein zu Hause bleiben wollen: um endlich mit dem Richtigen zu schlafen, ohne dabei von ihren Eltern überrascht zu werden, oder um Partys zu feiern, zu viel zu trinken und mit den Falschen rumzumachen.

»Du weißt genau, was ich meine, Sophie.« Er nippt an seinem Kaffee. »Geht es darum, dass ihr das Haus dann für euch alleine hättet? Alex und du und« – er macht eine unbestimmte Handbewegung – »irgendwelche Jungs?«

»Nein, tut es nicht.«

»Hast du einen Freund?«

Am liebsten würde ich fragen, ob er das als mein Vater nicht eigentlich wissen sollte, glaube aber, dass mir das in dieser Situation nicht weiterhelfen würde, also sage ich einfach nur: »Nein«.

Er mustert mich mit einem Blick, der bis auf meine Knochen zu sehen scheint, dann stellt er seine Tasse ab.

»Nein?«

»Nein«, sage ich noch einmal. »Ich habe keinen Freund. Und es geht auch sonst nicht um irgendwelche Jungs.« Ich erkenne an der Art, wie er mich ansieht, dass er mir nicht glaubt. »Und es wundert mich ehrlich gesagt, dass du dir jetzt auf einmal Sorgen darum machst.«

Er schaut verdutzt. »Also, ich finde den Zeitpunkt eigentlich ziemlich einleuchtend.«

»Du hast mich in den letzten acht Monaten fast jedes Wochenende alleine in Hamburg gelassen, weil du nach München fahren wolltest.« Er schaut auf die Tischplatte, als hätte er das vergessen. »Da war es dir doch auch scheißegal, was ich mache.«

»Das stimmt nicht, und das weißt du.«

»Gesagt hast du jedenfalls nichts.« Pause. »Ich hätte jedes Wochenende wilde Sexorgien bei uns zu Hause veranstalten können – hab ich aber nicht.«

Das ist nicht mal gelogen. Es waren keine Orgien, und es war auch nicht bei uns zu Hause.

Papa seufzt. »Ich will einfach nicht aus dem Urlaub zurückkommen und dann von dir erfahren, dass du schwanger bist. Das ist alles.«

»Ob du es glaubst oder nicht, Papa«, antworte ich. »Das will ich auch nicht.«

Er massiert sich den Nasenrücken, dann richtet er sich in seinem Stuhl auf und fixiert mich mit einem strengen Blick. »Okay, hör zu. Wenn ich dir erlaube, alleine hierzubleiben, dann musst du mir versprechen, dass in der gesamten Zeit, in der wir weg sind, keine einzige Party in diesem Haus stattfindet und dass niemand, ich wiederhole: NIEMAND hier übernachtet, der dich schwängern könnte.« Ich versuche, nicht zu lächeln. »Findest du das etwa komisch?«

Mir liegt auf der Zunge, dass man mich auch außerhalb dieses Hauses oder tagsüber schwängern könnte, aber ich bin mir sicher, dass mein Vater das nicht lustig finden würde, deswegen antworte ich: »Nein, natürlich nicht.«

»Ich meine es ernst Sophie«, sagt er.

»Ich weiß«, sage ich.

»Also?«

»Die einzige Person, die außer mir ab und zu mal über Nacht bleiben wird, ist Alex. Ich werde niemanden hierher einladen und auch keine Partys feiern.«

»Und was ist mit ihrem Freund? Diesem … diesem …« Er schaut hilfesuchend zu Lena.

»Clemens«, sagt sie.

»Ja, richtig, Clemens. Der wird doch bestimmt auch dabei sein. Und am besten noch irgendwelche nichtsnutzigen Freunde mitbringen.«

»Wird er nicht. Clemens fährt in der Zeit zusammen mit seinem besten Freund nach Portugal.«

»Die gesamten Pfingstferien?« Ich nicke. »Warum genau dann? Sie könnten wegfahren, wann immer sie wollen, und fahren genau in den Pfingstferien?« Er schüttelt verständnislos den Kopf. »Und abgesehen davon, müssen die nicht lernen?«

»Keine Ahnung«, antworte ich. »Ich weiß nur, dass die beiden Surfen gehen … Außerdem sind die schriftlichen Prüfungen dann schon alle gelaufen. Und die mündlichen erst eineinhalb Wochen später. Ich habe dir doch die Termine gezeigt.«

»Okay, ja, das stimmt.« Pause. »Trotzdem. Seine Freundin wird achtzehn, und er geht lieber mit einem Kumpel surfen? Was ist denn das für ein Idiot?«

»Das habe ich mich auch gefragt«, sage ich, und das habe ich.

»Na ja, letzten Endes geht mich das alles nichts an.«

Pause.

»Okay, Sophie.« Er nimmt seine Kaffeetasse und trinkt den letzten Schluck, dann steht er auf. »Ich finde es zwar sehr schade, dass du nicht mitkommen willst, aber du bist alt genug, deine eigenen Entscheidungen zu treffen. Du kannst hierbleiben.«

Der Mund ist übergelaufen

»Du hast was?« Eine tiefe Falte frisst sich zwischen Lukas' Augenbrauen, sein Mund ist eine dünne, harte Linie und sein Blick wie eine Ohrfeige. »Du verarschst mich doch.«

»Nein«, sage ich, »das tue ich nicht.«

»Du hattest also die Chance auf zwei Wochen in San Francisco, und du hast Nein gesagt?« Lukas schüttelt ungläubig den Kopf. »Sag mal, hast du sie noch alle?«

»Was soll das?«

»Dasselbe könnte ich dich auch fragen.« Lukas greift neben den Bildschirm. Eine Sekunde später setzt er eine halbleere Bierflasche an die Lippen, trinkt einen Schluck und stellt sie wieder weg. »Okay. Erklär es mir.«

»Wozu? Du würdest es ja doch nicht verstehen.«

»Das weißt du nicht.«

»Doch, das tue ich.«

»Und woran liegt das?«

Ich antworte nicht.

»Wir haben uns mal versprochen, uns immer die Wahrheit zu sagen, weißt du noch?«

Ich weiche seinem Blick aus.

»Hab ich was falsch gemacht?«

»Nein.«

»Aber irgendwas stimmt doch nicht mit dir.« Pause. »Sag mir doch, was los ist.«

»Mit mir ist nichts«, sage ich gerade so laut, dass man mich hört.

»Du lügst, Sophie. Ich kenne dich, und ich weiß, dass du lügst. Irgendwas stimmt nicht mit dir.«

Ich denke an Adèle und das, was sie gesagt hat. Dass es an ihr liegt. Dass ihr etwas fehlt. Dass sie nicht richtig tickt. Tränen steigen in meine Augen, und ich blinzle sie weg. »Seit dem Wochenende, als ich bei dir war, bist du anders«, sagt Lukas, und ich spüre seinen stechenden Blick wie zwei Hände, die mich an den Schultern packen. »Was ist da passiert, Flittchen?«

»Gar nichts.«

»Das kauf ich dir nicht ab. Die Sophie, die ich kenne, hätte niemals Nein zu einer Reise nach San Francisco gesagt.« Ich schaue in meinen Schoß, fühle mich wie ein Kind, das geschimpft wird. »Verdammt, jetzt spuck schon endlich aus, was mit dir los ist!« *Ich kann nicht*, denke ich und würde am liebsten schreien. »Ist es wegen Alex?« Ich schaue so plötzlich hoch, dass ich mir ein Ja sparen kann. Er weiß auch so, dass er recht hat. »Okay, es ist also wegen Alex.« Pause. »Hat es …« Er räuspert sich. »Hat es etwas mit dem Kuss zu tun?«

»Bitte, Lukas, nicht.« Meine Stimme zittert, als hätte sie Angst.

»Hat es damit zu tun?«

Ich nicke. Kurz und abgehackt.

»Ist es seitdem wieder passiert?«

Ich zögere, dann nicke ich noch einmal.

»Komm schon, Flittchen, schau mich an.«

Er wartet. Ich kenne Lukas. Er wird warten, bis ich ihm in die Augen sehe. Also atme ich tief ein und hebe langsam den Blick. Seiner ist unerwartet sanft.

»Hast du dich in sie verliebt?«

Zwei Stunden später liege ich leer auf dem Bett. Ich habe Lukas alles erzählt. Nur die Details habe ich für mich behalten. Manche Dinge gehen niemanden etwas an. Zum Beispiel wie sehr ich mich davor fürchte, Alex zu verlieren, obwohl ich sie eigentlich gar nicht habe. Oder wie sehr ich es liebe, dass sie sofort flacher atmet, wenn ich sie berühre. Oder dieses leichte Kratzen in ihrer Stimme, das sie auch hat, wenn sie lacht.

Lukas hat nichts Blödes gesagt, nicht mal zweideutig gegrinst. Er hat einfach nur zugehört. Und genau so reagiert, wie ich es eigentlich hätte wissen müssen. Als ich fertig war, kam die Frage, mit der ich gerechnet habe: »Könnte es nicht sein, dass es nur eine Phase ist? Ich meine, du hast schließlich auch schon mit Jungs geschlafen.« Ich habe ihm die Wahrheit gesagt. Nämlich, dass ich es nicht weiß. Und er hat gefragt, wie es ist, mit einem Mädchen zu schlafen. Und ich habe geantwortet, dass ich nur weiß, wie es ist, mit Alex zu schlafen, und dass mir dafür die Worte fehlen.

»So gut, hm?«, sagt er nun und grinst.

Ich stütze den Kopf in die Hand und grinse zurück. »Ja«, sage ich in einem Tonfall aus peinlich berührt und glücklich. »So gut.«

»Mal 'ne blöde Frage«, sagt Lukas und trinkt den letzten Schluck Bier. »Wenn du sagst, ihr schlaft miteinander, was genau tut ihr da?«

»Das ist jetzt nicht dein Ernst«, antworte ich ausweichend. »Du erwartest da doch jetzt nicht wirklich eine Antwort, oder?«

»Keine detaillierte.«

»Du bekommst gar keine von mir.«

»Komm schon, Flittchen.« Er schenkt mir seinen schönsten Hundeblick. »Erklär mir das mal. Wie geht Sex ohne Penis?«

»Was?«, frage ich lachend.

»Schnallt ihr euch da irgendwas um oder wie läuft das?«

»Du denkst, wir schnallen uns etwas um?«

Er zuckt mit den Schultern. »Na ja, sonst ist doch das, was ihr tut, eigentlich nur Vorspiel.«

»Wenn du so willst, ja.«

»Hm«, macht er, und ich muss wieder lachen. »Ist das nicht ein bisschen … ich weiß nicht … langweilig?«

»Ähm, nein.«

»Mensch, jetzt lass dir doch nicht alles aus der Nase ziehen. Was macht ihr da genau?«

»Alles, außer uns Dinge umzuschnallen«, antworte ich lächelnd.

»Ihr habt nicht mal Dildos oder Vibratoren oder irgendwas?«

Ich weiß nicht, ob ich schockiert bin oder amüsiert. »Du denkst, es geht darum, dass wir uns gegenseitig irgendwas reinschieben?«

»Keine Ahnung, ja.«

»Sag mal, hast du den Film *Blau ist eine warme Farbe* überhaupt angeschaut?« Lukas guckt betreten auf die Tastatur. »Du hast ihn gar nicht gesehen?«, frage ich.

»Sei nicht sauer, Flittchen, es war nur ein blöder Spaß«, entgegnet er und lächelt vorsichtig.

»Du machst Witze, oder?«

»Okay, ich gestehe. Ich war in einem Laden, um dir *Jung und schön* zu kaufen, und da hab ich den anderen gesehen. Auf der Rückseite stand etwas von expliziten lesbischen Sexszenen. Nach Alex' und deinem Kuss dachte ich, das wäre witzig.«

Ein paar Sekunden schweigen wir – er, als wüsste er nicht, ob ich jeden Moment ausraste, und ich, weil ich mich frage, ob zwischen Alex und mir jemals etwas passiert wäre, wenn er mir diesen Film nicht geschickt hätte.

»Das war nicht okay von mir«, sagt er schließlich. »Tut mir leid.«

Ich grinse. »Mir nicht.«

Lukas legt den Kopf schräg. »Ach, nein?«

»Nein«, entgegne ich und lächle. »Du solltest ihn wirklich mal anschauen.«

»Echt jetzt?«

»Unbedingt. Danach weißt du, wie Sex zwischen zwei Mädchen aussieht.«

I can't pretend

Wir gleiten über leere Straßen. Mein Vater hat darauf bestanden, dass Lena, Alex, er und ich noch einmal zusammen Essen gehen, bevor sie wegfahren. Ich habe ihn gebeten, nicht mit irgendwelchen peinlichen »Keine Partys während unserer Abwesenheit«-Ansprachen anzufangen, und er meinte nur lächelnd: »Das ist nicht nötig, du hast mir schließlich dein Wort gegeben.«

Papa fährt, Lena sitzt neben ihm, und sie unterhalten sich, Alex und ich schweigen. Unsere Hände liegen auf dem freien Platz zwischen uns, ihr kleiner Finger ganz nah an meinem. Ich warte auf die Berührung wie auf einen Stromschlag. Im Radio läuft »Can't Pretend« von Tom Odell, und die seltsame Spannung des Songs breitet sich zwischen uns aus. Ich spüre, dass Alex mich ansieht, und schaue zu ihr rüber. Sie ist halb im Schatten, wirkt beinahe schwarz-weiß in der Dunkelheit. Der kalte Schein der Straßenlaternen ist wie ein Stroboskoplicht. Es gleitet über ihren Ausschnitt und ihr Kinn, dann ist es kurz weg, und das nächste taucht auf. Alex trägt das Haar in einem strengen Dutt, was ihr Gesicht schmaler aussehen lässt und die Augen noch größer. Sie hat ihre Wimpern stärker getuscht als sonst, und ich sehe sie zum ersten Mal in einem kurzen Kleid. Sie ist wunderschön. Beinahe unecht in dem schummrigen Licht. Weiblich und kindlich, glücklich und sorglos. Der Ausdruck in ihrem Gesicht ist alles auf einmal.

Sie lächelt. Und ich lächle.

Mein Herz schlägt schnell. Viel zu schnell dafür, dass ich nur in einem Auto sitze und mich nicht bewege. Das Blut rauscht in meinen Ohren. Ich höre weder die Stimme meines Vaters noch die von Lena. Ich höre nur, wie sich die Musik immer weiter aufbaut, als wollte sie dem Moment gerecht werden. Ich habe bisher nie auf den Text geachtet. Dieses Mal tue ich es. Es geht um Körper. Um Seelen, die ineinander übergehen. Um die Abhängigkeit des Herzens. Und auf einmal verstehe ich es. Ich verstehe es, weil es sich genau so anfühlt, wie er es singt. Weil ich seine Worte spüre. Jedes einzelne. *I guess that's love. I can't pretend.*

Ich schaue in Alex' Augen und sie zurück in meine, und ich weiß, dass es stimmt. Es hat keinen Sinn mehr, es zu leugnen.

Ich bin verliebt in sie. Ich bin so verliebt, dass ich es kaum aushalte.

Füße unter dem Tisch

Zwanzig Minuten später sind wir in einer anderen Welt. Und das mitten in München. Wir sitzen in der *Caribbean Embassy* unter einer riesigen Palme, deren Wedel lange Schatten auf den Holzboden werfen – Alex neben mir, Lena neben meinem Vater, er und ich einander gegenüber. Das Lokal ist weder zu hell noch zu dunkel, und auch die Einrichtung schafft den fast unmöglichen Spagat zwischen modern und gemütlich. Karibische Musik plätschert vor sich hin und lässt mich vergessen, wo wir wirklich sind: in der Nähe der Theresienwiese.

Während wir unsere Vorspeisen gegessen haben – mein Vater und ich Thunfischmedaillons mit Gewürzkruste, Avocado-Tomatensalat und Räuchermarinade, Alex eine Ceviche vom Schwertfisch mit Wassermelone in Orangen-Limettenmarinade und Lena die Kokos-Limetten-Suppe mit einem Garnelenspieß –, haben wir kein Wort gesprochen. Wir haben nur immer mal wieder geseufzt, genüsslich die Augen verdreht oder ein Hmmmm-Geräusch gemacht. Der Kellner musste lachen, als er das Geschirr abgeräumt hat, weil unsere Teller nach dem Essen so sauber waren, dass man auf den ersten Blick hätte meinen können, sie wären unbenutzt.

Er bringt uns noch einmal die Speisekarte, und beim Blick auf die Preise der Hauptgänge schaue ich zu meinem Vater. Mein Gesichtsausdruck sagt etwas wie: »Das ist aber schon recht teuer«, und er lächelt.

»Ist schon okay, Motte. Bestell einfach, worauf du Lust hast.« Er schaut zu Alex. »Dasselbe gilt auch für dich.« Sie will protestieren, aber er schüttelt nur den Kopf. »Keine Widerrede. Ihr seid heute eingeladen.«

Wenig später ordern wir die Hauptgänge – für Alex und mich den Bahama Beef & Langustenburger mit Süßkartoffel-Pommes und für Papa und Lena zwei ganze Bahama Langustenschwänze mit Passionsfrucht-Currysauce und Mangosalat mit karibischem Reis. »Möchten Sie noch etwas trinken?«, fragt der Kellner, und wir bestellen jeder noch einen alkoholfreien Cocktail. Es ist ein ausgelassener Abend, an dem mein Vater so viel lacht wie ewig nicht mehr. Er erzählt von seinem Forschungsprojekt, ein Thema, von dem weder Alex noch ich besonders viel verstehen, von unserer Zeit in Hamburg und ein paar Anekdoten von mir als Kind. Das Kerzenlicht flackert in seinen dunklen Augen. Er hält Lenas Hand, streichelt mit dem Daumen über ihren Handrücken. Die beiden sind auf eine Art glücklich, wie es ganz viele Paare niemals werden. Ich freue mich für meinen Vater. Und auch für Lena.

Es wird immer später und lauter. Die Gespräche schwellen an, klapperndes Geschirr, Gläser, mit denen angestoßen wird, lautes Lachen.

Unterhalb der Tischplatte streicht Alex mit den Zehenspitzen langsam mein Bein hoch, oberhalb hört sie aufmerksam zu. Ich weiß nicht, wie sie das schafft. Ich habe den Faden längst verloren. Als sie mit der Hand unter der Stoffserviette auf meinem Schoß verschwindet, zucke ich zusammen und stoße mit dem Knie von unten gegen die Tischplatte. Alle schauen mich an.

»Ich …« Ich nehme die Serviette, lege sie auf den Tisch und stehe auf. »Ich muss kurz auf die Toilette.«

»Ich auch«, sagt Alex und erhebt sich ebenfalls.

Mein Vater schüttelt den Kopf, ein Lächeln in den Augen. »Ich werde nie verstehen, warum Frauen immer zu zweit auf die Toilette gehen.«

Früher habe ich das auch nicht. Jetzt bin ich froh um diese Unart.

Wir küssen uns. Alex' Zunge schmeckt nach Kokos und Sahne und irgendetwas Fruchtigem, das ich nicht zuordnen kann. Ich achte darauf, ihre Frisur nicht durcheinanderzubringen, was mir ziemlich schwer fällt – offensichtlich fasse ich gern in ihre Haare. Alex' Fingerkuppen berühren den Stoff meines BHs.

Eine Tür quietscht. »Sophie? Alex?«

Wir erstarren. Eine Sekunde vergeht. Zwei. Ich schlucke. »Ja?«

»Das Essen ist da.«

»Okay. Danke.« Ich klinge nicht wie ich. Ich klinge wie jemand, den man bei etwas erwischt hat. Und überhaupt nicht, als wäre ich nur auf dem Klo gewesen. »Ist gut.«

Ich spüre, dass Lena noch da ist, frage mich, ob sie unsere Schatten sehen kann. Unsere ineinander verschlungenen Beine, in einer Kabine. Doch dann höre ich, wie die Tür langsam ins Schloss fällt. Sie ist weg.

In den Wolken

Wir setzen uns wieder an den Tisch, und ich bilde mir ein, dass Lena mich anders ansieht. Aber anders als was? Anders als vorher? Anders im Sinne von: Sie hat durchschaut, was zwischen Alex und mir läuft? Wir beginnen zu essen, und die Stille ist wieder andächtig. Aber die Wahrheit ist, ich habe keinen Hunger mehr. Zumindest nicht auf diesen Burger.

»Hast du schon irgendwelche Pläne nach dem Abitur, Alex?«, fragt mein Vater, und erst da fällt mir auf, dass wir bisher noch gar nicht darüber gesprochen haben. Wir haben viel geredet. Stundenlang. Ohne Punkt und Komma. Über alles. Nur darüber nicht. Die Zukunft haben wir ausgeklammert, und ich frage mich, ob das Absicht war.

»Ich will auf jeden Fall irgendwas studieren«, sagt Alex. »Aber da ich noch nicht so genau weiß was, werde ich wohl erst mal reisen.«

»Interessant«, antwortet mein Vater. »Und wohin?«

»Das steht noch nicht fest.«

»Aber doch nicht etwa allein, oder? So ein hübsches Mädchen wie du …«

Sie zögert.

»Fährst du nicht zusammen mit Clemens?«, fragt Lena. »Ich dachte, Nele hätte neulich so etwas erwähnt.« Pause. »Oder ging es da um eine andere Reise?«

Ich schaue zu Alex hinüber, die meinem Blick ausweicht.

»Es steht noch nichts fest. Ich meine, wir haben nichts gebucht oder so.« Ein unsicherer Seitenblick zu mir.

»Und wenn du es dir aussuchen könntest?«, fragt mein Vater und lächelt. »Wo würdest du dann hinfahren?«

»Mit dem Auto nach Kroatien. Die Küste runter.«

»Und Clemens?«, frage ich kühl.

Alex sieht zu mir rüber. »Ihn zieht es mehr in Richtung Australien.«

»Ah, so wie Nik«, sage ich und weiß nicht, warum ich ihn erwähne.

Bei diesem Namen wird mein Vater hellhörig. »Wer ist Nik?«, fragt er scheinbar beiläufig.

»Ich habe dir von ihm erzählt«, antworte ich. »Das ist der Freund, mit dem Clemens in den Pfingstferien zum Surfen fährt.«

Ich sehe Alex an, dass sie sagen will: »Ja, und er steht auf Ihre Tochter«, aber sie tut es nicht.

»Ah ja«, sagt mein Vater. »Richtig.«

»Und du, Sophie?«, fragt Lena. »Was hast du nach dem Abi vor?«

»Eigentlich wollten Lukas und ich eine Interrail-Tour durch Skandinavien machen«, sage ich.

»Aber?«

»Aber das war, bevor er sich in Vianne verliebt hat und nach Paris gezogen ist.«

»Verstehe«, antwortet Lena.

Der Kellner kommt an unseren Tisch und räumt die Teller ab. Lena bestellt sich einen Espresso, dann verschwindet er wieder.

Ich will nicht mehr hier sitzen. Ich will, dass wir zahlen und gehen. Das gerade ist keine andere Welt. Es ist ein Stück von

München, verkleidet als Karibikinsel. Und Alex und ich sind auch kein Paar, sondern nur zwei Mädchen, die es einfacher finden, heimlich miteinander zu schlafen, als offen miteinander zu reden. Ich will nur noch weg. Weg von Alex. Und ich will nicht darüber nachdenken, dass sie vermutlich in ein paar Wochen mit Clemens in ein Flugzeug steigen wird. Nach Sydney. Weil sie die nette Alex ist. Die Alex, die das tut, was die Welt von ihr erwartet. Die Alex, die will, dass es keine Probleme gibt. Und keinen Streit. Und dass das Leben gradlinig und glatt verläuft. Wahrscheinlich fühlt sie sich deswegen zu mir hingezogen, weil sie sich insgeheim nach einer Störung sehnt. Nach einer Ablenkung in ihrer Bahn.

»Dein Vater hat erzählt, dass du künstlerisch sehr begabt bist«, versucht Lena, das Gespräch am Laufen zu halten. »Hast du schon mal über ein Studium in diese Richtung nachgedacht?«

»Nachgedacht schon«, sage ich vage. »Aber ich glaube, ich will nicht lernen, wie Kunst geht.« Den letzten Teil setze ich mit den Fingern in Anführungszeichen. »Journalismus klingt spannend, aber ich bin mir noch nicht sicher. Ich werde erst mal den Führerschein machen, und dann sehe ich weiter.«

»Warst du schon mal in Kroatien?«, fragt mich Alex plötzlich.

Ich sehe zu ihr rüber. »Nein, noch nicht.«

»Das solltet ihr unbedingt machen«, sagt Lena enthusiastisch. »Es ist wirklich traumhaft schön dort! Und allzu teuer ist es auch nicht, wenn es euch nichts ausmacht, im Zelt zu schlafen.« War das eben ein zweideutiger Blick? »Gute Freunde von mir fahren seit vielen Jahren immer wieder an denselben Campingplatz. Wenn ihr wollt, kann ich sie fragen, wo genau der ist.« Ich mustere Lena, versuche herauszufinden, ob ihre plötzliche Begeisterung mit dem Zwischenfall auf der Toilette zu tun hat oder nicht. »Sollen die zwei Jungs doch nach Australien fliegen. Und ihr fahrt zusammen die kroatische Küste runter.«

»Ihr hättet bestimmt eine tolle Zeit«, schaltet mein Vater sich ein. »So gut, wie ihr zwei euch versteht.«

Wie wir zwei uns verstehen, denke ich.

Der Kellner stellt einen Espresso vor Lena auf den Tisch.

»Also, ich finde die Idee jedenfalls gut«, sagt mein Vater, als wir wieder allein sind, und zieht etwas aus seiner Jackettasche. Es ist eine kleine schwarze Schachtel. Quadratisch. Flach. Und matt. Er legt sie auf die Tischplatte und schiebt sie langsam mit dem Zeigefinger in meine Richtung.

»Was …«, sage ich erstaunt. »Was ist das?«

»Sieh nach.« Er lächelt mich aufmunternd an, und alle Augen sind auf mich gerichtet, als hätte ich Geburtstag. Mein Papa hat mir lang nichts mehr geschenkt. Ich greife nach der Box. Sie wiegt fast nichts. Dann öffne ich sie. Auf einem Bett aus schwarzem Samt liegt eine kleine goldene Wolke. Sie glänzt im Kerzenlicht.

»Als ich den Anhänger gesehen habe, musste ich sofort an dich denken.«

Immer hast du den Kopf in den Wolken. Ich frage mich, wie oft mein Vater das zu mir gesagt hat.

»Eigentlich wollte ich dir die Kette erst zum Abitur schenken, aber dann dachte ich, warum nicht heute?« Pause. »Gefällt sie dir?«

Ich hebe den Blick, und sein Gesicht verschwimmt.

»Motte?« Er klingt besorgt. »Weinst du etwa?«

Ich schüttle den Kopf, während eindeutig Tränen über meine Wangen laufen. Ich erkenne ein gerührtes Lächeln in den Augen meines Vaters.

Als ich die Kette herausnehme und den Verschluss öffne,

zittern meine Finger, trotzdem schaffe ich es gleich beim ersten Versuch, sie anzulegen. Es ist schwer, Schwäche zu zeigen, wenn alle denken, dass man stark ist. Doch diese Tränen fühlen sich nicht schwach an. Sondern einfach nur glücklich.

»Danke«, sage ich so leise, dass man mich kaum hört.

Und dann lächle ich ihn an. Und er lächelt zurück.

Sophie allein zu Haus

Papa, Lena und die Jungs sind heute Morgen um halb fünf zum Flughafen gefahren. Ich bin aufgestanden, habe mit ihnen gefrühstückt und gewartet, bis das Taxi kam. Nachdem sie weg waren, wollte ich eigentlich wieder schlafen gehen, aber ich war zu wach, also bin ich mit Carlos als meinem Schatten barfuß durch das große leere Haus gewandert. Von Zimmer zu Zimmer. Ohne die Geräusche wirkte es plötzlich ganz anders. Wie ein Pullover, den jemand vergessen hat. Trotzdem war es friedlich. Manchmal ist es schön, allein zu sein. Vor allem, wenn die Gerüche noch da sind. Das Aftershave meines Vaters, der Duft von frisch gewaschenen Klamotten, von getoastetem Brot. Die Luft ist noch getränkt von Leben. Sie ist wie eine Erinnerung, die man riechen kann. Ein Echo meiner Familie.

Jetzt – fast zwölf Stunden später – liegen Alex und ich nebeneinander auf einer großen Decke. Ihre Mutter und ihr kleiner Bruder sind für ein paar Tage zu Alex' Oma nach Niederbayern geflohen, während ihr Vater seine Sachen abholt. Und Clemens und Nik sind gestern Abend nach Portugal geflogen. Als vorhin der Möbelwagen vor dem Haus gehalten hat, sind wir abgehauen. An die Isar. Weit weg von allem. Die Sonne hat den weißen Kiesstrand gewärmt und die Menschen ins Freie gelockt. Sie grillen, und am Ufer treiben Bierflaschen im seichten Wasser. Ab und zu stoßen sie klirrend aneinander. Es ist ein angenehmes, sommerliches Geräusch. Alex und ich schauen in den milchig blauen Himmel, der sich am Horizont langsam rosa-orange färbt. Wir hören »Long Lost Century« von The Woodlands, und die Spätnachmittag-Stimmung ist genauso sanft wie die Musik. Blätter rascheln leise im Wind. Ich rieche Alex' Haut. Eine Mischung aus holziger Vanille und Wärme. Sie dreht sich auf die Seite und sieht mich an. Und ich schaue zurück.

»Sag mir etwas, das sonst niemand weiß«, flüstert sie mit ihrer kratzigen Stimme.

»Wie was?«, frage ich.

»Egal was.« Pause. »Irgendeine Schwäche. Oder etwas, das dir peinlich ist.«

Ich denke nach, dann sage ich: »Ich tue gerne so, als wäre es mir egal, was andere von mir denken. Das ist es aber nicht.«

Alex zieht die Augenbrauen hoch. »Du bist sehr überzeugend.«

»Ich weiß«, sage ich. »Du bist dran.«

»Alle denken, ich habe viele Freunde.« Die goldenen Splitter in ihren Augen schimmern im tiefstehenden Sonnenlicht. »Aber eigentlich habe ich gar keine. Bis auf dich.« Wir sehen einander an. Ich will sagen, dass es mir mit ihr auch so geht, tue es aber nicht. »Jetzt du wieder.«

»Ich kann nicht aufhören nachzudenken. Ich denke die ganze Zeit. Ununterbrochen. Als wäre mein Gehirn ein Mixer, der auf höchster Stufe läuft.«

»Und worüber am meisten? Ich meine, was beschäftigt dich zum Beispiel jetzt gerade? In diesem Augenblick?«

Du. Wir. Was nach dem Abi kommt. Die Tatsache, dass ich mich nicht traue, dich auf Kroatien anzusprechen.

»Ausnahmsweise sehr wenig«, lüge ich.

Alex setzt sich auf. Ihr Bein streift meines, dann greift sie nach dem Mineralwasser, schraubt den Deckel ab. Ich sehe dabei zu, wie die kühle Flüssigkeit durch den Flaschenhals in ihren Mund läuft, wie sie schluckt, und merke, wie durstig ich bin. Ich setze mich ebenfalls auf, warte, bis sie mir die Flasche reicht, und trinke. Die Öffnung ist noch warm von ihren Lippen.

»Ich verstehe, was du meinst. Ab und zu wäre es schön, wenn das Gehirn einen Schalter hätte. Wenn man es ausschalten könnte.« Sie seufzt. »Einfach nur leben.« *Einfach nur leben*, denke ich und nicke. »Okay. Nächste Wahrheit«, sagt sie. »Das ist zwar ein bisschen peinlich, aber manchmal stelle ich mir vor, mein Leben wäre eine Fernsehserie.«

Ich muss lachen. »Kenn ich.«

»Moment, tust du das etwa auch?«

»Nicht ganz, bei mir sind es Bücher.«

»Interessant«, sagt sie und kneift prüfend die Augen zusammen. »Du wärst ein ziemlich guter Buchcharakter.«

»Denkst du?«

»Du etwa nicht?«

Ich schüttle den Kopf. »Ehrlich gesagt nein.«

»Warum nicht?«

»Ich glaube, ich wäre kein Sympathieträger. Ich entspreche nicht dem Typ.« *Dem Typ* setze ich mit den Fingern in Anführungszeichen.

»Machst du Witze?« Sie mustert mich. »Du siehst aus wie eine Disney-Märchenfigur, bist klug, ziemlich gut in der Schule und ...«

»... schlafe mit einem Mädchen«, beende ich ihren Satz, und wir müssen beide lachen.

»Okay, das ist ein Minuspunkt, aber ...«

»Glaub mir«, falle ich ihr ins Wort, »ich bin kein Sympathieträger. Ich bin viel zu launisch. Und zu negativ. Und ich habe zu viel Sex.«

»Die meisten Leute in unserem Alter sind launisch, negativ und haben zu viel Sex«, sagt Alex. »Aber ist es nicht genau das, was eine gute Geschichte ausmacht?«

»Was?«, frage ich lachend. »Zu viel Sex?«

»Nein, Figuren, die so echt sind, dass sie einem nicht mehr aus dem Kopf gehen. Mit echten Problemen und echten Abgründen.« Alex streckt den Finger nach einem Kieselstein aus, der sich zu uns auf die Decke verirrt hat, und schiebt ihn hin und her. »Also, wenn ich einen Film schaue oder eine Serie oder eben ein Buch lese, dann will ich, dass es sich so anfühlt, als wäre ich Teil der Handlung. Wie eine unsichtbare Nebenfigur. Ich will vergessen, dass jemand sich das alles nur ausgedacht hat.«

Ein Typ schlendert an uns vorbei, ein, vielleicht zwei Jahre älter als wir, und wirft mir einen vielsagenden Blick zu, den ich ignoriere.

»Ich glaube sogar«, fährt Alex, die den Flirtversuch von eben entweder wirklich nicht bemerkt oder aber geschickt ignoriert hat, ungerührt fort, »ich will mich an ihren Ecken und Kanten stoßen, weil sie sonst austauschbar und langweilig wären. Ich muss nicht alles an einem Charakter mögen, ich muss es nur glauben können.«

»Wenn man danach geht«, entgegne ich grinsend, »wäre ich ein ziemlich guter Buch- oder Filmcharakter.«

»Sag ich doch.«

Nachdenkliche Stille fällt über uns, und ich beobachte, wie Alex gedankenverloren mit dem Kieselstein spielt. Sie rollt ihn langsam zwischen Daumen und Zeigefinger hin und her. In meiner Fantasie wird er zu einer blassen harten Brustwarze.

»Ist dir schon mal aufgefallen, dass die meisten Heldinnen in Jugendbüchern klug und hübsch sind, ohne das zu wissen?«, fragt sie schließlich. »Ich meine, ist das nicht ein Widerspruch in sich? Wie kann jemand klug sein, das aber nicht wissen?«

»Darum geht es doch nicht.«

»Sondern? Worum dann?«

»Das ist nur ein Stilmittel, um zu zeigen, dass sie nicht eingebildet sind. Und nicht von sich eingenommen. Genau das macht sie sympathisch.«

»Hm«, brummt Alex. »Wenn du das sagst.«

»Ich sage das nicht nur, ich habe das beobachtet. Fast alle weiblichen Hauptfiguren beschreiben sich selbst als unscheinbar, durchschnittlich oder gewöhnlich. Sie sind allesamt brünett, haben große unschuldige Augen und tragen niemals Make-up … und sie sind total tollpatschig.«

»Da ist was dran«, sagt Alex nachdenklich. »Mädchen in Büchern fallen wirklich außergewöhnlich oft hin. Oder sie stolpern. Und sie verstehen nie, warum der heißeste Typ der Schule ausgerechnet auf sie steht.« Alex lacht auf. »Ich verstehe das meistens übrigens auch nicht.«

»Da hast du's. Ich bin nicht tollpatschig, und ich finde das auch nicht niedlich.«

»Aber du bist brünett. Und du hast wunderschöne große Augen.«

»Die geschminkt sind«, übergehe ich ihr Kompliment. »Abgesehen davon sind meine Haare schwarz und nicht braun.«

»Okay, es ist amtlich«, sagt Alex. »Du wärst ein lausiger Buchcharakter. Niemand würde dich mögen.« Sie zuckt mit den Schultern. »Ich meine, wie auch? Du bist eingebildet und mürrisch, und du fällst nie hin.« Alex beugt sich zu mir, und ihr Lächeln ist so nah, dass es verschwimmt. »Aber weißt du was?«, flüstert sie gegen meine Lippen. »Das alles spielt überhaupt keine Rolle, denn du bist kein Buchcharakter.« Pause. »Und abgesehen davon … ich mag dich.« Und dann küsst sie mich. Draußen. Vor all den anderen. Und ich küsse sie. Und es ist mir völlig egal, wer uns dabei zusieht.

Mädchen, Mädchen

Wir ruckeln über Kopfsteinpflaster, der Himmel legt sich dunkelblau über die Stadt, und ich schmiege mich ganz fest an Alex' Körper, während wir am Friedensengel vorbei in Richtung Maximilianstraße fahren. Wir haben kein Ziel und keine Eile. Hier und da zeigt Alex mal nach links, mal nach rechts, ruft etwas in den Fahrtwind, das nur in Bruchstücken bei mir landet. Wenn das gerade ein Film wäre, würde alles in Zeitlupe passieren. Im Hintergrund würde »Someday« von Bryan Greenberg laufen, und ich hätte die Arme ausgestreckt – wie ein Vogel, der mit mächtigen Schwingen über die nächtlichen Straßen segelt –, damit jeder sieht, wie frei ich mich fühle.

Alex sagt etwas, aber alles, was bei mir ankommt, ist das Wort *Essen*. Ich hebe den Daumen, weil ich hoffe, dass es ein »Wollen wir was essen gehen?« war.

Sie setzt den Blinker links, und wenig später segeln wir lautlos an einem kopfsteingepflasterten Marktplatz mit vielen kleinen fest installierten Holzhütten vorbei. Ein Meer von Markisen und Ständen breitet sich neben uns aus. Ich nehme an, das ist der Viktualienmarkt. Lena hat ihn mal erwähnt. Kirchtürme ragen in den Himmel, Menschen strömen über die Gehwege, Rollerlärm zerschneidet die träge Ruhe. Plötzlich verstehe ich, warum es heißt, München wäre die nördlichste Stadt Italiens. Es liegt ein Hauch von Urlaub in der Luft. Sie ist warm und schmeckt nach Vorfreude. Ich habe Hunger.

Zwanzig Minuten später sitzen wir auf einer Dachterrasse unter einem gestreiften Schirm, der uns vor der Sonne schützen würde, wenn sie nicht schon längst untergegangen wäre. Es ist nicht mehr wirklich warm, aber warm genug, um draußen zu sitzen, ohne zu frieren. Die Türme der Frauenkirche schauen über die Häuserfront, gold-gelb angestrahlt vor einem dunkelblauen Abendhimmel. Auf dem Holzboden stehen große Laternen und tauchen alles in Lagerfeuer-Licht, und die vielen kleinen Büsche erwecken den Eindruck von Intimität, obwohl viele Leute da sind. Es fühlt sich an, als wären wir allein. Die Kerze zwischen uns flackert und schickt tanzende Schatten über die offene Speisekarte.

»Was nimmst du?«, fragt Alex.

»Ich kenne die meisten Gerichte gar nicht«, sage ich und komme mir blöd vor.

»Gibt es etwas, das du gar nicht magst?«

»Eigentlich nicht. Nur nicht zu scharf.«

Eine asiatische Kellnerin mit einem flächigen runden Gesicht kommt an unseren Tisch. Ihr Gang ist mehr ein Watscheln und der aufgesetzt freundliche Ausdruck in ihren Augen wie ein Teil ihrer Arbeitsuniform. Wie ein Hut. Oder ein Halstuch.

»Haben Sie etwas gefunden?«

»Ja«, sagt Alex selbstsicher, »das haben wir. Wir nehmen einmal die gerösteten Auberginen mit warmer Miso-Dashi Sauce, einmal Crispy Calamari mit Chili, Limette und Meersalz und einmal das Tatar vom Thunfisch mit Tobiko und Lotuswurzelchips.« Die Kellnerin quittiert unsere Wahl mit einem knappen Lächeln, dann watschelt sie davon. »Ich hoffe, das macht uns satt«, flüstert Alex, und ihre Stimme knackt wie eine Schallplatte. »Mehr können wir uns nämlich nicht leisten. Wo waren wir vorher stehen geblieben?«

Ich denke kurz nach. »Du hast gesagt, dass du einen seltsamen Sinn für Humor hast.«

»Richtig«, sagt sie. »Ich muss immer da lachen, wo sonst niemand lacht. Besonders oft bei traurigen Filmszenen.«

»Das ist wirklich seltsam.«

»Ich weiß. Ich bin überhaupt seltsam.« Sie grinst. »Wie hast du es vorher genannt? Sympathieträger?« Ich nicke. »Ich glaube, ich bin auch keiner.«

»Sag das nicht, du bist immerhin mit einem Typen zusammen, der problemlos als Bad Boy durchgehen könnte.«

Dieser Aussage folgt eine unangenehme Pause. Als hätte ich gegen ein ungeschriebenes Gesetz verstoßen. Ich will einen Scherz nachschieben, etwas, das die Stimmung auflockert, aber mir will nichts einfallen. Als mir dann doch noch etwas einfällt, taucht neben uns wie aus dem Nichts das runde Gesicht der Kellnerin in der Dunkelheit auf. Sie stellt vor jedem von uns ein kleines Glas Spezi ab, dann schraubt sie den Deckel von einer Flasche mit stillem Mineralwasser und schenkt erst Alex und dann mir etwas ein. Der Moment will einfach nicht vergehen. Das Schweigen ist schwer und laut. Als die Kellnerin eine Ewigkeit später endlich weg ist, sagt Alex: »Das stimmt. Ich bin mit einem Typen zusammen, der rein optisch problemlos als Bad Boy durchgehen könnte.«

Ich frage mich, ob ich mich entschuldigen sollte, wüsste aber nicht wofür. Immerhin stimmt es. Clemens erfüllt die Kriterien, und sie ist mit ihm zusammen.

Das Paar am Nachbartisch steht auf, und plötzlich sind wir nur noch umgeben von Buchsbüschen, lauer Abendluft und Stille.

»Weißt du, was ich mich manchmal frage«, sagt Alex mit einem ungewohnt schüchternen Ausdruck in den Augen.

»Nein, was?«, frage ich zurück.

»Ob viele Mädchen, wenn sie mit ihrem Freund schlafen ...« Ich will das nicht hören. Nichts davon. Ich würde mir am liebsten die Ohren zuhalten und laut lalalalala singen. »... auch nur so tun, als würde es ihnen gefallen.« Wir sehen einander an. Lange und irgendwie elektrisch. »Bei mir ist es jedenfalls so«, sagt sie leise. »Es ist nicht schlecht oder schlimm oder so, es ist nur nicht ...« Sie schüttelt den Kopf, als würde sie nach den richtigen Worten suchen, dann sagt sie: »Es ist nur nicht wie mit dir.« Alex greift nach ihrem Wasserglas und trinkt einen großen Schluck, dann stellt sie es wieder ab, hält es aber weiterhin fest, als würde sie jeden Moment einen Blitzschlag befürchten und wollte sich erden. »Ich spiele ihm jedes Mal was vor.«

Ich schlucke. »Warum?«

»Keine Ahnung.« Sie schaut auf das Glas in ihren Händen. »Ich glaube, weil er sich so bemüht.«

»Das klingt furchtbar«, sage ich.

»Ich weiß«, sagt sie. »Ich würde sagen, spätestens jetzt bin auch ich keine Sympathieträgerin mehr, oder?«

»Das kommt ganz drauf an.«

»Worauf?«

»Welche Geschichte erzählt wird. Wenn es die von Clemens und dir ist, dann Ja ...« Den Rest des Satzes lasse ich in der Luft stehen. Er schwebt zwischen uns wie durchsichtiger Nebel. Ich weiß, dass sie weiß, wie er weitergegangen wäre. Ich sehe es an der Art, wie sie lächelt.

»Da hast du recht«, sagt sie, und dann kommt das Essen.

Little Secrets

Alex verrenkt sich und holt umständlich einen Lipbalm aus ihrer Hosentasche. Burt's Bees Pink Grapefruit. Daher also der Duft. Als sie meinen Blick bemerkt, zuckt sie mit den Schultern und sagt: »Ich bin süchtig nach dem Zeug.«

Ich auch, denke ich.

Sie zieht den rosafarbenen Deckel ab, kratzt mit dem Fingernagel einen letzten Rest aus dem Stift heraus und betupft sich damit die Lippen, dann wirft sie ihn in ihre Handtasche.

»Spielen wir unser Spiel weiter?«, frage ich leise.

»Gern«, sagt Alex und grinst. »Wer zuerst?«

»Du«, antworte ich.

»Okay. Verrate mir etwas, das dich freut, egal, wie schlecht gelaunt du bist.«

»Glückskekse.« Kurze Pause. »Und Eis.«

»Glückskekse? Echt?«

»Ja, ich liebe Glückskekse. Keine Ahnung warum. Vielleicht, weil es die immer nur gab, wenn Papa und ich uns Essen haben liefern lassen, was so gut wie nie vorgekommen ist.«

»Und welches Eis?«

»Häagen Dazs Strawberries and Cream.« Alex' Gesicht liegt halb im Schatten, das Kerzenlicht flackert. »Bei dir ist es Wasser, richtig?«

Sie nickt. »Seitdem du mich gefragt hast, was genau ich so sehr daran liebe, habe ich noch einmal darüber nachgedacht.«

»Und?«

»Es ist nicht nur, wie es sich anfühlt und dass es einen trägt, es sind vor allem die Geräusche … das Plätschern und das Rauschen der Wellen.« Sie hält kurz inne. »Als Kind waren Muscheln für mich etwas total Magisches, weil ich wirklich geglaubt habe, dass ich das Meer rauschen höre und nicht mein eigenes Blut.« Sie lacht. »Ich habe einmal eine Muschel gefunden, die genauso aussah wie die, in der die Meerhexe Arielles Stimme einfängt. Nur, dass sie natürlich nicht aus Gold war.«

»Hast du sie noch?«, frage ich.

»Bestimmt, aber ich weiß nicht wo.«

Es entsteht eine Pause. »Womit hast du am liebsten gespielt, als du klein warst?«

Ihre Augen funkeln. »Ich habe gerne Wohnungen für meine Barbies gebaut. Aber immer, wenn ich fertig war, hatte ich entweder keine Lust mehr zu spielen oder meine Mutter wollte, dass ich aufräume, weil es Zeit war fürs Bett. Und du?«

»Ich habe Jahre meines Lebens an diesen blöden Zauberwürfel verschwendet.«

»Hast du es wenigstens mal geschafft?«

»Natürlich nicht. Dieses Mistding hat mich total aggressiv gemacht. Irgendwann bin ich mit einem Schraubenzieher darauf losgegangen, und mein Vater hat ihn weggeschmissen.« Alex schmunzelt. »Er hat mir stattdessen ein kleines Pony mit Äpfeln auf dem Hintern geschenkt, das auch noch ›Apfelbäckchen‹ hieß.«

Alex bricht in schallendes Gelächter aus. »Du verarschst mich!«

»Nein«, sage ich ernst. »Es war hellorange, hatte weiße Sommersprossen und gelbe Haare.«

Es ist schön, sie lachen zu sehen. Sie sieht absolut unbeschwert aus und richtig glücklich.

»Okay«, sagt Alex, als sie sich wieder beruhigt hat, und wischt sich Tränen aus den Augenwinkeln. »Du bist dran mit Fragen.«

»Nenn mir eine Sache, die du an mir magst.«

»Nur eine?«, fragt sie erstaunt, und ich nicke. »Das ist zu wenig.«

»Nur, weil du mir nur eine Sache nennst, heißt das ja nicht, dass es die einzige Sache ist, die du an mir magst.«

»Das nicht, aber du denkst dann bestimmt, dass es die Sache ist, die ich am liebsten mag.«

»Okay, dann eben drei Dinge.«

»Ich liebe deine Augen.« Sie schluckt. »Dein Lachen. Und die Tatsache, dass du immer nach Seife riechst.«

»Ich rieche nach Seife?«, frage ich leise.

»Ja, immer«, sagt Alex, lehnt sich über den Tisch und fügt in einem Flüstern hinzu: »Sauber und pur.« Ich befeuchte mir die Lippen. »Ich mag, wie du schaust, wenn dir etwas peinlich ist, und wie viel du gestikulierst. Und wie sich die schwarze Unterwäsche von deiner blassen Haut abhebt. Und wie du mich ansiehst in dem Augenblick, kurz bevor ich dich küsse.« Die Luft zwischen uns knistert, als wäre sie elektrisch aufgeladen. »Und ja, ich weiß, dass das mehr als drei Sachen waren.« Ich wünschte, sie würde mich küssen. Genau jetzt. »Du bist dran.«

Ich räuspere mich. Mein Herz klopft wie ein Techno-Beat in meiner Brust. »Ich mag, dass du Sommersprossen hast, die so zart sind, dass man sie nur erkennen kann, wenn man dir ganz nah ist. Als würden sie durch deine Haut hindurchschimmern und wären eigentlich nur für mich bestimmt. Ich liebe, wie du riechst. Wie eine Elfe. Nach einer Mischung aus Vanille und irgendwelchen Hölzern.«

Alex schmunzelt. »Ich erinnere dich an eine Elfe?«

»Ja.«

Das Grün ihrer Augen wirkt in diesem Licht fast schwarz. Es funkelt. »Und was ist die dritte Sache, die du an mir magst?«, flüstert sie. Ich würde ihr gern sagen, dass ich *sie* mag. Alles an ihr. Auch die Kleinigkeiten. Die vielleicht sogar am meisten. Ich liebe es, wenn sie so lacht, dass ihr die Tränen kommen und dass sie sie dann immer mit dem kleinen Finger wegwischt, damit ihre Wimperntusche nicht verläuft, ich mag, dass ich weiß, dass sie immer zuerst den linken Schuh anzieht und wie empfindlich sie an den Ohren ist. Ich mag, wie sie schaut, wenn ihre Brille mal wieder ins Kreuzfeuer unserer Küsse oder Umarmungen geraten ist und sie die fettigen Schmierer wegwischt. Ich möchte ihr sagen, dass ich verliebt in sie bin und dass ich Angst vor dem Ende unserer Geschichte habe. Ich will ihr sagen, dass ich allein beim Gedanken an ihr Gesicht lächeln muss.

Aber ich kann es nicht. Noch nicht.

Doch irgendwann werde ich es aussprechen. Alles.

Sophie im Glück

Die vergangene Woche ist im Flug vergangen. Die Stunden sind durch meine Finger gerieselt wie Sand. Tag eins war bedeckt. Der Himmel hing in unzähligen Schattierungen von Grau so tief über unseren Köpfen, dass ich mir sicher war, ich könnte ihn mit den Fingerkuppen streifen, wenn ich mich nur danach strecke. Wolken stauten sich bis zum Horizont und sahen aus wie schwarze Schlagsahneberge.

Alex und ich sind frühmorgens ins Müllersche Volksbad gefahren, ein pompös-verschnörkelter Bau, der mich spontan an eine überdimensionale Schmuckschatulle erinnert hat. Hätte sich in der Mitte eine Ballerina im Tüllkleid zu »Für Elise« im Kreis gedreht, wäre das Bild vollkommen gewesen. Es ist ein unglaublich schönes Bad. Auf die perfekte Art kitschig. Laut Wikipedia war der neubarocke Jugendstilbau bei seiner Fertigstellung im Jahr 1901 das größte und teuerste Schwimmbad der Welt. Und es ist in jeder Hinsicht der absolute Gegensatz zum dem Dreißigerjahrebau, in dem wir neulich waren. Nur die elektrische Stimmung zwischen Alex und mir war dieselbe.

Die Schwimmhalle war menschenleer. Es gab nur uns. Und plätscherndes Wasser. Haut, die über Haut rutscht, nasse Lippen, schwerelose Körper.

Wir haben zusammen geduscht, uns unter der warmen Brause geküsst und alles um uns herum vergessen. Zwei Mal wurden wir gestört, beide Male haben alle Beteiligten betreten geschaut und dann so getan, als wäre nichts gewesen. Aber im Grunde war es uns egal.

Danach sind wir noch einmal zum Viktualienmarkt gefahren. Dieses Mal sind wir abgestiegen und haben eingekauft. Frische Eier, Birnenmarmelade und Weichkäse. Knuspriges Brot, Rispentomaten, eine halbe Wassermelone und riesige Bergpfirsiche, die so saftig und süß gerochen haben, dass wir uns einen davon neben dem Roller stehend geteilt haben. Mir ist der Saft übers Kinn gelaufen, und wir haben uns klebrig geküsst.

Als wir wieder bei mir zu Hause waren, gab es Spiegeleier und Baguette und Obstsalat. Wir haben gegessen und geredet – über Musik und Filme und Bücher – und uns nach dem Aufräumen in mein Zimmer verzogen. Wir haben uns eng aneinander gekuschelt und sind eingeschlafen. Ich war voll von dieser seltsamen Müdigkeit, die man nur bekommt, wenn man schwimmen war. Eine Müdigkeit, gegen die Alex immun ist, doch gegen meine hat sie keine Chance. Als wir wieder aufgewacht sind, war es bereits dunkel. Wir haben kalt zu Abend gegessen, danach einen langen Spaziergang mit Carlos gemacht und dann noch einen Versuch gestartet, *Blau ist eine warme Farbe* zu Ende zu schauen, da Alex den Film ja nur bis zur Mitte kennt. Hat aber leider nicht geklappt. Er lief nebenher, während wir mit etwas anderem beschäftigt waren.

Es war schon nach zwei Uhr morgens, als wir die Wassermelone aufgeschnitten und sie unter einem pechschwarzen Himmel auf der Terrasse sitzend gegessen haben. Carlos war bei uns. Es war kühl und friedlich.

Die folgenden drei Tage waren wir faul. Und damit meine ich »wir ziehen uns nicht mal was Richtiges an«-faul. Aber das Wetter hat auch dazu eingeladen. Es war dunkel und trüb und hat wie aus Eimern geschüttet. Als wären wir hier in den Tropen und nicht in Bayern. Gestern war der Höhepunkt der Faulheit. Alex und ich lagen verschlungen wie Efeuranken in Jogginghosen auf dem riesigen Sofa im Wohnzimmer und haben uns einem *Harry-Potter*-Marathon hingegeben. Carlos hat sich an uns gekuschelt wie eine atmende Decke, und Alex und ich haben mit ineinander verschränkten Fingern angespannt Harrys Abenteuer verfolgt, obwohl wir beide bereits wussten, was als nächstes passieren würde. Zwischen Teil drei und vier haben wir schlechte Spaghetti – zu hart und versalzen – mit noch schlechterer Tomatensauce – ziemlich sauer und zu dünn – gekocht und uns beim Essen über die Filme und ihre Vorlagen unterhalten. Alex findet, »Der Gefangene von Askaban« ist das beste Buch der Reihe, ich widerspreche ihr und sage, es ist »Der Halbblutprinz«.

Am Ende des fünften Films haben wir in einem Heißhungeranfall Lenas Speisekammer nach etwas Süßem durchforstet und eine Fertigbackmischung für Pfannkuchen entdeckt. Es war fast halb zwei Uhr morgens, als wir die Milch in die Plastikflasche gefüllt, kräftig geschüttelt und das erste bisschen Teig in die Pfanne gegeben haben. Eine halbe Stunde später sind wir fast geplatzt, waren aber glücklich.

Die vergangenen Tage waren eine Seifenblase aus Gemütlichkeit, umgeben von einem nassen und lauten Gewitter, das uns in dem Gefühl, komplett allein auf der Welt zu sein, nur noch bestärkt hat. Die einzigen Begegnungen mit der Außenwelt hatten wir bei unseren kurzen Runden mit Carlos. Die Straßen waren ausgestorben. Es gab nur uns – unter Lenas riesigem *Pleasantville*-Regenschirm.

Am nächsten Morgen hat es nicht mehr geregnet, dafür war es schwül. Ein dunkler Sommertag mit so viel Feuchtigkeit in der Luft, dass sich jede Bewegung angefühlt hat, als würde man durch lauwarmes Wasser waten. Wir sind mit der Tram zum Schloss Nymphenburg gefahren und kamen, obwohl wir nur gesessen haben, total durchgeschwitzt dort an. Nach einem kurzen Spaziergang – es war mehr Schleichen als Gehen – haben wir uns spontan dazu entschieden, die königlichen Gemächer zu besichtigen. Sie waren schön, aber das Highlight war die Galerie der schönen Münchnerinnen – eine Art *Germany's next Topmodel*, bloß viel älter, mit mehr Lokalkolorit und in Öl. »Die kommen nicht mal ansatzweise an dich heran«, hat Alex geflüstert und mir einen Kuss auf den Nacken gehaucht.

Bevor wir uns auf den Heimweg gemacht haben, sind wir noch in den Museumsshop gegangen, wo ich mir einen Kissenbezug mit dem Gesicht der berühmtesten schönen Münchnerin gekauft habe. Helene Sedlmayer und ihr verträumter Blick werden mich für immer daran erinnern, wie glücklich ich in dieser Phase meines Lebens war. In diesen Wochen. An diesem Tag.

Ich wusste nicht, dass man so glücklich sein kann. Ich habe es in Filmen gesehen und in Büchern davon gelesen, aber ich habe es nie gefühlt.

Bis jetzt.

Leichen neben dem Bett

Ich wache langsam auf, als würde ich mich durch unendlich viele Schichten kämpfen, aus einer anderen Welt in die Realität. Es ist Mittwoch. Aber es könnte auch jeder andere Wochentag sein. Ich habe mein Zeitgefühl inzwischen vollkommen verloren.

Helle Sonnenstrahlen streichen wie warme Hände über mein Gesicht. Ich schlage die Augen auf, blinzle, habe Durst. Die zu kurze Nacht steckt mir in den Gliedern, aber das wohlige Gefühl in meiner Brust lässt mich lächeln.

In den letzten eineinhalb Wochen haben wir tagsüber das getan, was Freundinnen eben so tun – uns stundenlang unterhalten, im Englischen Garten auf der Wiese gelegen und gelesen, Eis gegessen, den Surfern auf der Eisbach-Welle zugesehen –, und nachts miteinander geschlafen. Es ist ein seltsames Doppelleben, das niemandem auffällt und von dem, einmal abgesehen von uns, nur Carlos weiß. Wir füllen die Tage mit gestohlenen Küssen und vielsagenden Blicken, die außer uns keiner versteht.

»Guten Morgen«, flüstert Alex mit müder Stimme und vergräbt ihr Gesicht in meiner Halsbeuge, als wäre sie eine kleine Katze. Ihre Haut riecht nach Geborgenheit, ihr Haar nach einer Mischung aus Vanille und Wind.

»Guten Morgen«, murmle ich und atme ihren Duft ein.

»Hast du gut geschlafen?« Ihre Worte sind heiß und kitzeln.

»Zu wenig«, antworte ich.

Alex taucht aus meiner Halsbeuge auf, wird geblendet, kneift die Augen zusammen. Sie weicht der Sonne aus, schaut knapp an mir vorbei, dann stutzt sie und fragt: »Was ist das?«

»Was ist was?«

»Na, das da.«

Ein einzelner Sonnenstrahl scheint genau auf eine Ecke der kleinen Metallkiste, die ich zwischen meiner Matratze und dem Holzbrett versteckt habe. Sie reflektiert das Licht und wirft es als großen Punkt an die Wand. Wie ein Spotlight. Als wollte sie auf sich aufmerksam machen. Das passt zu meiner Mutter. Ich wollte sie in dieser Kiste wie eine Leiche vergraben. Aber jetzt kommt sie wieder ans Licht.

Alex sieht mich an, und ich schaue weg. Ich will nicht lügen, aber über meine Mutter reden will ich auch nicht. Ich will noch nicht mal an sie denken. Ich will nicht, dass sie mir das *Hier* kaputt macht, so wie schon das *Damals*. Was soll ich Alex sagen? Dass ich diese Kiste nicht öffne, ihren Inhalt aber auch nicht wegwerfen kann? Dass ich es immer wieder versucht, aber nicht geschafft habe? Dass ich drei Mal in Hamburg am Hafen stand, die Arme über die Reling gestreckt, die Metallkiste über schwarzem Wasser, sie aber nicht fallen lassen konnte?

»Ist alles okay?«, fragt Alex in einem besorgten Flüstern.

Ich schüttle nur den Kopf, weil ich anfangen würde zu weinen, wenn ich spreche.

»Sophie?« Sie setzt sich ganz auf, sieht mich an. Ich möchte wegsehen, schaffe es aber nicht. Ihr Gesicht ist pur und verletzlich. Wir sind ungeschminkt und echt, es gibt keine Masken, hinter denen wir uns verstecken könnten. Alex rückt näher an mich heran. Ihr schlabbriges T-Shirt mit dem ausgewaschenen Rolling-Stones-Aufdruck verrutscht und entblößt ihre Schulter. Sie legt ihre Hand auf meinen nackten Oberschenkel. »Willst du mir davon erzählen?«

Willst du mir davon erzählen. Und wieder formuliert sie es so wie damals, als wir zum ersten Mal zusammen schwimmen waren.

Ich nicke.

Und dann erzähle ich ihr meine Geschichte.

Nicht ohne meine Mutter?

Ich liege auf Alex' Schoß, die Arme um ihre Hüften geschlungen, kralle die Hände in ihr T-Shirt, vergrabe das Gesicht in ihrem Bauch. Meine Fingernägel kratzen über den weichen Baumwollstoff, mein Körper bebt und zittert. Ich löse mich in Tränen auf. Sie fließen aus einer tief verborgenen Stelle in meinem Inneren wie Blut aus einer klaffenden Wunde. Als hätten die Erinnerungen an meine Mutter mich angeschossen und schwer verwundet. Ich weiß, dass ich nicht sterben werde. Auch wenn gerade jeder abgehakte Atemzug schmerzt, als steckten wirklich Projektile in meinen Organen. Meine Verletzungen sind seelisch und normalerweise unsichtbar. Jetzt sieht man sie.

Vielleicht sind es aber auch gar nicht die Erinnerungen, die so wehtun. Vielleicht ist es in Wirklichkeit der meterdicke Wall, den ich um mein Herz errichtet habe, der in diesem Moment so schmerzhaft in sich zusammenbricht. Vielleicht hat Alex ihn zum Einsturz gebracht. Oder meine Gefühle für sie. Oder die Tatsache, dass ich ihr gezeigt habe, wer ich wirklich bin – zumindest das, was ich von mir kenne.

»Ich habe das noch nie jemandem gesagt«, flüstere ich mit verheulter Stimme. »Nur Lukas weiß Bescheid.« Pause. »Allen anderen erzähle ich immer, meine Mutter wäre gestorben.«

»Weil sie für dich gestorben ist«, sagt Alex leise, und ich nicke.

»Ich hasse sie. Aber sie fehlt mir so.« Noch mehr Tränen. Sie hören und hören nicht auf. Ich will sie wegwischen, aber Alex zieht mich an sich, schließt mich in die Arme, küsst mich auf die Stirn. Mein weicher Kern liegt in diesem Moment in ihren Händen. Schutzlos und gleichzeitig beschützt. Alex streicht mir in immer denselben beruhigenden Bewegungen über den Rücken, weiter über den Nacken und dann durchs Haar. Sie hält mich zusammen, wie ich sie neulich zusammengehalten habe.

Ich weiß, dass ich nicht an diesem Gefühl ersticken werde, auch wenn es sich gerade so anfühlt. Ich werde weitergehen – so wie das Leben.

Alex wischt zwei Tränen weg, die wie winzige Schnecken langsam und schwer über meine Wangen kriechen, dann schaut sie in die Metallkiste, die jetzt offen zwischen uns liegt. Sie streckt zaghaft die Hand aus, doch bevor ihre Fingerspitzen den Inhalt berühren, blickt sie fragend auf. »Darf ich?«

»Sicher.« Alex nimmt die Halskette heraus, hält sie in den Raum zwischen uns, betrachtet den kleinen goldenen Herzanhänger, der sich im Sonnenlicht hin und her dreht, als wollte er sich von seiner schönsten Seite präsentieren. Sie betrachtet das Schmuckstück, das früher einmal um den Hals meiner Mutter hing – und ihr damit länger nahestand als ich –, als wäre es eklig oder giftig oder ansteckend. Die Art, wie sie es mustert, lässt mich schmunzeln. Trotz dem Meer aus benutzten Taschentüchern, das mich umgibt, trotz meiner aufgedunsenen Augen, die bei jedem Blinzeln brennen, trotz der verstopften Nase.

»Woher hast du sie?«, fragt Alex, als sie die Kette mit spitzen Fingern wieder in die Box zurücklegt.

»Mein Vater hat sie mir gegeben.«

Sie nickt. Ihr Blick fällt kurz auf den kleinen Anhänger in

meinem Ausschnitt. Und da erst bemerke ich, dass ich unbewusst damit herumspiele. Ich habe die Wolke seit dem Abend, als mein Vater sie mir geschenkt hat, nicht mehr abgenommen. Vielleicht hat er sie auch deswegen ausgesucht. Damit ich endlich eine Kette habe, die zu mir passt.

»Mein Vater glaubt, dass sie sie vergessen hat«, sage ich schließlich. Ich atme durch den Mund, weil ich sonst keine Luft bekommen würde. »Er hat mich gefragt, ob ich sie haben will.« Ich ziehe ein Taschentuch aus der Verpackung. »Als *Erinnerung*«, füge ich kopfschüttelnd hinzu. »Aber ich erinnere mich gar nicht an sie. Weder an meine Mutter noch an diese Kette noch daran, dass sie sie getragen hat. Immerhin habe ich sie nie an ihr gesehen.«

Wir schweigen ein paar Sekunden, hören nur das sanfte Rascheln der Blätter durch das gekippte Fenster.

»Ist sie das?«, fragt Alex und zeigt auf das einzige Foto, das ich von ihr besitze.

»Ja, das ist sie«, sage ich seufzend und ziehe das Bild heraus. Ich schaue nicht hin, doch ich spüre die poröse Oberfläche unter meinen Fingerkuppen, die aufgeplatzten Stellen und diesen intensiven Blick, den mein Vater hinter einer Schicht aus inzwischen blätterndem Hochglanz eingefangen hat. Es ist ein Schnappschuss, ein unwichtiger Moment, ein Stück Papier, und zur selben Zeit ist es der einzige Beweis, dass es sie wirklich gab. Und dass ich ihre Tochter bin.

»Mein Gott«, flüstert Alex geschockt, als ich ihr die Fotografie reiche. »Du siehst ihr so ähnlich.«

»Ich weiß.«

Sie schaut zwischen meinem Gesicht und dem meiner Mutter hin und her, senkt den Blick und hebt ihn wieder, gleicht unsere Züge ab wie die Route auf einer Landkarte mit der Beschilderung neben der Straße. »Aber wenn man genauer hinsieht«, sagt sie schließlich, »dann erkennt man die Unterschiede.«

»Zum Beispiel?«, frage ich.

»Du hast ein kleines Muttermal auf dem Augenlid, sie nicht. Du hast kleinere Ohren, und sie sind etwas weiter oben.« Alex betrachtet erneut das Bild, dann wieder mich. »Ihr seid beide schön.« Pause. »Aber du bist es auch von innen.«

Seele auf unserer Haut

Wir küssen uns. Überall. Seit Stunden. Es ist dieselbe Haut, und es sind dieselben Lippen, und doch ist alles anders. Langsamer und irgendwie noch intensiver. Es ist nicht nur mein Mund, der sie küsst. Es ist mein gesamter Körper, meine Seele. Und ihre küsst mich zurück.

Ich bin irgendwo zwischen berauscht und erschöpft, meine Haut ist heiß und verschwitzt. Ich beobachte Alex, den schmerzverzerrten Ausdruck in ihrem Gesicht und wie sie auf meine Berührungen reagiert. Die Muskeln unter ihrer Haut spannen sich an, als wären meine Finger elektrisch geladen. Alex hat die Augen fest zusammengekniffen, die Lippen leicht geöffnet. Sie sieht verletzlich aus. Und schön. Und absolut pur. Sie so zu sehen berührt mich. Das Haar feucht, einzelne Strähnen fallen ihr in die Stirn, Schweißperlen schimmern auf ihrer Haut, sie krallt sich so fest in die Bettdecke, dass ihre Knöchel weiß hervortreten. Dann erstarrt ihr Körper, alles wird hart, ihr Gesicht friert ein. Als hätte jemand auf *Pause* gedrückt. Sie schlägt die Augen auf, blickt ins Leere, atmet ein Mal seufzend aus.

Sie sieht mich an. Ich bin gerade nicht schön – mein Gesicht verheult, meine Nase rot, meine Haut gefleckt –, aber das spielt alles keine Rolle. Alex weiß, wer ich bin, ganz egal, wie ich aussehe. Wir liegen nebeneinander auf dem Bett, und ihre kühlen Kuppen gleiten über meine Brüste, weiter zu meinem Bauch, über meine Leiste. Ich spüre Alex' Haut auf meiner, ihren feuchten Atem an meinem Hals. Was uns verbindet, ist viel mehr als die dünne Schweißschicht zwischen unseren Körpern. Ich bin gerade vollkommen nackt. So nackt, wie ich es niemals vorher war – und ich war oft nackt. Aber nicht seelisch. Ich habe Alex meine Tränen sehen lassen und wie schwach ich sein kann. Habe ihr eine Seite von mir gezeigt, die kein Mensch vor ihr je zu Gesicht bekommen hat. Nicht einmal Lukas. Ich habe ihr von meiner Mutter erzählt und davon, wie sehr sie mich verletzt hat. Bevor ich Alex getroffen habe, habe ich immer nur meine Beine geöffnet, diesmal auch mein Herz.

Sie berührt meine Haut, und mein Körper reagiert, als hätte sie die Fäden in der Hand. Dann bricht die Welle. Sie wirft mich um, zieht mir den Boden unter den Füßen weg. Ich verliere die Orientierung, treibe schwerelos wie in Wasser, verliere mich in der Sicherheit von Alex' Umarmung.

Als ich die Augen öffne, sehe ich ihr Gesicht. Es ist umringt von unzähligen Staubpartikeln, die im Sonnenlicht funkeln. Und als sie lächelt, fühlt es sich an, als hätte mein Herz Flügel. Wie ein Snitch, der aufgeregt durch meinen Brustkorb fliegt. Alex kannte mich nackt – jetzt kennt sie die ungeschminkte Wahrheit. Jetzt weiß sie, wie unsicher und verletzt ich unter der schönen Fassade bin.

Alex hätte gehen können. Aber das ist sie nicht. Sie ist bei mir geblieben.

Kirmes im Kopf

Heute gehen wir zum ersten Mal wieder raus – nach zwei Tagen, in denen wir uns im Haus verbarrikadiert und es nicht weiter als bis in den Garten geschafft haben. Der einzige mit Zutritt war Carlos, weil es ihm egal ist, dass Alex und ich zwei Mädchen sind, die sich küssen und miteinander schlafen. Die Außenwelt ist da leider weniger tolerant. Ich habe es nur ein Mal wirklich mitbekommen, aber das hat mir gereicht. Da ging es um einen Jungen aus meiner alten Schule. Als rauskam, dass er auf Jungs steht, wurde er so extrem gemobbt, dass seine Eltern ihn von der Schule nehmen mussten. Vielleicht wäre das hier anders, aber ich schätze nicht. Lukas hat mir gut zugeredet, aber ich glaube, dass er sich irrt: Es ist den Menschen nicht egal, mit wem man schläft. Und auch nicht, mit wem man zusammen ist. Ich habe gestern eine halbe Stunde lang mit ihm geskypt, während Alex mit ihrem Bruder telefoniert hat. Die Wahrheit ist, ich weiß nicht, ob ich bereit bin, der Welt zu sagen, dass ich ein Mädchen liebe. Oder, wie Lukas es ausgedrückt hat: dass ich *lesbisch* bin. Etwas, das ich so nie gesagt hätte. Ich liebe Alex, und Ja, sie ist ein Mädchen, aber das heißt doch nicht, dass ich deswegen generell Mädchen liebe. Oder tut es das doch? Ich meine, immerhin habe ich davor mit Jungs geschlafen. Und ich hatte jedes Mal Lust darauf – nur, dass es dann leider nie besonders gut war.

Ich will nicht darüber nachdenken. Und bis gestern habe ich

das auch nicht. Aber jetzt tue ich es. Und ich kann nicht mehr damit aufhören.

Die letzten Tage mit Alex waren wie ein Traum, aus dem ich langsam erwache. Eine eigene kleine Welt mit eigenen Gesetzen. Es gab keine Störungen von außen. Bis gestern. Und Lukas ist eigentlich keine Störung, er ist mein bester Freund. Trotzdem fühlt es sich so an, als hätte er Dreck von draußen reingebracht. Ein Stück Wahrheit, das mir den Moment verdirbt. Bevor ich mit ihm gesprochen habe, waren Alex und ich einfach nur glücklich – jetzt sind wir plötzlich *lesbisch*. Was ist so verkehrt daran, dass ich in sie verliebt bin? Ich meine, Clemens ist doch auch in sie verliebt. Warum ist es bei ihm okay und bei mir nicht? Und wieso denke ich jetzt an Clemens? Ich will nicht an ihn denken. Das macht alles nur noch schlimmer. Sie ist mit ihm zusammen. Und mit mir. Ich will sie nicht verlieren, aber teilen kann ich sie auch nicht.

Ich fürchte mich davor, dass alles wieder wird, wie es war. Dass am kommenden Sonntagabend die Nadel der Realität unsere Seifenblase zum Platzen bringen wird, und alles, was von uns übrig bleibt, ist eine Erinnerung, die sich plötzlich wie eine Lüge anfühlt.

Das mulmige Gefühl hat sich nach und nach immer weiter in mir ausgebreitet. Wie das Gift einer Schlange. Oder eine Grippe. Ich habe fieberhaft nachgedacht, mich und meine Gedanken hin und her gewälzt, während Alex tief und fest neben mir geschlafen hat. Sie liefen in Endlosschleife, und ich habe keinen Ausweg gefunden. Als wäre ich im Waggon einer Achterbahn gefangen, die niemals anhält. Bilder und Fragen und Ängste haben sich in meinem Kopf zu einem undurchdringlichen Wust verknotet und haben mein Gehirn verstopft, wie zu viele Haare einen Abfluss. Ich habe die schwarze Zimmerdecke angestarrt und mir gesagt, dass ich müde bin – was ich war –, trotzdem konnte ich nicht schlafen.

William Leal hat es ganz gut auf den Punkt gebracht, als er geschrieben hat: *It's all messy. The hair. The bed. The words. The heart. Life.* Ich habe keine Ahnung, wer der Typ eigentlich ist, aber sein Zitat mag ich. Es ist, als wäre es für mich geschrieben worden.

Es war fast halb drei, als ich meine Kopfhörer aufgesetzt, die Acoustic-Version von »Magnetised« ausgewählt und gehofft habe, dass Tom Odells Stimme die in meinen Kopf endlich zum Schweigen bringen würde. Doch jedes Mal, wenn ich die Augen geschlossen habe, hat die Achterbahn in meinem Gehirn sofort wieder Fahrt aufgenommen. *Was ist das zwischen Alex und mir? Haben wir eine Zukunft? Oder ist das nur eine Phase? Aber wenn es nur eine Phase ist, wie kann es dann so gut sein? Und wie hört man mit etwas auf, das einem so richtig vorkommt? Empfindet sie für mich, was ich für sie empfinde? Oder liebt sie Clemens? Aber wenn es so ist, warum hintergeht sie ihn dann mit mir?* So ging das in einem fort.

Irgendwann kam der rettende Schlaf. Ich weiß nicht, ob es an den Klavierklängen und der Melancholie lag oder ob ich letzten Endes der Müdigkeit erlegen bin, aber heute Morgen bin ich aufgewacht, also muss ich irgendwann eingeschlafen sein. Ich hatte gehofft, das bedrückende Gefühl wäre wie eine kurze Erkältung, die schnell vergeht, aber sie war noch da. Sogar stärker als vorher. Ich versuche, es zu verdrängen, und tue so, als wäre alles in Ordnung. Ich will Alex den Geburtstag nicht verderben.

Ihre Mutter und ihr Bruder kommen heute irgendwann zurück, und morgen essen wir dann zusammen zu Abend. Ihre Mutter kocht etwas, und ich werde zum ersten Mal den Kubus betreten. Ich war noch nie in ihrem Haus oder in Alex' Zimmer. Ich wollte sie fragen, ob wir vielleicht mal rübergehen wollen, aber ich weiß, dass sie zur Zeit nicht gerne dort ist, also habe ich es nicht getan.

Nach all den Tagen, in denen wir zu Hause hauptsächlich nackt waren oder maximal ein T-Shirt und eine Unterhose getragen haben, ist es komisch, plötzlich wieder so angezogen zu sein. Meine Beine fühlen sich in den Jeans fast eingesperrt. Am liebsten würde ich sie ausziehen – erst sie und dann Alex –, aber der Kühlschrank ist leer, und Carlos muss auch mal wieder länger raus als immer nur in den Garten.

Am liebsten würde ich für immer hier drin bleiben. Vielleicht, weil es sich so anfühlt, als würde da draußen nichts Gutes auf uns warten.

Donnerstag der 26.

Es ist kurz nach elf vormittags. Wir sitzen bei einer Tasse Kaffee am Esstisch, hören Musik und warten darauf, dass der Ofen vorheizt.

Alex und ich haben drei Ladungen Wäsche gemacht, waren groß einkaufen und haben aufgeräumt. Das Haus ist wieder auf Lena-Niveau. Später gehen wir ins Kino, und danach fahren wir zum Starnberger See. Alex' Mutter hat dort ein unbebautes Grundstück direkt am Wasser mit einem Holzsteg und einem kleinen privaten Kiesstrand. Als wir vor ein paar Tagen zusammen in der Badewanne lagen, hat Alex erzählt, dass sie als Kind oft dort war und dass sie nie wieder einen so schönen Sternenhimmel gesehen hat. Der Klang in ihrer Stimme war ungewohnt wehmütig, so als würde sie von jemandem sprechen, der vor langer Zeit gestorben ist. Ich habe nicht weiter darüber nachgedacht, einfach vorgeschlagen, dass wir doch dort in ihren Geburtstag reinfeiern könnten, und sie hat sofort Ja gesagt.

Alex war vorhin zu Hause, um das Wurfzelt – ich wusste gar nicht, dass es so etwas gibt –, einen kleinen Campingkocher und ein paar andere Sachen zu holen. Ganz oben auf ihrer Liste: ihr Parfum und frische Klamotten. Beides Dinge, die sie in den letzten Tagen nicht wirklich vermisst hat, jetzt aber braucht. Ich dachte die ganze Zeit, der Vanilleduft käme von ihrem Duschgel, aber das riecht viel süßer und ein kleines bisschen künstlich. Der holzig-warme Duft, den ich auf ihrer Haut so sehr liebe, ist ein Parfum, das ihre Mutter ihr einmal geschenkt hat. Ich bin verrückt danach.

Alex hat bei sich zu Hause die Pflanzen gegossen, die Post reingeholt – und telefoniert. Ich habe sie in ihrem Zimmer auf und ab gehen sehen, das Telefon zwischen Schulter und Ohr geklemmt. Ich weiß nicht warum, aber ich bin mir sicher, dass sie mit Clemens gesprochen hat. Währenddessen saß ich auf meinem Bett und habe die Zeit genutzt, um ihr Geburtstagsgeschenk noch rechtzeitig fertigzubekommen. Bei dem Gedanken, dass sie mit ihm redet, wurde ich irrational wütend.

Als Alex eineinhalb Stunden später wieder rüberkam, war sie gut gelaunt und schwer beladen. Ich habe nicht erwähnt, dass ich sie beim Telefonieren gesehen habe, nur gefragt, wofür sie so lange gebraucht hat. Da kam die Lüge. *Meine Mutter hat angerufen.* Etwas in ihren Augen hat sie verraten. Gesagt habe ich nichts. Weil ich das nie tue. Stattdessen haben wir gepackt: einen kleinen Essensvorrat, den externen Akku von meinem Vater, eine Taschenlampe, Lautsprecher, meine Geheimwaffe gegen Mücken, Badetücher, etwas zum Anziehen, und natürlich mein Geschenk. Das Zelt und der Kocher sind im Kofferraum des Rollers verstaut, die Batterie haben wir aufgeladen.

»Ich glaube, wir haben alles«, sagt Alex, legt die Lust-Liste zwischen uns auf den Tisch und streicht sie glatt. »Ein Stift, ein Stift, ein Stift …«, murmelt sie, sieht sich um und entdeckt einen Kugelschreiber neben dem Stapel ungeöffneter Briefe. Sie streckt sich danach, dann lässt sie den Blick über den Zettel schweifen und hakt einen erledigten Punkt nach dem anderen ab.

Unsere Lust-Liste …

- [x] unter Wasser küssen
- [x] gegenseitig vorlesen
- [x] zusammen frühstücken
- [ ] gemeinsame Playlist erstellen
- [x] einen Mittagsschlaf machen
- [ ] ein Feuerwerk ansehen
- [x] auf einer Dachterrasse zu Abend essen
- [x] etwas zusammen kochen/backen
- [x] einen Nachmittag an der Isar verbringen
- [ ] eine geheime Fantasie preisgeben
- [ ] den perfekten Sternenhimmel sehen
- [ ] ins Kino gehen
- [x] etwas zusammen zeichnen
- [x] zur Eisbach-Welle gehen
- [ ] nach Ammerland rausfahren & dort zelten
- [ ] uns gegenseitig einen Liebesbrief schreiben
- [x] ein langes Schaumbad nehmen
- [ ] gegenseitig massieren (und zwar überall) ☺
- [ ] ein kurzes Video zusammen drehen
- [x] alle Harry-Potter-Filme anschauen
- [ ] ein Foto von uns beiden machen
- [x] Schloss Nymphenburg besuchen
- [ ] in eine Ausstellung gehen
- [x] im Regen küssen

Alex will gerade etwas sagen, da vibriert ihr Handy auf der Tischplatte. Es tanzt ruckelnd auf sie zu. Ein Teil von mir will nachsehen, wer es ist, der andere schaut bewusst weg und steht auf, um die Aufback-Croissants in den Ofen zu schieben.

»Hallo, Mama«, sagt Alex, und spätestens da weiß ich, dass ich recht hatte. Wie wahrscheinlich ist es bitte, dass ihre Mutter eine Stunde, nachdem sie schon eine halbe Ewigkeit telefoniert haben, gleich noch mal anruft? Und das, nachdem sie tagelang gar nichts von sich hat hören lassen? Das vorhin am Telefon war garantiert Clemens. Ich weiß es. »Das wäre echt toll!«, sagt Alex begeistert, und der Unterton in ihrer Stimme ist anders. Ungewohnt, irgendwie jünger. Bei ihrer Mutter ist sie das Kind, bei mir die junge Frau. Ich frage mich, wer sie wohl bei Clemens ist. »Ja, Sophie kommt morgen auch zum Essen.« Ich schiebe das Blech so leise wie möglich in die Backröhre und stelle auf der Küchenuhr zehn Minuten ein. »Danke wegen Carlos, Mama. Ich lasse ihn dann nachher zu uns ins Haus.« Pause. »Ja, ja, ich weiß. Ich mache alle Türen im ersten Stock zu.«

Wenig später legt sie auf.

»Ich hoffe, das mit Carlos ist kein Problem?«

»Nein, gar nicht. Früher haben wir ihn ja auch immer genommen, wenn Lena mit den Jungs irgendwo hingefahren ist. Meine Mutter will nur nicht, dass er auf unseren Betten herumspringt.« Sie zuckt mit den Schultern. »Sie ist speziell bei so was.« Alex steckt die Lust-Liste wieder ein, dann sagt sie: »Ach ja, sie und mein Bruder kommen übrigens heute Abend gegen zehn zurück. Dann gehen sie mit Carlos raus.«

»Sehr gut, so lange wird er es schon aushalten. Wie geht es deiner Mutter?« Eigentlich will ich sie fragen, warum sie mich angelogen hat, aber ich halte die Worte zurück, schlucke sie runter zu der Enttäuschung darüber, dass sie mich offensichtlich für so blöd hält, das nicht zu durchschauen.

»Ich glaube, ganz gut. Aber vielleicht hoffe ich das auch nur. Sie redet nicht darüber. Zumindest nicht mit mir.« Pause. »Was war das vorhin für ein Lied?«, fragt sie und schaut mich an, während ich zwei Teller aus dem Schrank nehme. »Das war toll.«

»Welches meinst du?«

»Das, das wir zuletzt gehört haben. Wo er am Anfang etwas singt wie *I want you with no makeup, but you're allergic to your flaws* oder so ähnlich.«

»Ach so, das«, antworte ich, stelle die Teller auf den Tisch und hole Besteck. »Das heißt ›Entertain Us‹ und ist von Benny Cassette.«

»Das muss unbedingt auf unsere Playlist«, sagt sie begeistert, »die könnten wir doch eigentlich jetzt machen, oder? Ich meine, während wir auf die Croissants warten?«

»Klar«, antworte ich, verteile das Besteck und greife nach dem linierten Block, auf dem Lena alles notiert – von Dingen, die sie einkaufen muss, über Telefonnummern bis hin zu einzelnen Wörtern, die nur für sie einen Sinn ergeben –, dann blättere ich zur ersten unbeschriebenen Seite und reiße sie heraus. »Wie soll sie heißen?« Ich klinge seltsam emotionslos.

»Ist alles okay?«, fragt Alex.

»Sicher«, lüge ich, »Was sollte sein?«

»Ich weiß auch nicht. Du wirkst irgendwie … sauer.«

Ich wirke nicht nur so, denke ich wütend, lächle aber.

»Nein, alles okay.« Pause. »Also, wie soll sie heißen?«

Alex mustert mich einen Moment, dann sagt sie: »Was hältst du von *Two Weeks In May?*«

Da haben wir's: ein offizielles Verfallsdatum. Alex und ich sind »zwei Wochen im Mai«. Danach legen wir unsere letzten Prüfungen ab, und unsere Wege trennen sich. Sie reitet mit Clemens in den Sonnenuntergang und ich alleine in die andere Richtung.

»Klingt gut«, antworte ich, nehme den Stift, den sie vorhin zum Abhaken der Liste benutzt hat, und setze ihn an.

»Warte«, sagt sie plötzlich und legt ihre Hand auf meinen Arm. »Der Name ist nicht gut … das ist zeitlich viel zu begrenzt.« Ich will nicht lächeln, aber ich tue es trotzdem. Gegen meinen Willen. Als wäre es ein verdammter Automatismus. »Wie wäre es denn mit *Songs Of Our Lives?*«

Die Küche riecht wie eine französische Bäckerei, und allein bei der Vorstellung, die noch heißen Croissants mit Butter und Birnenmarmelade zu bestreichen, läuft mir das Wasser im Mund zusammen. Während Alex das heiße Blech aus dem Ofen zieht, fällt mein Blick noch einmal auf unsere Handschriften.

Songs Of Our Lives

»Entertain Us« – Benny Cassette
»Everybody Talks« – Neon Trees
»Girls« – Beastie Boys
»The Chronicles Of Life And Death« – Good Charlotte
»It's A Catalogue« – Get Well Soon
»Wannabe in L.A.« – Eagles of Death Metal
»Sea Song« – Lisa Hannigan
»No No No« – Beirut
»Run To The Mountains« – Nate Heller
»Dreamsong (feat. Amber Coffman)« – Nate Heller, Amber Coffman
»How Many Times« – Andhim x Elderbrook
»Keep Me Around« – Turin Brakes

Auf den ersten Blick sind sie komplett verschieden – unsere Schriften und die Musiktitel, die wir ausgesucht haben –, aber auf den zweiten passen sie perfekt zusammen.

Der schöne (Mond)Schein

Es dämmert. Der Tag wird immer schwächer, nur am Horizont ist noch ein gelblichgrüner Streifen von ihm übrig. Alex bremst ab, und wir werden langsamer. Ich rieche bereits den See in der lauen Abendluft. Vermutlich liegt er direkt hinter den Büschen, die die schmale Straße säumen. Sie wird enger und holpriger, Steine knirschen unter den Reifen.

Eigentlich war es ein schöner Tag. Ohne meine Gedanken wäre er wirklich schön gewesen.

Das Kino, in dem wir waren, ist in der Innenstadt, im Bayerischen Hof, einem Luxushotel, das an die Fußgängerzone grenzt. Alex wollte vor Filmbeginn noch in den H&M, um ein paar T-Shirts zu kaufen, ich bin währenddessen über den Marienhof geschlendert. Die Sonne stand schon tief, der Himmel war dunkelblau, die Baumkronen leuchtend grün. Ich stand mitten auf der Wiese, um mich herum Menschen, die sich sonnten, herumtollende Hunde, Kleinkinder, die auf dicken kurzen Beinen wackelige Schritte machten. Leute auf Parkbänken, manche telefonierend, andere schlafend. Neben den Kuppeln der Frauentürme schwebten Schleierwolken wie weiße Seidentücher. Bei ihrem Anblick musste ich an Lenas Vorhänge denken und daran, wie Leon sie hat atmen lassen.

Magisch angezogen von der gelb-weißen Fassade des Dallmayr-Hauses bin ich zum anderen Ende der Grünfläche hinübergegangen und habe mir die Auslagen angesehen. Schokoladen, Kaffee, Pralinen, Geschenkartikel. Dann stand ich plötzlich vor Manufactum, und mein Herz hat sich zusammengezogen. In Hamburg bin ich nie in dieses Geschäft gegangen, immer nur daran vorbei. In dem Moment überkam mich ein seltsam vertrautes Gefühl. Als wäre dieser Laden ein Stückchen alte Heimat in der neuen. Wie eine Botschaft oder ein Konsulat. Als wäre es Hamburger Territorium. Ich habe in die riesigen Schaufenster gesehen, bin reingegangen, habe nichts gesucht und dann den perfekten Bilderrahmen für Alex' Geschenk gefunden. Quadratisch aus geöltem Kirschholz, mit weißem Passepartout. Ich habe meine Zeichnung gleich hineingetan, und es sah perfekt aus. Die vielen Miniaturen, die für einen Außenstehenden überhaupt keinen Sinn, aber in der Kombination uns ergeben. Der Verkäufer hat mir den Rahmen sogar noch als Geschenk verpackt. Während er das getan hat, habe ich gewartet und den Duft von gebackenem Brot und frischem Kaffee genossen, und die Atmosphäre von Geschmack und Geld. Alles hat mich an Hamburg erinnert. Vielleicht sind die beiden Städte sich doch ähnlicher, als ich zugeben wollte.

Zwanzig Minuten später saßen Alex und ich als die einzigen zwei Gäste in dem exklusivsten Kino, das ich jemals gesehen habe. In etwa so stelle ich mir das Privatkino eines Millionärs vor. Ein paar Reihen mit bequemen Sofas, riesigen Kissen, gemütlicher Beleuchtung und jemandem, der einem die Getränke und Snacks zur Couch bringt. Kurz nachdem unsere zwei Colas und das süße Popcorn kamen, ging das Licht aus und der Film los. Eineinhalb Stunden danach war das Popcorn noch fast voll und die Cola warm – den Film haben wir leider verpasst.

Inzwischen ist es kurz vor Mitternacht. Gerade noch Donnerstag. Wir haben das Zelt aufgebaut – was wirklich nur aus

Werfen bestand – und Nudeln gekocht. Keine Soße, einfach die Nudeln in Olivenöl mit Kräutern und halbierten Cherry-Tomaten. Wir haben sie im weichen Gras sitzend gegessen, der See hat geplätschert, und ich musste daran denken, wie sehr Alex dieses Geräusch liebt. Nach dem Essen haben wir Musik gehört. Am besten hat Alex »Distant Light« von Alex Lloyd gefallen, und das nicht nur, weil sie sich einen Namen teilen. Wir haben uns unterhalten und gelacht, aber das ungute Gefühl war trotzdem da.

Jetzt sitzen wir auf dem Holzsteg – eingehüllt in Decken und umringt von Kerzen – und warten auf Alex' Geburtstag. Der Piccolo und zwei Pappbecher stehen bereit. Die Grillen zirpen, und das Wasser bricht sich an den Pfeilern. Es hat ziemlich abgekühlt, und weit entfernt hört man den Donner grollen, wie aus einer anderen Welt. In unserer ist es noch klar. Die Sterne reichten vorhin bis zum Horizont, wie eine glitzernde Bettdecke, mit der der Himmel sich zudeckt, doch dann ist hinter den Bäumen ein riesiger Mond aufgegangen. Goldgelb und hell und in der Mitte durchgeschnitten. Er sah aus wie ein Zitronenschnitz, der in einem Glas Cola treibt. Sein Licht funkelt in unzähligen hellen Tupfen auf der unruhigen Wasseroberfläche.

Es ist perfekt. Nur, dass es das nicht ist. Es scheint nur so – wie der Mond von seinem klaren Himmel. Das Gewitter ist bereits im Anrollen. Es ist schon unterwegs.

Am Sonntag kommen Clemens und Nik – der eine mehr, der andere weniger braungebrannt und beide voller Besitzansprüche – von ihrem Surftrip zurück, und morgen, am späten Abend, steigen mein Vater, Lena und die Jungs in München aus dem Flieger. Die Realität kommt immer näher. Und in dieser Realität gibt es uns nicht. Da sind wir nur zwei Mädchen, die nebeneinander wohnen und sich angefreundet haben. Mit jeder Stunde, die vergeht, kratzt die Außenwelt ein bisschen fester an der Oberfläche unserer Seifenblase. Irgendwann wird sie platzen. Vielleicht erst, wenn Clemens wieder da ist, vielleicht schon vorher. Ich hoffe, dass sie noch ein bisschen hält.

Alex lehnt sich mit dem Kopf an meine Schulter. Sie riecht vertraut und warm. Und am liebsten würde ich sie küssen. Einfach den Moment leben und nicht an morgen denken. Aber die warnende Stimme in meinem Kopf ist inzwischen zu laut. Ich versuche, sie zu ignorieren, aber sie ist wie ein kreischendes Kind, und sie hat recht: Alex und ich sind eine Lüge. Eine wunderschöne Lüge, die als aufregendes Geheimnis begonnen hat und schon ziemlich bald enden wird. Wir sind zwei Mädchen, die unter dem Deckmantel einer Freundschaft miteinander schlafen. Wie zwei Figuren in einer Schneekugel, die es niemals nach draußen schaffen werden.

»Ist alles okay?«, flüstert Alex und hebt den Blick. »Du bist den ganzen Abend schon so still.«

»Ja, ich … ich denke nur nach«, sage ich ausweichend.

Sie setzt sich gerade hin und sieht mich an. »Und worüber?«

Darüber, dass ich auf eine Wand zufahre und trotzdem nicht bremse, denke ich und höre mich antworten: »Nichts Bestimmtes.«

»Nichts Bestimmtes?« Ihre Augenbrauen wandern nach oben.

Ich schaue sie an, verstecke mich hinter einer Maske, die genauso aussieht wie ich, wenn ich lächle. »Du kennst mich doch, manchmal ist mein Kopf wie ein Browserfenster mit zu vielen offenen Tabs. Es ist alles okay.«

Sie glaubt mir kein Wort, sieht mich nur an mit einem dunklen, undurchdringlichen Blick, dem ich jedoch gekonnt ausweiche, indem ich nach meinem Handy greife. In derselben Sekunde springt die Uhrzeit von 23.59 auf 00.00 Uhr.

Was mache ich bloß?

Alex starrt auf den Bilderrahmen, den sie in den Händen hält. Da ist kein Ausdruck in ihrem Gesicht. Nur erstaunte Leere. Sie blinzelt, betrachtet jede der winzigen Zeichnungen ganz genau, jedes Symbol, jede Kleinigkeit. Mustert das WIR in scheinbar zusammenhangslosen Dingen. Sie schaut einen Moment auf, dann wieder zurück auf die Miniaturen. Auf die kleine Brille, die genauso aussieht wie ihre, den Glückskeks und die Muschel, von der ich hoffe, dass sie der ähnlich sieht, die sie damals als Kind gefunden hat. Ihr Blick wandert über das Eis und den Burger und den Regenschirm, in dessen Schutz wir so oft zusammen spazieren gegangen sind. Ich sehe ihr an, dass sie bei jedem Gegenstand an die dazugehörige Geschichte denkt. Weil sie die Bilder übersetzen kann. Wie eine Sprache, die nur wir verstehen.

Während ich ihr dabei zusehe, wie sie mit den Fingerkuppen das kühle Glas berührt, schießt mir für den Bruchteil einer Sekunde die Frage durch den Kopf, ob das gerade ein Geburtstagsgeschenk oder vielleicht doch eines zum Abschied ist, und finde keine eindeutige Antwort darauf.

Als Alex aufblickt, rollt eine einzelne Träne über ihre Wange. Ihre Augen schimmern glasig, und ihr Blick berührt mich so sehr, dass mir fast die Luft wegbleibt.

Sie legt den Rahmen vorsichtig in ihren Schoß, nimmt mein Gesicht zwischen ihre Hände und küsst mich. Intensiv und lang. Mit allem, was sie hat, jeder Faser. So, als würden Worte einfach nicht ausreichen für das, was sie mir sagen will. Ich schmecke ihre Lippen und die Sehnsucht in ihrem Kuss. Vibriere wie eine Stimmgabel, bin kurz davor, meine negativen Gedanken zu vergessen. Als läge zwischen mir und meinem Glück nur noch ein Atemzug.

Dann spüre ich einen Regentropfen. Er fällt klein und kühl und scheinbar unbedeutend auf meine Stirn. Es ist nur ein Tropfen, und doch auch wieder nicht. Die echte Welt und unsere prallen gerade aufeinander, und das Ergebnis wird eine Naturgewalt. Ich weiß nicht, ob ich damit das Wetter meine oder uns. Vielleicht beides.

Ich sollte Alex nicht küssen, ich sollte sie wegschieben und ihr sagen, dass ich das so nicht mehr will. Dass sie nicht mich *und* Clemens haben kann, dass sie sich entscheiden muss. Ich sollte ihr sagen, dass ich mich in sie verliebt habe, es wenigstens ein Mal laut aussprechen, damit sie es weiß. Damit sie nicht sagen kann, dass sie keine Ahnung hatte, was genau das zwischen uns für mich ist, oder was sie mir bedeutet. Aber ich tue es nicht. Ich schweige lieber. Und küsse sie.

Alex legt den Bilderrahmen in sicherer Entfernung auf dem Steg ab, dann klettert sie auf meinen Schoß. Ich schlinge die Arme um sie, sie die Beine um mich. Unser Atem vermischt sich, schwillt an. Ich wünschte, das mit uns wäre nur Anziehungskraft. Oder Neugierde. Oder eine Erfahrung, an die ich mich irgendwann mit einem verstohlenen Lächeln auf den Lippen erinnere. Vielleicht ist es das für Alex – für mich ist es viel mehr.

Ich kann nicht sagen, wie viel Zeit vergeht, nur, dass der Regen stärker wird. Irgendwann steht Alex unvermittelt auf und streckt mir die Hand entgegen. Der Wind lässt mich erschauern. Da, wo sie eben noch war, ist es jetzt kalt. Wir blasen die Kerzen aus, sie bückt sich nach dem Bilderrahmen und presst ihn sich an die Brust, ich nehme die Decken, den Piccolo und die Pappbecher mit, dann laufen wir durch die Dunkelheit. Dicke Tropfen fallen aus einem schwarzen Himmel auf unsere Gesichter. Der Boden ist noch nicht matschig, aber auch nicht mehr hart, und meine Füße sinken ein. Dann sind wir in unserem Zelt. Alex legt den Rahmen vorsichtig in ihren Rucksack, ich stelle alles ab, schließe den Reißverschluss des Eingangs. Das Prasseln wird immer lauter, der Donner grollt über den See. Die Decken sind nass, unsere Kleidung feucht.

Wir ziehen einander aus. Ich küsse ihren Körper, bedecke ihn mit meinem, will so viel ihrer Haut wie möglich berühren. Ich atme ihren Duft ein, vergrabe meine Hände in ihrem Haar. Sie schiebt ihren Schenkel zwischen meine Beine, ich meinen zwischen ihre. Wir bewegen uns gemeinsam, küssen uns, schlafen miteinander.

Ich weiß nicht genau, warum ich es tue. Sicher, weil ich es will, weil ich Lust auf sie habe, weil sie so gut riecht, weil ich verliebt in sie bin. Weil es das letzte Mal sein könnte. Aber das ist nicht alles. Ich glaube, ich tue es auch deswegen, weil sie bald wieder mit Clemens schlafen wird und weil ich es ihr schwer machen will. Sie soll dabei an mich denken müssen, so wie ich an sie denken werde.

Ich verdränge die Wahrheit und sammle Erinnerungen für eine Zeit, in der es uns nicht mehr geben wird – von der ich insgeheim hoffe, dass sie niemals kommt.

Vier Silben

Ich liege nackt auf Alex, sie hält mich fest. Es ist dunkel und der Regen laut. Weißer Lärm, der alles übertönt. Ich habe aufgehört zu denken, existiere nur noch und genieße unsere Nähe. Wir liegen schweißgebadet in der Sintflut. Ich habe die Augen fest geschlossen, lausche dem Schauer, der auf die Zelthaut prasselt. Er schneidet uns von allem ab. Wie ein magisches Schutzschild.

Ich könnte ewig hier drinnen bleiben. So nah an Alex und so weit weg von allem anderen. Dieser Moment stand nicht auf unserer Liste. Ich wüsste auch nicht, wie man ihn in Worte fassen könnte. Geborgen, aber nicht nur. Glücklich. Und berauscht. Aber auch müde. Körperlich erschöpft und rest-erregt. Es riecht feucht und warm, und irgendwie süßlich, nach Vanille und Schweiß. Und nach Wiese und Regen. Es ist schön, die Augen zu zu haben, sich auf alles andere zu konzentrieren. Ihren schnellen Herzschlag, wie sich ihre Haut anfühlt. Ich vergrabe das Gesicht in ihrem Haar, küsste sie sanft aufs Ohr.

»Sophie«, sagt Alex gerade so laut, dass ich sie hören kann.

»Hm?«, brumme ich zufrieden.

Sie schluckt.

»Ich … Ich liebe dich.«

Ihre Stimme vibriert in meinem Brustkorb, sickert in meinen Verstand wie Wasser in zu trockene Erde. Wie vier Silben einer fremden Sprache. In mir zieht sich alles zusammen. Wie ein Krampf, der sich immer weiter ausbreitet. Weit entfernt grollt der Donner, und ein Windstoß drückt gegen die Zeltwand. Ich rapple mich auf, stütze mich neben ihrem Kopf auf den Ellenbogen ab und blicke in ein Gesicht aus Schatten. Ihr Herz schlägt schnell, flache Atemstöße treffen auf meinen Mund. Ich spüre, wie ihre Augen in der Dunkelheit nach meinen suchen, so wie meine nach ihren, taste mit zitternden Händen über ihre Schläfen. Meine Fingerkuppen streifen ihre Wimpern, berühren ihre Wangen. Ich nähere mich ihren Lippen, schlucke trocken.

»Ich liebe dich auch«, sage ich.

Und dann küsse ich sie.

Realitätsfern und doch ganz nah

»Und man sieht wirklich nicht, dass ich nackt bin?«, frage ich verunsichert, kichere, halte mir schützend die Hände vor die Brust.

»Nur die Schultern«, sagt Alex zum bestimmt zehnten Mal, die Handykamera auf mich gerichtet. »Nimm endlich die Hände runter.«

»Ich weiß nicht«, murmle ich, lasse sie aber sinken, als würde ich mich ergeben. »So wie du rumschaukelst, wird man garantiert was sehen …«

Sie lacht tonlos, ihr Brustkorb bebt, das Handy rutscht ab, fällt fast runter. Toll.

»Ich bin dran.« Ich versuche, ernst zu klingen, muss bei ihrem Anblick aber grinsen. Ich greife nach dem Handy, drehe es um und schaue auf das Display. Es zeigt eine glückliche Alex, die sich vor Lachen krümmt. Die sich Tränen aus den Augenwinkeln wischt, Luft holt, weiter lacht – jetzt laut. Ihre Haut sieht in diesem Licht golden aus, man erkennt ganz schwach ihre Sommersprossen.

Das Zelt steht in der prallen Morgensonne, und die Feuchtigkeit des nächtlichen Regens steigt als nasser Dunst aus dem Boden. Alles klebt. Unsere Haut, unsere Haare, wir an den Decken, die Decken an uns. Die Nacht war unbequem, mein Rücken ist steif und ich bin glücklich.

Wir filmen bereits seit knapp sieben Minuten. Alex hat noch geschlafen, als ich das Handy aus der Tasche geholt habe. Eigentlich wollte ich nur ein Foto machen, weil sie so wunderschön dalag – halb auf der Seite, ihr Rücken lang und nackt, das Bein angewinkelt, ihr kleines Muttermal im schwachen Licht gerade so sichtbar –, aber irgendwie habe ich versehentlich auf Video gewechselt. Als Alex aufgewacht ist, hat sie mich mit zusammengekniffenen Augen angeschaut und dann das Gesicht in den Armen vergraben. Es freut mich, dass ich das eingefangen habe. Und auch wie sie in diesem Moment aussieht. Die Luft ist so feucht, dass man fast daran ertrinkt, und eigentlich muss ich schon seit einer Ewigkeit aufs Klo, aber ich will noch nicht raus. Ich will noch ein kleines bisschen hierbleiben.

»Jetzt wackelst aber du«, sagt Alex und hält ihre Hand vor die Linse.

»Ich wackle gar nicht«, sage ich und schiebe sie wieder weg. Das Schwarz weicht, und ihr Gesicht taucht auf. Sorglos und unbeschwert. Ihre grünen Augen schimmern, und sie lächelt.

Gott, ich bin so in sie verliebt.

»Mach die Kamera aus«, flüstert Alex.

»Warum?«, flüstere ich zurück.

»Weil ich dringend aufs Klo muss.«

Ich drücke auf *Stopp* und lege das Handy zur Seite. Als ich wieder hochschaue, kniet Alex vor dem Reißverschluss des Zelts, um ihn aufzumachen. Ich streiche mit den Fingerkuppen über ihren Rücken, und sie sieht mich an.

»Was ist? Kommst du?«

Sie strahlt, dann klettert sie nach draußen.

Ich glaube nicht, dass ich Alex liebe, *weil* sie ein Mädchen ist, aber ich liebe doch, *dass* sie eins ist.

Am Ende des Regenbogens

Wir standen kichernd und nackt in den Büschen und haben in einem Meer aus Dornen gepinkelt. Es war albern und erleichternd und auch ein bisschen peinlich. Ich habe unzählige kleine Schnitte an den Schenkeln, Alex an den Waden. Trotzdem konnten wir nicht aufhören zu lachen. Als wären wir beschwipst von dem Moment.

Es war bereits früher Nachmittag, als wir uns endlich auf den Steg gesetzt und unter einem blassblauen Himmel gefrühstückt haben. Alex hat mit einem winzigen Espressokocher Kaffee für uns gemacht, ich habe Spiegeleier und Speck gebraten. Das Brot schmeckte ein bisschen alt, aber der Rest war gut. Unsere nackten Füße baumelten im Wasser. Wir haben uns unterhalten. Über die Zeit nach dem Abi, wo wir am liebsten studieren und welche Länder wir gerne sehen würden, über den Führerschein und wie wir uns unsere zehn Jahre älteren Ichs vorstellen.

Wir haben Fotos gemacht. Ein paar, auf denen wir lachen, ein paar, auf denen wir uns küssen, und eines, bei dem wir uns einfach nur in die Augen sehen. Dieses Bild mag ich am liebsten. Nicht, weil wir so schön darauf aussehen, sondern weil man uns ansieht, wie frei wir in genau diesem Augenblick waren.

In dem Moment schien alles möglich.

Wir schienen möglich.

Zurück in die Zukunft

Baumwipfel rasen an uns vorbei, der Himmel ist wolkenlos und spätnachmittagsblau. Die Riemen des Rucksacks schneiden in meine Schultern, mir tut der Rücken weh, und ich sehe schrecklich aus. Meine Schenkel kleben am Plastiksitz des Rollers fest, und die kleinen Schnitte, die die Dornen auf meiner Haut hinterlassen haben, brennen wie verrückt. Aber es ist mir egal. Mir ist alles egal. Ich denke an das Stückchen plattgedrückter Wiese, das unser Zelt als kleinen Beweis für unsere Nacht am See hinterlassen hat, und kann nicht anders, als zu lächeln.

Gleich sind wir da. In ein paar Minuten. Vor nicht einmal einer Stunde standen Alex und ich noch mit verschränkten Fingern am Ende des Stegs und haben übers Wasser geschaut. Das Blau des Himmels war tief, und das Grün des Sees hatte exakt denselben Farbton wie Alex' Augen.

Ich habe meinen Kopf an ihre Schulter gelehnt und an nichts gedacht. Der Wind war weder zu kalt noch zu warm. Und wir waren allein in einer Stille, die nur von sanftem Plätschern erfüllt war. Alex hat meine Hand gedrückt und geflüstert: »Das war der schönste Geburtstag, den ich je hatte.«

Dann sind wir gefahren.

»Da wären wir«, sagt Alex und lächelt mich an.

Wir stehen zwischen ihrer Einfahrt und meiner, jeder auf seiner Seite.

»Ich gehe kurz duschen, und dann komme ich rüber, okay?«

Sie schüttelt den Kopf. »Du musst nicht duschen.«

»Doch«, sage ich und zeige auf meine schmutzigen Beine. »Dringend sogar.«

»Ich finde, du siehst schön aus.«

Ich muss lachen, und die Riemen des Rucksacks graben sich noch tiefer in meine Schultern.

»Ich trage ein hässliches schlabbriges T-Shirt mit einem Kaffeefleck, habe total eklige Haare und rieche nach Schweiß.«

»Ich weiß.« Pause. »Aber das ist mir egal.« Sie sagt es, ohne die Miene zu verziehen. »Und abgesehen davon«, fügt sie mit einem Blick auf mein rot-weiß geringeltes Oberteil hinzu, »ist das T-Shirt nicht hässlich.« Alex streckt die Hand aus und streift sanft mit dem Finger mein Schlüsselbein entlang. »Ich mag diese Art von Ausschnitt am liebsten. Vielleicht, weil es eigentlich gar keiner ist.« Ich schlucke. »Man sieht nur die Schlüsselbeine und den Ansatz der Schultern, aber gerade diese Partie ist irgendwie … ich weiß nicht … so verletzlich.« Alex berührt meinen Hals, meinen Kehlkopf, meinen Nacken. Um ihre Fingerkuppen wächst Gänsehaut. »Ich finde, es steht dir«, sagt sie und sieht mir direkt in die Augen. »Und das fand ich auch schon, als du es damals im Nordbad anhattest.«

Ich schaue sie ungläubig an. »Du weißt noch, dass ich dieses Top anhatte?«

»Natürlich«, sagt sie und grinst. »Es war das erste Oberteil, das du in meiner Gegenwart ausgezogen hast.« Ein paar Sekunden sehen wir einander nur an, dann nimmt Alex meine Hand und sagt: »Komm mit. Wir können bei mir duschen.«

Alex sperrt die breite, schwere Haustür auf, die mich spontan an die eines Tresors erinnert. Wir betreten einen Eingangsbereich, der in ein gigantisches Wohnzimmer übergeht. Alles ist modern und kühl, und ich fühle mich, als wäre ich in einem Immobilienprospekt. Glasfronten, Hartholzböden und Betonflächen, wohin das Auge reicht. Rechts neben uns ragt ein Treppenhaus zwei Stockwerke hoch und eines in die Tiefe. Es ist zu unserer Seite hin offen gestaltet, und man sieht die Flure der ersten und zweiten Etage, was den gesamten Raum einschüchternd und imposant wirken lässt. Alles ist sauber. Fast schon zu sauber. Wer auch immer hier putzt, nimmt seine Aufgaben sehr ernst.

Ich schaue mich um. Dieses Haus wäre perfekt für einen *Tatort,* in dem ein Münchner Großindustrieller ermordet wird. Geschmackvoll, und ohne Seele.

Direkt neben den breiten Holzstufen befindet sich eine schmale Tür, vermutlich die der Gästetoilette. Links von uns ist eine nackte Sichtbetonwand mit einer Garderobe. Daneben eine lange Anrichte aus exakt demselben Holz wie der Fußboden. Die pinken und roten Rosen, die darauf stehen, stechen bunt heraus. Sie stecken in einer mattgrauen Vase und sind der einzige Beweis dafür, dass hier wirklich jemand lebt. Und dass dieser Jemand zu Hause ist – oder es zumindest vor Kurzem war –, denn sie sind frisch.

»Leg die Sachen einfach da ab«, sagt Alex. »Ich bringe das ganze Zeug dann später in den Keller.« Ich stelle das Zelt und den Kocher auf den Boden, den Rucksack daneben, dann ziehe ich meine Schuhe aus. Alex nimmt meine Hand und zieht mich zu den Stufen.

Und in demselben Augenblick hallt plötzlich ein Meer aus unterschiedlichen Stimmen durch den Raum.

»ÜBERRASCHUNG!«

Willkommen zu Hause

Clemens.

Nik.

Alex' Eltern.

Ihr Bruder.

Carlos.

Luftballons in Regenbogenfarben.

Strahlende Gesichter. Gebell.

Die Welt dreht sich schneller. Oder gar nicht mehr. Ich kann es nicht sagen. In diesem Moment pralle ich gegen die Mauer. Mit voller Wucht. Alles ist falsch. Die Geräusche, die Freude, die mir so unecht vorkommt, dass ich schreien möchte, die plötzliche Hektik, die vielen Stimmen, das laute Lachen. Carlos springt an mir hoch, wedelt mit dem Schwanz. Ich weiß nicht, wann genau Alex meine Hand losgelassen hat, ich weiß nur, dass ich mit einem Mal barfuß und allein im Flur stehe – abgeschnitten von der Gruppe von Menschen neben mir, in deren Mitte Alex untergeht.

Dafür, dass ich wusste, dass die Realität zurückkommen würde – insgeheim sogar darauf gewartet habe –, trifft sie mich jetzt unerwartet hart. Wie eine Ohrfeige. So muss es sich anfühlen, wenn man zu Boden geht.

Plötzlich steht Nik vor mir, zieht mich an sich – zu fest und zu lange –, während Clemens so tut, als hätte er mich nicht bemerkt. Er umarmt Alex wie eine Zwangsjacke, und ich schaue weg. Zu ihrem Vater, dem man deutlich ansieht, dass er gerade überall lieber wäre als hier. Er wirkt hilflos und fehl am Platz. Genauso wie Alex' Bruder. Der steht abseits und verloren in dem riesigen Wohnbereich, als hätte man ihn dort vergessen.

»Sophie«, sagt Alex' Mutter und kommt strahlend auf mich zu. Sie ist zu fröhlich, zu gut geschminkt, und ihre Augen zu rot. »Es freut mich so, dich kennenzulernen.« Sie legt ihre Hände auf meine Schultern, gibt mir ein Küsschen links und eins rechts, wartet darauf, dass ich dasselbe zu ihr sage.

Und das tue ich. Und dabei klinge ich völlig normal. »Ich freue mich auch sehr.« Pause. »Vielen Dank für die Einladung zum Essen, Frau Schiller.«

»Bitte, nenn mich Nele«, antwortet sie. »Es ist so schön, dass du da bist.« Ihr Mund lächelt, ihre Augen nicht. Ich erkenne eine Maske, wenn ich sie sehe. »Alex redet die ganze Zeit von dir.«

Ich spüre einen Seitenblick, folge ihm, entdecke Clemens.

»Das ist übrigens Anton, Alex' Bruder« – Anton hebt kurz die Hand – »und das ist«, sie deutet auf ihren Mann, überlegt, wie sie ihn vorstellen soll, und sagt schließlich: »Alex' und Antons Vater.«

Er macht zwei Schritte auf mich zu und schüttelt mir tot die Hand. »Freut mich«, lügt er.

»Mich auch«, lüge ich zurück.

»Und diese beiden jungen Männer« – Nele zeigt auf Clemens und Nik – »kennst du ja bereits.«

Clemens entlässt Alex aus seiner Schwitzkasten-Umarmung und kommt näher. »Du siehst irgendwie anders aus«, sagt er. »Bist du krank?«

»Nein«, entgegne ich, »ungeschminkt.«

Er grinst. Ich nicht.

»Hör dem Idioten nicht zu«, sagt Nik. »Du siehst super aus.«

Alex' Mutter klatscht in die Hände wie ein Animateur im Cluburlaub. »So, ihr Lieben, wenn ihr mir bitte alle folgen würdet«, sagt sie zu gut gelaunt und zeigt in Richtung Garten. »Das Essen ist fertig und wartet.«

Ich will nach Hause.

Und zum ersten Mal denke ich bei diesem Wort nicht an Hamburg.

Ich denke an Lenas Haus.

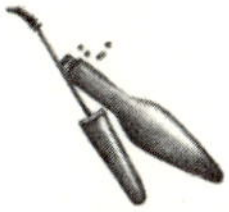

Maskenball

Ich halte die Tränen zurück. Sie schmerzen trocken in meinem Hals und brennen hinter den Augäpfeln. Aber man sieht es mir nicht an. Nichts davon. Ich sehe schön aus. Und wenn ich mich anstrenge, fast glücklich. Zumindest, wenn man mich nicht kennt.

Ich habe allein geduscht. Zu Hause. Nachdem ich versucht habe, Lukas zu erreichen. Aber er war nicht da. Jetzt stehe ich in schwarzer Unterwäsche im Badezimmer vor dem großen Spiegel und tusche mir die Wimpern. Meine Haare sind geföhnt und sehen wieder aus wie Haare, und ich trage den blutroten Lippenstift wie eine Kampfansage. Meine Haut riecht nur nach Seife, so wie Alex es mag. Ich gehe ins Balkonzimmer, reiße Klamotten aus dem Schrank, probiere sie an, ziehe sie wieder aus, werfe sie auf den Boden. Die Outfits werden knapper und die Ausschnitte größer. Ich setze mich in Jeanshotpants und BH aufs Bett und schaue zur Tür, als würde ich darauf hoffen, dass Lena sie öffnet. Aus einem mir unerklärlichen Grund wünschte ich, sie wäre hier. Ich würde gerne mit ihr reden. Und ich verstehe selbst nicht warum.

Nach ein paar Sekunden stehe ich wieder auf. Die Tür bleibt zu und das Haus leer. Nicht einmal Carlos ist da. Er ist noch nebenan, weil Nele später noch einmal mit ihm rausgeht. Mein Handy vibriert. Es vibriert schon die ganze Zeit. Bestimmt ist es Alex. Sie hat mir mehrere Nachrichten geschrieben. Die erste habe ich noch gelesen, die, die danach kamen, nicht mehr. *Du musst mich auch ein bisschen verstehen. Clemens und ich sind schon eine ganze Weile zusammen.*

Ich verstehe gar nichts mehr.

Mein Handy vibriert schon wieder. Und dann schaue ich doch hin. Auf dem Display steht: *Das Taxi ist in fünf Minuten da. Bis gleich, freu mich, Nik.*

Ich sollte nicht mitgehen. Ich sollte Carlos holen und einfach zu Hause bleiben. In nicht einmal zwei Stunden kommen mein Vater, Lena und die Jungs zurück. Ich könnte hier auf sie warten. Das Bild von Alex und Clemens neulich auf der Party schießt mir durch den Kopf. Wie sie eng umschlungen im Türrahmen stehen. Es hat mich fertiggemacht, ihnen dabei zuzusehen. Dieses Mal wäre es noch viel schlimmer. Ich weiß nicht, was ich tun soll. Ich stehe da und starre in den offenen Schrank, als hätte er die Antwort.

Lukas würde mich fragen, warum ich mir das antue. Was ich mir davon erhoffe. Er würde fragen: »Denkst du im Ernst, dass sie nicht mit ihrem Freund rummacht, nur, weil du dabei bist?« Ich atme tief ein. »Bleib zu Hause, Flittchen.« Er hat recht. Ich weiß das. Aber bei der Vorstellung, hierzubleiben und nicht zu wissen, was sie gerade tut, werde ich wahnsinnig. Sie mit Clemens zu sehen ist schlimm, aber mir die beiden zusammen vorzustellen ist noch schlimmer. Nichts ist so grausam wie die Fantasie.

Ich bücke mich, hebe das nächstbeste Oberteil vom Boden auf – schwarz und viel zu weit ausgeschnitten – und denke daran, was Alex über das rot-weiß gestreifte gesagt hat. Ich durchforste die anderen Kleiderhaufen und habe keine Ahnung, was genau ich suche, bis ich es in den Händen halte. Ein enges Top, ebenfalls schwarz, aber mit U-Boot-Ausschnitt. Ich ziehe es an, greife hastig nach meinem Handy, stecke den Hausschlüssel ganz tief in die kleine vordere Jeanstasche und nehme zwanzig Euro aus meinem Geldbeutel. Mehr habe ich nicht.

Ich ziehe die Zimmertür hinter mir zu, gehe die Stufen hinunter und schlüpfe in meine weißen Chucks. Ich werfe einen letzten Blick in den Spiegel der Garderobe: Meine Brust ist bedeckt, nur die Schlüsselbeine und der Ansatz meiner Schultern sind zu sehen. Meine Beine sind lang und nackt, meine Haare glänzen pechschwarz. Das Gesicht, das mir entgegenblickt, sieht aus wie neu.

Die Maske sitzt.

Und noch während ich das Haus verlasse, weiß ich, dass es ein Fehler ist.

Im freien Fall …

Wir sind im Taxi. Clemens sitzt vorne, Alex, Nik und ich hinten. Ich auf dem unbequemen Platz in der Mitte – zwischen einem Typen, der auf mich steht, und einem Mädchen, auf das ich stehe. Alex berührt mein Bein, und ich ziehe es weg. Im Radio läuft »Spirits« von The Strumbrellas. Wäre ich gut gelaunt, würde mich das freuen. Es wäre der perfekte Start in einen tollen Abend. Aber an diesem Abend ist nichts toll. Und irgendwie scheinen wir das alle zu wissen.

Ich denke an das Horror-Abendessen. Daran, wie wir auf der Terrasse saßen, an einem absurd großen Tisch mit absurd viel zu essen. Frisches Baguette, verschiedene Käsesorten, selbstgemachte Kräuterbutter, Weintrauben, Salate, Dips, mariniertes Fleisch, gegrillter Fisch. Nele hat an alles gedacht. Sie hat sogar Fackeln aufgestellt. Ihr Licht hat sich im Schwimmteich gespiegelt. Es hätte so schön sein können. Aber es war nicht schön. Alex' Vater war nur körperlich anwesend, ihre Mutter hat angestrengt versucht, seine Abwesenheit auszugleichen, und Anton hat beinahe autistisch aufs Wasser gestarrt. Nik hat mit irgendwelchen Urlaubsanekdoten angefangen, und Alex hat überall hingeschaut, nur nicht in meine Richtung. Clemens hat sie ununterbrochen angefasst, und ich hätte ihn am liebsten mit meinem Brotmesser angegriffen.

»Können Sie die Musik lauter machen«, fragt Alex, und der Taxifahrer kommt ihrem Wunsch nach, ohne es weiter zu kommentieren. Sie wendet sich mir zu und flüstert: »Es tut mir leid, Sophie.« Sie klingt angespannt. »Ehrlich.« Pause. »Ich hatte keine Ahnung.« Ich reagiere nicht, starre einfach geradeaus. »Sophie, bitte …«

Sie legt ihre Hand auf mein Knie. Ich schiebe sie weg und schaue Alex wütend an. »Was willst du von mir hören?«, frage ich im Flüsterton. Ich sollte nicht flüstern. Ich sollte sie anschreien. »Willst du, dass ich sage, dass es schon okay ist? Dass ich schließlich wusste, dass du einen Freund hast?«

»Sophie, ich …«

Der Taxifahrer bremst ab, und wir kommen zum Stehen. Die Musik geht aus und das Licht an. Nik öffnet die Autotür auf seiner Seite, Clemens bezahlt, Alex sieht mich flehend an. Ich bin auf eine Art wütend, wie ich noch nie wütend war. Und gleichzeitig traurig. Und enttäuscht. Ich glaube, vor allem enttäuscht.

Nik steckt den Kopf zu uns ins Auto. »Wo bleibt ihr denn, Mädels?«, fragt er und lächelt uns entgegen. »Auf uns wartet eine Nacht, die wir nie vergessen werden.«

Hölle Hölle Hölle

Der Club hat zwei Hallen, eine kleine, in der gemischt aufgelegt wird, und eine große, in der Elektro-Sound läuft. Beide sind brechend voll. Menschen stehen in Trauben um die Bars, trinken, tanzen. Die Dunkelheit und das bunte Licht lassen alles wie in Zeitlupe wirken. Ich lehne abseits an einer Wand und schaue auf das Meer aus Körpern, das sich wie ein einziger Organismus zu einem »Hausch«-Remix von Andhim bewegt. Ich kenne diesen Song nur wegen Alex. Ich hatte von den beiden DJs vorher nie gehört. Jetzt stehe ich hier, verstecke mich vor Nik und höre ihr Lied, während sie nebenan mit Clemens tanzt.

Das dachte ich zumindest. Denn jetzt entdecke ich sie in der Menge. Als einzige Person, die sich nicht bewegt. Wir sehen einander an, tun aber nichts.

»Da bist du ja.« Ich schaue nach rechts und sehe Nik. »Ich hab dich überall gesucht.«

Offensichtlich nicht überall, denke ich, sage aber: »Jetzt hast du mich ja gefunden.«

Er nickt zur kleinen Halle. »Wollen wir rübergehen? Ich stehe nicht so auf Elektro.« Ich schaue kurz zu der Stelle, wo Alex eben noch stand, aber sie ist weg.

Nik und ich kämpfen uns durch die Menschenmassen, vorbei an nassgeschwitzten Körpern und vollen Getränken, die überschwappen. Er geht voraus, ich hinterher. Es riecht nach

Bier und Red Bull und Schweiß. Als plötzlich ein Typ neben uns einen anderen schubst, stolpere ich, halte mich an Nik fest.

Dann sehe ich sie wieder. Alex. Mit Clemens.

Wie konnte sie?

Nik drückt mich gegen die Wand. »Ich wollte dich vom ersten Moment an«, flüstert er heiser. Dann rührt er weiter mit seiner Zunge in meinem Mund herum, macht sich ungeschickt an dem Reißverschluss meiner Hotpants zu schaffen. Ich hatte seine Art zu küssen besser in Erinnerung, trotzdem mache ich mit. Ich fühle mich leichtsinnig. Ein bisschen so, als wäre ich betrunken. Aber ich bin nicht betrunken. Ich bin völlig nüchtern. Das hier hat nicht der Alkohol entschieden. Das war ich. Ich schließe die Augen, sehe, wie Alex und Clemens sich küssen, und öffne sie wieder. Niks Hand verschwindet in meiner Unterhose. Ich rieche seinen Duft – ein billiges Deo, von dem ich mir sicher bin, dass er denkt, es wäre männlich – und spüre seinen steifen Penis. Er presst sich ungeduldig gegen meine Leiste, so als würde er meinen Eingang suchen. Ich mag, dass er meinetwegen so hart ist. Vielleicht bin ich ja doch nicht lesbisch. War es auch nie.

Nik schiebt seine Finger in die Wärme meines Körpers, und ich versuche, kein Geräusch zu machen, will den Laut unterdrücken, aber er überfällt mich und hallt durch die weißgeflieste Toilette. Kurz. Wie das Wimmern von einem kleinen Tier. Nik steckt seinen Finger tiefer in mich hinein und zieht ihn wieder heraus. Ungefähr so, wie man eine Klobürste benutzt. Rein und raus, rein und raus. Ich überlege einen Moment, ob ich stöhnen sollte, aber wir sind nicht allein. Ich höre jemanden in einer der

Nachbarkabinen. Ich höre, wie jemand pinkelt. Und wie zwei Mädchen leise kichern. Ich frage mich, ob sie es unseretwegen tun.

Wie konnte sie ihn küssen? Und auch noch so? Mitten auf der Tanzfläche. Da, wo ich sie sehen kann. Es muss ihr klar gewesen sein – wir haben uns immerhin kurz davor direkt angeschaut. Nik beißt mich in den Hals. Ich sollte wenigstens schwer atmen. Er gibt sich solche Mühe, auch wenn er alles falsch macht. Rein und raus, rein und raus. Es tut nicht direkt weh, aber es ist auch nicht schön.

Nik hört auf, sieht mich atemlos an. Wartet. Und dann nicke ich, obwohl ich weiß, dass es falsch ist. Er zieht seinen Finger aus mir heraus und wischt ihn an seiner Jeans ab, was ich auf eine seltsame Art taktlos finde, dann kramt er ein Kondom aus seiner Hosentasche. Ich zucke kurz zusammen, als er mit einer schnellen Bewegung seine Jeans und die Boxershorts runterzieht. Ich sehe die vielen gelben Smileys auf dem schwarzen Stoff, die mich alle gleichzeitig anlächeln, und dann wandert mein Blick seine haarigen Beine hoch. Eine Linie zeigt, bis wohin seine Badehose ging. Nik reißt die Kondomhülle auf, ich starre auf seinen steifen Penis. Ich habe ihn noch nie berührt, aber jeden Moment wird er in mich eindringen. Ich atme flach, kaue auf der Innenseite meiner Wange herum, und das fleischige Gefühl zwischen meinen Zähnen beruhigt mich. *Du willst das doch gar nicht.* Meine Hände sind eiskalt. Nik versucht, das Kondom abzurollen, aber es rutscht immer wieder ab. Türen werden geöffnet und geschlossen. Ich höre, wie sie mit einem saftigen *Klack* abgesperrt werden. Und dumpf und weit entfernt die Musik des Clubs.

Dann klappt es. Nik rollt das Kondom ab und lächelt mich an. Ich kann nicht sagen, ob er stolz ist oder unsicher. Vielleicht beides. Er drückt meine Beine auseinander und drängt sich näher an mich heran. Ich stelle einen Fuß auf die Kloschüssel und schiebe den Stoff von meiner Hotpants und der Unterhose zur Seite. Mein Knie zittert, die Gummisohle meines Schuhs quietscht.

Dann ist er in mir. *Okay, jetzt gibt es kein Zurück mehr.* Ich fühle mich, als würde ich jeden Moment in die Tiefe stürzen. Mein Atem geht schneller. Ich höre, wie sich jemand die Hände wäscht. Das Wasser prasselt auf das Porzellan des Waschbeckens. Dann ein Pinkeln und eine Klospülung. Ich schließe die Augen. Mein Herz rast, und mein Magen fühlt sich an, als müsste ich jeden Augenblick kotzen. Sein heißer Atem trifft feucht auf meine Haut. Ich öffne die Augen, und mein Blick fällt auf die Klobürste in der Halterung. Sie hängt schief, sieht aus, als könnte sie jeden Moment herausfallen. Ich schaue weg, weil ich es eklig finde, sie in dieser Situation anzusehen. Nik krallt seine rechte Hand in meinen Oberschenkel, die linke hält mich an der Hüfte fest. Rein raus, rein raus, rein raus. Er wird schneller, unterdrückt es, schwer zu atmen. Die Plastikabdeckung der Safer-Sex-Aufklärungs-Kampagne an der Tür zeigt eine Reflektion von seinem Hintern. Ich sehe dabei zu, wie sich die Muskeln bei jedem Stoß anspannen und wie sich seitliche Kuhlen in seinen Arschbacken abzeichnen. Nik greift nach meiner Brust, massiert sie durch das Oberteil. Er tut es zu fest, und das Top scheuert über meine Haut. Ich schließe wieder die Augen. Und wieder sehe ich Alex und Clemens. Wie sie sich küssen.

Die glatte Oberfläche des Kondoms rutscht künstlich in mich hinein und wieder aus mir heraus. Ich spüre Nik in mir und spüre doch nichts. Mein Bein kribbelt. Jeden Moment wird es einschlafen. Der Saum der Hotpants schnürt mir das

Blut ab. Ich unterdrücke den Impuls, es zu schütteln, und halte still. Höre wieder eine Klospülung und dann etwas, das klingt wie eine Gürtelschnalle. Aus der Halle dringt der Bass von irgendeinem Song, den ich nicht erkenne. In der Nachbarkabine führt ein Mädchen am Handy eine betrunkene Diskussion.

Ich will hier raus, will, dass er endlich kommt. Neben den Hygienebeuteln für Binden und Tampons bemerke ich ein paar Herzchen und Initialen, die jemand in die Pressspanwand geritzt hat. Bei dieser Liebeserklärung brennen meine Augen. *P + G.* Und daneben ein Herzchen. Ich frage mich, welcher Buchstabe für den Mädchennamen steht. P für Paula? Patricia? Oder doch für Patrick? Vielleicht sind es auch zwei Mädchen? Als wieder eine Spülung betätigt wird, streife ich mit den Lippen Niks Ohr, und ein Ruck geht durch seinen Körper. Er hält den Atem an. Schweiß glänzt auf seiner Stirn. Kurz scheint Nik zu vergessen, wo er ist, denn er stöhnt unvermittelt auf und schiebt sich ein letztes Mal in mich hinein. So tief, wie es geht. Dann erstarrt er, und es ist vorbei.

Ein paar Sekunden vergehen, bis Nik seinen Kopf hebt. Er küsst mich auf die Wange und lächelt mich ermattet an, während er sich aus mir heraus- und dann wieder anzieht. Ich rücke meine Hose zurecht und nehme das Bein runter. Ohne seinen Penis fühle ich mich wieder leer. So leer wie niemals zuvor.

Nik lächelt noch immer. Und ich lächle zurück, obwohl mir nicht danach ist. Ich bin ein trauriger Teenager mit einem glücklichen Gesicht.

Nik schließt die Tür auf.

Und da steht Alex.

So wahr mir Gott helfe

In meinem Kopf wird es ganz plötzlich ganz still. Da ist nichts mehr. Kein Nik, keine Musik, keine Toiletten. Ich sehe nur noch Alex und diesen Blick. Ihre Augen füllen sich mit Tränen, ihr Kinn zittert. Sie will nicht weinen, das sehe ich ihr an. Ihr Gesicht ist voller Vorwürfe und Enttäuschung. Vermutlich schaue ich gerade genau so zurück. Ich will etwas sagen, weiß aber nicht was. Es gäbe so viel zu sagen.

»Wie konntest du das tun, Sophie?« Ihre Frage ist nicht mehr als ein Flüstern, tut aber so weh, dass ich kurz nicht atmen kann. Ich will antworten, aber Alex schüttelt nur den Kopf, dann wendet sie sich von mir ab und rennt in den Club zurück.

»Ähm«, macht Nik, »hab ich irgendwas verpasst?«

Eine Sekunde lang bin ich wie gelähmt. Als hätte ich erst in dem Augenblick wirklich verstanden, was ich getan habe. *Scheiße, Scheiße, Scheiße, Scheiße!* Ich renne ihr hinterher, stoße zwei Mädchen zur Seite, sie beschimpfen mich, ich falle fast hin. Nik ruft mir etwas nach, folgt mir, will wissen, was los ist, aber ich antworte ihm nicht. Ich versuche, Alex einzuholen, laufe in die Halle zurück – in eine Wand aus Körpern und Hitze und Lärm. Alles klebt. Ich atme verschwitzte Luft, dränge mich durch die tanzenden Massen, entdecke Alex, die in Richtung Ausgang läuft, stolpere über Füße, die ich in der Dunkelheit nicht sehe, dann bin ich draußen.

Es regnet in Strömen. Wie ein Wasserfall, der aus schwarzen Wolken bricht. Und Alex steht mittendrin. Durchnässt. Weinend.

Als sie mich bemerkt, wischt sie sich trotzig über die Wangen, als wäre ich ihre Tränen nicht wert, schmiert die Wimperntusche bis an ihr Kinn.

»Warum hast du das getan, Sophie?«, schreit sie über den Lärm, der durch die offene Tür nach draußen dringt, hinweg. »Sag mir, warum!«

Ich mache zwei Schritte auf sie zu, stehe nun direkt vor ihr. »Weil du ihn geküsst hast!«, schreie ich sie an. »Auf der Tanzfläche. Ich hab euch gesehen!« Alex antwortet nicht, weicht meinem Blick aus. Hinter mir dröhnt immer noch die Musik nach draußen, doch ich sehe und höre nur sie. »Ich habe dir gesagt, dass ich dich liebe«, flüstere ich in den Regen. »Das habe ich *noch nie* zu jemandem gesagt.« Mein Brustkorb zieht sich zusammen. Meine Stimme bricht. Oder mein Herz.

»Ich habe dir auch gesagt, dass ich dich liebe.«

»Ja, da hast du sehr überzeugend gelogen.«

»Ich habe nicht gelogen. Ich habe es so gemeint.«

»Wenn das wirklich stimmt, warum hast du ihn dann geküsst?«

»Das sagst gerade du«, spuckt sie mir entgegen.

»Was willst du damit sagen?«

»Na, wer hat sich denn gerade auf einem Klo ficken lassen, du oder ich?«

Sie wischt sich das Haar aus der Stirn.

»Weißt du was, Alex? Ich bin nicht die in einer Beziehung. Ich kann mich also ficken lassen, von wem ich will.«

»Klar, kannst du das. Du hast es ja auch schon oft genug getan, oder Sophie? Ist ja nicht das erste Mal, dass du dich billig für irgendwen hergibst …«

Pause.

»Wow«, sage ich. Mehr bekomme ich nicht raus. Meine heißen Tränen vermischen sich mit dem kühlen Regen auf meiner Haut, das Top klebt an meinem Körper, meine Augen brennen. »Du hältst mich für billig?«, frage ich leise.

»Keine Ahnung. Es kommt ja wohl nicht von ungefähr, dass dein bester Freund dich *Flittchen* nennt, oder?«

Ich betrachte Alex' verschmiertes Gesicht. Das ist also ihre hässliche Seite.

»Du hast recht, aber wenn ich vor der Wahl stehe, bin ich tausend Mal lieber ein Flittchen als eine Heuchlerin.«

Ihre Augen weiten sich. »Eine Heuchlerin?«

»Ja, Alex, eine Heuchlerin«, sage ich kalt. »Für dich gibt es nichts Wichtigeres als das, was andere von dir denken. Du willst unbedingt gemocht werden, und dass nach außen hin alles perfekt aussieht. Du bist immer die nette Alex, die liebe Alex, die Alex, die alles richtig macht. Und wenn niemand hinschaut, dann schläfst du heimlich mit mir.« Pause. »Ich habe es so satt, dein beschissenes Geheimnis zu sein!«

»So war das nicht … Das weißt du.«

»Ach, nein?«

»Nein!« Sie schaut mich wütend an.

»Dann macht es dir ja bestimmt nichts aus, Clemens zu suchen und ihm alles zu sagen, oder?«

»Mir was zu sagen?«

Mein Blick schnellt nach rechts. Zu Clemens. Und Nik und all den anderen, die hinter ihnen stehen. Alle im Regen. Alle nass, weil sie unbedingt sehen wollen, was los ist. Als wäre das hier ein Ringkampf. Oder eine betrunkene Schlägerei. Sie schauen uns neugierig an, tuscheln, recken die Hälse.

»Kann mir mal jemand erklären, was hier läuft?«

Clemens schaut zwischen Alex und mir hin und her, aber ich weiß nicht, was ich sagen soll. Ich weiß, was ich sagen will – *Frag deine Freundin* –, aber ich tue es nicht. Ich weiche seinem Blick aus. Und dem von Nik. Und all den anderen.

Ich sehe zu Alex hinüber. Und sie zu mir. Ihr Anblick ist wie ein Abschied.

Vielleicht ist das gerade das Ende unserer Geschichte. Vielleicht waren wir wirklich nur »zwei Wochen im Mai«.

Alex atmet ein, blickt mir direkt in die Augen und sagt: »Ich hasse dich. Du hast alles kaputt gemacht.«

Und vor mir das Nichts

Es schüttet. Wasser fällt in Strömen aus dem Himmel, und die harten Tropfen treffen wie Nadeln auf mein Gesicht. Ich renne. Ich renne, so schnell ich kann. Der Regen läuft über meine Arme und Beine und die Wimperntusche in meine Augen. Vor einer Stunde war es noch eine Nacht mit Sternen und Sichelmond.

Ich renne schneller, als ich kann. Mein T-Shirt und die Hotpants kleben an mir wie die Schuld. *Dieser Blick.* Ich habe Seitenstechen. Kann kaum atmen, ringe nach Luft. Und alles, was ich sehe, sind seegrüne Augen getränkt in Enttäuschung. Ich stolpere, fange mich, werde langsamer. Und jeder Schritt ist eine schmerzhafte Erinnerung an diese letzte halbe Stunde meines Lebens. Mein Magen zieht sich abrupt zusammen. Ich stütze mich mit den Händen auf meinen nackten kalten Schenkeln ab, muss würgen, übergebe mich aber nicht. Ein paar Sekunden starre ich auf den durchnässten Stoff meiner weißen Chucks und die unruhige Oberfläche der Pfütze, in der ich stehe. Mein Herz rast. Mir ist schwindlig. Ich richte mich langsam auf, rühre mich aber nicht. Der Donner grollt in den Wolken wie die Wut in meinem Kopf. Ich presse mir die Handballen gegen die Stirn, will schreien, tue es aber nicht. Mein Brustkorb ist eng. Meine Unterlippe zittert, aber ich spüre keine Kälte. Blätter fliegen wild umher, auf der Straße liegen kleine Äste, die der Wind von den Bäumen gerissen hat, und ich stehe ratlos im Regen und halte mir die Seite, als wäre es eine klaffende Wunde. Ich habe keine Ahnung, wo ich bin, keine Ahnung, wo ich hin soll. Ich bin weggerannt, habe die Tram verpasst. Nik ist mir gefolgt. Ich habe ihn angeschrien. Dann ist er gegangen.

Ich hasse dich, sagt Alex' Stimme glasklar in meinem Kopf. Sie hört nicht auf, es zu sagen. Ich muss wieder würgen, halte mich an dem Gitterstreben des Bauzauns neben mir fest und gehe in die Knie. Etwas in meiner Brust tut so unendlich weh, dass ich einen Moment lang wirklich glaube, dass ich sterben muss.

Ich bin irgendwo in München, starre ins Nichts und frage mich, was ich tun soll. Und wie ich das tun konnte. Dieses Mal habe ich nicht einfach nur einen Fehler gemacht.

Ich habe uns kaputt gemacht.

Und Alex hat dabei geholfen.

Nicht ohne meine Stiefmutter

Ich sitze neben Lena im Auto und weine. Ich weine so, wie nur Kinder weinen. Unkontrolliert und laut. Mein Körper bebt, Rotz läuft aus meiner Nase. Lena hat einen Arm um mich gelegt, mich an sich gezogen, wiegt mich, fragt immer wieder, was passiert ist, ob mir jemand wehgetan hat. *Ja, Alex. Und ich mir selbst,* denke ich, bekomme aber die Worte nicht heraus.

Ich schluchze gegen Lenas Schulter, klammere mich an sie, als wäre ich kurz davor zu ertrinken. An Alex' Worten, an dem, was ich getan habe, an mir selbst. Lenas Handy klingelt, sie geht aber nicht dran. Dann wieder, und wieder ignoriert sie es. Beim dritten Mal nimmt sie ab.

Während Lena mit meinem Vater spricht, schnalle ich mich an, ziehe die Schuhe aus und die Beine ganz dicht an meinen Körper. Sie versichert ihm, dass alles in Ordnung ist, und ich lege, noch immer schluchzend, die Arme auf meine Knie und vergrabe mein Gesicht darin. Ganz genau so saß ich auch schon vor ein paar Monaten neben meinem Vater im Auto.

Damals war ich mir sicher, mein Leben würde in München enden, doch es hat sich nur geändert. Zwischen meinem März-Ich und meinem jetzigen Ich lag Alex. Und jetzt ist sie weg.

»Wir sehen uns dann gleich, Schatz«, sagt Lena zu meinem Vater. Sie spricht so leise, dass das metallische Trommeln des Regens ihre Worte fast verschluckt. Sie streicht mir sanft übers Haar, dann lässt sie den Motor an, und wir fahren nach Hause.

Wenn Dämme brechen

Mein Vater steht mit verschränkten Armen in der offenen Eingangstür. Er trägt seinen blauen Frottee-Bademantel und sein Sorgen-Gesicht. Leon und Valentin stehen in ihren gestreiften Pyjamas neben ihm. Der dunkle Klecks zu ihren Füßen ist Carlos. Erst als Lena und ich durch den Regen in Richtung Haus laufen, bemerke ich, dass auch sie nur ein Nachthemd anhat. Es ist lang und sieht ein bisschen aus wie das, das sie mir angezogen hat, als ich vor ein paar Wochen krank war.

Papa macht einen Schritt zur Seite, und wir stolpern klatschnass in den Flur. Er wirft die Tür hinter uns ins Schloss, dann fragt er: »Was zum Teufel ist passiert?« Als ich nicht reagiere, schaut er von mir zu Lena, aber die schüttelt nur den Kopf. »Sophie?«, fragt er und legt seine Hände auf meine Schultern. Sein Blick ist ernst-müde, der Unterton in seiner Stimme besorgt. »Was war los? Hat dir jemand etwas getan?«

»Nein«, sage ich und schaue auf meine nackten Füße. Ich habe meine Schuhe im Auto vergessen.

»Und warum siehst du dann so aus? Wieso hast du so geweint?« Meine Finger tasten nach der kleinen goldenen Wolke um meinen Hals, als würden sie Halt suchen. »Sophie?« Er schüttelt mich. Nicht fest, gerade genug, um mich in den Moment zu holen.

»Ich …«, flüstere ich, »… es war nichts.«

»Es war nichts?« Mein Vater schaut mich mit großen Augen an. »Du klingelst uns um halb zwei aus dem Bett, jagst uns einen riesigen Schrecken ein, und dann hast du nichts Besseres zu bieten als: *Es war nichts!*« Ich stehe nur da, antworte nicht. »Verdammt noch mal, ich rede mit dir!«

Er schüttelt mich erneut. Dieses Mal fester.

»Nicht«, sagt Leon, stellt sich neben mich und nimmt meine Hand, »du tust ihr doch weh.« Meine ist eiskalt, seine ist klein, trocken und warm.

»Sag mir endlich, was passiert ist!«, schreit mein Vater, und ich zucke zusammen.

»Christian, hör auf.« Lena macht einen Schritt auf uns zu.

»Halt dich da raus«, entgegnet er leise, aber bestimmt. »Das geht nur mich und Sophie etwas an.«

Sie stellt sich hinter mich. »Nein, das tut es nicht.«

Der Regen peitscht gegen die Fenster, Papa und Lena sehen einander an, ihre Blicke knistern. Leon und Valentin schauen ängstlich zwischen den beiden hin und her.

Ich will nicht, dass sie streiten.

Ich will nicht noch mehr kaputt machen.

Bei diesem Gedanken schluchze ich unvermittelt los. Es bricht aus mir heraus, und ich zusammen. Ich gehe zu Boden, bleibe mit angezogenen Beinen auf dem Perserteppich sitzen, verberge mein Gesicht, wünschte, ich wäre nicht da. Oder nicht ich. Oder einfach normal. Kein Mädchen, das Sex auf irgendwelchen Toiletten hat, weil es sich so sehr davor fürchtet, nichts wert zu sein. Nicht geliebt zu werden.

Plötzlich umarmen mich Arme, streicheln mich Hände, kleine und große. Von allen Seiten. Mein Vater hält mich fest. Und Lena. Und meine Brüder. Ich spüre Carlos neben mir, heule hemmungslos, den Kopf auf den Knien, friere, denke an Alex und daran, was ich alles kaputt gemacht habe. Ich denke an sie, wie sie vor ein paar Wochen weinend auf der Stufe vor meiner Haustür saß, und an das Vertrauen, das wir uns gegenseitig geschenkt und verspielt haben. Ich denke an uns beide im Zelt. In meinem Zimmer. Im Bett. Am See. Immer an uns. Ich erinnere mich an Millionen Kleinigkeiten: an ihren Duft, den Geruch des Wassers, wie sich ihre Lippen auf meinen angefühlt haben, die Farbe ihrer Augen. Versinke immer tiefer in meinem Meer aus Erinnerungen. Dieses Mal sind sie echt, und so unendlich schön, dass ich sie kaum ertragen kann.

Mein Vater setzt sich neben mich und legt den Arm um meine Schultern. »Was ist denn nur passiert, Motte?«, fragt er im Flüsterton. Und dann noch einmal. »Was ist denn nur passiert?«

Vater unser

Sein Bademantel saugt meine Tränen auf, seine Wange berührt meine Stirn. Lena hat die Jungs unter großem Protest ins Bett gebracht. Jetzt ist sie wieder da. Wir sitzen zu dritt auf dem Teppich. Ich in ihrer Mitte.

»Alex und ich haben uns gestritten«, flüstere ich nach einer halben Ewigkeit.

»Okay«, sagt mein Vater – erleichtert, dass ich endlich spreche. »Und weswegen?«

Ich schaue hoch, aber ich kann es ihm nicht sagen. Nicht alles. Eigentlich gar nichts.

Mein Vater wartet kurz, schaut hilfesuchend an mir vorbei zu Lena, dann wieder zu mir zurück. »Jeder streitet doch mal.« Pause. »Ich meine, ihr werdet euch bestimmt wieder vertragen.«

Ich schüttle den Kopf. »Es war nicht so ein Streit«, sage ich und seufze. »Ich hab echt Scheiße gebaut.«

Mein Vater rückt ein Stück von mir ab, setzt sich so hin, dass er mich besser sehen kann. Lena rutscht neben ihn. Wir ergeben ein kleines Dreieck.

»Motte, was es auch ist, du kannst es mir sagen. Du kannst mir *alles* sagen.«

Ich schließe einen Moment die Augen. *Jetzt stell dich nicht so an. Sag es ihm einfach. Du bist in ein Mädchen verliebt, nichts weiter. Es ist keine große Sache.* Keine große Sache? Schon klar, vom Mond aus betrachtet, ist das alles scheißegal, aber ich bin nicht auf dem Mond. Ich bin hier. Und in dieser Welt haben alle zu allem eine Meinung. Ganz besonders zu Dingen, von denen sie eigentlich nichts verstehen.

Okay. Vielleicht wird Papa die Wahrheit nicht mögen, aber sie wird ihn nicht umbringen. Und auch mich nicht. Kann sein, dass er es nicht versteht, aber er wird mich trotzdem noch liebhaben. Bestimmt wird er das.

Ich nehme all meinen Mut zusammen, öffne die Augen und sage: »Ich hatte Sex mit einem Jungen, für den ich nichts empfinde, weil ich es nicht ertragen habe, Alex mit ihrem Freund zu sehen.« Pause. »Ich … ich habe es getan, um mir zu beweisen, dass ich normal bin, und weil … weil ich Alex wehtun wollte.« Da sind Tränen in meiner Stimme. »Ich wollte ihr wehtun, weil sie mir wehgetan hat.«

Mein Vater schaut mich an. Mit einem Gesicht, das nichts verrät, und einem Blick, der so leer ist, als wäre er tot. Sein Schweigen ist entsetzlich, meine Hände sind feucht. Der Regen prasselt gegen die Scheiben.

Dann, nach ein paar Sekunden, nickt er. »Verstehe.«

Ich starre ihn an, warte auf den Rest. Auf das, was noch kommen muss. Einen Wutausbruch. Enttäuschung. Ärger. Irgendwas.

»Dann …« Er räuspert sich. »… dann bist du in Alex verliebt?«

Wie kann er so ruhig sein?

»Ich … äh«, stottere ich. »Ja.«

»Und ich nehme an, dass sie …« – er sucht nach den richtigen Worten – »… dass sie das von dir und diesem Jungen weiß?«

Ich nicke. »Ja.«

»Verstehe.« Er atmet einmal tief ein und langsam wieder aus. »Dann wolltest du deswegen nicht mit nach San Francisco. Du wolltest ihretwegen zu Hause bleiben … hast dich aber nicht getraut, das zu sagen.«

Ich weiß nicht, ob es Fragen oder Feststellungen sind. Ich weiß nicht, ob er eine Antwort erwartet, sage aber: »Ja.«

Er knetet seine Hände. »Ich dachte, sie hat einen Freund? Hatte sie nicht einen Freund? Wie hieß er noch?«

»Clemens«, sage ich. »Und ja, den hat sie.«

Pause.

»Aber ihr beide …« Er zeigt auf mich und eine imaginäre Person neben mir. »Also, Alex und du, ihr habt …« Er hält inne, rauft sich die Haare. »Gott, es tut mir leid, ich stelle mich an wie der erste Mensch.« Pause. »Okay, ich gehe mal davon aus, dass ihr miteinander geschlafen habt? Ich meine, obwohl sie einen Freund hat.« Ich nicke kurz und ignoriere das heiße Gefühl in meinen Wangen. »Also hat sie nicht mit ihm Schluss gemacht.«

Wieder diese Mischung aus Frage und Feststellung.

»Nein«, entgegne ich. »Hat sie nicht.«

Die nächsten Sekunden kommen mir unendlich lang vor. Er legt die Stirn in Falten, schüttelt den Kopf, dann sagt er: »Ich finde es nicht richtig, was du getan hast, Sophie.« Pause. »Ganz im Gegenteil. Ich finde es ganz grauenhaft. Vor allem die Gründe, aus denen du es getan hast.« Ich schaue betreten auf meine Knie. Sie sind schmutzig. »Aber ich … ich kann es verstehen.«

Mein Blick schnellt hoch. »Was?«, frage ich so leise, dass man es kaum hört.

»Ich kann es verstehen«, sagt er noch einmal. Er zuckt mit den Schultern. »Es ist falsch und dumm, und es tut dir letzten Endes vermutlich selbst am meisten weh, aber es ist sehr …« Er seufzt. »… menschlich.« Plötzlich ist es still. Bis auf den Regen.

Dieses Jahr ist voller Regen. »Eine Sache muss ich noch wissen.« Ich schaue ihn an. »Und glaub mir, dir diese Frage zu stellen gefällt mir bestimmt mindestens genauso wenig wie dir.«

O Gott, was kommt jetzt?, denke ich und sage: »Okay.«

»Dieser Junge und du, ihr…« Er zögert. »…ihr habt doch ein Kondom benutzt, oder?«

»Haben wir.«

»Okay. Sehr gut.« Peinliches Schweigen. »Und es hat auch sicher… gehalten?« Ich nicke. »Gut, dann hätten wir das geklärt.« Er atmet erleichtert aus, dann lacht er plötzlich. »Ach, Motte, manchmal wünschte ich wirklich, du wärst mit einer Gebrauchsanweisung gekommen.«

»Das verstehe ich. Ich auch.« Pause. »Aber noch lieber wäre mir, ich wäre einfach normal.«

»Ich bin ganz froh, dass du bist, wie du bist.« Er streckt den Arm aus und nimmt meine Hand. »Abgesehen davon: Was ist schon normal?«

»Das Gegenteil von mir?«, sage ich in einem halb scherzhaften Tonfall, obwohl ich es ernst meine.

»Aber Sophie, an dir ist doch nichts verkehrt«, sagt Lena nun sanft. »Du fängst gerade an herauszufinden, wer du eigentlich bist. Und glaub mir.« Sie lächelt. »Das wird eine der besten Phasen deines Lebens.«

»So fühlt es sich für mich gerade aber nicht an.«

»Du stehst ja auch noch ganz am Anfang«, antwortet mein Vater und grinst. »Man kennt am Anfang nun mal noch nicht das Ende der Geschichte.«

Pause.

»Was ist, wenn das zwischen Alex und mir wirklich vorbei ist?«

»Puh«, sagt er und seufzt. »Dann solltest du sie vielleicht

nur treffen, damit sie dein Leben verändert.« Er zuckt mit den Schultern. »Ehrlich, Motte, ich habe keine Ahnung. Vielleicht ist sie das einzige Mädchen, das du je lieben wirst, vielleicht ist sie aber auch nur eine von vielen.«

Ich verstehe, was er meint, aber eins weiß ich ganz sicher: Alex wird nie nur eine von vielen sein. Egal, wie das hier zwischen uns ausgeht, ich werde sie behalten. Ganz tief verborgen in den Kammern meines Herzens.

JUNI

Das Jetzt ist hier

Die vergangenen Tage waren seltsam. Einerseits wie ein Entzug – schmerzhaft und scheinbar endlos –, andererseits verwaschen, weil ich mich an fast nichts erinnern kann. Ich habe mich abgelenkt und meinen Verstand mit Kunst und Ethik zugemüllt. Die Kunst-Prüfung habe ich bereits hinter mir. Ich glaube, meine zerstörerisch-depressive Stimmung hat mir sogar geholfen. Ich war ziemlich schnell fertig und das Ergebnis richtig gut. Vielleicht ist an dem leidenden Künstler ja doch etwas dran. Keine Ahnung.

Leon und Valentin haben immer wieder versucht, mich aufzuheitern. Sie waren wirklich süß. Ein Mal hat Valentin Lena gefragt, ob sie Croissants machen kann, weil ich die so mag, und Leon hat mir ein Bild gemalt – mein Gesicht mit Tränen so groß wie Orangen und einem Herz über meinem Kopf –, ich war ehrlich gerührt und ich habe auch gelächelt, aber ich glaube, sie haben gespürt, dass es nur aufgesetzt war. Kinder merken so was.

Ich war seit Tagen nicht mehr in meinem Zimmer. Die Vorstellung, in dem Bett zu schlafen, in dem Alex und ich miteinander geschlafen haben, war zu viel, also bin ich ins Balkonzimmer umgezogen.

Ich dachte erst, ich würde damit klarkommen, aber als ich dann nach dem Gespräch mit meinem Vater und Lena nach oben geklettert bin, habe ich die Enge nicht ausgehalten. Ich stand ein paar Minuten verloren neben meinem Bett, habe auf den Block und die Stifte gestarrt, die dort noch lagen. Auf die Metallkiste und die zerwühlten Laken. Alles hat nach Alex gerochen. Die Decken und das Oberteil, das auf dem Boden lag. Die Kopfkissen.

Ich bin zum Fenster gegangen und habe zu ihr rübergeschaut, aber es war stockdunkel. Der Garten lag wie eine unüberwindbare Schlucht zwischen uns. Kein Licht weit und breit.

Ich wollte das Bettzeug abziehen, habe mich auf die Matratze gekniet, aber ich war noch nicht bereit, ihren Duft aus meinem Leben zu waschen. Ich saß nur da, habe an ihrem Rolling-Stones-T-Shirt gerochen und leise geweint. Das letzte Mal, als sie es getragen hat, habe ich auch schon geweint. Damals war es nicht leise. Und sie hat mich festgehalten.

In den vergangenen Tagen habe ich gefühlt zehntausend Mal angefangen, ihr eine Nachricht zu schreiben, diese Anfänge dann aber jedes Mal doch wieder gelöscht. Es gab immer einen anderen guten Grund. Meistens war es Angst.

Übermorgen ist meine Ethik-Prüfung. Danach ist alles vorbei. Ich habe meine Emotionen ausgeschaltet und meinen Verstand arbeiten lassen. Jetzt kenne ich den Stoff rückwärts auswendig. Lena hat gesagt, dass es sie beeindruckt, wie ich das schaffe. Aber es geht leider nur auf Zeit. Wenn die Konzentration nachlässt und ich nichts mehr aufnehmen kann, brechen alle Gefühle auf einmal aus mir heraus. Als wären sie auf Standby gewesen. Wie Schmerzen, die man mit Tabletten betäubt. Einen Großteil der Zeit bin ich nüchtern und kühl. Und dann, ganz plötzlich, kann ich nicht mehr aufhören zu heulen. Als würde ich mich an den Erinnerungen schneiden.

Nik hat mir vor ein paar Tagen geschrieben und gefragt, wie es mir geht, was mich ziemlich überrascht hat. Ich habe ihm kurz geantwortet. Seitdem ist es still. Ich hätte gern gewusst, ob er etwas von Alex gehört hat. Ob sie noch mit Clemens zusammen ist. Wie es ihr geht. Aber ich habe mich zurückgehalten. Vielleicht, weil ich taktvoll sein wollte. Oder weil ich zu große Angst vor der Wahrheit hatte. *Klar sind sie noch zusammen. Was dachtest du denn? Dass sie sich deinetwegen trennen? Sie buchen gerade ihre Reise nach Australien und lachen über dich.*

Ich habe jeden Abend mit Lukas geskypt. Immer um kurz nach acht. Unsere Gespräche hatten etwas von den Treffen der »Anonymen Alkoholiker«, nur, dass es nicht um Alkohol ging. Lukas hat mir zugehört, versucht, mich aufzubauen. Aber es ist nicht einfach, jemanden über einen Bildschirm zu trösten. So ganz ohne Hände und Umarmungen.

Lukas hat gefragt, ob er kommen soll, aber ich habe Nein gesagt. Dann hat er vorgeschlagen, dass ich ihn in Paris besuchen könnte. Ich glaube, es ist das Wort »Ablenkung« gefallen. Aber ich wage zu bezweifeln, dass Paris mich ablenken würde. Im Gegenteil. Ich glaube, Paris ist der einsamste Ort der Welt, wenn man unglücklich ist.

Als Lukas und ich vorhin telefoniert haben, meinte er am Ende: »Glaub mir, Flittchen, das wird wieder.«

Aber das glaube ich nicht. Und das nicht, weil ich es nicht will, sondern weil ich es einfach nicht tue.

Danach bin ich mit Carlos laufen gegangen – so wie jeden Tag. Und so wie jeden Tag habe ich heimlich darauf gehofft, Alex zu sehen. Aber bei ihr ist niemand da. Lena ist heute Nachmittag rübergegangen und hat die Pflanzen gegossen. Das seelenlose Haus steht leer. Ich frage mich, wo Alex ist. Hoffentlich nicht bei ihm.

Als ich eben zurückgekommen bin, saßen Papa und Lena auf dem Sofa und haben ferngesehen.

Weder er noch sie haben mich in den letzten Tagen gefragt, ob ich etwas von Alex gehört habe, stattdessen kam immer ein »Und? Wie geht's?« in einem sehr verdächtigen Tonfall. Ich denke, das ist ihre Art zu fragen, ohne zu fragen. Meine Antwort – meistens ein »Geht schon« – war der Code für: »Nein, sie hat sich nicht gemeldet, und nein, ich will nicht darüber reden«.

Ich habe kurz geduscht und mich dann zu ihnen gesetzt. Und dann haben wir zu dritt einen Film geschaut. Eine Dreiecksgeschichte, in der eine Frau ihren Mann betrügt. Es war spannend zu sehen, wie dicht lieben, verzeihen und hassen beisammen liegen. Einer der beiden Männer hat gegen Ende gesagt, dass es nicht nur darum geht, dass einem der andere vergibt, sondern – vor allem – darum, dass man sich selbst vergibt.

Und das habe ich nicht.

Ich habe weder ihr noch mir vergeben.

Weil ich nicht weiß wie.

Sie haben Ihr Ziel (fast) erreicht

Es ist Montag, der sechste Juni, 9.13 Uhr. In einer Stunde und siebzehn Minuten beginnt meine letzte Abiturprüfung.

Vor zehn Tagen um diese Zeit lagen Alex und ich noch nebeneinander in einem Zelt, und das Kolloquium schien unendlich weit weg. Ich denke an das Video, das wir gemacht haben und das ich jetzt nicht mehr ansehen kann, ohne augenblicklich loszuheulen.

Ich habe es – zusammen mit unseren Fotos – auf meinen Laptop gezogen. Nur für den Fall, dass ich in einem plötzlichen Gefühlsausbruch auf die Idee komme, alles zu löschen. So wie Alex' Nachrichten. Da habe schließlich auch ich auf die Frage: »Sind Sie sicher, dass Sie diesen Chat dauerhaft löschen wollen?« im Affekt mit Ja geantwortet und es noch in derselben Sekunde bereut.

Das Wochenende war ruhig. Die Jungs waren bei ihrem Vater, Papa und Lena tagsüber in der Klinik. Und Carlos und ich hier. Bevor sie am Samstagmorgen gefahren sind, musste ich ihnen versprechen, dass ich mir Studiengänge ansehe. Und mich für den Führerschein anmelde. Und etwas esse. Beschäftigungstherapie. Oder Fürsorge. Denn wenn ich traurig bin, verliere ich meinen Appetit, und die Einsamkeit frisst alles Weiche von meinen Knochen. Ich war nie der Typ für Kummerspeck – nur für den Kummer. Lena hat mir Brote gemacht und sie in den Kühlschrank gestellt. Zusammen mit einem kleinen Zettel, auf dem »Iss mich!« stand. Ich musste lachen, als ich es gesehen habe. Allein in der Küche. Es war ein schönes Gefühl.

Danach habe ich mich online nach Unis umgeschaut – neben München und Hamburg kommen noch Tübingen oder Heidelberg für Journalismus infrage. Ich habe ein paar Links gespeichert, Formulare ausgedruckt und im Anschluss Fahrschulen herausgesucht, die Schnellkurse anbieten. Eine davon ist sogar ganz in der Nähe. Ich weiß, dass Papa nicht viel davon hält – er sagt, den Führerschein macht man nicht in einem *Crashkurs* –, aber ich habe keine Zeit zu verlieren. Je schneller ich wegkomme, desto besser. Abgesehen davon habe ich mich vor zehn Minuten auf der Internetseite angemeldet, es wäre also sowieso zu spät, sich aufzuregen.

»Sophie?«, hallt Lenas Stimme durchs Haus. »Wollen wir fahren?«

»Klar«, rufe ich. »Ich komme.«

Lena fährt mich zur Schule. Papa wollte es tun, aber der musste heute Nacht zu einer Not-OP und ist seitdem noch nicht wieder da. Ich klappe den Laptop zu und nehme meine Tasche. Ich hoffe, ich habe an alles gedacht: eine Flasche Wasser, Bonbons, Kaugummis, einen Ersatz-Haargummi und Tabletten gegen Übelkeit. Man kann nie wissen.

Okay. Dann mal los.

Ich laufe die Stufen hinunter, wo Lena bereits im Flur auf mich wartet.

»Ah, Sophie«, sagt sie, »es ist ein Päckchen für dich gekommen.«

»Ein Päckchen?« Ich habe im gesamten letzten Jahr genau *ein* Päckchen bekommen, und das waren die DVDs von Lukas.

»Ja«, antwortet sie und hält mir ein flaches gelbes DHL-Paket hin. Ich nehme es entgegen. »Ich habe es zufällig hinter der Garage entdeckt. Der Paketbote muss es irgendwann in den letzten Tagen dort deponiert haben.« Sie zuckt mit den Schultern. »Das machen die manchmal, wenn niemand zu Hause ist.«

Aber ich war immer zu Hause. Außer ich war laufen. Ich nehme es, drehe es um, suche nach einem Absender, doch das Feld ist leer. Dann fällt mein Blick auf die Schrift, in der mein Name und die Adresse geschrieben sind, und mein Herz setzt einen Schlag aus.

Wir sitzen in Lenas Auto, und ich bin so nervös, dass ich kaum atmen kann. Mir ist flau im Magen, fast übel. Lena schaut immer wieder besorgt in meine Richtung. Ich warte fast darauf, dass sie jeden Moment feststellt, wie blass ich bin. Aber sie sagt nichts. Bestimmt denkt sie, dass es an der Prüfung liegt. Ich schalte das Radio ein – es läuft »We Were Here« von BOY –, blicke aus dem Fenster, umklammere das Päckchen mit feuchten Händen, frage mich, was Alex mir geschickt hat. Und wie lange es wohl schon hinter der Garage darauf gewartet hat, endlich gefunden zu werden.

»Da wären wir«, sagt Lena. »Du machst das mit links.«

»Danke«, sage ich und öffne die Tür.

»Sophie?«

»Hm?«

»Viel Erfolg.«

Ich bleibe noch kurz stehen, winke ihr nach, dann laufe ich hastig in Richtung Schulgebäude, durchquere wenig später die Aula, schaue mich um, suche nach einer ruhigen Ecke, wo ich Alex' Päckchen ungestört öffnen kann. Ich habe zwanzig Minuten, dann muss ich zu meiner Prüfung. Meine Schritte sind länger und schneller als nötig, aber es fällt nicht weiter auf, weil alle spät dran sind. Am anderen Ende des Korridors bin ich plötzlich allein. Ich setze mich auf eine der Bänke vor den Chemiesälen, sehe mich noch einmal um, doch außer mir ist weit und breit niemand zu sehen. Ich streiche mit den Handflächen über die glatte Oberfläche des Päckchens, atme tief ein.

Dann reiße ich es auf.

Ein Notizbuch mit bürograuem kartoniertem Einband. In der Mitte des Umschlags steht in einem handgemalten Etikett das Wort Gedankenfetzen.

Meine Eingeweide ziehen sich zusammen. Mir ist schlecht. Einen Moment schließe ich die Augen, dann öffne ich das Buch, und ein weißer Zettel fällt mir entgegen.

Es ist ein Brief.

Liebe Sophie,

ich hätte nicht gedacht, dass ich dieses Buch jemals jemandem zeige – eher hätte ich es verbrannt. Aber nach allem, was passiert ist, ist es der einzige Weg, der mir einfällt, dir zu zeigen, was ich denke. Und was ich dachte. Und was ich empfinde. Für dich. Und für uns.

Das, was du gesagt hast, stimmt. Natürlich nicht alles, aber doch einiges. Mehr als ich zugeben will. Es ist mir viel zu wichtig, was andere von mir denken. Und ich hasse es, dass das so ist. Aber wenn man von außen auf meine Familie geschaut hat, war alles so schön. Ich glaube, ich wollte wenigstens die Fassade behalten.

Du und ich, wir sind sehr verschieden. Auf den ersten Blick könnte man denken, dass ich die Selbstsichere von uns beiden bin, aber auf den zweiten wird klar, dass du

es bist - und das ohne es zu merken. Ich bin viel weniger stark als du. Ganz im Gegensatz zu meinen Gefühlen zu dir.
In dieses Buch schreibe ich seit ein paar Jahren, was mir durch den Kopf geht. Dinge, die ich denke, Dinge, die ich in manchen Momenten gerne gesagt hätte. Oder hätte sagen sollen. Gedanken, die ich loswerden und ordnen will. Das in diesem Buch bin ich. So wie ich bin. Ohne etwas auszuklammern. Es ist das Persönlichste, was ich besitze. Und damit ein bisschen so, als würde ich dir mein Herz schicken.
Bitte pass gut darauf auf.
Du fehlst mir.
Alex

PS: Ich liebe dich

Ich blättere mich durch die Einträge. Es gibt keine wirkliche Unterteilung, aber sie sind mehr oder weniger chronologisch. Die meisten bestehen aus einzelnen Sätzen, manche nur aus ein paar Worten. Auf manchen Seiten sieht man, dass Alex geweint hat. Meistens weiß ich, von wem die Rede ist. Manchmal auch nicht. Es ist nicht selbsterklärend. Es war nicht für fremde Augen gedacht.

Dann verlass uns doch endlich, du blödes Arschloch

Bitte, lass mich nicht so enden wie meine Mutter.

In diesem Haus sind alle perfekt. Und allein.

Die Tatsache, dass es mich aufregt, regt mich gleich noch mehr auf

Anton ist so ein Idiot.

Das Schönste hier sind die Familienfotos

Was zur Hölle mache ich auf diesem Planeten?

Sind meine Freunde wirklich meine Freunde?

Ich glaube, er liebt die Söhne seiner verdammten Schlampe mehr als seine eigenen Kinder.

Ich wünschte, ich könnte meiner Mutter helfen.

Manchmal ist Anton gar nicht so verkehrt

Ich kann mich nicht daran erinnern, wann Papa mich das letzte Mal gefragt hat, wie es mir geht.

Tu es für dich. Nicht für die anderen.

Unter Wasser bin ich taub. Das liebe ich.

Clemens ist manchmal so ein beschissener Vollidiot

Als er mich heute kurz umarmt hat, hat er nach seiner Schlampe gerochen

Wenn ich jetzt sterben würde, würde mich dann jemand vermissen?

Wir genügen ihm einfach nicht

Ich will doch nur, dass er stolz auf mich ist. Wenigstens ein Mal.

Tränen steigen in meine Augen. Vielleicht, weil ich sie so gut verstehen kann. Oder weil ich weiß, wie sehr sie versucht, perfekt zu sein.

Reicht es, jemanden zu mögen, um mit ihm zusammen zu sein?

Wenn ich mit Clemens schlafe, fühle ich nichts.

Ich wünschte, mein Leben wäre von innen so schön wie von außen.

Entweder ist mein verstecktes Talent so gut versteckt, dass ich es bis jetzt einfach noch nicht gefunden habe, oder ich habe keins

Ich bin einsam und keinem fällt es auf

Ich habe von allem zu viel, aber niemanden, mit dem ich reden kann

Gott sei Dank macht Selbstbefriedigung nicht wirklich blind

Manchmal würde ich meinem Vater gerne sagen,
wie erbärmlich er ist.

Warum hört Clemens nie zu?

Ich hoffe, ich werde nie wie meine Mutter. Toll. Und jetzt habe ich ein schlechtes Gewissen, dass ich das geschrieben habe. Vor allem, weil es stimmt.

Anton ist so ein beschissener Schleimer. Manchmal würde ich ihn so gerne schlagen.

Meine Eltern haben in den letzten zwei Wochen nicht ein Wort miteinander geredet

Ist Küssen fremdgehen? Ich habe nämlich mit einem Jungen rumgemacht, den ich nicht kenne, weil ich wissen wollte, ob es mit ihm anders ist. War es aber nicht. Hab ein schlechtes Gewissen.

Clemens hat mir vorhin zum ersten Mal gesagt, dass er mich liebt. Ich weiß, was das aus seinem Mund bedeutet. Aber ich kann es nicht erwidern.

Mein Vater hat gesagt, er geht Tennisspielen. Aber hat seine Schlampe getroffen. Ich saß zwei Stunden in der Hotellobby, dann bin ich gegangen.

Nebenan ist ein Mädchen eingezogen. Sie hat uns beim Sex zugesehen. Clemens war sauer. Ich nicht.

Das Nachbarsmädchen heißt Sophie. Ich muss zu viel an sie denken

Wir schaffen es, bei einem Familienessen alle nur auf unsere Handys zu schauen

Ich habe mit Clemens geschlafen und währenddessen an sie gedacht. Das ist abartig, ich weiß, aber das, was es noch abartiger macht, ist, dass ich mit ihr im Kopf gekommen bin. Das erste Mal mit Clemens, aber nicht wegen ihm. Danach hat er gesagt, dass es noch nie so gut war. Er hat recht. Aber es hatte nichts mit ihm zu tun.

Ich frage mich die ganze Zeit, wie sie küsst

Anton hat gestern geweint. Hat mir leidgetan.

Nik steht auf Sophie. Ich wusste es.

Ich frage mich, wie lange meine Mutter sich diese ganze Scheiße noch gefallen lässt!

Sie hat nicht zurückgeschrieben. Ich will, dass sie endlich zurückschreibt.

Sie ist krank. Ich habe ihr Eis vorbeigebracht. War vielleicht zu viel.

Ich mag die Art, wie sie denkt

Scheiße. Scheiße. Scheiße. Scheiße. Ich glaube, ich hab mich in sie verliebt.

Sophie hat mit Lukas geschlafen. Sie sind wohl doch mehr als Freunde.

Ich wusste nicht, wie unbeschreiblich ein Kuss sein kann. Aber ich weiß nicht, ob dieser Kuss zählt – immerhin war es Flaschendrehen.

Ich hatte vorhin das erotischste Erlebnis meines Lebens. Völlig angezogen. Mit Sophie. Ich frage mich, ob sie es auch gespürt hat. Und ich frage mich, wie der Film endet.

Clemens führt sich auf, als würde er hier wohnen. Spaziert hier einfach rein und raus, wie er will.

Wenn ich ihr sage, wie schön sie ist, denkt sie dann, es geht mir nur um ihr Aussehen?

Was für ein unglaublicher Wichser! Ich hasse meinen Vater!
Aber ich will trotzdem nicht, dass er geht.

Sophie und ich haben miteinander geschlafen. Ich sollte ein schlechtes Gewissen deswegen haben, aber ich kann es kaum erwarten, es wieder zu tun.

Bin ich lesbisch oder stehe ich einfach nur auf sie?

Clemens fährt mit Nik zum Surfen. Er verpasst meinen Geburtstag. Und mir ist es egal.

Zwei Wochen. Nur sie und ich.

Sie ist so echt

Wenn die Welt mal schön ist, ist sie richtig schön

Ist es schlimm, dass ich meinen Vater nicht vermisse?

Clemens hat am Telefon gesagt, dass ich anders bin. Gefragt, ob er etwas falsch gemacht hat. Ob ich Schluss machen will. Ich habe keinen Ton rausgebracht. Am Ende meinte er, dass er nicht wüsste, was er tun würde, wenn ich ihn verlasse. Dass es das Schlimmste wäre, was passieren könnte.

Ich kann nicht einmal ansatzweise in Worte fassen, wie wunderbar es sich anfühlt, neben ihr aufzuwachen.

Gott, ich danke dir für multiple Orgasmen. Und den G-Punkt.

Darf ich ihr sagen, dass ich sie liebe, obwohl ich mit jemand anders zusammen bin?

Es gibt keine Worte für dieses Geburtstagsgeschenk.

ICH HASSE SIE!

Mit Clemens ist Schluss. Er hat ein paar blöde Lesben-Bemerkungen gemacht und ist dann abgezogen. Ich bin erleichtert, dass er weg ist.

Ich will nicht, dass sie mir fehlt. Aber sie fehlt mir.

Es wird aufhören. Es wird aufhören. Es wird aufhören. Bitte lass es aufhören.

Wieso muss ich andauernd an sie denken?

Ich will sie vergessen

Ich will sie zurück

Scheißegal, Hauptsache, dieses Gefühl hört auf

Ich hatte zum ersten Mal seit Jahren wieder diesen Traum, in dem ich einfach nicht durch die Wasseroberfläche komme und dann ertrinke

Ich habe Mama von uns erzählt. Alles. Im ersten Moment hat sie abgestoßen reagiert. Sie ist weggegangen, aber dann wieder zurückgekommen. Wir haben stundenlang geredet. Über alles, was wir seit Jahren totschweigen. So offen, dass es mich schockiert hat. Am Ende hat sie mich gefragt, ob ich auch dann den Mut gehabt hätte, etwas an der Situation mit Clemens zu ändern oder so offen mit ihr zu sprechen, wenn Sophie nicht mit Nik geschlafen hätte. Die ehrliche Antwort: Ich weiß es nicht.

Ich habe gesagt, dass ich sie hasse, aber eigentlich hasse ich sie nur, weil ich sie so liebe. Und eigentlich hasse ich sie gar nicht. Nicht wirklich. Ich hasse, wie weh sie mir tun kann. Und wie wichtig sie mir ist. Das macht mir Angst.

Ich wische mir die Tränen weg, aber die nächsten warten schon. Dieses Notizbuch ist genau wie Alex: eine lange Liste von faszinierenden Gedanken und Widersprüchen. Ich kann nicht glauben, dass sie es mir geschickt hat.

Es ist ihre Geschichte in Stichpunkten. Und unsere. Sie ist einseitig und ohne jeden Kitsch. Wunderschön und traurig zugleich.

Ich blättere um. Auf der letzten beschriebenen Seite ist nur ein Eintrag:

Ich liebe dich, Sophie. Ich wollte, dass du das weißt.

SEPTEMBER

All das bin ich

Der Sommer ist vorbei. Und wir auf dem Heimweg. Der Wind bläst unsere Haare umher wie im Film, und die Sonne brennt von einem wolkenlosen Himmel, als wäre es ihr egal, dass der Herbst bereits begonnen hat. Alex und ich waren zwölf Wochen unterwegs. In einem klapprigen Mitsubishi L300. Wir haben nicht die Welt gesehen, nur über den Tellerrand geschaut, aber was dort auf uns gewartet hat, war wundervoll. Wir haben bei Sonnenuntergang im Meer gebadet, am Strand getanzt und zu viel gegessen. Wir haben grenzenlose Freiheit genossen, stundenlang diskutiert und die Nacht zum Tag gemacht. Wir haben gefeiert, neue Leute kennengelernt und bis zum Morgengrauen geredet. Wir haben uns bis aufs Blut gestritten und uns danach ausgiebig versöhnt. Wir haben uns in der Öffentlichkeit geküsst und die blöden Blicke ignoriert – so getan, als gäbe es nur uns auf der Welt. Wir haben lang geschlafen, gelacht und in der Sonne gelegen. Wir haben viel erlebt. Und dann wieder nichts. Und ab und zu habe ich es sogar geschafft, mit dem Denken aufzuhören. Alex hat mich mit ihren Listen angesteckt und ich sie mit meiner Musik. Wir hatten viele Pläne. Ein paar haben wir umgesetzt, den Rest haben wir verworfen, weil wir eine Sache gelernt haben: Die besten Dinge passieren einfach. So wie wir. Oder unser Treffen mit Lukas und Vianne in Südfrankreich. Oder dieser unbeschreibliche Sternenhimmel an der Amalfi-Küste. Oder diese magische Nacht mit den Glühwürmchen in Kroatien. Ich kann noch immer nicht wirklich gut Auto fahren, aber das macht nichts. Es gibt Wichtigeres im Leben. Wie Alex' Hand auf meinem Oberschenkel oder die Art, wie sie mich genau in diesem Augenblick anlächelt. Ich strecke meinen Arm aus dem Fenster und schließe kurz die Augen. Die Luft ist warm und riecht nach Salzwasser und Vanille. Ich habe Hunger und keine Ahnung, wo wir essen werden. Aber ich weiß, neben wem ich heute Nacht einschlafen werde. Und wenn ich es mir aussuchen darf auch morgen. Und übermorgen. Und überübermorgen.

Alex dreht die Musik lauter, und ich schaue zu ihr rüber. Wie sie den Takt auf das Lenkrad trommelt, mit dem Kopf zur Musik wippt und den Text von »California Stars« mitsingt. Wir sind vielleicht keine Aussteiger, und das hier ist nicht San Francisco, aber es ist verdammt nah dran an perfekt.

Ich wollte auf alles immer eine eindeutige Antwort. Vor allem auf die Frage, wer ich bin. Ich dachte, wenn ich nur lang genug danach suche, werde ich sie finden. So wie das X in einer Gleichung.

Aber jetzt weiß ich, dass es nicht nur eine Antwort gibt. Genauso wie es nicht nur ein tolles Lied gibt. Oder ein gutes Essen. Oder ein schönes Land.

Ich glaube, ich hab's jetzt verstanden … ich bin nicht nur eine Sache. Ich bin tausend Sachen. Ich bin eine Tochter, und ich bin Alex' Freundin. Und eine Vertraute. Und eine Schwester. Ich bin launisch, und ich bin loyal. Und ich bin achtzehn. Und ich bin verliebt. Ich bin ein guter Mensch, der manchmal dumme Dinge tut. Ich mache Fehler, und manchmal mache ich sie wieder gut. Ich bin kompliziert, und ich bin einfach. Ich bin Sophie. Und das Flittchen. Und Papas Motte. Ich bin einfach ich. Und ich bin lesbisch. Und ich bin nicht lesbisch. Und ich bin unsicher. Und ich bin selbstsicher. All das bin ich. Ich bin nicht nur eine Sache.

Ich bin das alles.

Und das ist erst der Anfang.

Danksagung

Man lernt bei jedem Roman etwas dazu. Dieses Mal: wie unglaublich schwierig innere Konflikte sind. Nicht, dass ich das aus eigener Erfahrung nicht schon vorher gewusst hätte, doch jetzt weiß ich, dass es sich beim Schreiben darüber genauso verhält. Weil sie leiser sind und weniger »gottgegeben«, weil jeder sie anders wahrnimmt, sie anders empfindet, sie anders einordnet…

Alex' und Sophies Geschichte hat mich zweifeln lassen. An mir. Und an allem. Aber ich musste auch laut lachen. Und weinen. Und wieder lachen. Wir haben sehr intensive Wochen miteinander verbracht. Die beiden haben sich mir geöffnet – mal sofort, mal eher widerwillig.

Sophie & Alex, nicht alle werden euch mögen, aber das müssen sie auch nicht. Ich für meinen Teil werde euch behalten: ganz tief verborgen in den Kammern meines Herzens. ☺ Ihr habt euch. Und mich. Ich würde sagen, das reicht.

Rita – das ist eine weitere Geschichte, die du dir von mir hast vorlesen lassen, weil ich so viel besser schreibe, wenn ich laut lese. Klingt seltsam, ist aber wahr. Ich danke dir für deine Zeit. Und dein offenes Ohr. Und unsere Vorlese-Tradition.

Eva – du hast mir ins Ziel geholfen. Wie ein Fluglotse. Oder ein Leuchtturm. Eines Tages muss ich mich bei Markus für dich bedanken. Für den Umweg, ohne den ich dich nicht gefunden hätte. (Wie sagt es Sophie so schön: Die besten Dinge passieren einfach.) Ich danke dir – nicht eines Tages, sondern jetzt – für deine Hilfe, für deine tollen Sprachnachrichten und für Sätze wie: »Die Dattel hat mir echt den Arsch gerettet«. Wir sehen uns in Boston und im Winter. Und danach vielleicht im Haus an den Klippen. Ich werde niemals wissen, ob ich ohne dich je auf den Write Track zurückgefunden hätte. Aber ich weiß, dass ich mit dir zurückgefunden habe.

Adriana – du bist und bleibst mein Netz und doppelter Boden. Wenn es brennt, ist deine Nummer die 112. Danke für die Tüte und den Carlos und die »ganz kurzen« Telefonate. Ich danke dir für unsere Freundschaft und jeden Insider. Carlos wurde in dieser Geschichte verewigt – und damit auch ein bisschen wir beide. Längst überfällig, wenn du mich fragst. Partners in crime. Always.

Tina – das war ein ziemlich wilder Ritt. Vor allem gegen Ende. Tränende Augen, neues Cover, und ich kurz vor der Verzweiflung. So oder so: Mit dir würde ich überall hinreiten. Danke dir. Für alles. Für die winzigen Kleinigkeiten. Für die Kommas. Und fürs Streichen der überflüssigen. Für die geschlossenen Klammern. Und fürs Gutzureden. Dass du diese Geschichte liebst, ist mir wichtig. Danke für jedes einzelne »Super!« oder »Toll!« in den Kommentaren am Rand. Sie sind jedes Mal wie ein roter Faden der Freude. Gedanklich bin ich schon beim nächsten Roman. Es ist ein beruhigendes Gefühl, dass mit dir an meiner Seite alles gut wird – der Inhalt sogar verdammt gut.

Martin & Steffi – ihr wart die ersten »Komplett-Leser«. Danke für das tolle Skype-Gespräch. Ihr habt mir meine Bedenken genommen. Und es bedeutet mir wirklich viel, dass die Geschichte in euren Augen so *wunderbar* ist.

Meine Geschwister, Tanja & Nico – danke, dass ich immer auf euch zählen kann – nicht nur, aber auch, wenn es sich mal wieder anfühlt, als würde ich durch Sirup schwimmen. Ich bin echt froh, euch zu haben.

Elisabeth/Gerdi – du hast mir immer wieder Mut gemacht, als ich ihn gebraucht habe. Ich bin sehr dankbar für deine Freundschaft, Herb.

Elvina – ich danke dir für deinen unermüdlichen Einsatz, deine Begeisterungsfähigkeit, deine vielen tollen Ideen und deine schönen E-Mails. Tessa & Oskar danken es dir. Und ich. Und bald auch Sophie & Alex.

Ich danke allen Lesern – für die vielen Nachrichten, die Fotos, die Briefe und E-Mails, die ich seit dem Erscheinen von »Mein bester letzter Sommer« erhalten habe – und immer noch erhalte. Ich danke jedem einzelnen.

Ein besonderer Dank geht an Christina Schmidt, Beate Surbeck, Bianca Schläpfer, Nana Grübler und Maren Jobski. Eure Songempfehlungen haben die Geschichte begleitet und beeinflusst. Danke für die Musik.

Und wie immer:
Michael – du hast dich zu mir auf den Boden gesetzt, als nichts mehr weiterging, hast mich mit wunderbarem Essen versorgt und mich immer wieder ins echte Leben zurückgeholt, damit ich den Sommer nicht verpasse. Ein »Danke« reicht für dich nicht aus. Trotzdem: Danke.